ATRIUM

AF184982

ANNE HOLT IM ATRIUM VERLAG

Die Hanne Wilhelmsen Reihe
Blinde Göttin · *Selig sind die Dürstenden* · *Das einzige Kind* ·
Im Zeichen des Löwen · *Das achte Gebot* · *Das letzte Mahl* ·
Die Wahrheit dahinter · *Der norwegische Gast* · *Ein kalter
Fall* · *In Staub und Asche*

Die Selma Falck Reihe
Ein Grab für zwei · *Ein notwendiger Tod* · *Eine Idee von Mord*

ANNE HOLT ist mit zehn Millionen verkauften Büchern weltweit
eine der erfolgreichsten Krimiautorinnen Skandinaviens. Sie ist
ehemalige Justizministerin Norwegens, Anwältin, Journalistin, TV-
Nachrichtenredakteurin und Moderatorin. Zu großem Ruhm als
Autorin gelangte sie mit den zwei Krimiserien um Hanne Wilhelmsen und um Inger Johanne Vik (verfilmt als »Modus. Der Mörder
in uns«). Ihre neueste Serie dreht sich um die Juristin Selma Falck.
Im Atrium Verlag sind die Krimiserien um Hanne Wilhelmsen und
Selma Falck erhältlich.

GABRIELE HAEFS übersetzt seit über fünfundzwanzig Jahren u. a.
aus dem Norwegischen, Dänischen und Schwedischen. Sie wurde
mit dem Gustav-Heinemann-Friedenspreis und der Königlich
Norwegischen Verdienstmedaille ausgezeichnet. Zu den von ihr
übertragenen Autor:innen zählen neben Anne Holt unter anderem
Jostein Gaarder und Camilla Grebe.

ANNE HOLT

DAS LETZTE MAHL

HANNE WILHELMSENS SECHSTER FALL

Aus dem Norwegischen von Gabriele Haefs

Atrium Verlag · Zürich

Die deutsche Erstausgabe erschien 2003 im Piper Verlag, München.

This translation has originally been published with the financial support of
NORLA, Norwegian Literature Abroad

Taschenbuchneuausgabe
1. Auflage 2024
© Atrium Verlag AG, Zürich, 2024
Alle Rechte vorbehalten
Copyright © Anne Holt und Berit Reiss-Andersen 2000
Die Originalausgabe erschien 1997 unter dem Titel
Uten ekko bei Cappelens Forlag, Oslo.
Für die vorliegende Ausgabe wurde die deutsche Übersetzung
von der Übersetzerin überarbeitet.
Published by agreement with Salomonsson Agency
Umschlaggestaltung: zero-media.net, München
Umschlagmotiv: Stocksy / Guille Faingold
Satz: Pinkuin Satz und Datentechnik, Berlin
Druck und Bindung: GGP Media GmbH, Pößneck
Printed in Germany
ISBN 978-3-03882-144-1

www.atrium-verlag.com
www.facebook.com/atriumverlag
www.instagram.com/atriumverlag

1 An ihren richtigen Namen konnte Harrymarry sich kaum erinnern. Sie war im Januar 1945 auf der Ladefläche eines alten Lastwagens zur Welt gekommen. Ihre Mutter war eine sechzehnjährige Waise gewesen. Neun Monate zuvor hatte sie sich für zwei Päckchen Zigaretten und eine Tafel Schokolade an einen deutschen Soldaten verkauft. Und dann war sie nach Tromsø unterwegs gewesen. Finnmark brannte. Das Kind hatte sich bei zweiundzwanzig Grad unter null herausgeschoben, war in eine mottenzerfressene Wolldecke gewickelt und dann einem Ehepaar aus Kirkenes überlassen worden. Dieses Ehepaar war die Straße entlanggekommen und hatte kaum gewusst, wie ihm geschah, als der Lastwagen mit der Sechzehnjährigen auch schon weiterfuhr. Die zwei Stunden alte Kleine hatte von ihrer biologischen Mutter nichts mitbekommen als ihren Namen. Marry. Mit zwei r. Und darauf hatte sie immer großen Wert gelegt.

Der Familie aus Kirkenes gelang es unglaublicherweise, den Säugling am Leben zu erhalten. Marry blieb anderthalb Jahre bei ihnen. Mit zehn hatte sie bereits vier weitere Pflegefamilien hinter sich gebracht. Marry hatte ein helles Köpfchen, ein ausnehmend wenig hübsches Äußeres und war außerdem von Geburt an behindert. Sie hinkte. Bei jedem Schritt mit dem rechten Bein beschrieb ihr Körper eine halbe Drehung, als habe sie Angst, verfolgt zu werden. Doch während es ihr schwerfallen mochte, sich fortzubewegen, funktionierte ihr Mundwerk umso besser. Nach zwei kriegerischen Jahren in einem Kinderheim in Fredrikstad war Marry nach Oslo gegangen, um ihr Leben selbst in die Hand zu nehmen. Da war sie zwölf Jahre alt gewesen.

Und Harrymarry hatte ihr Leben wahrlich selbst in die Hand genommen.

Jetzt war sie Oslos älteste Straßennutte.

Sie war eine bemerkenswerte Frau, und das in mehr als nur einer Hinsicht. Vielleicht besaß sie ein halsstarriges Gen, das ihr geholfen hatte, fast ein halbes Jahrhundert in diesem Gewerbe zu überleben. Vielleicht hatte sie das auch aus purem Trotz geschafft. Während der ersten fünfzehn Jahre hatte der Alkohol sie auf den Beinen gehalten. 1972 war sie dann ans Heroin geraten. Da sie schon so alt war, hatte sie damals zu den ersten norwegischen Junkies gehört, denen Methadon angeboten wurde.

»Fissu spät«, hatte Harrymarry gesagt und war weitergehinkt.

Zu Beginn der Siebzigerjahre hatte sie zum ersten und zum letzten Mal mit dem Sozialamt zu tun gehabt. Sie brauchte Essensgeld, nachdem sie sechzehn Tage gehungert hatte. Einige Kronen nur, weil sie immer wieder ohnmächtig wurde. Das war nicht gut fürs Geschäft. Der Canossagang von einem Sachbearbeiter zum anderen endete mit dem Angebot einer dreitägigen Ausnüchterungskur und führte dazu, dass sie nie wieder einen Fuß in ein Sozialamt setzte. Selbst als ihr 1992 eine Rente bewilligt wurde, wurde das alles vom Arzt geregelt. Der Doktor war in Ordnung. Er war genauso alt wie sie und hatte nie ein böses Wort gesagt, wenn sie mit einem Abszess oder Frostbeulen zu ihm gekommen war. Die eine oder andere Geschlechtskrankheit hatte sich im Laufe der Jahre auch eingestellt, aber deswegen hatte er nicht weniger herzlich gelächelt, wenn sie in seine warme Praxis am Schous plass gehumpelt kam. Die Rente reichte gerade für Miete, Strom und Kabelfernsehen. Das Geld vom Straßenverkauf brauchte sie für die Drogen. Harrymarry hatte nie einen Wirtschaftsplan aufgestellt. Wenn ihr Leben zu sehr durcheinandergeriet, vergaß sie die Rechnungen. Der Gerichtsvollzieher kam. Sie war nie zu Hause, erhob nie Einspruch. Ihre Tür wurde versiegelt, ihre Habseligkeiten wurden entfernt. Eine neue Wohnung zu finden war nicht leicht. Und deshalb war sie für ein oder zwei Winter in eine Notunterkunft gezogen.

Sie war erschöpft, durch und durch erschöpft. Die Nacht war beißend kalt. Harrymarry trug einen rosa Minirock, zerrissene Netzstrümpfe und eine hüftlange Silberlaméjacke. Sie versuchte, ihre Kleider fester um sich zu ziehen. Das half nicht viel. Irgendwo musste sie Zuflucht suchen. Das Nachtasyl der Stadtmission war immer noch die beste Alternative. Dort hatten Leute unter Drogen- oder Alkoholeinfluss zwar keinen Zutritt, aber Harrymarry war seit so vielen Jahren auf der Piste, dass niemand ihr ansah, ob sie nüchtern war oder nicht.

Bei der Wache bog sie nach rechts ab.

Der Park hinter dem geschwungenen Gebäude in Grønlandsleiret 44 war Harrymarrys Freistätte. Die guten Bürger ließen sich dort nicht blicken. Nachmittags war der eine oder andere Kanacke mit Frau und einer Unmenge von Kindern da, wobei die Kinder Fußball spielten und verängstigt kicherten, wenn Harrymarry auf sie zukam. Die Säufer hier waren von der redlichen Sorte. Die Bullerei störte auch nicht weiter, die hatte längst aufgehört, eine ehrliche Hure zu schikanieren.

In dieser Nacht war der Park leer. Harrymarry schlurfte aus dem Lichtkegel des Scheinwerfers, der über dem Eingang zum alten Gefängnis hing. Den ehrlich verdienten Schuss für die Nacht hatte sie in der Tasche. Sie brauchte nur noch einen Ort, wo sie ihn setzen konnte. Auf der Nordseite der Wache lag ihre Treppe. Die war nicht beleuchtet und wurde nie benutzt.

»Verdammt. Scheiße.«

Jemand hatte sich auf ihrer Treppe breitgemacht.

Hier hatte sie warten wollen, bis das Heroin ihren Körper ins Gleichgewicht brachte. Die Treppe auf der Rückseite der Wache, einen Katzensprung von der Gefängnismauer entfernt, war *ihre* Treppe. Und jetzt hatte sich da jemand breitgemacht.

»He! Du!«

Der Mann schien sie nicht gehört zu haben. Sie stolperte näher. Ihre hohen Absätze bohrten sich in verfaultes Laub und Hundekacke. Der Mann schlief wie ein Stein.

Vielleicht sah er ja gut aus. Das konnte sie nicht sagen, selbst dann nicht, als sie sich über ihn beugte. Es war zu dunkel. Aus seiner Brust ragte ein riesiges Messer.

Harrymarry war ein praktisch veranlagter Mensch. Sie stieg über den Mann hinweg, setzte sich auf die oberste Treppenstufe und fischte ihre Spritze aus der Tasche. Das gute warme Gefühl der Notwendigkeit stellte sich ein, noch ehe sie die Nadel herausgezogen hatte.

Der Mann war tot. Ermordet vermutlich. Er war nicht das erste Mordopfer, das Harrymarry sah, aber das am edelsten bekleidete. Sicher ein Überfall. Raubüberfall. Oder vielleicht war dieser Mann ein Schwuler, der sich bei den Jungen, die sich für fünfmal soviel verkauften, wie eine Runde Lutschen bei Harrymarry kostete, zu große Freiheiten herausgenommen hatte.

Sie erhob sich mühsam, schwankte leicht. Einen Moment lang blieb sie stehen und musterte die Leiche. Der Mann trug einen Handschuh. Der Handschuhzwilling lag daneben. Ohne nennenswertes Zögern bückte Harrymarry sich und griff nach den Handschuhen. Sie waren ihr zu groß, aber aus echtem Leder und mit Wolle gefüttert. Der Mann brauchte sie ja nun nicht mehr. Sie zog sie an und machte sich auf den Weg zum letzten Bus, der zum Nachtasyl fuhr.

Einige Meter von der Leiche entfernt lag ein Schal. Harrymarry hatte an diesem Abend wirklich Glück. Sie wickelte sich den Schal um den Hals. Ob es an den neuen Kleidern lag oder am Heroin, wusste sie nicht. Jedenfalls fror sie nicht mehr so schrecklich. Vielleicht sollte sie sich ein Taxi gönnen. Und vielleicht sollte sie die Polizei anrufen und sagen, dass auf dem Hinterhof der Wache eine Leiche lag.

Das Wichtigste aber war, ein Bett zu finden. Ihr fiel nicht ein, welcher Wochentag war, und sie brauchte Schlaf.

2

Maria, Mutter Jesu.

Das Bild über dem Bett erinnerte an alte Glanzbilder. Ein frommes Gesicht, der Blick auf zum Gebet gefaltete Hände gesenkt. Der Heiligenschein war längst zu einer vagen Staubwolke verblasst.

Als Hanne Wilhelmsen die Augen öffnete, ging ihr auf, dass die sanften Züge, der schmale Nasenrücken und die dunklen, straff in der Mitte gescheitelten Haare sie die ganze Zeit irregeführt hatten. Jesus höchstselbst wachte seit fast einem halben Jahr Nacht für Nacht über sie.

Ein Streifen Morgenlicht traf Mariens Sohn an der Schulter. Hanne setzte sich auf. Sie kniff die Augen zusammen und sah zu, wie die Sonne sich durch den Vorhangspalt kämpfte. Dann griff sie sich ins Kreuz und fragte sich, warum sie quer im Bett lag. Sie konnte sich nicht erinnern, wann sie zuletzt eine ganze Nacht durchgeschlafen hatte.

Die kalten Steinfliesen unter ihren Füßen ließen sie aufkeuchen. In der Badezimmertür drehte sie sich um, um das Bild noch einmal zu betrachten. Ihr Blick fegte über den Boden und verharrte.

Der Badezimmerboden war blau. Das war ihr noch nie aufgefallen. Sie hielt sich den gekrümmten Zeigefinger vor ein Auge und starrte mit dem anderen auf die Fliesen.

Seit Mittsommer wohnte Hanne Wilhelmsen in dem spartanischen Zimmer in der Villa Monasteria. Jetzt ging es auf Weihnachten zu. Die Tage waren braun gewesen, denn in dem großen Steingebäude und seiner Umgebung fehlte jegliche andere Farbe. Selbst im Sommer hatte es in der Valpolicella-Landschaft vor dem riesigen Fenster im ersten Stock keine wirkliche Farbe gegeben. Die Weinranken hatten sich an gelbbraune Stöcke geklammert, das Gras sonnenverbrannt vor den Mauern gelegen.

Ein kalter Dezemberwind schlug ihr entgegen, als sie eine halbe Stunde später die Doppeltür zum mit Kies bestreuten Innenhof der Villa Monasteria öffnete. Ohne eigentliches Ziel schlenderte sie zum Bambuswald auf der anderen Seite hinüber, vielleicht zwanzig Meter waren das. Auf dem Weg, der den Wald teilte, standen zwei eifrig in ein Gespräch vertiefte Nonnen. Ihre Stimmen wurden leiser, als Hanne näher kam. Und als sie an den beiden älteren, grau gekleideten Frauen vorüberging, senkten diese die Köpfe und verstummten.

Auf der einen Seite des Weges war der Wald schwarz, auf der anderen hatten die Stämme eine grünliche Färbung. Die Nonnen waren verschwunden, als Hanne sich umschaute und wieder einmal darüber nachdachte, wie dieser farbliche Unterschied zwischen den daumendicken Pflanzen zu beiden Seiten des Weges zu erklären sein mochte. Sie hatte die vertrauten schlurfenden Schritte über den Kiesboden nicht wahrgenommen. Für einen Moment fragte sie sich, wo die Nonnen geblieben sein mochten, dann fuhr sie mit den Fingern über einen Bambusstamm und ging weiter zum Karpfenteich.

Irgendetwas ging hier vor sich. Irgendetwas stand bevor.

In der ersten Zeit waren die Nonnen freundlich gewesen. Nicht besonders redselig, natürlich, die Villa Monasteria war eine Stätte der Kontemplation und des Schweigens. Ab und zu ein kurzes Lächeln, bei den Mahlzeiten vielleicht, ein fragender Blick über Händen, die gern Wein nachschenkten, das eine oder andere freundliche Wort, das Hanne nicht verstand. Im August hatte sie kurz mit dem Gedanken gespielt, ihren Aufenthalt hier zu nutzen, um Italienisch zu lernen. Dann hatte sie diesen Plan wieder aufgegeben. Sie war nicht zum Lernen hergekommen.

Irgendwann hatten die Nonnen begriffen, dass Hanne einfach in Ruhe gelassen werden wollte. Auch der smarte Direktor hatte das eingesehen. Alle drei Wochen nahm er ihr Geld entgegen und sagte dazu nur ein nüchternes »Grazie«. Die lustigen Studentinnen aus Verona, die ab und zu so laut Musik laufen ließen, dass die Nonnen schon nach wenigen Minuten angerannt kamen, hatten Hanne für eine Gleichgesinnte gehalten. Allerdings nur zu Anfang.

Hanne Wilhelmsen hatte ein halbes Jahr damit verbracht, ganz allein zu sein.

Die meiste Zeit hatte sie ihren täglichen Kampf darum, sich mit gar nichts zu befassen, in Ruhe ausfechten können. In der letzten Zeit jedoch hatte sie ihre Neugier nicht mehr gegen die Tatsache abschotten können, dass in der Villa Monasteria offenbar etwas vor sich ging. *Il direttore*, ein schlanker, allgegenwärtiger Mann von Mitte vierzig, hob immer häufiger die Stimme, wenn er mit den nervös flüsternden Nonnen sprach. Seine Schritte knallten härter über den Steinboden als früher. Er eilte von einer rätselhaften Tätigkeit zur anderen, tadellos gekleidet, eingehüllt in eine Wolke aus Schweiß und Rasierwasser. Die Nonnen lächelten nicht mehr, und immer weniger von ihnen fanden sich zu den Mahlzeiten ein. Zum Ausgleich waren sie immer häufiger im stillen Gebet auf den Holzbänken der kleinen Kapelle aus dem vierzehnten Jahrhundert anzutreffen, auch dann, wenn keine Messe war. Hanne konnte von ihrem Fenster aus sehen, wie sie zu zweien durch die klobigen Holztüren schlüpften.

Es war schwer auszumachen, wie tief der Karpfenteich war. Das Wasser war unnatürlich klar. Die trägen Bewegungen der Fische über dem Boden wirkten abstoßend, und Hanne empfand einen Anflug von Übelkeit bei dem Gedanken, dass sie durch das Trinkwasser des Klosters schwammen.

Sie setzte sich auf die Mauer, die den Teich umgab. Schwere Eichen zeichneten sich halb nackt vor dem vorweihnachtlichen Himmel ab. Am Hang im Norden weidete eine Schafherde. In der Ferne bellte ein Hund, und die Schafe drängten sich aneinander.

Hanne hatte Heimweh.

Es gab nichts, wonach sie Heimweh hätte haben können. Aber es war etwas passiert. Sie wusste nicht, was, und sie wusste nicht, warum. Ihre Sinne, träge geworden durch einen bewussten Prozess, der sich über viele Monate hingezogen hatte, schienen sich die aufgezwungene Muße nicht mehr gefallen zu lassen. Sie hatte angefangen, Dinge zu registrieren.

Cecilie Vibes Tod lag ein halbes Jahr zurück. Hanne war nicht einmal zur Beerdigung der Frau gegangen, mit der sie fast zwanzig Jahre lang zusammengelebt hatte. Sie hatte sich in ihrer Wohnung eingeschlossen. Vage hatte sie registriert, dass alle sie in Ruhe ließen. Niemand klingelte. Niemand steckte den Schlüssel ins Schloss. Das Telefon blieb stumm. Im Briefkasten lagen nur Reklame und Rechnungen. Und später eine Mitteilung einer Versicherungsgesellschaft. Hanne hatte nichts von der Lebensversicherung gewusst, die Cecilie viele Jahre zuvor zu ihren Gunsten abgeschlossen hatte. Sie rief bei der Versicherung an, ließ das Geld auf ein hoch verzinstes Konto überweisen, schrieb dem Polizeidirektor und bat, für den Rest des Jahres beurlaubt zu werden. Sollte das nicht möglich sein, fügte sie hinzu, sei ihr Brief als Kündigung zu betrachten.

Sie hatte die Antwort nicht abgewartet, sondern ihren Rucksack gepackt und sich in den Zug nach Kopenhagen gesetzt. Streng genommen war ihr nicht klar, ob sie noch einen Arbeitsplatz hatte, aber das interessierte sie auch nicht, in diesem Moment nicht. Sie wusste nicht, wo sie hinwollte oder wie lange sie unterwegs sein würde. Nachdem sie zwei Wochen ziellos durch Europa gefahren war, hatte sie die Villa Monasteria gefunden, ein heruntergekommenes Klosterhotel in den Bergen nördlich von Verona. Was die Nonnen ihr anbieten konnten, waren Stille und selbst gemachter Wein. Sie war an einem späten Juliabend angekommen und hatte am nächsten Morgen weiterreisen wollen.

Im Teich gab es auch Krebse. Sehr kleine zwar, aber einwandfrei Krebse; durchsichtig und ruckhaft flohen sie vor den trägen Karpfen. Hanne Wilhelmsen hatte noch nie von Süßwasserkrebsen gehört. Sie schniefte, wischte sich mit dem Jackenärmel die Nase und folgte *il direttore* mit den Augen durch die Allee. Eine Gruppe von Frauen in grauer Tracht stand unter einer Pappel und starrte zu ihr herüber. Trotz der Entfernung konnte sie die Blicke förmlich spüren, scharf wie Messer in der vom Tau feuchten Luft. Als der Wagen des Direktors auf der Hauptstraße verschwand, fuhren die Nonnen herum und liefen in die Villa Monasteria, ohne sich noch einmal umzusehen. Hanne erhob sich von der Mauer. Ihr war kalt, aber sie fühlte sich ausgeruht. Ein großer Rabe zog unter der Wolkendecke seine ovalen Runden und ließ sie erschauern.

Es war Zeit, nach Hause zu fahren.

3 Der Verlag gehörte zu den drei größten des Landes. Trotzdem befand sich der unscheinbare Eingang eingeklemmt in einer Seitenstraße des ungastlichsten Viertels der Stadt. Die Büros waren klein und sahen alle gleich aus. An den Wänden hing keine Verlagssaga, es gab weder dunkle Möbel noch edle Teppiche. An den Glaswänden, die die Bürozellen von den ewig langen Fluren abteilten, hingen Zeitungsausschnitte und Plakate; sie zeugten von einem Gedächtnis, das nur wenige Jahre zurückreichte.

Der Konferenzraum der Belletristikabteilung lag im zweiten Stock und hatte Ähnlichkeit mit dem Pausenzimmer eines Sozialamtes. Der helle Furniertisch war von schlichtestem Bürostandard, die Sessel mit ihren orangen Bezügen gehörten in die Siebzigerjahre. Es war der älteste Verlag Norwegens, gegründet 1829. Das Haus hatte eine Geschichte. Eine gewichtige literarische Geschichte. Dennoch sahen die meisten der Bücher in den billigen IKEA-Regalen wie Kioskromane aus. Eine zufällige Auswahl an Herbstnovitäten drohte jederzeit umzukippen und auf den hellgelben Linoleumboden zu klatschen.

Idun Franck starrte mit leerem Blick Ambjørnsens viertes Elling-Buch an. Jemand hatte es auf den Kopf gestellt, und der Umschlag war zerrissen.

»Idun?«

Der Verlagsleiter hob die Stimme. Die fünf anderen wandten ihre ausdruckslosen Gesichter Idun Franck zu.

»Verzeihung …« Sie blätterte ziellos in den Papieren, die vor ihr lagen, und machte sich an einem Kugelschreiber zu schaffen. »Die Frage ist streng genommen wohl weniger, wie viel dieses Projekt uns schon gekostet hat, sondern vielmehr, ob das Buch überhaupt erscheinen kann. Das wäre eine ethische Entscheidung, abhängig von … Können wir ein Kochbuch herausgeben, wenn der Koch soeben mit einem Schlachtermesser erstochen worden ist?«

Die anderen schienen nicht so recht zu wissen, ob Idun Franck einen Witz machte. Einer kicherte kurz. Verstummte aber sofort wieder und starrte errötend die Tischplatte an.

»Wir wissen ja nicht, ob es sich um ein Schlachtermesser handelt«, fügte Idun Franck hinzu. »Aber dass er erstochen worden ist, stimmt offenbar. So steht's in den Zeitungen. Auf jeden Fall könnte es als ziemlich geschmacklos aufgefasst werden, kurz nach so einem blutigen Mord ein Porträt des Ermordeten und seiner Küche herauszubringen.«

»Und geschmacklos wollen wir doch nicht sein. Hier ist schließlich die Rede von einem Kochbuch«, sagte Frederik Krøger und zeigte seine Zähne.

»Also echt«, murmelte Samir Zeta, ein junger Mann, der drei Wochen zuvor im Vertrieb angefangen hatte.

Krøger, der untersetzte Verlagsleiter mit dem kahlen Schädel, den er unter auf bewundernswerte Weise arrangierten Haarsträhnen zu verbergen suchte, machte eine bedauernde Handbewegung.

»Wenn wir für einen Moment zurückgehen und uns die eigentliche Idee ansehen«, fuhr Idun Franck fort, »zeigt sich doch, dass wir definitiv auf einem guten Weg waren. Zu einer Weiterentwicklung des Kochbuchtrends sozusagen. Einer Art kulinarischer Biografie. Einer Mischung aus Kochbuch und persönlichem Porträt. Da Brede Ziegler seit mehreren Jahren der beste ...«

»Auf jeden Fall der profilierteste«, fiel Samir Zeta ihr ins Wort.

»... der profilierteste norwegische Koch war, sind wir bei diesem Projekt natürlich auf ihn gekommen. Und wir waren mit der Sache schon ziemlich weit.«

»Wie weit?«

Idun Franck wusste sehr gut, was Frederik Krøger wirklich interessierte. Nämlich, wie viel das Projekt bereits gekostet hatte. Wie viel Geld der Verlag für ein Projekt, das bestenfalls für eine ganze Weile auf Eis gelegt werden musste, schon aus dem Fenster geworfen hatte.

»Die allermeisten Bilder haben wir schon. Die Rezepte auch. Was Brede Zieglers Leben und Person angeht, ist allerdings noch eine Menge Arbeit zu leisten. Er wollte sich zunächst auf die Rezepte konzentrieren; die Anekdoten und Betrachtungen, die mit den einzelnen Gerichten verknüpft sind, wollten wir uns später vornehmen. Wir haben natürlich viele Gespräche geführt, und ich habe ... Notizen, zwei Tonbänder und so weiter. Aber ... so, wie ich das heute sehe ... kannst du mir mal die Kanne geben?«

Sie versuchte, Kaffee in eine henkellose Tasse mit Teletubbies-Bild zu gießen. Die Hand zitterte, vielleicht war die Thermoskanne einfach zu schwer. Kaffee floss über die Tischplatte. Jemand reichte ihr ein Stück unbeschriebenes Papier. Als sie die Kaffeelache damit bedeckte, quoll die braune Flüssigkeit an den Seiten hervor und tropfte über die Tischkante auf ihr Hosenbein.

»Also so was ... Wir könnten natürlich aus dem vorhandenen Material ein ganz normales Kochbuch machen. Eins unter vielen. Es sind wirklich schöne Bilder. Und tolle Rezepte. Aber wollen wir das? Meine Antwort lautet ...«

»Nein«, sagte Samir Zeta, der sich schon ein bisschen zu gut eingelebt hatte.

Frederik Krøger runzelte die Stirn und hüstelte.

»Bitte, schreib das alles auf, Idun. Und dann werde ich ... mit Zahlen und allem. Danach sehen wir weiter. In Ordnung?«

Niemand wartete die Antwort ab. Stuhlbeine schrammten über den Boden, und eilig verließen die Leute den Konferenzraum. Nur Idun blieb sitzen und starrte auf das Schwarz-Weiß-Foto eines Kabeljaukopfes.

»Hab dich gestern im Kino gesehen«, hörte sie jemanden sagen und schaute auf.

»Was?«

Samir Zeta lächelte und fuhr mit der Hand über den Türrahmen. »Du hattest es eilig. Was sagst du?«

»Was ich sage?«

»Über den Film. *Shakespeare in Love!*«

Idun hob die Tasse zum Mund und schluckte.

»Ach. Der Film. Hat mir gefallen.«

»Für mich war's ein wenig zu viel Theater. Film sollte Film sein, finde ich. Auch wenn sie Kostüme aus dem 16. Jahrhundert tragen, müssen sie doch nicht so reden.«

Idun Franck stellte die Teletubby-Tasse auf den Tisch, stand auf und wischte vergeblich an dem dunklen Flecken auf ihrem Oberschenkel herum. Dann schaute sie auf, lächelte kurz und fegte Papier und Fotos zusammen, ohne auf den Kaffee zu achten, der zwei große Farbbilder von Fenchel und Lauchzwiebeln zusammenkleben ließ.

»Mir hat der Film sehr gut gefallen«, sagte sie. »Er war ... warm. Liebevoll. Bunt.«

»Romantisch«, kicherte Samir. »Du bist eine hoffnungslose Romantikerin, Idun.«

»Bin ich überhaupt nicht«, erwiderte Idun Franck und schloss ruhig die Tür hinter sich. »Obwohl mir das in meinem Alter auf jeden Fall zustünde.«

4 Billy T. war fasziniert. Er hielt sein Glas ins Licht und betrachtete einen rubinroten Punkt, der in zerstoßenes rosa Eis eingeschossen war, Russian Slush war bei Weitem nicht das köstlichste Getränk, das er kannte. Aber es sah gut aus. Er drehte das Glas im Licht des Kronleuchters und kniff die Augen zusammen.

»Entschuldigung ... « Billy T. streckte die Hand nach einem Kellner in blauer Hose und kreideweißem, kragenlosem Hemd aus. »Was ist das hier eigentlich?«

»Russian Slush?« Der Kellner verzog einen Mundwinkel fast unmerklich, als wage er nicht so recht, das Lächeln zu erwidern. »Zerstoßenes Eis, Wodka und Preiselbeeren, der Herr.«

»Ach. Danke.«

Billy T. trank, obwohl er streng genommen im Dienst war. Er hatte nicht vor, die Rechnung der Spesenkasse zu präsentieren; es war Montag, der 6. Dezember, sieben Uhr abends, und ihm war alles schnurz. Er saß da und spielte mit dem Glas, während er seine Blicke durch das Lokal schweifen ließ.

Das *Entré* war im Moment ganz einfach angesagt.

Billy T. war in Grünerløkka geboren und aufgewachsen. In einer Zweizimmerwohnung im Fossevei hatte seine Mutter ihn und seine drei Jahre ältere Schwester durchgebracht, indem sie sich in einer Wäscherei ein Stück die Straße hoch abplackte und nachts durch Flickarbeiten noch etwas dazuverdiente. Seinen Vater hatte Billy T. nie kennengelernt. Noch immer wusste er nicht, ob der Mann sich einfach davongemacht hatte oder ob er von der Mutter noch vor der Geburt des Sohnes vor die Tür gesetzt worden war. Jedenfalls war der Vater nie erwähnt worden. Das Einzige, was Billy T. über ihn wusste, war, dass er auf Socken zwei Meter gemessen hatte und ein begnadeter, wenn auch durch und durch alkoholisierter Frauenheld gewesen war. Was vermutlich zu einem ziemlich frühen Tod geführt hatte. Billy T. hatte die vage Erinnerung, dass seine Mutter eines Tages überraschend früh von der Arbeit gekommen war. Er mochte damals so um die sieben gewesen sein, und wegen einer kräftigen Erkältung war er an jenem Tag nicht in die Schule gegangen.

»Er ist tot«, hatte die Mutter gesagt. »Du weißt schon, wer.«

Ihre Augen hatten jegliche Frage untersagt. Sie war ins Bett gegangen und erst am nächsten Morgen wieder aufgestanden.

In der Wohnung im Fossevei hatte es nur ein Bild des Vaters gegeben; ein Hochzeitsbild der Eltern, das aus irgendwelchen Gründen an der Wand hängen blieb. Billy T. hatte den Verdacht, dass seine Mutter es als Beweis dafür nutzen wollte, dass die Kinder ehelich geboren waren – sollte jemand die Unverschämtheit besitzen, daran zu zweifeln. Wer auch immer einen Fuß in die überfüllte Wohnung setzte, erblickte als Erstes das Hochzeitsbild. Bis zu dem Tag, an dem Billy T. in strammer Uniform nach Hause zurückkehrte, nachdem er sein Examen an jener Institution bestanden hatte, die damals *Polizeischule* genannt wurde. Er war den ganzen Weg gerannt. Unter dem Kunstfasergewebe brach ihm der Schweiß aus. Seine Mutter legte ihre dünnen Arme um seinen Hals und wollte ihn gar nicht mehr loslassen. Im Wohnzimmer saß seine Schwester und öffnete lachend eine Flasche billigen Sekt. Sie hatte zwei Jahre zuvor ihr Examen als Krankenschwester abgelegt. Noch am selben Tag wurde das Hochzeitsbild von der Wand genommen.

Billy T. hatte erst mit dreißig angefangen, Alkohol zu mögen.

Inzwischen war er vierzig, und noch immer konnten Wochen vergehen, in denen er nur Cola und Milch trank.

Seine Mutter wohnte nach wie vor im Fossevei. Seine Schwester war mit ihrem Mann und inzwischen drei Kindern nach Asker gezogen, Billy T. dagegen war in Grünerløkka geblieben. Er hatte seit Beginn der Sechzigerjahre das ganze Auf und Ab im Stadtteil miterlebt. Er war mit einem Plumpsklo groß geworden und erinnerte sich an den Tag, an dem die Mutter, stolz und den Tränen nahe, mit der Hand über ein in einer ehemaligen Abstellkammer frisch installiertes Wasserklosett gestrichen hatte. Er hatte zugesehen, wie die Stadtsanierung in den Achtzigern den sozialen Wohnungsbau in der Gegend abgewürgt hatte, er hatte Trends und Moden kommen und gehen sehen wie Zugvögel auf Kuba.

Billy T.s Liebe zu Grünerløkka war keinem Trend unterworfen. Er war nicht frisch verliebt in die winzigen, überfüllten Bars und Cafés in der Thorvald Meyers gate. Billy T. lebte am Rande der Løkka-Gemeinschaft, wie sie sich während der vergangenen vier oder fünf Jahre herausgebildet hatte. Und deshalb fühlte er sich alt. Nie war er im *Sult* gewesen, um eine Stunde auf einen Tisch zu warten. In der *Bar Boca*, in die er sich einmal getraut hatte, um ein Glas Cola zu trinken, hatten ihm nach einigen klaustrophobischen Minuten am Tresen die Augen gebrannt. Billy T. ging lieber mit seinen Kindern zu *McDonald's* gegenüber. Die Welt vor den Fenstern war zu etwas geworden, das ihn nichts anging.

Billy T.s Liebe zu Grünerløkka machte sich an den Gebäuden fest. An den Häusern, ganz einfach, den alten Mietskasernen. Unterhalb der Grüners gate standen sie auf Lehmboden, und ihre Fassaden waren von Rissen durchzogen. Als Kind hatte er geglaubt, die Häuser hätten Falten, weil sie so alt waren. Er liebte die Straßen, vor allem die kleinen. Die Bergverksgate war nur einige Meter lang und endete am Hang vor dem Akerselv. Die Strömung kann dich mitreißen, erinnerte er sich; du darfst nicht baden, die Strömung kann dich mitreißen. Jeden Sommer hatte ein roter Ausschlag seine Haut bedeckt. Seine Mutter hatte geklagt und geschimpft und mit wütenden Bewegungen seinen Rücken mit Salbe eingerieben. Trotzdem war er am nächsten Tag wieder in das verschmutzte Wasser gesprungen. Sommer für Sommer. Für ihn waren das großartige Ferien gewesen.

Das *Entré* lag an der Südwestecke der Kreuzung zwischen Thorvald Meyers gate und Sofienberggate. Ein Laden mit altmodischen Damenkleidern, die nie verkauft wurden, hatte der Schickimickisierung der Gegend viele Jahre lang widerstanden. Aber am Ende hatte das Kapital doch den Sieg davongetragen.

Er saß allein an einem Tisch bei der Tür. Selbst an einem Montag war das Restaurant voll besetzt. Das provisorische Schild an der Tür war mit Filzstiften geschrieben, die Farbe hatte sich durch das Papier gedrückt. Billy T. konnte den Text von seinem Tisch aus in Spiegelschrift lesen.

UNSER CHEFKOCH BREDE ZIEGLER IST VON UNS GEGANGEN. ZUR ERINNERUNG AN SEIN LEBEN UND SEIN WERK IST DAS RESTAURANT ENTRÉ HEUTE GEÖFFNET.

»O verdammt«, sagte Billy T. und schlürfte ein Stück Eis in sich hinein.

Er hätte hier nicht sitzen dürfen. Er hätte zu Hause sein müssen. Auf jeden Fall hätte Tone-Marit dabei sein müssen, wenn er ausnahmsweise einmal im Restaurant aß. Sie waren seit Jennys Geburt nicht mehr zusammen ausgegangen. Seit fast neun Monaten also.

Ein Backenzahn tat schrecklich weh. Billy T. spuckte das Eisstück in eine halb geballte Faust und versuchte, es unbemerkt auf den Boden fallen zu lassen.

»Stimmt etwas nicht?«

Der Kellner deutete eine Verbeugung an und stellte ein Glas Chablis vor ihn hin.

»Nein. Alles in Ordnung. Sie ... Sie haben heute geöffnet. Meinen Sie nicht, dass das auf viele ... anstößig wirkt, irgendwie?«

»The Show must go on. Brede hätte das so gewollt.«

Der Teller, der eben vor Billy T. gelandet war, sah aus wie eine künstlerische Installation. Billy T. starrte die Mahlzeit hilflos an, hob Messer und Gabel und wusste nicht, wo er anfangen sollte.

»Entenleber auf einem Bett aus Waldpilzen, an Spargel mit einer Andeutung von Kirsche«, erklärte der Kellner. »*Bon appétit!*«

Der Spargel ragte wie ein Indianertipi über der Leber auf.

»Essen im Gefängnis«, murmelte Billy T. »Und wo zum Teufel steckt die Andeutung?«

Eine einsame Kirsche thronte am Tellerrand. Billy T. schob sie in die Mitte und seufzte erleichtert auf, als das Spargelzelt in sich zusammensackte. Zögernd schnitt er ein Stück von der Entenleber ab.

Erst jetzt entdeckte er den Tisch gleich neben der gediegenen Treppe, die in den ersten Stock hinaufführte. Auf einer kreideweißen Decke stand zwischen zwei silbernen Kerzenhaltern ein großes Bild von Brede Ziegler. Um eine Ecke war ein schwarzes Seidenband geschlungen. Eine Frau mit hochgesteckten Haaren näherte sich dem Tisch. Sie nahm einen bereitliegenden Stift und schrieb etwas in ein Buch. Danach griff sie sich an die Stirn, als sei sie kurz vorm Weinen.

»Man könnte meinen, der Kerl wär ein König gewesen«, murmelte Billy T. »Der hat doch verdammt noch mal kein Kondolenzbuch verdient!«

22

Brede Ziegler hatte alles andere als königlich ausgesehen, als die Polizei ihn fand. Irgendwer hatte bei der Wache angerufen und ihnen nuschelnd empfohlen, einen Blick auf ihre Hintertreppe zu werfen. Zwei Polizeianwärter hatten sich die Mühe gemacht, diesen Rat zu befolgen. Gleich darauf war der eine atemlos zurück in die Wache gestürmt.

»Der ist tot. Da liegt wirklich einer. Tot wie ... «

Beim Anblick von Billy T., der nur einige Unterlagen abholen wollte, barfuß und ansonsten nur mit Unterhemd und Shorts bekleidet, war der Junge verstummt.

»... wie ein Hering«, hatte Billy T. für den jungen Uniformierten den Satz vollendet. »Tot wie ein Hering. Ich komme gerade vom Training, weißt du. Brauchst mich also nicht so anzuglotzen!«

Diese Szene lag jetzt achtzehn Stunden zurück. Billy T. war nach Hause gegangen, ohne sich mehr über den Toten erzählen zu lassen, hatte geduscht und neun Stunden geschlafen und war am Montagmorgen eine Stunde zu spät zum Dienst erschienen in der vergeblichen Hoffnung, dass der Fall auf dem Schreibtisch eines anderen Hauptkommissars gelandet sein möge.

»Zwei Seelen, ein Gedanke.«

Billy T. fuhr hoch und versuchte, ein Stück Spargel hinunterzuschlucken, das nie im Leben mit kochendem Wasser in Berührung gekommen war. Severin Heger zeigte auf den Stuhl neben Billy T. und hob die Augenbrauen. Ohne die Antwort abzuwarten, ließ er sich schließlich auf den Stuhl sinken und starrte skeptisch den Teller an.

»Was ist denn das da?«

»Setz dich auf die andere Seite«, fauchte Billy T.

»Warum denn? Hier sitz ich doch gut.«

»Verdammt, hau schon ab. Wir sehen doch aus wie ... «

»Ein Liebespaar. Seit wann so schwulenfeindlich, Billy T.?
Jetzt reg dich mal ab.«

»Rüber mit dir!«

Severin Heger lachte und hob langsam den Hintern vom Sitz.
Dann zögerte er einen Moment und setzte sich wieder. Billy T.
fuchtelte mit der Gabel herum und verschluckte sich.

»Sollte nur ein Witz sein«, sagte Severin Heger und erhob
sich erneut.

»Was machst du überhaupt hier?«, fragte Billy T., als sein
Hals wieder frei war und Severin sicher auf der anderen Seite des
Tisches saß.

»Dasselbe wie du, nehme ich an. Ich dachte, es könnte ja nicht
schaden, mir einen Eindruck von diesem Laden zu verschaffen.
Karianne hat heute einen Haufen Angestellte vernommen ...« Er
zeigte vage mit dem Daumen über seine Schulter, als stünden die
Leute hinter ihm Spalier. »... aber wir müssen das Lokal doch
sehen. Die Stimmung in uns aufnehmen, sozusagen. Was isst du
da eigentlich?«

Das Gericht hatte sich in eine amorphe braungrüne Masse verwandelt.

»Entenleber. Was meinst du?«

»Bäh!«

»Ich rede nicht vom Essen. Sondern von dem Laden!«

Severin Heger schaute sich in aller Eile um. Die vielen Jahre
beim Polizeilichen Überwachungsdienst, POT, hatten ihn ge-
lehrt, sich umzusehen, ohne dass andere es bemerkten. Er hielt
den Kopf still und kniff die Augen halb zu. Nur ein kaum wahr-
nehmbares Vibrieren der Wimpern verriet die Bewegung der
Augäpfel.

»Komischer Laden. Aufgemotzt. Hip. Trendy und fast alt-
modisch mondän zugleich. Nicht my cup of tea. Ich musste mit

dem Dienstausweis wedeln, um überhaupt eingelassen zu werden. Angeblich gibt es für die Wochenenden Wartezeiten von mehreren Wochen.«

»Also echt. Das ist doch ein Saufraß.«

»Du sollst es auch nicht zu einem Brei zusammenmatschen.«

Billy T. schob seinen Teller zurück und schüttete aus einem riesigen Glas einen Rest Weißwein in sich hinein.

»Was meinst du?«, murmelte er. »Wer kann ein Interesse daran gehabt haben, diesen Brede Ziegler umzubringen?«

»Ha! Da gibt es jede Menge Kandidaten. Sieh dir den Mann doch an. Er ist ... Brede Ziegler war siebenundvierzig. Zum einen hatte er ein seltsames Lieblingshobby: Er hat sich mit allen und absolut jedem in der norwegischen Kochszene angelegt. Zum anderen hatte er bei allen seinen Unternehmungen großen Erfolg.«

»Wissen wir das eigentlich so genau?«

»Und zwar ökonomisch und fachlich. Dieser Laden hier ...«

Jetzt schauten sich beide ganz unverhohlen um.

Das Restaurant repräsentierte das Schwingen des Modependels wieder weg vom funktionellen Minimalismus, der die Branche in den vergangenen Jahren geprägt hatte. Die überaus langen weißen Tischdecken fegten über den Boden. Die Kerzenhalter waren aus Silber. Die Tische standen asymmetrisch im Lokal verteilt, einige zehn bis fünfzehn Zentimeter höher als die anderen auf kleinen Podien. Vom ersten Stock her wogte eine Treppe nach unten, die ein Requisit aus einem Fitzgerald-Roman hätte darstellen können. Der Innenarchitekt hatte erkannt, dass nichts diese Kaskade aus abgenutztem Edelholz blockieren durfte, und deshalb einen breiten Korridor zum Eingangsbereich freigelassen. Von der Decke hingen vier unterschiedlich große Kronleuchter. Billy T. brütete über einem Lichtreflex in allen Regenbogenfarben, der vor ihm auf der Tischdecke zitterte.

»... war vom ersten Tag an ein Erfolg. Das Essen, die Einrichtung, die Gäste ... hast du das nicht in der Zeitung gelesen?«

»Die Frau«, sagte Billy T. müde. »Hat schon jemand mit der Frau gesprochen?«

»Mineralwasser, bitte. Mit viel Kohlensäure. Ohne Eis.« Severin Heger nickte einem Kellner zu.

»Die ist in Hamar. Zu Mama geflohen, ehe irgendwer von uns richtig mit ihr reden konnte. Der Pastor kam, das Mädel weinte, und eine Stunde später saß sie in der Bahn. Kann ja verstehen, dass sie mütterlichen Trost braucht. Sie ist erst fünfundzwanzig.«

»Womit unser Freund Brede ziemlich genau ... doppelt so alt war wie seine Frau.«

»Fast.«

Der Kellner, der eben die misshandelten Reste der Vorspeise entfernt hatte, unternahm einen neuen Versuch. Der Teller war diesmal größer, das Gericht jedoch ebenso unzugänglich. Inseln aus Kartoffelpüree waren wie Trutzburgen rund um ein Stück Seezunge aufgeschichtet, das von dünnen Streifen aus etwas bedeckt war, bei dem es sich um Möhren handeln musste, und auf dessen Rücken etwas undefinierbares Grünes saß.

»Das sieht doch aus wie ein Scheißmikadospiel«, sagte Billy T. genervt. »Wie isst man so was bloß? Was ist eigentlich gegen Steak und Pommes einzuwenden?«

»Ich kann das essen«, erbot sich Severin. »Danke.«

Der Kellner stellte ein Glas Mineralwasser mit einem Zweiglein Minze vor ihn hin und verschwand.

»Nie im Leben. Dieses Gericht kostet *dreihundert Kronen*! Was sind das für grüne Streifen in der Soße? Lebensmittelfarbe?«

»Pesto, stell ich mir vor. Probier doch einfach mal. Sie waren erst sechs oder sieben Monate verheiratet.«

»Weiß ich. Ist etwas über Vermögen, Erbschaft, Testament oder so weiter bekannt? Kriegt das alles die Gattin?«

Severin Heger ließ seinen Blick zu einem Paar von Mitte vierzig wandern, das schon sehr lange vor dem Kondolenzbuch stand. Der Mann trug einen Smoking, die Frau ein eierschalenfarbenes Kleid, das besser in eine andere Jahreszeit gepasst hätte. Ihre Haut wirkte in der schweren Seide schlaff und bleich. Als sie sich umdrehte, sah Severin, dass sie weinte. Er wandte sich ab, als ihre Blicke sich begegneten.

»Du hast doch nicht etwa *Rotwein* zur Seezunge bestellt?«

Der Kellner goss ein neues Glas ein, ohne mit der Wimper zu zucken.

»Meine Schwester sagt, dass man zu weißem Fisch Rotwein trinken darf«, erklärte Billy T. mürrisch und nahm einen großen Schluck.

»Zu Kabeljau, ja. Und vielleicht auch zu Heilbutt. Aber zu Seezunge? Na ja, deine Sache. Und nein, über Geld und so weiter wissen wir so gut wie nichts. Karianne und Karl sind aber schon an der Arbeit. Morgen werden wir einiges mehr haben.«

»Weißt du, dass er in Wirklichkeit Freddy Johansen hieß?«, fragte Billy T. grinsend.

»Wer?«

»Brede Ziegler. Er hieß wirklich jahrzehntelang Freddy Johansen. Trottel. Pathetisch, den Namen zu ändern. Vor allem für einen Mann ...«

»Sagt einer, der seinen Nachnamen schon vor zwanzig Jahren aufgegeben hat.«

»Das ist etwas anderes. Etwas ganz anderes. Das hier schmeckt ja sogar.«

»Das seh ich. Wisch dir das Kinn ab.«

Billy T. faltete die gestärkte Leinenserviette auseinander und fuhr sich über die Mundpartie.

»Ich habe heute Nachmittag mit der Rechtsmedizin geredet. Ziegler hatte totales Pech. Dieser Messerstich ...« Er hob sein eigenes Messer und richtete die Klinge auf seine Brust. »... hat ihn ungefähr hier getroffen. Nur *zwei Millimeter* weiter rechts, und Ziegler wäre noch am Leben.«

»O scheiße.«

»Das kannst du wohl sagen.«

»Wissen sie noch mehr? Die Heftigkeit, meine ich, von oben, von unten, linkshändiger Mörder, Mörderin vielleicht? Solche Sachen?«

»Nada. Die sind schließlich auch keine Hellseher. Aber wir kriegen schon noch mehr. Nach und nach. Willst du denn gar nichts essen?«

»Bin schon satt. Aber du ... Himmel, da ist ja Wenche Foss!«, flüsterte Severin und strengte sich an, in eine andere Richtung zu blicken.

»Na und?«, erwiderte Billy T. »Die darf doch auch mal ausgehen. Was meinst du damit, dass alle Welt ein Motiv für den Mord an Brede Ziegler gehabt hätte? Abgesehen davon, dass der Typ Karriere gemacht hat, meine ich.«

»Ich dachte, die geht nur ins Theatercafé.«

»Hal-lo!«

»Tut mir leid. Ich habe mit Karianne gesprochen ...« Severin gab sich Mühe, Billy T. anzuschauen und nicht abzuschweifen. »... und mir die Zeugenvernehmungen zusammenfassen lassen. Wir sind daran gewöhnt, dass alle losfaseln: ›Ach, wie schockierend‹, und: ›Nein, ich kann mir nicht vorstellen, dass jemand diesen Mann umbringen wollte‹, und so ... aber in diesem Fall scheint es anders zu sein. Die Zeugen wirken natürlich erschüttert und so, aber sie sind nicht wirklich schockiert. Nicht so, wie wir das kennen. Alle machen sie sich Gedanken darüber, wer es gewesen sein könnte. Und darüber spekulieren sie, ohne mit der Wimper zu zucken.«

»Das kann aber mehr mit den Zeugen zu tun haben als mit dem Opfer. Viele von denen, die einen Mann wie Ziegler umschwirren, sehnen sich wahrscheinlich nach Aufmerksamkeit. Die wollen sich nur wichtigmachen.«

Die Diva des Nationaltheaters stand jetzt zusammen mit einem jungen lockigen Schauspieler vor dem Kondolenzbuch.

»Darf man lesen, was die Leute in dieses Buch schreiben?«, fragte Severin Heger.

»Meine Fresse, du bist ja vielleicht promifixiert. Reiß dich zusammen!«

»Wir könnten Hanne Wilhelmsen brauchen«, sagte Severin plötzlich und setzte sich gerade hin. »Das ist ein typischer Fall für sie.«

Billy T. legte das Besteck beiseite, ballte die Fäuste und schlug zu beiden Seiten des Tellers auf den Tisch.

»Sie ist nicht hier«, erwiderte er langsam und ohne Severin in die Augen zu blicken. »Und sie kommt auch nicht. Das ist ein Fall für dich, mich, Karianne, Karl und fünf oder sechs andere, wenn wir die brauchen sollten. Hanne Wilhelmsen dagegen brauchen wir nicht.«

»Na gut. Ich wollte nur nett sein.«

»Alles klar«, sagte Billy T. müde. »Die Spritze. Wisst ihr schon mehr darüber?«

»Nein. Sie lag dicht neben der Leiche, war aber wohl eben erst da gelandet. Sie braucht nicht unbedingt etwas mit dem Mord zu tun zu haben. Oder hast du von der Rechtsmedizin etwas anderes gehört?«

»Nein.«

Das Dessert war mit bloßem Auge kaum zu erkennen. Innerhalb von dreißig Sekunden war es verzehrt. Billy T. winkte nach der Rechnung.

»Gehen wir«, sagte er und bezahlte bar. »Das ist kein Lokal für uns.«

Bei der Tür blieb er plötzlich stehen.

»Suzanne«, sagte er leise. »Suzanne, bist du das?«

Auch Severin Heger blieb stehen und musterte die Frau von Kopf bis Fuß. Sie war groß, schlank an der Grenze zur krankhaften Magerkeit und dramatisch in Schwarz und Blau gewandet. Ihr Gesicht war bleich und schmal, die Haare hatte sie sich aus der Stirn gestrichen. Sie schien Billy T. die Hand geben zu wollen, überlegte es sich dann aber anders und nickte nur kurz.

»B. T.«, sagte sie ebenfalls leise. »Lange nicht gesehen.«

»Ja, ich ... was machst ... schön, dich zu sehen.«

»Würden Sie bitte nach draußen gehen oder hereinkommen?«, fragte lächelnd der Oberkellner, ein seltsam aussehender Mann mit viel zu großem Kopf. »So, wie Sie hier stehen, blockieren Sie die Tür.«

»Ich will rein«, sagte die Frau.

»Ich will raus«, sagte Billy T.

»Hallo«, sagte Severin Heger.

»Vielleicht sehen wir uns mal wieder«, sagte die Frau und verschwand im Lokal.

Der Dezemberabend war ungewöhnlich mild. Billy T. hob sein Gesicht zum schwarzen Himmel.

»Du siehst aus, als ob du einem Gespenst begegnet wärst«, sagte Severin Heger. »Einem, das dich B. T. nennen darf. Ha!«

Billy T. gab keine Antwort.

Er war vollauf damit beschäftigt, Haltung zu bewahren. Er

hielt den Atem an, um nicht aufzukeuchen. Plötzlich rannte er los.

»Mach's gut«, rief Severin. »Wir sehen uns morgen früh!«

Billy T. war schon zu weit weg, um ihn zu hören.

Keiner der beiden Polizisten achtete auf den jungen Mann, der durch das zur Sofienberggate gelegene Fenster ins Restaurant spähte. Er hielt sich die Hände wie Trichter hinter die Ohren und stand schon sehr lange dort.

Severin Heger ging in östlicher Richtung davon. Hätte er die Gegenrichtung eingeschlagen, dann hätte ein Impuls ihn vielleicht dazu gebracht, mit dem Jungen zu reden.

Auf jeden Fall hätte er dann dessen Gesicht gesehen.

VERNEHMUNG DES SEBASTIAN KVIE,
BEARBEITETER AUSZUG.

Vernehmung durchgeführt von Kommissarin Silje Sørensen. Abge-
schrieben von Sekretärin Rita Lyngåsen. Von dieser Vernehmung
existiert ein Tonband. Die Vernehmung wurde am Montag, dem
6. Dezember 1999, auf der Osloer Hauptwache aufgezeichnet.
Zeuge: Kvie, Sebastian, Personenkennnummer 161179 48062
Wohnhaft: Herslebsgate 4, 0561 Oslo
Arbeitsplatz: Restaurant Entré, Oslo
Über seine Rechte belehrt, aussagebereit. Weiß, dass die Verneh-
mung auf Band aufgenommen und später ins Protokoll überführt
werden wird.

PROTOKOLLANTIN:

Können Sie uns als Erstes etwas über Ihre Arbeit sagen?
Über Ihr Verhältnis zu dem Toten und so weiter? *(Husten,*
unverständliche Rede)

ZEUGE:

Ich arbeite seit der Eröffnung im *Entré.* Also seit dem
1. März dieses Jahres *(Papiergeraschel, Gemurmel im Hin-*
tergrund). Ich habe im Frühjahr '98 den Leistungskurs
Koch- und Restaurantfach an der Sogn-Schule beendet.
Außerdem war ich längere Zeit in Lateinamerika. Neun
Wochen, genauer gesagt. Brede Ziegler kannte mich vom
Hörensagen und wollte mich im *Entré* haben. Und ich war

natürlich total scharf auf den Job. Hat mich wohl auch ziemlich happy gemacht, dass so ein Typ schon von mir gehört hatte. Die Bezahlung ist sauschlecht, aber das ist sie überall, solange man noch keinen großen Namen hat.

PROTOKOLLANTIN:

Wie ... wie gefällt Ihnen die Arbeit?

ZEUGE:

Ich habe die ganze Zeit mehr oder weniger ohne Unterbrechung gearbeitet. Hab zum Beispiel keinen Sommerurlaub genommen. Eigentlich habe ich montags und an jedem zweiten Mittwoch frei – eigentlich. Aber scheiße, ich find die Arbeit toll. Das *Entré* hat im Moment die spannendste Küche in der Stadt. Nur weil ... ich meine *(undeutlich)*. Ich muss ja eigentlich nur Befehle ausführen, aber trotzdem lerne ich verdammt viel. Der Küchenchef geizt auch nicht mit Lob, wenn Extraarbeit anfällt. Und das ist eigentlich dauernd der Fall. Außerdem ist Brede sich nicht zu schade, selbst mit anzufassen. Er kocht auch selbst, jedenfalls so fünf- oder sechsmal bisher. Das ist verdammt klasse, wenn man bedenkt, was er sonst noch alles um die Ohren hat. Ich meine, scheiße, dem gehört doch der ganze Laden. Größtenteils jedenfalls. Das glaube ich wenigstens. Ich habe gehört, dass ihm auch sonst noch einiges gehört, aber darüber weiß ich nichts.

PROTOKOLLANTIN:

Nicht, dass ich prüde wäre, aber Sie sollten nicht so viel fluchen. Die Vernehmung kommt wortwörtlich ins Protokoll, und diese Unflätigkeiten sehen geschrieben nicht gerade gut aus.

ZEUGE:

Ach ja. Tut mir leid. Sorry. Werd mich zusammenreißen.

PROTOKOLLANTIN:

Haben Sie Brede Ziegler gut gekannt?

ZEUGE:

Gut … gut? Der war mein Chef. Klar hab ich mit ihm geredet, bei der Arbeit, mein ich. Aber was heißt schon kennen … *(Lange Pause)* Er war doch älter als ich. Viel älter. Befreundet waren wir also nicht. Das kann ich nicht behaupten. Wir sind nicht zusammen in die Kneipe oder zum Fußball gegangen. *(Lacht)* Nein. Das nicht.

PROTOKOLLANTIN:

Wissen Sie, mit wem der Verstorbene befreundet war?

ZEUGE:

Mit allen. *You name 'em. (Lautes Lachen)* Bei Brede hat's von Promis nur so gewimmelt. Die haben ja geradezu an ihm geklebt. Es war so was … natürlich war ich ziemlich geschockt, als ich von dem Mord hörte. Aber Brede war auch ziemlich umstritten. In der Szene, meine ich. Er war so verdammt … so verflucht erfolgreich. *(Kurzes Lachen)* Verzeihung. Soll ja nicht fluchen. *(Pause)* Brede war der Allerbeste, wissen Sie. Das haben ihm bestimmt viele nicht gegönnt. Was er anfasste, wurde zu Gold, so war das. Und es gibt nun mal viele kleinliche Leute. In unserer Branche blüht der Neid. Mehr als anderswo, glaube ich. So kommt es mir jedenfalls vor.

PROTOKOLLANTIN:

Verstehe ich das richtig, … Sie haben Brede Ziegler bewundert? Ein bisschen so wie einen Filmstar?

ZEUGE:

(Kurzes Lachen, Husten) Ich habe mit elf Jahren in einer Illustrierten einen Artikel über Brede Ziegler gelesen. Und von da an war er mein Held. Ich will unbedingt so werden,

wie er war. Tüchtig und großzügig. Ich habe zum Beispiel gehört, dass er zu Weihnachten allen ein Masahiro-Messer schenken wollte. Mit Namen und so. Eingraviert, mein ich. Vielleicht war das nur ein Gerücht, aber ich hab es gehört. Und es würde zu Brede passen. *(Lange Pause, Papiergeraschel)* Er hat sich immer an Namen erinnert. Selbst mit den Spülhilfen hat er geredet wie mit guten Bekannten. Ich würde sagen, dass Brede Ziegler große Menschenkenntnis besaß. Und der beste Koch in ganz Norwegen war. Auf jeden Fall, wenn Sie mich fragen.

PROTOKOLLANTIN:

Haben Sie die Frau des Verstorbenen gekannt?

ZEUGE:

Ich bin ihr nur ein Mal begegnet. Glaube ich. Sie heißt Vilde oder Vibeke oder so. Viel jünger als Brede. Hübsch. Vor zwei Monaten hat sie ihn einmal abgeholt. Hat keinen besonderen Eindruck bei mir hinterlassen. Keine Ahnung, ob sie häufiger im *Entré* ist, ich stehe doch den ganzen Abend in der Küche und komme nur selten dazu, einen Blick ins Lokal zu werfen. Als sie Brede abholte, hatten wir noch nicht geöffnet. Ich hab gerade mit Claudio geredet, dem Oberkellner. Sie hat uns nicht gegrüßt. Kam mir vielleicht ein bisschen arrogant vor. Vielleicht hatte sie es auch nur sehr eilig.

PROTOKOLLANTIN:

Haben Sie …

ZEUGE *(FÄLLT IHR INS WORT)*:

Man soll ja nicht auf Gerüchte hören. Aber es heißt, Brede hätte die Frau einem Kerl ausgespannt, der nicht viel älter ist als ich. Fünf- oder sechsundzwanzig vielleicht. Ich kenn den Typen nicht, aber er heißt Sindre mit Vornamen und arbeitet in Stadholdergaarden. Soll tüchtig sein. Aber wie gesagt, das sind alles nur Gerüchte.

PROTOKOLLANTIN:

Und was denken Sie?

(Pause. Stühlescharren. Jemand kommt ins Zimmer, etwas wird in ein Glas gegossen.)

ZEUGE:

Worüber?

PROTOKOLLANTIN:

Über den ganzen Fall.

ZEUGE:

Ich habe keine Ahnung, wer Brede umgebracht hat. Aber wenn ich raten sollte, würde ich sagen, dass Neid dahintersteckt. Bescheuert natürlich, jemanden umzubringen, bloß weil man sich darüber ärgert, dass er so erfolgreich ist, aber so sehe ich das eben. Ich selbst hab den Sonntagabend im *Entré* in der Küche verbracht. Ich bin gegen drei Uhr nachmittags gekommen und erst um zwei Uhr morgens nach Hause gegangen. Ich war die ganze Zeit mit anderen zusammen – abgesehen davon, dass ich drei- oder viermal pissen musste.

Anmerkung der Protokollantin:
Der Zeuge erklärte sich flüssig und zusammenhängend. Während der Vernehmung ließ er sich Kaffee und Wasser bringen.

5 »Stazione termini. Il treno per Milano.«
Der Direktor hatte sie zu dem vor dem Tor wartenden Taxi begleitet. Er erteilte dem Fahrer Anweisungen und

bekundete sein Bedauern über Hanne Wilhelmsens plötzliche Abreise.

»Signora, why can't you wait – very good flight from Verona tomorrow!«

Aber Hanne konnte nicht warten. Von Mailand aus ging noch am selben Abend eine Maschine nach Oslo. Die Bahnfahrt von Verona nach Mailand dauerte knapp zwei Stunden. Hundertzwanzig Minuten näher an zu Hause!

Bei der Passkontrolle wurde ihr schwindlig. Vielleicht lag das an ihrer Reisejacke. Die hatte Cecilie gehört. Wie eine schwache Erinnerung nahm Hanne einen Duft wahr, den sie für verschwunden gehalten hatte. Sie lehnte sich an den Schalter und winkte die Leute, die hinter ihr standen, vorbei.

Die Wohnung.

Cecilies Sachen.

Cecilies Grab, von dem sie nicht einmal wusste, wo es lag.

Ein Flughafenangestellter reichte ihr den Pass. Sie konnte ihn nicht entgegennehmen. Ihr Arm wollte sich einfach nicht heben. Der Ellbogen tat weh, weil sie ihn so energisch auf den Schaltertisch gepresst hatte. Sie zählte bis zwanzig, riss sich zusammen, steckte das weinrote Heft ein und rannte los. Weg aus der Warteschlange, weg aus dem Flughafengebäude. Weg von der Heimreise.

Hanne Wilhelmsen stand wieder in Verona. Sie war ihrem allerersten Impuls gefolgt. Am nächsten Morgen konnte sie über München nach Oslo fliegen.

Sie kannte Verona kaum. Seit sie im Juli hergekommen war, hatte sie sich an die Villa Monasteria und die umliegenden Hügel gehalten. Anfangs hatten die Studentinnen versucht, sie an den Wochenenden nach Verona zu locken, es dauerte mit dem Auto eine knappe halbe Stunde. Hanne hatte sich nie locken lassen.

Die lange Reihe aus Tagen zwischen braungelbem Sommer und feuchtem Dezember hatte etwas von dem Schmerz betäubt, der sie seit Cecilies Tod gelähmt hatte. In gewisser Hinsicht war Hanne weitergekommen. Und trotzdem brauchte sie noch Zeit. Vierundzwanzig Stunden wenigstens. In vierundzwanzig Stunden würde sie sich ins Flugzeug nach Norwegen setzen.

Sie würde in die Wohnung und zu Cecilies vielen mehr oder weniger vollendeten Renovierungsprojekten zurückkehren. Zu Cecilies Kleidern, die noch immer ordentlich zusammengefaltet in der einen Hälfte des Kleiderschrankes im Schlafzimmer lagen, neben Hannes Chaos aus Hosen und Pullovern.

Sie würde Cecilies Grab ausfindig machen.

Hanne stand auf der *Piazza Bra* in Verona und suchte ihre Ohren vor dem Lärm der Stadt zu verschließen. Das gelang ihr nicht, und ihr ging auf, dass dieser Lärm nur aus Stimmen bestand. Der Autoverkehr war von dem großen Platz ausgeschlossen. Rufe hallten von den uralten Marmorgebäuden rund um die mitten in der Stadt gelegene *Arena de Verona* wider und wurden über die vielen Marktbuden hinweggeweht, wo Hunderte von Händlern Schinken und Porzellan, Autostaubsauger und Trödel *per la donna* feilboten.

Der Rucksackriemen grub sich in Hannes Schulter. Sie lief ziellos weiter, fort von dem Menschengewimmel, in den Schatten, in eine Seitenstraße. Sie musste sich ein Hotel suchen, einen Ort, wo sie ihr Gepäck abladen, eine Nacht schlafen und sich auf die lange Heimreise vorbereiten konnte. Sie wusste nicht so recht, ob diese Reise bereits begonnen hatte.

6 Die Morgenbesprechung hätte seit zwölf Minuten im Gange sein sollen. Billy T. war noch nicht aufgetaucht.

Karianne Holbeck starrte einen Haken an, der gleich über der Tür in der Decke befestigt war. Sie versuchte, nicht auf die Uhr zu sehen. Kommissar Karl Sommarøy hatte ein Schweizer Messer hervorgezogen und schnitzte vorsichtig an einem Pfeifenkopf herum.

»Viel zu groß«, erklärte er denen, die das möglicherweise interessierte. »Liegt nicht gut in der Hand.«

»Fährst du mit Spikes oder ohne?«

»Hä?« Karl Sommarøy schaute auf und wischte sich einige Späne von der Hose.

»Ich will jedenfalls bei den Spikes bleiben«, sagte Severin Heger. »Ich werde diese verdammte Gebühr bezahlen, solange das überhaupt möglich ist. Gestern Morgen zum Beispiel, als ich ...«

»Morgen, Leute.«

Billy T. fegte zur Tür herein und knallte einen Ordner auf den Tisch.

»Kaffee.«

»*Say the magic word*«, befahl Severin.

»Kaffee, zum Teufel!«

»Jaja. Hier. Nimm meinen. Ich hab ihn noch nicht angerührt.«

Billy T. hob die Tasse halb zum Mund, stellte sie dann aber grinsend wieder hin.

»Lasst uns mal zusammenfassen, was wir schon haben, und dann die Aufgaben für die nächsten zwei Tage verteilen. Oder so. Severin. Mach du den Anfang.«

Severin Heger hatte viele Jahre in den allerobersten Etagen der Wache verbracht. Er hatte sich beim POT wohlgefühlt. Die

Arbeit beim Überwachungsdienst war spannend, abwechslungsreich und hatte ihm ein Gefühl von Bedeutung gegeben. Eine erschöpfende Periode voller Skandale und Dauerbeschuss durch die gesamte norwegische Presse hatte ihm seine Begeisterung für den Posten nicht nehmen können, den er angestrebt hatte, seit er alt genug gewesen war, um zu begreifen, was sein Vater Tag für Tag machte. Severin Heger liebte seine Arbeit, hatte aber ununterbrochen Angst.

Als er achtzehn war, hatte er sich widerstrebend mit seiner Homosexualität abgefunden. Sie sollte ihn nicht daran hindern, die selbstgesteckten Ziele zu erreichen. An seinem zwanzigsten Geburtstag – nach einer Pubertät, die geprägt war von Kampfsport, Fußball und Wichsen praktisch rund um die Uhr – hatte er beschlossen, niemals etwas durchblicken zu lassen, niemals ein Geheimnis zu verraten, das seinen Vater das Leben kosten würde. Der Vater war während des Krieges mit Shetland-Larsen gefahren und für seinen Einsatz für das Vaterland hoch dekoriert worden. In den Fünfziger- und Sechzigerjahren hatte er selbst beim Überwachungsdienst gearbeitet. Damals hatten die Kommunisten in jeder Gewerkschaft ihr Unwesen getrieben, und der Kalte Krieg war durch und durch eisig gewesen. Severin war Einzelkind und Papasöhnchen, und seine Fassade war nur ein einziges Mal gebröckelt. Er hatte versucht, Billy T. anzubaggern. Er war taktvoll zurückgewiesen worden, und Billy T. hatte die Episode mit keinem Wort mehr erwähnt.

Als der Überwachungschef nach dem Furre-Skandal seinen Hut nehmen musste, hatte der POT zum ersten Mal eine Chefin bekommen. Sie war nicht lange im Dienst geblieben. Doch ehe sie ging, hatte sie es noch geschafft, Severin Heger in ihr Büro zu rufen und ihm zu sagen: »Es ist kein Sicherheitsrisiko, dass du schwul bist, Severin. Das Problem ist, dass du so viel Kraft vergeudest, um es zu verbergen. Hör doch auf damit. Sieh dich um! Wir gehen auf ein neues Jahrtausend zu.«

Severin wusste noch, dass er sich wortlos erhoben hatte. Dann war er nach Hause gegangen, hatte lange geschlafen, war aufgestanden, hatte geduscht und sich in einer feinen Duftwolke in die Schwulenkneipe *Castro* begeben. Nach einer Nacht, in der er nach Kräften versucht hatte, seine Versäumnisse aufzuholen, hatte er seine Versetzung zur Kriminalpolizei beantragt. Mittlerweile war sein Vater seit zwei Jahren tot. Severin Heger fühlte sich endlich frei.

»Das Einzige, was wir sicher wissen, ist Folgendes ...« Er klopfte mit einem Finger gegen die Tischkante. »Bei der Leiche handelt es sich um Brede Ziegler. Geboren 1953. Frisch verheiratet. Kinderlos. Als er ermordet wurde, trug er eine Brieftasche mit über sechzehntausend Kronen in bar bei sich. Sechzehntausendvierhundertachtzig Kronen und fünfzig Öre, wenn wir pingelig sein wollen.«

»Sechzehntau...«

»Sowie vier Kreditkarten. Nicht weniger. AmEx, VISA, Diners und Master Card. Gold und Silber und Platin und weiß der Teufel was noch.«

»Damit wäre die Möglichkeit, dass es ein Überfall war, geplatzt«, murmelte Karianne.

»Nicht unbedingt.« Severin Heger rückte seine Brille zurecht. »Der Täter kann von Passanten überrascht worden sein, ehe er die Beute an sich reißen konnte, um es mal so zu sagen. Aber wenn es ein Raubüberfall war, dann handelt es sich um eine seltsame Tatwaffe. Ein Masahiro 210.«

»Ein was?« Karianne verschluckte den Zuckerwürfel, an dem sie herumgelutscht hatte. »Ist er also wirklich erstochen worden? Mit einem Massa-was?«

»Masahiro 210. Das ist ein Messer. Ein teures, erstklassiges Küchenmesser. Eigentlich müsste es dafür einen Waffenschein geben. Es ist ein besonders gefährliches Teil.«

»Das hat doch dieser Küchenjunge erwähnt«, sagte Silje Sørensen eifrig. »So eins sollten sie zu Weihnachten bekommen.«

Billy T. blickte Karianne missbilligend an.

»Wenn du es nicht nötig hast, zu den Besprechungen zu kommen, und lieber periphere Zeugen vernimmst, dann musst du dich verdammt noch mal informieren, worüber wir reden.«

»Aber ... du bist derjenige, der zu spät gekommen ist!«

»Lass den Scheiß. Das mit dem Messer haben wir gestern erfahren.«

Er rang sich ein Lächeln ab. Karianne beschloss, es als eine Art Entschuldigung zu deuten, sah ihn aber unverwandt an, bis er sich abwandte und weitersprach.

»Gestern Morgen hat die Rechtsmedizin mitgeteilt, dass auf der Klinge ›Masahiro 210‹ steht. Wir hätten das sofort erfahren müssen. Noch Sonntagnacht. Sowie sie ihm das Messer aus der Brust gezogen hatten. Vielleicht können wir irgendwann im nächsten Jahrtausend den verdammten Ärzten klarmachen, dass sie mit uns kommunizieren müssen.«

»Da hast du doch geschlafen«, murmelte Karianne kaum hörbar.

Severin Heger erhob sich und breitete dramatisch die Arme aus.

»Ihr Lieben. Hochverehrte Kolleginnen und Kollegen. Wie wollen wir diesen Fall lösen, wenn wir viel mehr darauf brennen, uns gegenseitig an die Gurgel zu gehen?«

»Ich hab keine Probleme.«

Silje Sørensen lächelte breit und prostete den anderen mit ihrer Kaffeetasse zu. Sie hatte gerade erst ihre Ausbildung beendet und war glücklich darüber, sofort bei der Kriminalpolizei gelandet zu sein. Die anderen aus ihrem Jahrgang liefen im Dienst der Ordnungspolizei auf der Straße herum.

»Du ja. Aber unser Hauptkommissar hier ... «

Er legte ihm eine Hand auf die Schulter. Billy T. schüttelte sie ab.

» ... der ist denkbar schlechtester Laune. Ich weiß nicht, warum, aber als sonderlich fruchtbar können wir das nicht bezeichnen. Und du, schöne Frau ... «

Er richtete den Finger auf Karianne Holbeck und zeichnete eine Spirale in die Luft.

» ... du scheinst derzeit einen etwas verspäteten Aufruhr gegen sämtliche Autoritäten zu veranstalten. Könnte das hormonell bedingt sein? PMS zum Beispiel? «

Karianne lief tiefrot an und wollte sich wehren. Billy T. brachte ein weiteres Lächeln zustande, ein sehr viel echteres diesmal.

»Darf ich vorschlagen, dass wir das Kriegsbeil begraben, dass Karl von seiner hübschen Handarbeit ablässt, dass jemand neuen Kaffee aufsetzt – trinkbaren diesmal – und dass ich mich danach ganz ruhig hinsetze, um dieser hervorragenden, wenn auch leicht vergrätzten Ermittlungsgruppe etwas mehr von meinen Kenntnissen über die Mordwaffe mitzuteilen? «

Er lächelte die sechs anderen an. Karianne war noch immer tiefrot. Silje Sørensen hielt sich die Hand vor den Mund, um ein Kichern zu unterdrücken; an ihrem Ringfinger funkelte ein Diamant, der sicher einen halben Wachtmeisterjahreslohn gekostet hatte. Karl zögerte, klappte dann aber sein Messer zusammen und steckte die Pfeife in die Jackentasche. Annmari Skar, die Polizeijuristin, die sich bisher in ihre Unterlagen vertieft und offenbar auf den ganzen Auftritt gepfiffen hatte, starrte ihn mit einem schwer zu deutenden Blick an. Dann lachte sie plötzlich laut.

»Du bist ein Gewinn für uns, Severin. Du bist wirklich ein Gewinn.«

Kommissar Klaus Veierød war schon auf dem Weg zur Kaffeemaschine. »Wer will Kaffee?«

»Alle«, sagte Severin munter. »Wir wollen alle Kaffee. So ... « Er setzte sich und holte tief Luft. »Auf der Klinge steht noch mehr.«

Er wühlte in seinen Papieren und hielt schließlich einen gelben Zettel dicht vor seine Augen.

»Ich muss mir endlich angewöhnen, meine Brille zu benutzen. ›Molybdenum Vanadium Stainless Steel‹. Auf gut Norwegisch heißt das wahrscheinlich so etwas wie Raumfahrtstahl. Stabil und unglaublich leicht. In einem gegossen. In allen besseren Restaurantküchen benutzen sie solche Messer. Die sind im Moment einfach das Heißeste. Das Beste. Das hier kostet bei GG Storkjøkken in der Torggate eintausendfünfundzwanzig Kronen und zweiundachtzig Öre. Mit anderen Worten, es ist die Sorte Messer, die ihr wohl kaum bei uns in der Kantine finden würdet.«

Er hob den Daumen zur Decke.

»Im *Entré* dagegen benutzen sie nur solche Messer. Das Problem ist, dass das auch für zehn bis zwölf andere Restaurants hier in der Stadt gilt. Mindestens. Die Klinge ist übrigens zweihundertzehn Millimeter lang. Zweiundachtzig davon haben in Zieglers Brust gesteckt. Die Spitze hatte den Herzbeutel ganz am Rand perforiert.«

Er verstummte. Niemand sagte etwas. Das Rauschen einer schrottreifen Klimaanlage verpasste Billy T. eine Andeutung von Kopfschmerzen, und er rieb sich die Nasenwurzel.

»Leicht«, seufzte er. »Das Messer ist also außergewöhnlich leicht?«

»Ja. Ich war gestern bei GG und hab mir eins angesehen. Ich

kann mir so ein Ding leider nicht leisten, aber du meine Güte, was für ein Messer! Ich hatte immer *Sabatier* für das Alleinseligmachende gehalten, aber jetzt weiß ich es besser.«

»Leicht«, wiederholte Billy T. und zog eine Grimasse. »Mit anderen Worten, wir können nicht ausschließen, dass wir es mit einer Frau zu tun haben.«

»Das könnten wir sowieso nicht«, sagte Karianne, offenkundig bemüht, nicht übellaunig zu klingen. »Ich meine, kein Messer wiegt so viel, dass eine Frau damit nicht …«

»Oder ein Kind«, fiel Billy T. ihr nachdenklich ins Wort.

»Genau. Die Waffe sagt uns eigentlich nur, dass der Mörder oder die Mörderin keine finanziellen Probleme hat oder in der Restaurantszene verkehrt.«

Wieder lief Karianne rot an. Sie fuhr sich energisch über eine Wange, wie um die Röte wegzuwischen.

»In der Restaurantszene«, wiederholte Karl. »Es kann sich aber auch um jemanden handeln, der diesen Eindruck erwecken will.«

»Wie wir es so oft haben.«

Billy T. schabte sich mit seinem Dienstausweis über den Hals, als wollte er sich rasieren.

»Aber es ist doch ein kleiner Trost, dass …« Silje Sørensen hatte sich unnötigerweise gemeldet. »Ich meine, es wäre sicher schlimmer für uns, wenn wir es mit einem IKEA-Messer zu tun hätten oder so. Es kann doch hierzulande nicht allzu viele Messer von dieser Sorte geben. Wissen wir etwas über die Fingerabdrücke?«

»Ja«, sagte Severin Heger. »Bisher keine Funde. Der Griff ist sauber, abgesehen von Blut und kleinen Partikeln von feinem Papier. Abgewischt mit einem Papiertaschentuch, wenn ihr mich fragt.«

»Und ich frage dich«, sagte Billy T. »Wie lange wird die DNA-Analyse dauern?«

»Zu lange. Sechs Wochen, sagen sie jetzt. Aber ich werde versuchen, das so weit wie möglich zu beschleunigen. Außerdem haben sie an Zieglers Leiche keine anderen Stichwunden gefunden. Auf der Spritze waren übrigens Fingerabdrücke. Die Kripo vergleicht sie gerade mit dem Register. Ich glaube aber, wir sollten uns da keine zu großen Hoffnungen machen. Ach, da fällt mir noch ein, die Rechtsmedizin findet, dass Ziegler eine seltsame Gesichtsfarbe hatte. Der Arzt wollte wissen, ob er viel getrunken hat. Wissen wir etwas darüber?«

Alle starrten Karianne an, die für die Koordinierung der taktischen Ermittlungen zuständig war. Sie schüttelte leicht den Kopf.

»Wir haben vierundzwanzig Leute vernommen und wissen noch immer nicht, ob der Mann getrunken hat oder nicht. Das neue System, die Vernehmungen auf Band aufzuzeichnen, mag ja gut und schön sein, aber es kommt mir ziemlich blödsinnig vor, wenn wir keine Leute haben, die die Abschrift erstellen. Bisher haben wir erst drei schriftliche Fassungen. Silje und Klaus haben sich gewaltig ins Zeug gelegt, und wir haben an einem Tag mehr Vernehmungen geschafft als irgendwann sonst. Aber was hilft das, wenn sie alle nur als braune Bänder vorliegen? Ich hab keinen Nerv für weitere Vernehmungen, solange die, die wir haben, noch nicht abgeschrieben sind.«

»Natürlich hast du den Nerv.« Billy T. schaute sie an und fügte hinzu: »Ich verstehe ja das Problem. Ich werde sehen, was sich tun lässt. Aber du machst weiter mit den Vernehmungen, bis ich dir was anderes sage. *Capisci?*«

»Leute«, mahnte Severin Heger. »Wir wollten doch Ruhe und Frieden bewahren, oder? Was sagst du, Karianne, weißt du wirklich nichts über Zieglers Trinkgewohnheiten?«

Kariannes Wangenmuskeln strafften sich, ehe sie antwortete: »Einige behaupten, er hätte jeden Tag getrunken. Nicht so, dass er betrunken gewesen wäre, sondern eher ... kontinentale Trinkgewohnheiten eben. Andere sagen, er habe so gut wie nie Alkohol angerührt, wieder anderen zufolge hat er gesoffen.«

Die Tür ging auf. Ein Hauch von frischer Luft wehte in den fensterlosen Raum, und Polizeidirektor Hans Christian Mykland kam herein. Stuhlbeine scharrten.

»Bleibt ruhig sitzen«, murmelte er und ging zu dem Stuhl neben der Kaffeemaschine, nachdem er Billy T. flüchtig zugenickt hatte.

Der Hauptkommissar setzte sich unwillkürlich gerader und wies auf Karianne, um sie zum Weiterreden zu bewegen.

»Ich habe die Vernehmungsprotokolle ja nun mal nicht *gelesen*«, sagte sie. Dann schaute sie den Polizeidirektor an und fügte hinzu: »Wir haben keine Leute für die Abschriften, deshalb ...«

»Das wissen wir schon«, sagte Billy T. mit tonloser Stimme. »Weiter.«

»Aber ich habe mir eine Art Bild von dem Mann gemacht. Das heißt, das habe ich *nicht*.« Sie fasste sich an den Hals und wiegte den Kopf. »Es ist so schwer zu erfassen, wer er wirklich war. Zum Beispiel ... behauptet fast die Hälfte der Zeugen, mit Ziegler eng befreundet zu sein. Wenn wir diese Freundschaften dann genauer unter die Lupe nehmen, stellt sich heraus, dass diese Leute ihn während der letzten Jahre höchstens dreimal richtig gesprochen haben. Und dann ist da die Sache mit der Frau. Fast niemand wusste, dass sie überhaupt zusammen waren, und dann kamen sie plötzlich als Ehepaar mit breiten Goldringen aus Mailand zurück.«

»Dieser Klunker soll ein Trauring gewesen sein?«, fragte

Billy T. überrascht. »Dieser Rieseneumel mit dem roten Stein? Haben wir ... gibt es in Mailand ein norwegisches Konsulat?«

»Vielleicht herrschen in Italien andere Sitten als bei uns«, sagte Karianne trocken. »Vielleicht ist dort keine Aufenthaltsgenehmigung erforderlich. Vielleicht kann man einfach nach Italien fahren und heiraten. Wenn man in einem EU-Land lebt, meine ich. Du weißt möglicherweise, dass wir mit der Europäischen ...«

»Hör jetzt auf!« Annmari hatte sich merklich zusammengerissen, seit der Polizeidirektor Einzug gehalten hatte. »Erzähl lieber weiter.«

»Sicher«, sagte Karianne und holte tief Luft. »Ich wollte nur die Frage des Chefs beantworten. Was die Frau angeht, Vilde Veierland Ziegler, so bin ich ziemlich ratlos, um ehrlich zu sein. Ich habe gestern zweimal mit ihr telefoniert. Beide Male hat sie versprochen, so schnell wie möglich nach Oslo zu kommen. Sie ist noch immer nicht aufgetaucht. Wenn sie heute nicht wie abgemacht um zwölf hier erscheint, fahre ich nach Hamar und spreche dort mit ihr. Aber ...« Sie schaute auf und bohrte einen Zeigefinger in die Luft. »... ich habe im Ehevertragsregister in Brønnøysund nachgesehen. Das Ehepaar Ziegler ist dort nicht aufgeführt.«

»Gütergemeinschaft«, sagte Annmari Skar langsam. »Die Frau erbt alles. Er hat keine Kinder.«

Unterschiedliche Varianten von »Aha« vermischten sich zu einem Stimmengewirr.

»Irrtum«, erwiderte Karianne. »Jedenfalls nicht ganz richtig. Vielleicht wird die junge Witwe doch nicht so ganz lustig sein, denn das Restaurant bekommt sie nicht.«

»Nicht?« Polizeidirektor Mykland meldete sich zum ersten Mal seit seinem Erscheinen zu Wort. »Warum nicht?«

»Also«, Karianne Holbeck zögerte mit ihrer Antwort, »ich kenne mich mit der Gesetzeslage nicht so gut aus, aber ... angeblich gibt es da eine sogenannte firmeninterne Absprache. Kann das stimmen?«

Annmari Skar und der Polizeidirektor nickten.

»Und diese Absprache sieht so aus.« Karianne griff zu einem blanken Bogen und zerriss ihn in zwei Stücke. Sie schwenkte das eine und sagte: »Ziegler besaß einundfünfzig Prozent des *Entré*. Der Rest, also neunundvierzig Prozent ...«

Billy T. verdrehte die Augen.

»... gehört Oberkellner Claudio«, sie musste ihre Unterlagen konsultieren, »Claudio Gagliostro. Was für ein Name! Fast keiner von den Zeugen kannte seinen Nachnamen. Und niemand wusste, dass ihm ein so großer Anteil gehörte. Claudio ist Oberkellner und Geschäftsführer, und die Vereinbarung sieht vor, dass der eine die Anteile des anderen erbt, sollte einer vor dem 31. Dezember 2005 das Zeitliche segnen.«

»Womit Genosse Claudio nun reich wäre«, sagte Karl Sommarøy, der aus purer Zerstreutheit wieder an seinem Pfeifenkopf herumschnitzte.

»Tja«, sagte Karianne. »Wir wissen allerdings noch nicht, was der Laden wirklich wert ist. Auf jeden Fall bleibt für die Gattin immer noch genug. Die Wohnung in der Niels Juels gate hat er '97 für über fünf Millionen gekauft. Die Hypothek betrug drei Millionen; wir haben noch nicht überprüfen können, wie viel davon schon zurückgezahlt worden ist. Auf jeden Fall bleibt ein schöner Batzen Geld übrig. Die Bank ist übrigens nicht gerade kooperativ. Möglicherweise müssen wir uns vom Gericht Hilfe holen.«

»Warum das Messer?«, sagte Silje leise, so als wolle sie eigentlich gar nicht gehört werden.

»Hä?« Karl Sommarøy schaute sie aus zusammengekniffenen Augen an.

»Ich meine ... Brede Ziegler wurde mit einem Messer ermordet. Mit einem ganz besonderen Messer. Und mit einem einzigen Stich. Messermorde sind sonst ungeheuer wüst. Ich habe neulich von einem Fall mit zweiundvierzig Stichen gelesen. Der Mörder ist außer sich vor Wut und sticht immer wieder zu. Normalerweise, meine ich. Diesem Typ hier hat ein Mal genügt. Mit einem ganz besonderen Messer. Das muss doch etwas zu bedeuten haben?«

»Scheiße«, murmelte Billy T. und schüttelte plötzlich den Kopf. »Ich begreife nicht, wieso diese Klimaanlage nie funktioniert. Da kriegt man vom Denken ja Kopfschmerzen. Ihr macht hier weiter – du, Severin, komm ... wir beide fahren zu Zieglers Wohnung. Karl, du setzt Kripo und Rechtsmedizin unter Druck ...

»Ich habe etwas vergessen.« Karl Sommarøy zuckte zusammen und ließ die Pfeife auf den Boden fallen. »Kleinkram vielleicht, aber ...« Er hob den Hintern an und zog einen zusammengefalteten A4-Bogen hervor, der die Form seiner Gesäßtasche angenommen hatte. »Weitere Funde am Tatort«, las er: »Zwei Stück benutzte Kondome. Sechzehn Kippen verschiedenster Sorten. Vier Bierdosen, Tuborg und Ringnes. Ein Taschentuch, gelb und benutzt. Ein großes Stück Geschenkpapier mit Band, blau. Ein Stück Eispapier, Marke Pin-up.« Er faltete den Zettel zusammen und schob ihn zufrieden zurück an den alten Aufbewahrungsort.

»Danke für gar nichts«, sagte Billy T. »Hast du ein Archiv im Arsch, oder was?«

Dann nickte er Severin Heger auffordernd zu, grüßte den Polizeidirektor mit erhobener Hand und verließ das Zimmer.

»Was ist eigentlich in diesen Kerl gefahren«, murmelte Karianne und beantwortete ihre Frage schließlich selbst. »Er leidet
an einem Post-Wilhelmsen-Syndrom. Wäre es nicht langsam an
der Zeit, dass er diese Frau vergisst?«

Niemand gab ihr eine Antwort. Und als sie den Blick des Polizeidirektors spürte, bereute sie ihren Ausbruch bitterlich.

»Ich glaube, du solltest nur über Dinge reden, von denen du
etwas verstehst«, sagte der Polizeidirektor ruhig. »Das wäre
zweifellos zu deinem Besten.«

Es war Dienstag, der 7. Dezember 1999, und es fiel Schnee.

7 Hanne Wilhelmsen trug Schwarz nicht, weil sie in Trauer
war. Es war einfach praktisch. Die Lederjacke hatte vier
große Taschen, deshalb brauchte sie keine Handtasche.
Bei ihrem Aufbruch aus Oslo hatte sie kurzerhand zwei Paar
schwarze Jeans und vier dunkle T-Shirts, dazu Unterhosen und
Socken in den Rucksack gesteckt. Vor allem, weil sie sonst nichts
Sauberes hatte und weil sie nicht wusste, wann sie unterwegs
Gelegenheit haben würde, Klamotten zu waschen.

Sie entdeckte ihr Bild in einem Schaufenster.

Ihre Haare waren wieder lang. Vor einigen Monaten hatte sie
angefangen, ihren Pony nach hinten zu kämmen. Endlich war er
so lang, dass er dort blieb. Die Fensterscheibe zeigte ihr einen fast
fremden Menschen.

Sie ließ ihren Blick von dem fremden Spiegelbild ins Laden-
innere wandern. Kleider. Besonders viel gab es nicht. Die Einrichtung war schlicht, an einem Gestell aus Stahl hingen einige
wenige Kleidungsstücke, Zwei klapperdürre, kopflose Schaufens-
terpuppen trugen enge Hosen und Pullover, die den Nabel frei

ließen. Auf einem kleinen hochbeinigen Tisch mitten im Raum lag ein Paar roter Handschuhe.

Sie ging hinein.

Es waren die rötesten Handschuhe, die Hanne je gesehen hatte.

Langsam, ohne auf die junge Frau zu achten, die vermutlich fragte, ob sie Hilfe brauche, streifte sie die Handschuhe über.

Sie saßen wie angegossen. Sie umschlossen ihre Hände wie eine zusätzliche Hautschicht. Hanne spürte, wie ein Gefühl von Wärme ihre Arme durchströmte, und fasste sich ins Gesicht.

Duecento mila lire, hieß es.

Ohne zu antworten und ohne die Handschuhe auszuziehen, griff Hanne nach ihrer Brieftasche. Sie reichte der Frau ihre VISA-Karte. Die Frau lächelte bedeutungsvoll und sagte etwas, das vielleicht Geschmack und Entscheidung der Kundin lobte. Hanne trug die Handschuhe auch dann noch, als sie den Beleg unterschrieb.

Beim Verlassen des Ladens registrierte sie zum ersten Mal den milden Wind, der durch die engen Straßen fegte. Hoch über den terrakottafarbenen Gebäuden wurde der Himmel langsam blau, wie sie nun sah, eine fremde und sommerliche Farbe, die nicht in den Dezember gehörte. Sie starrte ihre Handschuhe an und setzte sich in Bewegung.

Ihre Handschuhe waren alles, woran sie denken konnte.

Plötzlich öffnete sich vor ihr ein ovaler Platz. Ein marmorner Springbrunnen, umgeben von Straßencafés, die selbst jetzt geöffnet hatten, mitten im Advent. Sie setzte sich an einen Tisch nahe der Wand und bestellte einen Cappuccino.

Für einen Moment empfand sie so etwas wie Ruhe. Muntere Stimmen, Lachen und Schimpfen, Gläserklirren und schnarrende Opernklänge aus dem Lautsprecher über ihr vermischten sich zu etwas, das für sie zu Italien wurde; zu dem Italien, in dem sie in ihren Monaten jenseits der Welt Zuflucht gesucht hatte. Sie fischte eine Zigarette hervor, und noch immer trug sie die Handschuhe. Als sie auf ihr Feuerzeug drückte, hörte sie eine Stimme:

»*Scusi* ...«

Langsam hob Hanne den Blick. Er blieb bei einem Paar roter Hände hängen. Für einen Moment stutzte sie. Sie musste nachfühlen, ihre Hände suchen, sich davon überzeugen, dass sie noch da waren.

Jemand hielt zwischen zwei Fingern eine Zigarette und bat um Feuer. Die Hände trugen die gleichen Handschuhe wie Hannes. Genau die gleichen eng anliegenden, feuerroten Kalbslederhandschuhe, für die Hanne eben erst ein kleines Vermögen bezahlt hatte.

»*Scusi*«, hörte sie noch einmal und schaute auf.

Die Frau, die sie ansah, lächelte. Als Hanne keine Anstalten machte, ihr Feuerzeug noch einmal zu betätigen, nahm die andere es ihr aus der Hand und gab sich selbst Feuer. Sie blieb stehen. Hanne starrte sie an. Die Frau lächelte nicht mehr. Sie stand mit der Zigarette in der Hand da und rührte sie nicht an, bis aus der Zigarette ein Stab aus Asche geworden war.

»*Can I sit here?*«, fragte die Fremde endlich und ließ die Kippe auf den Boden fallen. »*Just for a minute?*«

»*Of course*«, erwiderte Hanne. »*Please do. Sit. Please.*« Dann zog sie langsam die Handschuhe aus und steckte sie in die Tasche.

8 Brede Zieglers Wohnung in der Niels Juels gate lag in einem grau-weißen, anonymen Gebäude im Bauhausstil der Dreißigerjahre. Billy T. schlängelte sich aus dem Dienstwagen und schaute an der Fassade hoch. Ein Knopf löste sich von seiner Jacke und verschwand im Schneematsch unter dem Auto.

»Hier können wir nicht parken«, sagte Severin Heger.

»Dann hilf mir. Der Knopf liegt irgendwo da unten.«

Billy T. stöhnte, richtete sich wieder auf und wischte sich die Hand an der Hose ab.

»Verdammt. Jetzt wird Tone-Marit alle Knöpfe ersetzen. Und die hier gefallen mir gerade. Schau du mal nach, ob du ihn findest.«

»Wir können hier nicht parken«, wiederholte Severin. »Die Karre blockiert die Einfahrt.«

»Ich parke, wo ich will, verdammte Pest«, sagte Billy T. sauer. »Außerdem ist es mitten am helllichten Vormittag. Das ist ein Wohnhaus. Niemand geht um diese Tageszeit hier aus und ein.«

Er warf seinen Dienstausweis auf das Armaturenbrett, wo er durch die Windschutzscheibe sehr gut zu sehen war, und schloss den Wagen ab.

»Wie viele Wohnungen gibt es hier eigentlich?«

Severin Heger zuckte mit den Schultern und schien mit dem Gedanken zu spielen, das Auto selbst woandershin zu fahren.

»Eins, zwei, drei ... «

Billy T.s rechter Zeigefinger wanderte von einem Fenster zum nächsten. Mehrere waren vorhanglos; das Haus wirkte wie geblendet von der tief stehenden Wintersonne, die soeben die Wolkendecke durchbrochen hatte.

»Ich tippe auf zwei pro Etage«, sagte er und ging die asphaltierte Einfahrt hinauf. »Das macht acht Wohnungen zusätzlich zu Zieglers großer ganz oben.«

Neben den doppelten Glastüren auf der Rückseite des Hauses fanden sie die Klingeln neben Messing-Namensschildern.

»Nichts da mit provisorischen Zettelchen, nein.«

Billy T. machte sich an einem umfangreichen Schlüsselbund zu schaffen. Endlich fand er den richtigen Schlüssel und öffnete die Tür. Der Eingangsbereich erinnerte an eine kleine Hotelrezeption. Der Boden war azur und grau gefliest, es roch ein wenig nach Salmiak. Die Wände waren hellgelb gestrichen und mit drei in schmale schwarze Rahmen gefassten grafischen Blättern versehen. An der gegenüberliegenden Wand waren Briefkästen in die Mauer eingelassen und mit den gleichen Messingschildern bestückt, wie sie draußen neben den Klingeln hingen. Ein großer Ledersessel mit Beistelltisch sollte den Hausbewohnern offenbar die Möglichkeit bieten, ihre Post zu sortieren, ehe sie das Haus verließen oder ihre Wohnung aufsuchten. Der Papierkorb aus Manilahanf war halb voll von Prospekten und leeren Briefumschlägen. Er kippte um, als Billy T. den Inhalt durchsehen wollte. Billy T. richtete ihn achtlos wieder auf, wobei drei bunte Mitteilungen über aktuelle Supermarktangebote auf dem Boden liegen blieben. Dann streckte er die Hand nach einem Kästchen aus, das zwischen Mauer und Decke über dem Sessel befestigt war.

»Videoüberwachung«, sagte er eifrig. »Irgendwer soll sich die Bänder sichern, Severin. Und zwar noch heute.«

»An der Tür müsste eigentlich eine Warnung kleben. Weil es vorgeschrieben ist und weil es doch eigentlich darum geht, Gauner von vornherein abzuschrecken. Und wo wir schon von Gesetz und Ordnung reden, Billy T., dürfen wir das hier eigentlich?«

Severin Heger lehnte an der Wand mit den grafischen Blättern und hatte die Hände in die Taschen gebohrt, wie um sich von diesem Einsatz zu distanzieren. Billy T. schwenkte das Schlüsselbund.

»Hat die Frau wirklich gesagt, wir könnten in ihrer Abwesenheit die Wohnung durchsuchen? Was du da in der Hand hast, ist doch einwandfrei Zieglers Schlüsselbund.«

»Jepp. Aber ich habe sie angerufen. Sie war unterwegs nach Oslo. Und sie sagt, es ist in Ordnung.«

Severin nahm seine Brille ab und verstaute sie in einem Etui aus gebürstetem Metall. »Ich kann mich einfach nicht an dieses Teil gewöhnen«, sagte er resigniert und trat in den Fahrstuhl, dessen Türen sich geöffnet hatten. »Ich würde Leute wie uns nie in meine Wohnung lassen, wenn ich nicht dazu gezwungen wäre. Hast du den Code, der uns nach oben bringt?«

Am Schlüsselbund war eine kleine Metallplatte befestigt. Billy T. betrachtete die winzigen Ziffern aus zusammengekniffenen Augen und tippte schließlich eine fünfstellige Zahl in die Tastatur neben der Tür.

»Idiotisch, die Nummer am Schlüssel anzubringen.«

Als die Metalltüren sich lautlos öffneten, stieß er einen gedehnten Pfiff aus.

Der Fahrstuhl führte direkt in die Wohnung. Die beiden Polizisten waren fast dreißig Meter von der gegenüberliegenden Wand entfernt. Der pechschwarze Boden glänzte, und auf jeder Seite des breiten Flurs, der in etwas mündete, bei dem es sich um das Wohnzimmer handeln musste, zählte Billy T. vier Türen.

»Farbloser Lack«, rief er begeistert. »Der Typ hat den Boden doch wirklich mit farblosem Lack bearbeitet!«

»Bodenanstriche«, murmelte Severin Heger. »Das ist einfach ein Bodenanstrich. Ich habe in meinem Leben noch in keiner Privatwohnung einen kohlschwarzen Boden gesehen.«

»Elegant. Sauelegant!«

Billy T. trampelte mit seinen Stiefeln in die Wohnung. Seine Fußspuren zeichneten sich deutlich im Licht der kleinen, unter der hohen Decke befestigten Scheinwerfer ab. Sie hatten sich angeschaltet, als die Fahrstuhltüren aufgegangen waren. Severin Heger streifte die Schuhe ab.

»Sieh dir doch bloß mal diese Küche an«, hörte er Billy T. rufen. »Miniküche! Ich dachte, Köche kochen in Sälen!«

Severin ertappte sich dabei, dass er auf Zehenspitzen durch den Flur schlich. Er fühlte sich bei solchen Einsätzen jedes Mal von Neuem unwohl.

»Ach, verdammt«, murmelte er, als er um die Ecke bog und in den kleinen Schlauch von Küche schaute. »Klein vielleicht. Aber hier ist an nichts gespart worden.«

Der Kühlschrank erinnerte an einen Banktresor. Er war aus massivem Stahl und vertikal eingeteilt in eine Gefriertruhe auf der linken und einen Kühlschrank auf der rechten Seite. Im Gefrierteil fand sich ein Automat mit Knöpfen für Eis, zerstoßenes Eis, Wasser und Wasser mit Kohlensäure. Das ganze Gerät wirkte wie eine Burg, die ein Essensdepot barg, enthielt bei genauerem Hinsehen aber nur drei Filmrollen, eine kleine Packung Butter und zwei Flaschen Champagner.

»*Besserat de bellefon*«, las Billy T. »*Brut. Grande Tradition.*«

»Schmeckt nicht schlecht. Aber sieh dir das mal an!«

Severin zeigte auf die eigentliche Kücheneinrichtung, während Billy T. die Filmrollen unbemerkt in die Tasche steckte.

»Ich wette, das ist ein deutsches Modell.« Severin packte den Stahlbügel und öffnete eine Schublade. »Fühlt sich teuer an«, sagte er und studierte die Marke, die diskret auf der Innenseite der Schublade angebracht war. »Poggenpohl. Feiner geht's nicht.«

»Aber das ist doch eher Kantine als ...« Billy T. rümpfte die Nase und zeigte auf das Besteck aus Edelstahl. Alles lag in perfekter Ordnung da, als werde jeden Moment ein Werbefotograf erwartet.

»Wenn überhaupt, dann die Kantine im Schloss«, erwiderte

Severin. »Das ist italienischer Designerstahl. Und alles hier ist aufeinander abgestimmt.«

Wenn die Küche klein war, dann war das Wohnzimmer zum Ausgleich über hundert Quadratmeter groß. Wände und Decke waren kreideweiß, die Tragbalken schwarz wie der Boden. Das Zentrum des Zimmers bildete eine Sitzgruppe aus zwei fünfsitzigen Sofas, die einander gegenüber und mindestens vier Meter voneinander entfernt standen. Der ungewöhnlich große Couchtisch war aus Stahl und Glas. Billy T. nahm einen Prachtband über indische Tempelaffen vom Tisch und blätterte gleichgültig darin. Dann ließ er ihn zurück auf die Glasplatte fallen und zeigte auf ein Ölgemälde, das hinter einem der Sofas an der Querwand hing.

»Sieh dir diesen Rotton an! Der passt zum Sofa. Er hat sich ein Scheißbild gekauft, das zu den Möbeln passt!«

»Oder umgekehrt«, sagte Severin, der sich dem enormen nicht gegenständlichen Bild genähert hatte. »Gunvor Advocaat. Ich glaube, es ist umgekehrt, Billy T. Erst das Bild, dann die Möbel. Sieht toll aus, das Rote vor dem Schwarzen.«

Billy T. gab keine Antwort. Er versuchte, eine Tür in der nach Süden gelegenen Glaswand zu öffnen, um auf die riesige Dachterrasse zu gelangen.

»Abgeschlossen«, sagte er überflüssigerweise und gab auf. »Werfen wir doch mal einen Blick ins Badezimmer. Badezimmer sind immer spannend.«

Er stapfte durch den langen Flur. Plötzlich blieb er stehen und starrte eine Serie aus fünfzehn bis zwanzig Fotografien an, die hinter Glas und Rahmen in drei Reihen an der Wand hingen.

»Brede Ziegler und … das ist etwas für dich, Severin. Brede und Wenche Foss!«

Severin Heger grinste und zeigte auf das nächste Bild. »Catherine Deneuve. Das da sind Brede Ziegler und Catherine Deneuve!«

»Und Brede, wie er mit Jens Stoltenberg isst.«

»Und da ist ... wer zum Teufel ist das?«

»Björk«, sagte Severin. »Das sind Ziegler und Björk in einem Wagen.«

»Jaguar«, murmelte Billy T. »Wer ist Björk?«

Severin lachte so sehr, dass sein Lachen in Husten umschlug. »Und du behauptest, *ich* sei promifi-hick-xiert!«

Billy T. hieb ihm in den Rücken und beugte sich über das unterste Bild auf der rechten Seite. »Das kann doch nicht sein«, rief er rund patschte mit dem Zeigefinger auf das Glas. »Siehst du, wem Brede da die Hand schüttelt?«

Severin versuchte, die Luft anzuhalten und trotzdem zu sprechen. »Der Papst«, keuchte er. »Brede be-hick-grüßt den Papst!«

»Hol dir ein Glas Wasser. Das Dings im Kühlschrank sah doch fesch aus.«

Billy T. ließ die Hände über die Wand gleiten, bis er die erste Tür neben den Fotos erreicht hatte. Die Klinke fühlte sich kalt und schwer an. Er drückte sie vorsichtig nach unten und öffnete die Tür.

Das Schlafzimmer entsprach der restlichen Wohnung. Der Boden war kreideweiß lackiert. Mitten im Zimmer stand ein Doppelbett mit stählernem Rahmen. Die Bettwäsche war entfernt worden, Decken und Kissen lagen ordentlich zusammengefaltet am Fußende der riesigen Matratze. Auch die Nachttische waren weiß, sie enthielten Schubladen aus Milchglas. Auf dem einen lag ein Buch eines Autors, dessen Name Billy T. nichts sagte. Der andere war leer, abgesehen von einer Leselampe, deren Kuppel aus dem gleichen Glas gefertigt war wie die Schubladen. Die Schlafzimmerwände waren kahl, die Schiebetüren der Schranksektion mit rußigem Spiegelglas verkleidet. Billy T. starrte für einen Moment sich selbst an. Dann öffnete er eins der Schiebeelemente.

»Das ist pervers«, sagte er halblaut zu Severin, der in der Türöffnung stand und ein Glas Wasser in sich hineinschüttete. »Das sind doch mindestens fünfzig Stück.«

Ein breiter Turm aus Schuhkartons, die mit Polaroidfotos gekennzeichnet waren. Billy T. öffnete den obersten. Das Bild draußen zeigte ein Paar rote, hochhackige Damenschuhe. Das stimmte. Das Bild auf dem nächsten Karton zeigte elegante schwarze Herrenschuhe. Auch hier stimmte der Inhalt mit dem Bild überein.

»Ein Schuharchiv«, sagte Severin beeindruckt. »Ziemlicher Ordnungsmensch, der gute Brede.«

»Aber schau dir das an ...«

Billy T. hatte die andere Schrankseite geöffnet. Drei Säulen aus Drahtkörben ragten nebeneinander auf.

»Zwei Körbe mit Frauenkram«, sagte er und zog mit Daumen und Zeigefinger einen schwarzen BH heraus. »Ansonsten nur Herrenkleidung. Man könnte fast meinen, dass die Gattin gar nicht hier wohnt. Schau mal ...«

Er öffnete die mittlere Schrankpartie. An einer mindestens drei Meter langen Stange hingen dicht an dicht Anzüge, Hosen, Blazer und Hemden. Ganz hinten, bei den Schuhkartons, baumelten ein hauchdünnes Cocktailkleid, ein langer Rock und zwei Damenblusen.

»Bilde ich mir das ein, oder hat diese ganze Bude etwas Gespenstisches?«, fragte Billy T. »Hier sieht's doch aus wie in einer sauteuren Boutique. Das Einzige, was in der ganzen Wohnung halbwegs persönlich wirkt, sind eine total bescheuerte Wand mit

Promibildern und eine Garderobe, die auch gleich bei Ferner Jacobsen verkauft werden könnte. War der Typ denn nie zu Hause? Und Vilde – hat die überhaupt je hier gewohnt?«

»Das hier ist nicht Ferner Jacobsen«, sagte Severin und ließ seine Hände langsam über eine Kaschmirjacke wandern. »Das ist überhaupt nicht in Norwegen gekauft. Das Badezimmer. Du hast gesagt, wir sollten uns das Badezimmer ansehen.«

»Wenn wir es finden«, murmelte Billy T. und zog die Schlafzimmertür hinter sich zu. »Wie wär's mit dieser Tür?«

Brede Zieglers Arbeitszimmer zu betreten, war wie ein Schritt in eine andere Welt. Die Wände waren mit tiefroter Seidentapete verkleidet, in einem Muster, das Severin in Gedanken als Löwenfüße bezeichnete. An die zwanzig grafische Blätter und drei Ölgemälde hingen dicht an dicht, einige im Halbdunkel, andere unter Gemäldelampen aus Messing. Der Boden war dunkel und teilweise mit einem Perserteppich bedeckt. In der von der Tür am weitesten entfernten Ecke stand eine anderthalb Meter hohe Marmorstatue der Aphrodite auf ihrer Muschel. Der Schreibtisch war in einer Art Rokokostil gehalten, aus glänzend lackiertem Holz mit einer eingelassenen grünen Filzplatte als Schreibunterlage. Ein Mont-Blanc-Füller lag schräg auf dieser Unterlage, neben einem dazu passenden Tintenfass aus schwarzem und goldenem Glas. Ein Telefon mit Mahagonigehäuse stand neben einem Anrufbeantworter, der aussah, als stamme er aus den Siebzigern. Die Luft war schwer und stickig. Severin reckte die Nase vor und schnupperte energisch.

»Riechst du was?«

»Mhm. Pot.«

»Und um das zu erkennen, braucht's keinen Überwachungsdienst. Übrigens ist mein Schluckauf weg.«

»*Good for you.* Und was haben wir hier?«

Billy T. hob eine Eule aus Onyx hoch, stellte sie wieder hin und sah die Papiere durch, die darunter gelegen hatten.

»Eine Telefonrechnung über achthundertfünfzehn Kronen und fünfzig Öre ...«

»Nicht sonderlich redselig, mit anderen Worten.«

»Ein Einladung zu ... von der chinesischen Botschaft. Zum Essen. Und das hier ...« Er faltete einen Briefbogen auseinander. »Hä?«

»Das ist doch zu blöd«, sagte Severin.

»Eine Art ...«

»... Drohbrief. Das ist verdammt noch mal eine Art Drohbrief.«

Billy T. brüllte vor Lachen. »Der bescheuertste Drohbrief, den ich je gesehen habe! Guck dir das an!«

Vorsichtig legte er den Brief auf den grünen Filz und zog ein Paar dünne Gummihandschuhe aus der Tasche. Der Bogen war gelb, und die darauf aufgeklebten Buchstaben schienen auf den ersten Blick aus einer Illustrierten ausgeschnitten zu sein. An Klebstoff war nicht gespart worden, einige Buchstaben waren in Alleskleber fast ertrunken.

Des KocHeS toD, deS anDerN BROt
GrUß
ReiNe fauST

»Hände hoch und umdrehen. Und ganz ruhig!«

Die Stimme durchschnitt die schwere, nach Marihuana duftende Luft. Billy T. fuhr herum und warf sich dann in einem Reflex zur Seite.

»Stillgestanden«, heulte die Stimme aus der Türöffnung, »Stillgestanden, hab ich gesagt!«

»Der Wachdienst«, sagte Severin resigniert und ließ die Hände sinken.

»Der Wachdienst?«

Billy T. fuhr sich über den Schädel und starrte den total verängstigten jungen Mann an, der eine Maglite in der Hand hielt. Eine andere Waffe hatte er wahrscheinlich nicht.

»Ganz ruhig. Wir sind von der Polizei.«

Billy T. trat einen Schritt vor.

»Stehenbleiben«, heulte der Mann vom Sicherheitsdienst. »Dienstausweis her. Und ganz ruhig!«

»Jetzt reg dich doch ab, zum Teufel!« Billy T. tastete seine Jackentasche ab.

»Scheiße. Mein Ausweis liegt im Auto. Dem Auto vor dem Haus. Vielleicht habt ihr's gesehen? Gleich vor dem Eingang?«

Severin Heger fischte eine Plastikkarte aus seiner Brieftasche und hielt sie dem Wachmann hin. Der zögerte kurz, dann machte er drei Schritte ins Zimmer hinein und riss den Ausweis an sich.

»Stimmt.« Er lächelte kleinlaut. »Er ist von der Polizei. Ihr hättet den Alarm ausschalten müssen.«

»Den Alarm? Ich hab keinen Mucks gehört.«

Billy T. zog die Gummihandschuhe an und faltete den bemerkenswerten Brief zusammen, um ihn in eine Tüte zu stecken und in seiner Tasche verschwinden zu lassen.

»Stiller Alarm. Man soll nichts hören. Bleibt ihr noch lange?«

»Nein«, sagte Billy T. sauer. »Wir gehen jetzt. Dann könnt ihr euch um den Drecksalarm kümmern. Severin, gib mir das Band aus dem Anrufbeantworter.«

Der Wagen stand noch an Ort und Stelle. Jemand hatte einen Strafzettel unter den Scheibenwischer geschoben. Weiter oben in der Straße standen zwei Verkehrspolizisten mit Block und

Bleistift vor einem Lastwagen, der mit den Vorderrädern auf den Zebrastreifen gefahren war.

»He«, schrie Billy T., »du da oben! *Hast du den Polizeiausweis nicht gesehen, oder was?*«

»Vergiss es«, sagte Severin Heger und klopfte ungeduldig auf das Dach des Wagens. »Wir dürfen hier eben nicht stehen.«

Die anderen hatten nur kurz aufgeschaut und widmeten sich bereits wieder dem Ausfüllen von Strafmandaten. Billy T. fluchte von dem Moment an, als sie das Auto aufschlossen, bis der Motor ansprang.

»Ich hasse Uniformierte«, fauchte er. »Ob das nun Trottel vom Wachdienst sind oder ... «

Er öffnete wütend das Fenster auf Severins Seite, als sie an den Verkehrspolizisten vorbeifuhren, und heulte: »... oder die Arschlöcher von der Verkehrskontrolle.«

Nur mit Mühe und Not konnte er den Zusammenstoß mit einem zitronengelben Polo vermeiden.

»Hat Brede Ziegler irgendwann Anzeige wegen Bedrohung erstattet?«, fragte Severin Heger und wischte an der beschlagenen Windschutzscheibe herum.

»Parkuhrbanausen!«, fauchte Billy T.

9 Daniel bereute, die Winterstiefel nicht angezogen zu haben. Es war Dienstag, der 7. Dezember, und die Temperatur war gegen Abend wieder gefallen. Die letzten Tage hatten abwechselnd Schnee, Regen und Sonne geboten. Jetzt legte sich der Schneematsch eiskalt um seine guten Schuhe, und er schlug die Füße gegeneinander, um sie zu wärmen.

Die Zeit wurde langsam knapp.

Der IKEA-Bus kam. Die Leute, die neben ihm an der Halte-stelle vor der Juristischen Fakultät gewartet hatten, eilten ins Warme, und Daniel schaute auf die Uhr.

Sie ärgerte sich schrecklich, wenn er zu spät kam. Und das tat sie, seit er alt genug war, um ins Theater zu gehen. Thale bestand darauf, dass er immer die dritte Vorstellung nach der Premiere besuchte. Dann war noch das zu spüren, was die Mutter »krea-tive Anspannung« nannte. Zugleich hatte die Nervosität der Premiere sich gelegt, und Fehler, die erst bei der Begegnung mit dem Publikum offenbar geworden waren, hatten weggeschliffen werden können.

Es war eine Pflicht, Thales Vorstellung zu besuchen.

Eine Pflicht derselben Kategorie wie die, dass er nach der Schule die Spülmaschine leeren und jeden Freitag den Boden putzen musste. Mit dem Treppenputzen war Schluss, seit er zwei Jahre zuvor in eine Studentenbude gezogen war. Die obligatori-schen Theaterbesuche dagegen würden ihm erhalten bleiben, so-lange die Mutter aufrecht auf einer Bühne stehen konnte. Nach der Vorstellung Spiegelei und Kakao am Küchentisch waren ebenfalls so selbstverständlich, dass er nie einen Widerspruch gewagt hatte. Nicht einmal damals, als seine Freundin am Tag der dritten Vorstellung zwanzig geworden war.

»Sie kann ja mitkommen«, hatte Thale ruhig gesagt. »Du wirst jedenfalls da sein.«

Früher hatte er geglaubt, seine Mutter tue das ihm zuliebe. Das behauptete sie schließlich immer. Das Theater sei gut für ihn, meinte sie. Erst vor kurzer Zeit war ihm aufgegangen, dass sie auf diese Weise im Grunde ihr eigenes Bedürfnis nach einem Ge-sprächspartner zu befriedigen suchte.

Thale hatte nach den Vorstellungen immer sehr viel zu sagen. Sie ging mit den Rollen und den Personen im Stück um wie mit engen Freunden. Ansonsten redete sie nur selten über andere. Sie sagte überhaupt nur wenig, außer in den Nächten, in denen sie Kakao mit Haut tranken und Eier und Tomaten und Toast aßen, bis er nicht mehr konnte und schlafen musste.

Daniel zog sich den Mantelkragen dichter um die Ohren, als er den feuchten Schnee im Nacken spürte. Er kam sich kindisch vor, weil er auf einen Kommentar von ihr wartete. Zugleich empfand er eine Art wachsenden Trotz; sie musste doch verstehen, dass er Probleme hatte. Sie hatte die Sache mit keinem Wort erwähnt. Während ihres Telefonats am Vormittag hatte sie nur immer wieder betont, dass er nicht zu spät zur Vorstellung kommen dürfe.

»Egoistin«, sagte er halblaut und zuckte bei dem Wort zusammen.

Jetzt hatte er es wirklich eilig. Er sah sich nach allen Seiten um, doch den Gesuchten konnte er nirgends entdecken. Wieder schaute er auf die Uhr. In fünf Minuten würde er gehen müssen.

Daniel hatte immer gewusst, dass seine Mutter nicht so war wie andere Mütter. Allein schon die Tatsache, dass er sie Thale nennen musste und nicht Mama, hatte dafür gesorgt, dass er sich bereits im Kindergarten wie ein Außenseiter vorgekommen war. Meistens hatte sie ihn ja in Ruhe gelassen. Sie hatte nie nach der Schule gefragt. Sie hatte sich nur selten in seine Freundschaften eingemischt. In seiner Kindheit hatte sie streng darauf geachtet, dass er rechtzeitig nach Hause kam, ins Theater ging und immer seine Versprechen hielt. Darüber hinaus hatte er tun und lassen können, was er wollte.

Sie hatte nichts gesagt.

Das war ja kein Wunder, aber gekränkt fühlte er sich trotzdem.

Noch schlimmer war, dass Taffa nicht angerufen hatte. Und viel erstaunlicher. Vielleicht würde er sie morgen anrufen. Oder er schaute bei ihr vorbei.

»Hallo. Tut mir leid, dass ich so spät komme!«

Daniel fuhr zusammen und ließ den Briefumschlag fallen, den er die ganze Zeit in der Hand gehalten hatte. Blitzschnell bückte er sich und fischte ihn aus dem Schneematsch.

»Alles klar. Hier. Tausend Kronen. In zwei Wochen kriegst du mehr.«

»Tausend ...« Der andere junge Mann rümpfte die Nase.

»Im Moment habe ich nicht mehr«, sagte Daniel und holte tief Luft. »Und ich muss jetzt los. Zwei Wochen. Versprochen.«

Er klopfte dem anderen leicht auf die Schulter und überquerte die Straße. In seinen Schuhen gluckste die Feuchtigkeit. Er konnte sich gerade noch auf seinen Platz setzen, als der Vorhang auch schon aufging, und er wusste, dass er sich richtig erkältet hatte.

10 Der Schnee war in derselben Nacht gekommen. Alles war still. Das Stimmengewirr des Vortages, das Kindergeheul, die lauten Schritte über das Pflaster waren verstummt. Hanne schloss die Augen und lauschte, nahm aber nur ein gleichmäßiges Ticken in den Wasserleitungen des Badezimmers wahr.

Sie war gegangen.

Es musste so gegen sechs gewesen sein, als sie die Tür hinter sich ins Schloss zog. Hanne war sich nicht ganz sicher. Es spielte auch keine Rolle. Sie war da gewesen. Ihr Duft hing noch im Bettzeug. Sie war gegen sechs verschwunden.

It's not true, you know, hatte sie vorher noch gesagt, *that Venus doesn't smile in a house of tears. She does!*

Hanne stand auf und öffnete die Vorhänge. Das Sonnenlicht und seine grellen Reflexe im Schnee trafen schmerzhaft auf ihre

Augen. Ihr war schwindlig. Sie fühlte sich leicht. Alles war weiß, und sie dachte an Cecilie.

Nefis Özbabacan hieß sie, und sie war ihr zum Abschied ganz leicht mit dem Zeigefinger über die Lippen gefahren.

Hanne zog sich an, ohne zu duschen, und stopfte ihre paar Sachen in den Rucksack. Heute würde sie es schaffen. Nefis machte es ihr möglich, nach Hause zu fahren, zu allem, was Cecilie war. Hanne Wilhelmsen riss den Schlüssel vom Nachttisch und warf sich den Sack über die Schulter. Sie dachte an Nefis' letzte Worte und streifte die roten Handschuhe über, als sie in das Taxi zum Flughafen stieg.

Vernehmung von Vilde Veierland Ziegler

Vernehmung durchgeführt von Kommissarin Karianne Holbeck. Abgeschrieben von Sekretärin Rita Lyngåsen. Von dieser Vernehmung existieren insgesamt zwei Bänder. Sie wurden am Dienstag, dem 7. Dezember 1999, in der Osloer Hauptwache aufgezeichnet. Zeugin: Ziegler, Vilde Veierland, Personenkennnummer 2005 76 40991

Wohnhaft: Niels Juels gate 1, 0272 Oslo

Belehrt über ihre Aussageverpflichtung, aussagebereit. Die Zeugin weiß, dass die Vernehmung auf Band aufgenommen und später ins Protokoll überführt werden wird.

PROTOKOLLANTIN:

Als Erstes möchte ich Ihnen mein Beileid zu *(Husten, undeutlich)* Ihres Mannes aussprechen. Wir geben uns alle Mühe, den Fall aufzuklären, und dazu brauchen wir ... wenn wir den Täter finden wollen, dann müssen wir so viel wie möglich über Ihren Mann wissen. Das ist Ihnen vielleicht unangenehm, aber leider *(Scharren, undeutlich)* ... äh ... bestimmt ist es schwer für Sie ...

ZEUGIN (UNTERBRICHT):

Ja, das kann ich verstehen. Ist schon in Ordnung.

PROTOKOLLANTIN:

Dann geht's also los. Zuerst vielleicht ein wenig über Sie selbst. Was sind Sie von Beruf?

ZEUGIN:

Ja ... nein *(räuspert sich)*. Ein paar Jobs als Model. Hochzeitskleider und so. Und ab dem Frühling möchte ich studieren.

PROTOKOLLANTIN:

Verdienen Sie etwas? Ich meine, was verdienen Sie dabei?

ZEUGIN:

Nicht sehr viel. Brede *(unklar, Husten?)* ... was ich brauche. Sechzigtausend vielleicht? Ich glaube, so viel habe ich letztes Jahr ungefähr verdient.

PROTOKOLLANTIN:

Für wen arbeiten Sie? Als Model, meine ich.

ZEUGIN:

Unterschiedlich. Im Sommer habe ich Aufnahmen für Tique gemacht. Ich arbeite auch für andere Zeitschriften. Ich war in so einer Art Stall bei Heads & Bodies. Das ist eine Modelagentur. Aber jetzt ... ich werde jetzt eher direkt gefragt. Eigentlich ist das nicht so wichtig. Ich will das ja nicht auf Dauer machen. Das ist nur so zum Spaß. Ich will Sprachen studieren. Französisch und Italienisch, stelle ich mir vor. Oder vielleicht auch Spanisch. Da habe ich mich noch nicht entschieden.

PROTOKOLLANTIN:

Hatten Sie etwas mit dem Restaurantbetrieb zu tun?

ZEUGIN:

Nein. Das wollte Brede nicht. Ich habe mehrmals angeboten, mich da nützlich zu machen ... oder so. Das wollte er nicht.

PROTOKOLLANTIN:

Wie lange kannten Sie Brede?

ZEUGIN:

Zwei Jahre vielleicht. Natürlich wusste ich schon länger, wer er war, viel länger. Seit über zwei Jahren, meine ich. Aber vor ungefähr zwei Jahren haben wir uns richtig kennengelernt. Persönlich, meine ich.

PROTOKOLLANTIN:

Wann haben Sie geheiratet?

ZEUGIN:

Am 19. Mai. Dieses Jahr, meine ich. Einen Tag vor meinem Geburtstag. Ich war irgendwie ... ein bisschen sauer auf Brede. Er hatte meinen Geburtstag vergessen. Er fand das nämlich kindisch. Geburtstage zu feiern, meine ich. Er wollte das absolut nicht. Auch bei seinem eigenen nicht. So was dürften nur Kinder, fand er.

PROTOKOLLANTIN:

Kindisch ... *(Räuspern).* Hat er das oft gesagt? Dass Sie kindisch seien? Der Altersunterschied war ja ziemlich groß ...

ZEUGIN (UNTERBRICHT):

Nein, das nicht. Aber er hat viele Entscheidungen getroffen. Ich fand das eigentlich natürlich. Er hatte doch Erfahrung ... er hatte Geld und so. Er hat sehr hart und sehr viel gearbeitet, während ich ... *(Pause)*

PROTOKOLLANTIN:

Wie haben Sie sich kennengelernt?

ZEUGIN:

Auf einem Fest. Eigentlich war es eher ein Empfang. Ein Freund von meinem damaligen Bekannten eröffnete ein neues Restaurant, und dann ... *(nicht zu hören)* ... war Schluss zwischen Sindre und mir. Er war ziemlich sauer ... *(Längere Pause).* Seit diesem Fest war ich mit Brede zusammen. *(Lacht kurz, kichert?)*

PROTOKOLLANTIN:

Kennen Sie Bredes Familie?

ZEUGIN:

Frau Johansen. Die Mutter, meine ich ... *(Pause)*. Genau genommen kenne ich sie nicht. Aber ich bin ihr einige Male begegnet.

PROTOKOLLANTIN:

Wie sah Ihre Beziehung zu Ihrer Schwiegermutter aus?

ZEUGIN:

Unsere Beziehung? Wie meinen Sie das? Die Beziehung ... gut, nehme ich an.

PROTOKOLLANTIN:

Gut? Nehmen Sie an?

ZEUGIN:

Ich meine ... Sie war ... ist, meine ich. Sie ist eine echte Glucke. So eine, die fast in ihren Sohn verliebt zu sein scheint. Sie wissen schon, was ich meine.

PROTOKOLLANTIN:

Nicht ganz.

ZEUGIN:

Na ja ... an Brede war alles vollkommen. In ihren Augen konnte er einfach nichts falsch machen. Sie ... ich würde schon sagen, dass sie ihren Sohn angebetet hat. Da war es nicht ganz leicht für mich ... *(Lange Pause)*. Aber es ist ja alles gut gegangen.

PROTOKOLLANTIN:

(raschelt mit Papier) Brede war noch klein, als sein Vater starb, und wenn meine Unterlagen stimmen, dann war er ein Einzelkind und selbst kinderlos. Wissen Sie überhaupt etwas über weitere Verwandte von Brede?

ZEUGIN:

Nein. Kann ich ein Pfefferminz essen?

PROTOKOLLANTIN:

Bitte sehr. Keine Verwandten. Und wie sieht es mit Freunden aus?

ZEUGIN:

Jede Menge.

PROTOKOLLANTIN:

Zum Beispiel?

ZEUGIN:

Das ist eine saulange Liste. Soll ich sie alle aufschreiben?

PROTOKOLLANTIN:

Wir werden sehen. Wer hat ihm denn am nächsten gestanden – aus Ihrer Sicht?

ZEUGIN:

Keine Ahnung.

PROTOKOLLANTIN:

Sie wissen nicht, wer die engsten Freunde Ihres Mannes waren?

ZEUGIN *(WIRD UM EINIGES LAUTER)*:

Er kannte alle. Alle. Er hatte unglaublich viele Freunde. Es war sicher nicht leicht ... Claudio vielleicht. Wenn Sie unbedingt einen Namen hören wollen.

PROTOKOLLANTIN:

Claudio. Der Oberkellner? Claudio Gagliostro?

ZEUGIN:

Ja. Er ist auch Geschäftsführer vom *Entré*. Er kannte Brede immer schon, hab ich den Eindruck. Ihm gehört auch ein Teil des Restaurants, glaube ich. Nein, ich weiß, dass ihm ein Teil vom *Entré* gehört. Er wusste jedenfalls als Einziger vorher schon, dass wir in Mailand heiraten wollten. Abge-

73

sehen von den beiden von der Illustrierten *Se & Hør*, meine ich. Die mitgekommen sind, um eine Reportage zu machen. Die haben alles bezahlt.

PROTOKOLLANTIN:

Eine Illustrierte hat Ihre Hochzeit bezahlt? *(Pause)* Wie fanden Sie das denn?

ZEUGIN:

Weiß nicht ... *(unhörbar)* ... so ungefähr. Brede war auf Publicity angewiesen. Er hat immer gesagt, er muss sich selbst anbieten, sonst würde niemand das haben wollen, was er zu bieten hat. So hat er sich ausgedrückt. Leuchtet ja eigentlich auch ein. Sie haben einfach nur Fotos gemacht. Brede kennt jede Menge Leute in Mailand, mit denen wir uns getroffen haben. Die reden doch alle Italienisch miteinander, und da fand ich es gut, mit den Fotografen Leute zu haben, mit denen ich mich verständigen konnte.

PROTOKOLLANTIN:

Jetzt, wo Ihr Mann tot ist ... Sind Sie sich im Klaren über die finanziellen Folgen, die das für Sie haben wird? Es tut mir leid, aber ...

ZEUGIN:

Nein, ich ... *(schnieft, weint)*. Einmal hat er etwas von Gütertrennung gesagt, aber ... *(Pause, undeutliche Wörter, Schniefen)* Ich weiß nicht, ob das schon in die Wege geleitet war. Er hatte allerlei Papiere, die ich unterschreiben sollte, aber ich habe nicht genau mitgekriegt, worum es dabei ging. *(Pause)* Wissen Sie, was jetzt passiert? Mit der Wohnung und so?

PROTOKOLLANTIN:

Na ja ... Brede Ziegler hatte doch sicher einen Anwalt, der diese Dinge für ihn geregelt hat. Wissen Sie, wer das sein könnte?

ZEUGIN:

Nein ... er hat viele Anwälte gekannt. Promis. Sie ... *(weint wieder).*

PROTOKOLLANTIN:

Hören Sie. Sie wenden sich selbst an einen Anwalt. An einen, der nur Sie vertreten soll. Dann kommt schon alles in Ordnung. *(Heftiges Weinen, vermutlich die Zeugin)* Wir legen eine Pause ein, ja? Ich lasse Ihnen Kaffee und etwas zu essen bringen. Ist Ihnen das recht?

ZEUGIN:

Mhm. Ja. *(Weint immer noch heftig)*

11 Es war schon einige Sekunden her, dass er »Entschuldigung« gesagt und mit den Fingerknöcheln gegen die offene Tür geklopft hatte. Die Frau am Schreibtisch kehrte ihm den Rücken zu und schien sich nicht umdrehen zu wollen. Aber sie musste ihn gehört haben.

»Verzeihung«, wiederholte Billy T. »Darf ich hereinkommen?«

Sie trug einen apfelgrünen Pullover und schien den Atem anzuhalten.

»Sie haben mich erschreckt«, sagte sie endlich und drehte sich langsam um. »Sie haben mich wirklich erschreckt.«

»Tut mir leid.«

Billy T. reichte ihr die Hand. Sie erhob sich und griff danach. Ihr Händedruck war fest, beinahe zu hart.

»Billy T.«, sagte er. »Ich komme von der Polizei. Und Sie sind Idun Franck?« Er zeigte auf das Schild an der Glaswand, die das Büro vom Flur trennte.

»Ja. Setzen Sie sich.«

Es war kaum genug Platz für ihn. Die eine Längswand war von oben bis unten mit vollgestopften billigen Bücherregalen bedeckt. Auf dem Boden neben der Tür ragte ein Bücherstapel auf, für den der Raum zu klein war. Auf dem riesigen Tisch unter dem Fenster lag eine unbegreifliche Menge Papier, dazwischen Kugelschreiber und Tassen und Bleistifte. Ein Muminvater aus schmutzigem Plüsch hockte auf der äußersten Tischkante. Die Krempe seines Zylinders war eingerissen, und er starrte mit leerem Blick einen Druck von Gustav Klimt an. Eine Pinnwand mit Karikaturen, zwei Fotos und drei Zeitungsausschnitten hing schräg über Billy T.s Kopf. Idun Franck nahm ihre in Gold gefasste Brille ab und wischte sie mit dem Pulloverärmel sauber.

»Wie kann ich Ihnen behilflich sein?«

»Brede Ziegler.«

Billy T. kam sich vor wie eingesperrt. Er versuchte, die Klinke der Tür zu erreichen, die er eben hinter sich geschlossen hatte.

»Ich kann das Fenster aufmachen«, sagte Idun Franck und lächelte. »Hier drinnen wird es schnell stickig.«

Kalte, von Auspuffgasen gesättigte Luft strömte herein. »Auch nicht viel besser, fürchte ich.«

Trotzdem ließ sie das Fenster offen stehen.

»Dass es um Brede Ziegler geht, hatte ich nur schon gedacht«, sagte sie langsam und setzte die Brille wieder auf.

»Genau. Wie ich höre, haben Sie an einem Buch gearbeitet. Über Ziegler, meine ich.«

»Führen Sie Zeugenvernehmungen immer am Arbeitsplatz durch? Ich hatte mit einer Art Vorladung gerechnet. Wirklich, ich dachte, das sei die übliche Vorgehensweise.«

Die Frau wirkte trotz dieses durchaus berechtigten Tadels nicht feindselig. Billy T. musterte sie und kratzte sich dabei am

Oberschenkel. Sie war wohl um die fünfzig. Als dick konnte man sie nicht bezeichnen, aber wohlgenährt war sie auf jeden Fall. Ihre Brüste beulten den grünen Pullover aus, die Maschen dehnten sich und ließen die schwarze Unterwäsche durchscheinen. Sie musterte ihn über den Brillenrand hinweg und schien nicht so recht zu wissen, was sie von ihm halten sollte.

»Sie haben recht«, sagte Billy T. kichernd. »Das ist jetzt nicht ganz nach den Regeln. Aber ich war ohnehin in der Gegend, und da dachte ich, ich könnte mal nachsehen, ob Sie im Haus sind. Sie brauchen überhaupt nicht mit mir zu reden. Sie werden auf jeden Fall noch auf die Wache bestellt werden. Zu einer richtigen Vernehmung, meine ich. Und wenn Sie …« Er erhob sich halbwegs.

»Bleiben Sie sitzen.«

Ihre Stimme erinnerte ihn an die seiner Mutter. Er wusste nicht, ob ihm das gefiel oder nicht. Langsam setzte er sich wieder.

»Herr Kommissar«, sagte sie.

»Hauptkommissar. Aber das ist nicht so wichtig.«

»Ich habe Ihren Nachnamen nicht verstanden.«

»Der ist auch nicht so wichtig. Billy T. reicht vollständig aus. Stimmt es, dass Sie ein Buch über Ziegler schreiben sollten?«

Idun Franck zog den Gummi von dem Pferdeschwanz, der ihr über den Rücken hing. Erst jetzt fiel Billy T. auf, dass ihre aschblonden Haare von ziemlich vielen grauen Strähnen durchzogen waren. Trotzdem sah ihr Gesicht mit den offenen Haaren jünger aus; ihre Wangenknochen wirkten nicht mehr so lehrerinnenhaft streng unter den ungewöhnlich großen Augen.

»Tja«, sagte sie und verzog den Mund zu etwas, das durchaus als Lächeln gedeutet werden konnte.

»Tja?«

»Ich sollte nicht direkt ein Buch über Brede Ziegler schreiben. Ich bin Verlagslektorin, keine Autorin.«

»Aber ...« Billy T. zog einen Zeitungsausschnitt aus der Jackentasche und strich ihn auf seinem Knie gerade. »Das hat vor ungefähr drei Wochen in *Aftenposten* gestanden ...«

»Stimmt. Wir wollten eine kulinarische Biografie herausgeben. Eine Art Reise durch Zieglers Leben und Werk. Mit Rezepten und Anekdoten, Lebensgeschichte und Bildern. Das Außergewöhnliche war, dass ich das Schreiben übernehmen sollte, aber es sollte trotzdem eine Art Autobiografie werden. Eine Mischform, wenn Sie so wollen. In mehreren Passagen sollte der Text in der Ichform gehalten sein. Spielt das eine Rolle?«

Wieder verzog sie den linken Mundwinkel zu etwas, das vielleicht ein Lächeln sein sollte. Es gab ihrem Gesicht etwas Schelmisches; Billy T. spürte, wie ihm der Schweiß ausbrach. Er streifte seine Jacke ab, ohne zu wissen, wohin damit.

»Kannten Sie Ziegler länger?«, fragte er und ließ die Jacke auf den Boden fallen.

»Nein. Ich habe ihn erst in Verbindung mit diesem Projekt kennengelernt.«

»Aber jetzt kennen Sie ihn gut, oder? Ich meine, wie weit waren Sie schon mit diesem ... Kochbuch?«

Idun Franck sprang auf und strich mit beiden Händen ihren Tweedrock glatt.

»Ich hätte Ihnen natürlich Kaffee anbieten müssen. Verzeihen Sie. Schwarz?«

Sie nahm ihren eigenen Becher und verschwand, ohne seine Antwort abzuwarten. Das Telefon klingelte. Billy T. starrte den Apparat an. Das Geräusch war ungewöhnlich unangenehm: ein altmodisches, eindringliches Piepen, das ihn schließlich aufspringen und zum Hörer greifen ließ. Er zögerte noch kurz, und in dem Moment verstummte das Telefon.

»Suchen Sie etwas Besonderes?«, hörte er sie fragen und fuhr herum.

Idun Franck brachte zwei Becher Kaffee. In ihrer Miene mischten sich seiner Ansicht nach Verärgerung und Neugier.

»Das Telefon«, sagte er und zeigte darauf. »Es hat einen Höllenlärm gemacht. Ich wollte schon rangehen, aber dann war Ruhe. Ein grauenhaftes Klingeln.«

Idun Francks Lachen war unerwartet tief und heiser. Sie zwängte sich an Billy T. vorbei, reichte ihm einen Becher und fischte aus einer Packung, die in einer Schublade lag, eine beige Barclay.

»Wo waren wir?«

Wieder musterte sie ihn über den Brillenrand hinweg. Billy T. begriff, dass er diese leicht übergewichtige Frau von fünfzig Jahren attraktiv fand. Sie machte ihn unsicher und unbeholfen. Er musste sich zusammenreißen, um nicht ununterbrochen auf ihren Busen zu starren.

»Wie gut haben Sie den Mann gekannt?«, fragte er und schlug mit Mühe die Beine übereinander. »Wie weit waren Sie mit der Arbeit an dem Buch gekommen?«

»Das ist schwer zu sagen. Viele halten ein Buchprojekt ja für … für etwas Ähnliches wie einen Marathonlauf auf Skiern, zum Beispiel.« Sie machte einen Lungenzug, der verriet, dass sie an weitaus stärkere Zigaretten gewöhnt war. »Es ist überraschend, wie viele Leute glauben, dass ein Buch entsteht, indem ein Stein auf den anderen gelegt wird. Aber meistens ist das ganz anders. Der Prozess ist eher … organisch, könnte man fast sagen. Jedenfalls nicht systematisch. Und deshalb kann ich nicht … «

Wieder spürte Billy T. diesen Blick über den Brillenrand, der ihn zwang, den Muminvater zu betrachten, der inzwischen auf den Rücken gekippt war.

» ... sagen, wie weit wir gekommen waren.«

»Na gut.« Billy T. räusperte sich. »Von mir aus. Können Sie mir denn erzählen, ob Sie im Laufe dieser Arbeit etwas darüber erfahren haben, wer ... oder was ... ob er mit irgendwem Probleme hatte? Konflikte, die den Rahmen des Normalen überschritten?«

Idun Franck trank einen Schluck Kaffee und zog ein letztes Mal an ihrer Zigarette, ehe sie sie in einer Mineralwasserflasche ausdrückte. Sie beugte sich über den Schreibtisch und machte das Fenster zu. Und dann blieb sie mit halb geschlossenen Augen sitzen und schien eine längere Darlegung zu planen.

»Billy T.«, sagte sie fragend.

Er nickte.

»Hauptkommissar Billy T.«, sagte sie langsam. »Sie bewegen sich da auf einem äußerst problematischen Terrain. Ich bin schließlich Verlagslektorin. Wie Sie vermutlich wissen, trage ich damit eine gewisse Verantwortung. Ich kann nicht aller Welt alles erzählen. Sie fragen mich nach Dingen, die ich unter Umständen von einer Gewährsperson erfahren haben könnte, mit der ich während der Arbeit an einem bisher unveröffentlichten Buch gesprochen habe.«

»Ja und?« Billy T. breitete die Arme aus und hätte dabei fast ein Fleißiges Lieschen von einem Beistelltisch gefegt.

»Quellenschutz«, sagte Idun Franck und lächelte. »Verlagsethik.«

»Quellenschutz!« Billy T.s Stimme kippte ins Falsett. »Der Mann ist tot, und Sie arbeiten verdammt noch mal bei keiner Klatschzeitung! Nach all dem Schwachsinn, den ich je gehört habe – und ich kann Ihnen sagen, da kommt im Laufe der Jahre einiges zusammen –, wollen Sie mir hier etwas von Quellenschutz in Verbindung mit einem Kochbuch erzählen! Was ist das denn für ein Buch, ha? Stehen da lauter Geheimrezepte drin, oder was?«

Idun Franck wärmte sich die Hände an ihrem Kaffeebecher, breite Hände mit kurz geschnittenen Nägeln. An der linken Hand steckte ein großer Ring mit Wikingermuster. Sie tippte damit gegen ihren Becher, ein rhythmisches, nervtötendes Geräusch.

»Wenn Sie sich das genauer überlegen, werden Sie das Problem sicher verstehen. Ich habe mich zur Zusammenarbeit mit einem Mann bereit erklärt, der mir so viel von seinem Leben erzählen soll, dass es genug Material für ein Buch ergibt. Was schließlich von dem, was er erzählt, in dem Buch stehen soll, wird erst viel später in diesem Prozess entschieden. Alle, die uns Stoff liefern, seien das nun Autoren oder andere, müssen sich darauf verlassen können, dass nichts ohne ihre Zustimmung veröffentlicht wird. Ich möchte nur in diesem Zusammenhang den Hinweis auf Paragraf 125 des Strafgesetzbuches und auf Artikel 10 der Europäischen Menschenrechtskommission gestatten. Wenn ich Ihnen jetzt Auskünfte erteilte, gegen die Brede Ziegler ja schließlich keinen Einspruch erheben kann ... «

Sie legte eine kleine Atempause ein und fügte hinzu: »... dann könnte in Zukunft keiner meiner Autoren mehr Vertrauen zu mir haben. So einfach ist das. Ich hatte eine rein professionelle Beziehung zu Ziegler. Reden Sie lieber mit Leuten, die ihn persönlich gekannt haben.«

Billy T. hatte geglaubt, etwas Verletzliches gespürt zu haben bei dieser Frau, die ihm bei seinem Kommen den Rücken gekehrt hatte und dann erschrocken war.

»So kann man sich irren«, sagte er und hob seine Jacke vom Boden auf. »Sie wollen also mit harten Bandagen kämpfen. Dafür gibt es Juristen, auch bei uns.«

Hier gab es nichts mehr zu holen. Gerade als er gehen wollte, klingelte das Telefon wieder. Das Fenster öffnete sich von selbst, und ein kräftiger Windstoß hob vier Blätter vom Schreibtisch. Billy T. ahnte plötzlich bei Idun Franck einen Hauch von Parfüm; einen Duft, den er seit vielen Jahren nicht mehr wahrgenommen hatte. Davon wurde ihm schwindlig. Als er gereizt die Hand zu einer Art Abschiedsgruß in Richtung der telefonierenden Lektorin hob, wäre er fast mit einem jungen Mann zusammengestoßen. Billy T. meinte, den Jungen erkannt zu haben.

»Die Dichter werden auch jedes Jahr jünger«, murmelte er und zog im Gehen die Jacke an.

12.

Thomas musste mal. Wenn er nicht zu sehr daran dachte, schaffte er es vielleicht noch bis nach Hause. Obwohl er schon siebeneinhalb war, machte er sich manchmal noch in die Hose. Am Tag zuvor war ihm ein Mann mit einer blauen Nase begegnet. Der Mann war uralt gewesen und hatte bis zum Transformatorenhäuschen hinüber gestunken, wo Eirik, Lars und Thomas gelacht und geheult und sich versteckt hatten, um sich die riesige blitzblaue Nase anzusehen. Als der Mann bei der Tankstelle über die Suhms gate gegangen war, hatte Thomas vorn auf seiner Hose einen gelben Fleck und vor seinen Füßen eine Pfütze gesehen. Er war vor dem Lachen seiner Freunde davongejagt und wäre fast überfahren worden.

Jetzt stand er vor dem Tor und presste die Beine übereinander. Mama wollte ihm den Schlüssel um den Hals hängen. Papa hatte ihm zu Weihnachten so ein Hausmeisterding geschenkt; einen Karabinerhaken aus Metall, den er an einer Gürtelschlaufe festmachen konnte. Thomas musste sich auf die Zehenspitzen stellen, damit die Schnur, an der der Schlüssel hing, reichte. Endlich glitt der Schlüssel ins Schloss; das Tor ging auf, und Thomas rannte durch den Torweg.

»Sommereis, saure Sahne, Südseebrise.« Das half sonst immer. Lange Reihen von schwierigen S-Wörtern. Er hatte in seinem Zimmer eine Liste hängen mit immer neuen und immer schwierigeren Wörtern, die er büffeln konnte.

Kurz vor der Haustür blieb er stehen. Da war die Hexe! Thomas Gråfjell Berntsen ging nicht freiwillig an Tussi Gruer Helmersen vorbei. Frau Helmersen aus dem ersten Stock war das Einzige auf der ganzen Welt, wovor Thomas sich wirklich fürchtete. Einmal hatte sie ihn auf der Treppe so hart gestoßen, dass er gefallen war. Er hatte sich zwar nicht ernsthaft verletzt, aber seither machten ihre gelben Augen ihm Albträume. Wenn sie ihn überraschte, was immer seltener passierte, dann kniff sie ihn fest in die Wange, sozusagen als Gruß.

Thomas konnte sich nicht länger beherrschen. Er stand hinter den Mülltonnen und wagte nicht, sich zu bewegen. Tränen traten ihm in die Augen.

Frau Helmersen trug ihren Morgenrock, obwohl es doch ziemlich kalt war. Sicher würde sie gleich wieder ins Haus gehen. Thomas schloss die Augen und schluchzte mit zusammengebissenen Zähnen.

»Geh weg. Geh weg.«

Aber Frau Helmersen blieb stehen. Nur ihr Kopf bewegte sich, sie schien nach etwas Ausschau zu halten.

»Miez! Mi-hi-hiez! Komm doch, Miez!«

Frau Helmersen hatte keine Katze. Sie hasste Katzen. Thomas wusste, dass sie sich bei der Hausverwaltung beschwert hatte. Über Helmer, einen roten Kater, den Thomas zwei Jahre zuvor von seiner Oma zu Weihnachten bekommen hatte. Eigentlich hatte er sich einen Hund gewünscht, aber Hunde waren in diesem Haus nicht erlaubt.

»Brave Mieze«, hörte er Frau Helmersen sagen. »Und jetzt schön austrinken.«

Thomas hielt den Atem an und lugte hinter den Mülltonnen hervor. Frau Helmersen bückte sich über Helmer, der Milch aus einer Schale leckte.

Endlich richtete sie sich auf. Sie sah überhaupt nicht aus wie ein Mensch. Vielmehr erinnerte sie ihn an einen Roboter mit ihren steifen, beängstigenden Bewegungen. Thomas klapperte mit den Zähnen, aber er würde erst aus seinem Versteck zum Vorschein kommen, wenn er sicher sein konnte, dass Frau Helmersen in ihrer Wohnung verschwunden war.

Als er sich einigermaßen sicher fühlte, schlich er sich zu Helmer hinüber. Die Hose scheuerte in seinem Schritt. Der Kater leckte noch immer das weiße Schälchen mit Blümchen ab. Thomas hob ihn hoch.

»Hat Frau Helmersen dich gefüttert?«

Als er das weiche Katzenohr an seinem Mund spürte, musste er erst recht weinen. Oben in der Wohnung zog er sich um, trotzdem fror er noch immer. Er wusste, dass er sich waschen musste, aber er wollte auf seine Mama warten. Er verkroch sich im Bett und deckte sich und Helmer gut zu. Der Kater jammerte leise.

Als Thomas um kurz vor fünf davon geweckt wurde, dass seine Mama nach Hause kam, war Helmer tot.

13

Erst später sah er die Warnung auf der Packung. Eine Stunde zuvor hatte er zwei Paracetamol genommen. Und nun noch zwei. Der bittere Geschmack brannte in der Speiseröhre. Er las die Warnung ein weiteres Mal und schüttelte den Kopf.

»Wenn bloß dieser verdammte Zahn endlich Ruhe gäbe!«

Aber das würde der Zahn nicht tun. In letzter Zeit meldete er sich energisch zu Wort, sobald Billy T. etwas aß oder trank, das wärmer oder kälter war als seine Körpertemperatur. An diesem Abend hatten die Zahnschmerzen unwiderruflich eingesetzt. Billy T. wollte nicht zum Zahnarzt. Der Zahn war nicht mehr zu retten. Der Zahnarzt würde einen Blick auf die Katastrophe werfen und eine Krone vorschlagen. Dreitausendvierhundert Kronen für eine Krone. Das kam nicht infrage. Billy T. konnte sich das ganz einfach nicht leisten. Jenny würde bald eine Karre brauchen. Die Summen, die er für die anderen vier Kinder zahlen musste, sorgten dafür, dass ihm jedes Mal schlecht wurde, wenn er seine Kontoauszüge ansah. Die Gehaltserhöhung, die er mit seiner Beförderung zum Hauptkommissar bekommen hatte, verschwand in einem einzigen großen Sog.

Er brauchte Geld. Und er konnte sich an keine Zeit erinnern, in der er nicht in Geldnot gesteckt hätte.

Das Zahnweh kroch weiter über die linke Gesichtshälfte und endete irgendwo tief in seinem Kopf in einem stechenden Schmerz. Er wrang einen schmutzigen Lappen aus und legte ihn sich über die Augen. Als er den schwachen Geruch von Kinderkacke wahrnahm, riss er den Lappen wieder weg.

»Shit! *Shit!*«

Er fauchte sein Spiegelbild an. Das Neonlicht machte ihn unnötig blass, er blieb stehen und rieb sich die Schläfen, während er versuchte, die Tränensäcke unter seinen Augen wegzustarren. Es war nach Mitternacht, und er musste schlafen, solange Jenny es gestattete.

Vorsichtig öffnete er die Schlafzimmertür.

Jenny lag im Kinderbett auf dem Rücken, hatte die Arme ausgestreckt und die Decke zu ihren Füßen zu einem Knäuel getreten. Sie sah aus wie eine Sonnenanbeterin in einem blauen Schlafanzug. Billy T. deckte sie behutsam wieder zu und schob das schmutzig gelbe Kaninchen an seinen Stammplatz in der Ecke.

Er spürte Tone-Marits Wärme im Rücken, als er sich vorsichtig ins Doppelbett legte. Die Zahnschmerzen ließen nicht nach, sondern wurden schlimmer.

Er hatte schon vor Jenny vier Kinder gehabt, doch die beiden Mädels in diesem Raum waren seine erste wirkliche Familie. Jedenfalls, seit er von zu Hause ausgezogen war. In diesem Moment wäre er allerdings lieber allein gewesen. Ihm war danach, alle Lampen einzuschalten, sich mit dem Cognac, den er zwei Jahre zuvor von einer Dienstreise nach Kiel mitgebracht und noch nicht angerührt hatte, halb volllaufen zu lassen. *Il Trittico* ganz weit aufzudrehen und zu warten, bis die Schmerzen sich legten.

Er wollte allein sein.

Das Leben als Junggeselle und Wochenendvater war unkompliziert gewesen. Nach einigem Hin und Her während der ersten Monate mit der Mutter des Jüngsten war alles sehr gut gelaufen. Er mischte sich nicht in das Leben ein, das die Jungen bei ihren vier Müttern führten. Die Mütter ihrerseits interessierten sich nur minimal für das, was die Jungen bei ihm so trieben. Solange die Söhne ausgeglichen und gesund wirkten, sah niemand einen Grund, an funktionierenden Arrangements etwas zu ändern. Ab und zu schmollten die Knaben ein wenig, wenn er nicht zu Schulfeiern oder ähnlichen Anlässen erschien, aber inzwischen hatten sie sich daran gewöhnt, dass das vorkommen konnte. Wenn Fußballspiele oder andere Aktivitäten anlagen, während sie bei ihrem Vater waren, ging er natürlich mit. Im Grunde war er mit seinem Leben zufrieden gewesen.

Hier lagen die Dinge anders. Jenny hatte seit ihrer Geburt noch nicht eine Nacht durchgeschlafen. Sie spuckte und schrie und musste gefüttert werden. Kaum war ihr Hunger gestillt, kam die Mahlzeit auf der anderen Seite schon wieder zum Vorschein. Die Wohnung war zu klein, um sich zurückzuziehen. Einige wenige Male hatte er bei Bekannten übernachtet, um seine Ruhe zu haben, aber dann hatte ihn der Gedanke wach gehalten, dass Tone-Marit jetzt mit allem allein fertigwerden musste.

Die Wohnung war ganz einfach zu klein.

Aber eine größere konnten sie sich nicht leisten.

Das Schlafzimmer war kalt, und er zog sich die Decke bis ans Kinn. Nun schauten unten seine Füße hervor, und er krümmte sich zusammen. Jenny stieß ein paar gurgelnde Laute aus, und wie als Echo hörte er Tone-Marit wimmern.

Die einzige Frau, die er eigentlich nie verlassen hatte, war seine Mutter. Immer, wenn es in der Beziehung zu ihr in den Fugen ächzte, hielt er sich eine Weile bedeckt. Und irgendwann war die Verstimmung verzogen. Den Ausdruck »an einer Beziehung arbeiten« hatte Billy T. nie verstanden. Eine Beziehung war doch kein Job. Entweder sie stimmte, oder sie stimmte nicht.

Die Begegnung mit Suzanne war das Letzte gewesen, was er gerade brauchen konnte.

Als er am Montag vom *Entré* nach Hause gegangen war, hätte er weinen mögen. Er hatte die Zahnschmerzen vorgeschoben und war vor Tone-Marit ins Bett gegangen. Und dann hatte er wach gelegen.

Seine letzte Begegnung mit Suzanne musste zwanzig Jahre zurückliegen.

Er erhob sich vorsichtig und zog die Decke mit. Die Betten der Jungen waren zu klein.

Er legte sich aufs Sofa. Truls hatte am vergangenen Wochenende, als die Kinder *Star Wars* spielen wollten, die Kopfhörer zerbrochen, aus Wut darüber, dass er als Jüngster Prinzessin Leia sein sollte.

Achtzehn Jahre war es her, dass er zuletzt von ihr gehört hatte, wenn er sich das genau überlegte. Aber das wollte er gar nicht, er wollte an etwas anderes denken.

Er war damals zweiundzwanzig gewesen, am Ende seines ersten Jahres Polizeischule. Sie hatte ihn angerufen und um Hilfe bei der Rückführung in die geschlossene Abteilung gebeten. Sie war in eine betreute Wohnung verlegt worden, gegen ihren Willen. Und dann war sie einfach verschwunden. Soviel er wusste, war sie später nach Frankreich gegangen. Mit ihm hatte das nichts zu tun, er hatte sie vergessen.

Alexander wünschte sich nur eine PlayStation. Er war der Einzige in seiner Klasse, der keine hatte. Eine PlayStation kostete ungefähr so viel, wie Billy T. für die Weihnachtsgeschenke für alle Söhne aufbringen konnte.

Er schloss die Augen und presste die Zähne aufeinander, um die Schmerzen zu lindern. Doch die wurden immer schlimmer. Inzwischen hatten sie sich im Hinterkopf festgesetzt, sein halber Kopf schien sich vom Körper losreißen zu wollen.

Hanne Wilhelmsen hatte ihn verlassen.

Sie hatte ihn verlassen, nicht umgekehrt.

Er wollte nicht daran denken.

Das Telefon klingelte.

Billy T. sprang auf, stürzte hinaus auf den Flur und machte sich über den Apparat her, ehe der ein weiteres Mal fiepen konnte. Wie erstarrt blieb er stehen und horchte zum Schlafzimmer hinüber.

»Hallo«, fauchte er in den Hörer.

»Hallo. Hier ist Severin.«

»Es ist ... es ist fast eins, *zum Henker*!«

»Verzeihung, aber ...«

»Ich habe hier ein kleines Kind, weißt du!«

»Ich habe doch um Verzeihung gebeten. Ich dachte nur, du würdest das sofort erfahren wollen.«

»Was denn?« Billy T. drückte einen Daumen gegen sein geschlossenes Auge.

»Brede Ziegler ist zweimal ermordet worden.«

Vor dem Fenster kreischten Autobremsen, gefolgt vom Scheppern einer kräftigen Kollision. Billy T. hielt den Atem an und sprach ein stilles Gebet.

Jenny brüllte.

»Shit«, sagte er. »Die Kleine ist aufgewacht. Was hast du gesagt?«

Er ging zum Fenster und schaute hinaus. Ein Taxifahrer pöbelte eine in Tränen aufgelöste junge Frau an. Zwei Mercedes hatten sich energisch ineinander verbissen.

Jenny jaulte wie ein angestochenes Schwein.

»Warte mal«, bellte Billy T. in den Hörer.

Tone-Marit wollte die Kleine schon aufnehmen, als er ins Schlafzimmer kam. Sie war nur halb bei Bewusstsein und überließ ihm das Kind ohne Widerworte, ehe sie buchstäblich ins Bett zurückfiel.

»Pst, ganz ruhig, Herzchen. Papa ist da. Alles in Ordnung.« Er drückte seine Tochter an sich, stapfte mit wiegendem Gang zurück in den Flur und griff wieder zum Telefon.

»Was hast du gesagt?«, murmelte er.

»Brede Ziegler ist zweimal ermordet worden. Ha!« Jenny gurgelte und griff nach der Nase ihres Vaters.

»Zweimal«, sagte der tonlos. »Er ist zweimal ermordet worden. Na gut.«

»Weißt du noch, dass die Rechtsmedizin wissen wollte, ob er getrunken hat? Weil seine Gesichtsfarbe ihnen ein bisschen seltsam vorkam?«

»Vage.«

Die Polizeisirene wurde lauter, und Jenny krallte eine Hand in seinen Hals. Sie begann wieder zu weinen. Billy T. stopfte ihr einen Schnuller rein.

»Das war kein Alkohol, sondern Paracetamol. Brede Ziegler ist vergiftet worden. Er war bis an den Rand vollgestopft mit Paracetamol.«

»Paracetamol? Du meinst, so ganz gewöhnliches Paracet? In einer orangefarbenen Packung?«

»Lebensgefährlich in großen Mengen. Deshalb kriegst du in der Apotheke immer nur eine Packung auf einmal.«

»Aber ... ist er daran gestorben? War er schon tot, als er erstochen wurde?«

»Nein, umgekehrt. Er ist an dem Messerstich gestorben, aber aller Wahrscheinlichkeit nach wäre er sonst an der Vergiftung eingegangen. Falls er nicht ins Krankenhaus gebracht worden wäre. Rechtzeitig.«

»O verdammt.«

»Das kannst du wohl sagen.«

»Wir sehen uns morgen früh.«

»Gut. Ich hoffe, ich hab dir nicht die Nacht ruiniert.«

»Ruinierte Nächte sind meine Spezialität«, murmelte Billy T. und ließ den Hörer auf den Boden fallen.

Als die Wagen draußen abgeschleppt worden waren und Jenny endlich wieder schlief, war es am Donnerstag, dem 9. Dezember, bereits fünf Uhr vorbei. Billy T. legte das Kind ins Bett und ging ins Badezimmer. Er ließ Wasser in die Wanne laufen und beschloss, gleich nach dem Bad zur Arbeit zu gehen. Wieso auch nicht? Wenn er jetzt einschliefe, würde er nie mehr auf die Beine kommen. Während das Wasser einlief, drückte er die neun verbliebenen Paracet aus der Folie und ließ sie in die Toilette fallen. Sie verschwanden in einem Wirbel aus blauem Wasser.

Seine Zahnschmerzen hatten sich immerhin gelegt.

14

Zu den vielen Dingen, die Vilde Veierland Ziegler der Polizei verschwiegen hatte, gehörte, dass sie sich meistens in Sinsen aufhielt. Sie hatte eine Anderthalbzimmerwohnung im Silovei. Das halbe Zimmer war im Grunde nur ein Loch in der Wand, das Platz für ein breites Einzelbett bot. Zur Wohnung gehörte eine Toilette, die Dusche jedoch befand sich auf dem Flur und musste mit zwei Nachbarn geteilt werden.

Er brauche bisweilen Ruhe, hatte Brede gesagt. Er sei ja immerhin Künstler. Anfangs hatte sie das überzeugt; er bat sie nur höflich ab und zu um ein wenig Ruhe, einmal alle zwei Wochen oder so. Immer nur für zwei Tage. Dann war es mehr geworden. Und dann war ihr irgendwann aufgefallen, dass sie während der letzten Monate wie nebenbei fast alle ihre Kleider und ihre persönlichen Habseligkeiten in die kleine Wohnung geschafft hatte. Denn hier wohnte sie. Sie hatte zwar noch den Schlüssel zur Niels Juels gate, aber sie hatte schon seit Wochen nicht mehr dort übernachtet.

Vilde hatte keine Ahnung, wem die Wohnung gehörte, in der sie hier hauste. Brede hatte sich um alles gekümmert. Ihr war es egal gewesen, und er hatte für alles gesorgt. Jetzt wusste sie nicht weiter. Sie saß im Bett, hatte die Knie unters Kinn gezogen und wusste nicht einmal, wem ihre Wohnung gehörte. Die Polizei würde sie bestimmt ausfindig machen. Vielleicht sollte sie sofort in die Niels Juels gate übersiedeln. Mit diesem Gedanken hatte sie schon gespielt, als sie aus der Wache gekommen war, aber irgendetwas ließ sie davor zurückschrecken. Die Niels Juels gate kam ihr eher vor wie ein Ausstellungsraum. Brede hatte eine hysterische Angst davor gehabt, dass sie etwas an der Einrichtung verändern könnte. Sie dagegen hatte das Gefühl gehabt, dass sogar ihre Kleider das störten, was Brede als »ganzheitlichen ästhetischen Ausdruck« bezeichnete.

Vilde fühlte sich in Sinsen einfach wohler.

Wenn sie die Niels Juels gate geerbt hatte, dann würde sie diese riesige Wohnung verkaufen. Und sich ein kleines Haus zulegen, ein Reihenhaus vielleicht, in Asker oder Bærum, mit einem kleinen Garten, und dann würde sie immer noch Geld übrig haben. Und studieren. Und ein bisschen verreisen. Oder sogar ziemlich viel, wenn sie genauer darüber nachdachte. Reisen war schließlich die beste Methode, um Sprachen zu lernen.

Vilde brach in Tränen aus, umklammerte ihre Knie und wiegte sich hin und her. Brede war tot. Diese Polizistin war schon in Ordnung gewesen, hatte sie aber offenbar voll durchschaut. Sie hatte gesehen, was Vilde im Hals stecken geblieben war und sie hatte lügen lassen. Sie hatten drei Pausen eingelegt, und jedes Mal waren Vilde Kaffee und Brötchen angeboten worden. Aber sie hatte nicht einen Bissen hinuntergebracht.

Als die Türklingel ging, knallten ihre Knie gegen ihr Kinn. Sie biss sich in die Wange und schmeckte Blut. Der digitale Wecker teilte mit, dass der Donnerstag noch kaum begonnen hatte; es war zwanzig vor sechs. Sie blieb einfach still sitzen. Sicher hatte irgendwer sich in der Klingel geirrt, das kam häufiger vor. Wieder wurde geschellt.

Sie wollte nicht aufmachen.

Wenn sie ganz still sitzen blieb und so tat, als sei sie nicht zu Hause, dann würde der Störenfried vielleicht verschwinden.

Da drückte jemand endlos auf den Klingelknopf und wollte nicht aufgeben. Lange schrillte der Ton durch die Wohnung, lange. Vilde kniff die Augen zu und presste die Hände auf die Ohren.

Nach zwei Minuten konnte sie aufstehen und ans Fenster gehen. Vorsichtig, um selbst nicht gesehen zu werden, lugte sie durch den Vorhangspalt. Ein Mann ging unsicher über den Bürgersteig. Er schien betrunken zu ein. Als er die Bank vorn an der Straße erreicht hatte, stützte er sich darauf und drehte sich zu dem Mietshaus um. Vilde zog sich blitzschnell zurück. Sie hatte die Jacke des Mannes erkannt. Was kein Wunder war, denn sie hatte sie ihm vor weniger als zwei Jahren geschenkt, damals, als sie ein Paar gewesen waren und bald heiraten wollten.

15 Sie hätte am liebsten kehrtgemacht. Für einen Moment bereute sie, nicht den Mantel mit dem breiten, hochklappbaren Revers angezogen und vielleicht auch eine Mütze aufgesetzt zu haben. Etwas, worin sie sich hätte verstecken können.

Die Wache sah aus wie immer. In das eine oder andere Fenster hatte ein optimistischer Mensch, der noch immer an Weihnachten glaubte, eine brennende Kerze gestellt, um so etwas wie Weihnachtsstimmung zu erzeugen. Ansonsten war alles grau. So, wie es immer gewesen war. Der Hang, der zum Haupteingang führte, war steil wie immer, und auf dem Weg nach oben knöpfte sie ihre Jacke auf. Vor den schweren, vertrauten Stahltüren blieb sie stehen. Noch konnte sie umdrehen, doch sie wusste, damit würde sie nur etwas aufschieben, das doch unvermeidlich war. Sie holte tief Luft. Dann stemmte sie sich gegen die Tür und betrat das Foyer.

Der Geruch ließ sie aufkeuchen.

Hanne Wilhelmsen hatte sich nie klargemacht, dass die Wache einen Geruch hatte, einen kaum wahrnehmbaren Geruch von Bürogebäude und Schweiß, von Angst und Arroganz, von Papier, Metall und Bohnerwachs. Es roch nach Polizei, und sie ging zum Fahrstuhl.

»Hanne? Hanne, bist du das?«

Erik Henriksens rote Haare sträubten sich, er glotzte mit offenem Mund.

»*The one and only.*«

Hanne versuchte wirklich zu lächeln. Sie spürte, wie die Lederjacke an ihrem Hemd festzukleben begann, und wäre am liebsten verschwunden.

»Wo hast du ... wo warst du die ganze Zeit? Bist du wieder da ... so richtig, meine ich? Und wie geht's dir überhaupt?«

Der Fahrstuhl machte *pling*. Hanne drängte sich an ihrem ehemaligen Kollegen vorbei und sprach ein Stoßgebet in der Hoffnung, dass die Türen sich vor seiner Nase schließen würden.

»Bis nachher«, murmelte sie und wurde erhört.

Das Gerücht schien schneller zu sein als der Fahrstuhl. Im sechsten Stock hatte sie das Gefühl, dass alle sie anstarrten. Vor dem Eingang zur Kantine standen fünf Menschen, die allesamt schwiegen und offenbar gar nicht zum Essen wollten. Sie nickte im Vorübergehen halbherzig jemandem zu. Die Blicke der anderen brannten ihr im Rücken, als sie über die Galerie zum Büro des Polizeidirektors ging. Das leise Flüstern wurde zur immer eifrigeren Diskussion, je weiter sie sich entfernte.

Am Ende konnte sie sich nicht beherrschen.

Sie fuhr herum, und die fünf hatten es plötzlich sehr eilig.

Als ihr Blick über die Galerie auf der anderen Seite des sieben Etagen hohen Foyers schweifte, sah sie ihn. Im zweiten Stock, in der blauen Zone. Er blieb stehen, lehnte sich aufs Geländer und schaute aus zusammengekniffenen Augen zu ihr hoch. Er war so tief unten, dass sie seinen Gesichtsausdruck nicht deuten konnte.

Ein Irrtum war trotzdem ausgeschlossen.

Billy T. zuckte mit den Schultern und wandte ihr den Rücken zu.

Sie selbst ging weiter zum Büro des Polizeidirektors, um in Erfahrung zu bringen, ob sie noch einen Arbeitsplatz hatte.

16

»Ich dachte, die Frau wäre verrückt geworden. Das habe ich jedenfalls gehört. Dass sie in der Anstalt war. Zwangseinweisung, habe ich gehört.«

Beate aus dem Vorzimmer zog kichernd am Träger ihres Kleides. Dann trank sie einen viel zu großen Schluck Aquavit. Eine dünne Alkoholwolke hing über dem Tisch, und Karianne wich zurück.

»Ich habe gehört, sie sei nach China gefahren, um ein Kind zu adoptieren. Das hab ich von jemandem, der sie wirklich gut kennt. Und da hätte es doch sein können, dass sie im Mutterschaftsurlaub ist oder wie das heißt.«

Karianne Holbeck sah heute verändert aus. Normalerweise trug sie weite, unscheinbare Kleidungsstücke, die außer ihrem kräftigen Bau nichts verrieten. Sie schminkte sich nie. In der Regel war sie blass, ihre Wimpern und Brauen fast weiß. Ihr peinlicher Hang zum Erröten hatte freies Spiel. Die Kollegen nannten sie die »Ampel«, wenn sie sich unbelauscht glaubten.

An diesem Abend war Karianne nicht wiederzuerkennen. Ein eng sitzendes graues Samtkleid umschloss üppige Hüften und Oberschenkel. Ihre großen Brüste saßen hoch. Die Haare ließ sie normalerweise offen hängen, vermutlich, um sich dahinter verstecken zu können, wenn sie rot wurde. Jetzt musste sie beim Friseur gewesen sein. Diese kunstvolle Frisur konnte unmöglich ihr eigenes Werk sein. Und das Make-up auch nicht; sie sah aus, als sei sie eben erst einer großen TV-Unterhaltungsshow entsprungen.

»Ich hab mich wohl ein bisschen zu sehr in Schale geworfen«, flüsterte sie Severin Heger zu und umklammerte ihr Bierglas. »Sieh dir doch die anderen an!«

Er setzte sich neben sie und legte ihr den Arm um die bloßen Schultern. Karl Sommarøy stand am Tresen und unterhielt sich mit einem Kollegen über Autos. Er hatte sich gerade einen vier Jahre alten Audi A 6 gekauft und klagte darüber, dass bereits nach zwei Tagen der Turbo seinen Geist aufgegeben hatte. Das Hemd hing ihm aus der Hose, und er trug Jeans. Zwar hatte er zur Feier des Tages einen Schlips umgebunden, doch der hing schon auf halbmast und würde innerhalb der nächsten Stunde als Kopfputz enden.

»Du siehst toll aus«, flüsterte Severin Karianne ins Ohr. »Die tollste Frau heute Abend. Die anderen machen sich lächerlich. Du dagegen bist ... prachtvoll. Prost!«

Ihre Gesichtsfarbe näherte sich einem Lilaton, und sie umklammerte ihr Glas noch energischer.

»Dieses Lokal ist anders, als ... als ich erwartet hatte, irgendwie«, stammelte sie und schaute sich mit gesenktem Kopf um.

»Nicht gerade ein Luxusschuppen, nein. He! Du, Karl!« Sommarøy fuhr gereizt herum.

»Hast du keine anderen Klamotten?«

»Jetzt hör aber auf. Ich dachte, wir wollten Pizza essen!«

Das heruntergekommene Restaurant in der Brugate lag nur vier oder fünf Sirenentöne von der Wache entfernt. Die für die Weihnachtsfeier Zuständigen hatten sich aus purer Faulheit dafür entschieden. Braune Tische, rot karierte Tischdecken und in alte Mateusflaschen gesteckte Kerzen sollten vermutlich ein französisches Bistro vortäuschen.

Karl Sommarøy schob die Pfeife in den Mund und setzte sich an den Tisch. »Wo hier schon die Rede von Essen ist, was sagt ihr?«

Niemand fühlte sich berufen, einen Kommentar zu den angebrannten Schafsköpfen abzugeben. Eine halbe Stunde zuvor waren sie fast unangerührt in die Küche zurückgewandert.

»Habt ihr denn heute Hanne Wilhelmsen nicht gesehen?«

Beate aus dem Vorzimmer nuschelte schon. »Ischabschie geschehen!«

Billy T. saß vergrätzt an der Schmalseite des Tisches. Er hatte kaum ein Wort gesagt, seit er viel zu spät erschienen war. Er trank auch kaum etwas und schaute alle zehn Minuten auf die Uhr. Jetzt ließ er sich auf seinem Stuhl zurücksinken und schlug die Arme übereinander.

Plötzlich lachte der Polizeibeamte Klaus Veierød los. »Ich habe gehört, dass sie einen Kriminalroman schreibt. Machen das zurzeit nicht alle?«

Veierød war vermutlich der erfahrenste Fahnder unter ihnen. Er hatte in allen Abteilungen der Wache gearbeitet. Drei Jahre zuvor war er von der Wirtschaftskriminalität zur Gewalt versetzt worden. Er war gründlich, zuverlässig und absolut fantasielos. Längst hatte er sich damit abgefunden, dass er niemals zum Hauptkommissar befördert werden würde, aber das war ihm egal. Wenn er wollte, könnte er in sechs Jahren in Pension gehen. Dann würde er seine ganze Zeit seiner Sammlung von alten Kriegsutensilien widmen. Er spielte mit dem Gedanken, in der alten Scheune bei seinem Ferienhaus ein kleines Museum einzurichten. Damit wäre er sein eigener Herr, und niemand würde sich einmischen können.

Klaus Veierød mochte den überhitzten Ermittlungsstil in der Gewalt nicht. Und am allerwenigsten hatte ihm der harte Kern um Hanne Wilhelmsen zugesagt. Als die Clique auseinanderfiel – durch Håkon Sands Beförderung zum Staatsanwalt und Hanne Wilhelmsens Verschwinden, nachdem der Fall des unter Mordverdacht stehenden Oberstaatsanwalts Halvorsrud endlich gelöst war –, war ihm das nur recht gewesen. An Wilhelmsens Begabung hatte er allerdings nie gezweifelt. Insgeheim hielt er sie für die beste Ermittlerin, die die Osloer Polizei jemals gehabt hatte. Was er nicht hatte ertragen können, war das Gefühl gewesen, ausgeschlossen zu sein. Solange Billy T. und Hanne Wilhelmsen noch untere Ränge bekleidet hatten, war die Sache halb so schlimm gewesen. Doch als Hauptkommissarin und Hauptkommissar waren sie einfach unausstehlich. Tuschelten und flüsterten und hatten hunderttausend Geheimnisse. Und das war einfach nicht in Ordnung.

»Billy T.«, sagte Klaus Veierød und beugte sich über den Tisch. »Kannst du uns nicht verraten, wo die Frau sich herumgetrieben hat? Du kennst sie doch so gut, Mann!«

Wieder schaute der Hauptkommissar auf die Uhr. Dann starrte er zerstreut in sein Glas. Es war noch zur Hälfte mit schalem Bier gefüllt.

»Wisst ihr«, sagte Silje Sørensen und ließ sich auf den Schoß des einen Polizeianwärters sinken. »Ich glaube, wir können die ganze Ermittlung bald einstellen. Ich glaube, dass Brede Ziegler Selbstmord begangen hat.«

Verlegenes Schweigen machte sich breit an dem Tisch, an dem jetzt acht Personen auf sechs Stühlen saßen.

»Sieh an«, murmelte Severin.

»Klar doch«, sagte Karl Sommarøy und nuckelte an seiner Pfeife.

»Aber überlegt doch mal«, beharrte Silje. »Der war vollgestopft mit ... «

»Also wirklich«, fiel der Anwärter ihr ins Wort. »Du willst doch nicht im Ernst behaupten, dass jemand Selbstmord begeht, in dem er sich auf der Treppe zur Wache ein Messer ins Herz rammt, oder?«

Silje schwenkte die rechte Hand. Der Diamantring glitzerte im trüben Licht.

»Aber was haben wir denn? Das Messer hat Ziegler selbst gekauft. Hast du das nicht heute Vormittag in Erfahrung gebracht, Karl?«

Karl Sommarøy nickte und versuchte, seine Pfeife wieder anzustecken.

»Also«, fuhr Silje fort und holte tief Luft. »Brede hat zwei Tage vor seinem Tod genau so eine Waffe gekauft. Der Verkäufer hat ihn erkannt, weil er schon wochenlang kein Messer dieser Marke mehr verkauft hatte.«

»Wir wissen aber nicht, ob es tatsächlich *das* Messer war«, wandte Severin ein. »Die Dinger sind zwar lebensgefährlich, aber doch nicht nummeriert oder so.«

»Hal-lo!«

Silje verdrehte die Augen.

»Es ist aber ziemlich wahrscheinlich.«

»Und dann hat der Typ seine Fingerabdrücke abgewischt«, sagte Severin in sein Bierglas. »Als er schon tot war, sozusagen ... «

»Wenn ihr bloß das ewige Rauchen lassen könntet!«

Silje durchwühlte ihre Handtasche nach einem Taschentuch; eine einsame Träne löste sich aus ihrem linken Auge. Sie schien wirklich unter dem Rauch zu leiden. Der junge Polizeianwärter, der sie offenbar gern auf dem Schoß hatte, brüllte, jemand solle das Fenster öffnen. Niemand reagierte.

»Bredes Fingerabdrücke waren auf jeden Fall auf der Klinge«, sagte Silje Sørensen jetzt. »Dass er sie irgendwann abgewischt hat, steht also fest. Er kann an dem Abend Handschuhe getragen haben, er ...«

»... hatte keine.«

Severin bestellte mehr Bier.

»Na gut«, sagte Silje. »Aber ... es ist doch seltsam, dass der Mann sich mit Paracetamol vollgestopft hatte, oder? Ich meine, der Rechtsmedizin zufolge hatte er um die fünfzehn Gramm intus. Und so viel nehmen nur Selbstmordkandidaten. Ich gehe davon aus, dass er sterben wollte und dann so benebelt war, dass er sich selbst das Messer in den Leib gerammt hat. Aus Versehen vielleicht. Oder um sicherzugehen, dass er sterben würde. Wer weiß?«

Karl fuhr sich über sein fast nicht vorhandenes Kinn. Die gesamte untere Gesichtshälfte schien hinter seinem Daumen zu verschwinden.

»Sie hat ja nicht unrecht ... Brede Zieglers Leber steuerte voll auf den Kollaps zu, und er muss schon stundenlang Schmerzen gehabt haben, vielleicht seit mehr als einem Tag. Seltsam, dass er nicht zum Arzt gegangen ist.«

»Das wissen wir noch nicht.«

Das war das Erste, was Billy T. an diesem Abend sagte. Darauf erhob er sich und verschwand in Richtung Toilette.

»Der Mann, der zweimal sterben musste«, murmelte Klaus

Veierød. »Ist das nicht ein Film? Mit diesem Australier, der in den ›Dornenvögeln‹ mitgespielt hat, zusammen mit dieser Schönen, die ... und dann mit diesem riesigen breiten Ami, der immer Detektive spielt? Oder Schurken. Der ...«

»Brian Dennehy«, sagte Severin Heger und machte Anstalten zu gehen. »Mir scheint, ihr habt hier allesamt den Verstand verloren. Verdammt, ich ...«

»Momentchen noch«, sagte Karl versöhnlich und zog ihn wieder auf den Stuhl. »Immerhin weist alles darauf hin, dass Ziegler freiwillig in der Gegend war. Sein Wagen wurde in der Nähe gefunden. In der Sverres gate, sorgfältig eingeparkt und ohne irgendwelche Anzeichen von Diebstahl.«

Karianne Holbeck bereute Frisur und Kleid nicht länger. Alle wollten mit ihr anstoßen. Mehrere Male hatte ihr jemand im Vorbeigehen behutsam den Nacken gestreichelt. Irgendwer versuchte unter dem Tisch mit ihr zu füßeln. Sie wagte nicht nachzusehen, wer das sein mochte.

»Jetzt müsst ihr euch aber zusammenreißen«, sagte sie mit ungewöhnlich fester Stimme und legte Severin eine Hand auf die Schulter. »Niemand, absolut niemand hat behauptet, Brede Ziegler sei deprimiert gewesen. Wir haben jetzt sieben- oder achtunddreißig Vernehmungen durchgeführt, und Wörter wie ›deprimiert‹ oder gar ›lebensmüde‹ sind nicht ein einziges Mal gefallen.«

Alles am Tisch verstummte. Zur allgemeinen Überraschung kehrte Billy T. zurück und setzte sich. Allerdings schien er sich nach wie vor nicht an der Diskussion beteiligen zu wollen.

»Im Gegenteil«, fuhr Karianne fort. »Auch wenn es fast unmöglich ist, sich aufgrund der Vernehmungen ein Bild von diesem Mann zu machen ...« Sie strich eine Haarsträhne zurück und nippte an ihrem Aquavit. »Kann ich hier wohl auch einen

Rotwein bekommen?« Sie lächelte Klaus Veierød an, der in der passenden Füßelposition ihr gegenüber saß.

Er zuckte mit den Schultern.

»Sicher doch«, sagte Severin grinsend und schnappte sich einen vorbeieilenden Kellner. »Rotwein für die Dame. Ich bezahle!«

»Er kommt mir vor wie eine … eine Amöbe. Oder wie … ein Bild in so einem Guckrohr, wie wir sie als Kinder hatten, wisst ihr. So ein Rohr, in dem ein Bild zu sehen ist, aber wenn du es anderen zeigen willst, hat es sich schon wieder verändert.«

»Kaleidoskop«, murmelte Severin. »Ich weiß, was du meinst.«

Karianne schob mit einer Grimasse ihr Glas zurück und warf einen Blick hinüber zum Tresen, wo irgendwer vor Lachen brüllte – über eine Zote, in der ein Abteilungsleiter eine wichtige Rolle spielte.

»Bei den Vernehmungen haben wir uns natürlich auch auf Zieglers letzte Bewegungen konzentriert. Dank dieses ausgefeilten Alarmsystems wissen wir, dass er seine Wohnung um 19 Uhr 56 verlassen hat. Aber danach hat ihn kein Schwein mehr gesehen. Wenn wir die Leute nach seinen Gewohnheiten fragen – ob er Sport getrieben hat, ob er gern ins Kino ging, ob er Frauen angrabbelte …«

»Ob er trank«, fügte Severin hilfsbereit hinzu.

»Genau. Dann bekommen wir ebenso viele Antworten, wie wir Fragen gestellt haben. Um ganz ehrlich zu sein: Ich habe mehr über den Mann erfahren, indem ich die Interviews mit ihm gelesen habe. Davon gibt es nämlich unvorstellbar viele. Und da antwortet er zumindest selbst.«

»Apropos Interviews, Billy T., hast du noch weiter mit dieser Verlagsfrau gesprochen?«

Severin lächelte die Schlechtwetterfront am Ende des Tisches an.

»Ich halte eine Weihnachtsfeier nicht für den geeigneten Ort, um einen Mordfall zu diskutieren«, erklärte Billy T., erhob sich und leerte sein Bierglas in einem Zug. »Ich hau ab.«

»Meine Güte«, sagte Klaus Veierød. »War dieser Schafskopf etwa vergiftet?«

Billy T. war der Einzige, der seinen Kopf wirklich bis auf die Knochen abgenagt hatte. Sogar die Augen des armen Tieres hatte er ausgelutscht.

»Ihr müsst aber zugeben, dass es eine schöne Theorie war«, seufzte Silje und wechselte auf einen anderen Schoß. »Wir müssen uns doch alle Möglichkeiten offenhalten, meine ich.«

Plötzlich hörten sie Lärm und drehten sich alle gleichzeitig zum Tresen um.

»Im Leben nicht, *scheiße*!«

Ein Polizeianwärter holte aus und zielte auf einen ebenso jungen Kollegen, der sich eben erst aufrappelte, nachdem er über einen Tisch voller Gläser und Aschenbecher gefallen war. Er wischte sich Glasscherben und Kippen vom Jackett und leckte das aus seiner Nase sprudelnde Blut auf.

»Und *nicht* deshalb«, heulte der andere und trommelte seitwärts gegen den Tresen.

»Und du gehst jetzt nach Hause, könnte ich mir denken.«

Severin Heger packte den Jungen von hinten und presste seine Arme auf dem Rücken zusammen. Den anderen schob Karl Sommarøy ziemlich brutal zur Toilette.

»*Loslassen, du verdammter Arschficker!*«

»Aber, aber. Jetzt mal schön mit der Ruhe, mein Junge.«

Severin straffte seinen Griff, und der Anwärter heulte noch lauter.

»*Scheiße, ich bin nicht dein Junge!*«

»Morgen wird dir das hier nur leidtun«, sagte Severin und bugsierte den Jungen zur Tür. »Halt jetzt die Klappe. Ist besser so.«

Zwei Minuten später kam er wieder herein.

»Da kam gerade ein Taxi«, sagte er lächelnd und rieb sich die Hände. »Der wird sich morgen gar nicht wohlfühlen.«

»Endlich hat das ganze Ähnlichkeit mit einer Weihnachtsfeier«, sagte Karl zufrieden. »Jetzt noch zwei Stunden, und wir haben bis März genug Stoff zum Klatschen.«

»Ihr müsst jetzt ohne mich weiterklatschen«, sagte Severin und packte Karianne an der Hand. »Soll ich die Prinzessin nach Hause geleiten, oder schafft sie das allein?«

Karianne lachte und ließ sich von ihm die Handfläche küssen.

»Ich glaube, ich bleibe noch ein bisschen«, sagte sie. »Aber tausend Dank für das Angebot.«

Nachdem sie die Hand zurückgezogen hatte, schnupperte sie daran. Ihr Handrücken duftete leicht nach *Sergio Tacchini*. Jetzt war sie die Einzige in diesem trüben Lokal, die für ein Fest angezogen war, und sie fühlte sich angenehm wohlig. Sie wollte noch nicht nach Hause. Noch konnte allerlei passieren. Außerdem wollte Karianne Holbeck an jeglichem Klatsch beteiligt sein, und das bis in den Frühling hinein.

Vernehmung von Sindre Sand

*Vernehmung durchgeführt von Klaus Veierød. Abgeschrieben von
Sekretärin Pernille Jacobsen. Von dieser Vernehmung existiert ein
Band. Die Vernehmung wurde am Samstag, dem 11. Dezember
1999, um 10 Uhr in der Osloer Hauptwache aufgezeichnet.
Zeuge: Sand, Sindre,
Personenkennnummer 121072 88992
Wohnhaft: Fredensborgveien 2, 0177 Oslo
Beruf: Koch im Restaurant Stadtholdergaarden
Oslo, Telefon 22 33 44 55
Der Zeuge ist aussagebereit.*

PROTOKOLLANT:

Ja, jetzt läuft das Tonbandgerät, wir können also anfangen.
Haben Sie schon einmal bei der Polizei ... äh ... wissen Sie,
wie das hier vor sich geht?

ZEUGE:

Nein, ich hatte noch nie mit der Polizei zu tun. Abgesehen davon, dass ich zweimal einen Fahrraddiebstahl gemeldet habe, meine ich *(undeutlich)* ... jede Frage, die Sie
wollen. Aber ich bin ziemlich müde. Musste gestern sehr
lange arbeiten und bin dann noch ein bisschen im Lokal
geblieben.

PROTOKOLLANT:

Wie Sie wissen, geht es um den Mord an Brede Ziegler. Wir

versuchen mit allen zu sprechen, die ihn gekannt haben oder ...

PROTOKOLLANT:

ZEUGE *(UNTERBRICHT)*:

Ja, das ist mir klar.

PROTOKOLLANT:

Schön. Sie ... *(Telefon klingelt)* Ich muss nur schnell ... Die Vernehmung beginnt um 10 Uhr 15. Der Zeuge hat Kaffee bekommen. Entschuldigen Sie das mit dem Telefon; ich habe jetzt Bescheid gesagt, dass wir nicht gestört werden dürfen. Wo waren wir? ... Sie haben Brede Ziegler gekannt, war das nicht so?

ZEUGE:

Ja.

PROTOKOLLANT:

Wie lange?

ZEUGE:

Sehr lange. Ich bin mit siebzehn zu Brede in die Lehre gekommen.

PROTOKOLLANT:

Und jetzt sind Sie ... 1972 geboren, ja. Das macht dann ...

ZEUGE:

Im Oktober werde ich siebenundzwanzig.

PROTOKOLLANT:

Wie gut haben Sie Brede Ziegler gekannt?

ZEUGE *(LACHT KURZ)*:

Kommt darauf an, was Sie unter »gut« verstehen.

PROTOKOLLANT:

Tja ... haben Sie ihn als Chef gekannt, oder hatten Sie auch sonst Kontakt? Er war ja um einiges älter als Sie.

ZEUGE:

Ich glaube, das war Brede nicht so wichtig. Ansonsten können wir auch gleich Klartext reden. Brede war ein Arsch. Ich nehme an, dass es das ist, was Sie wissen wollen. Wie ich den Typen gesehen habe, meine ich. Er war ein altmodischer Arsch. Von der schlimmsten Sorte.

PROTOKOLLANT:

Arsch. Also ich muss schon ... rauchen Sie nur. Sie können Ihre Tasse als Aschenbecher benutzen. Wie ... was verstehen Sie eigentlich unter Arsch?

ZEUGE:

So viele Möglichkeiten, sich wie ein Arsch zu verhalten, gibt es ja wohl nicht. Ich meine alles, rundum. Brede Ziegler hat Menschen benutzt, ist auf ihnen herumgetrampelt, hat sie beschwindelt, hat sie an der Nase herumgeführt. Hat sich nur für sich interessiert. Wenn Brede seinen Willen durchsetzen konnte, war alles wunderbar. *(Pause, Räuspern, undeutliche Rede)* ... gierig. Er war ungeheuer gierig.

PROTOKOLLANT:

Na gut. *(Pause)* Und was sagen Sie zu seinem Tod?

ZEUGE:

Suits me fine. Ich will ganz ehrlich sein. Als ich hörte, dass irgendwer Brede abgemurkst hat, habe ich zuerst gar nichts empfunden. Ich war nicht einmal geschockt. Aber dann habe ich ... *(lange Pause, Scharren)* mich nicht gerade gefreut ... ich war eher zufrieden irgendwie. Wenn ich den Mörder gekannt hätte, ich hätte ihm Blumen geschickt.

PROTOKOLLANT:

Ihm. Sind Sie sicher, dass es ein Mann ist?

ZEUGE:

Whatever. Keine Ahnung.

PROTOKOLLANT:

Ich finde, wir sollten ganz von vorn anfangen. Wie haben Sie Brede Ziegler kennengelernt?

ZEUGE:

Das habe ich doch schon erzählt. Er war Küchenchef im *Continental*. Zuerst war ich als Praktikant dort, dann bekam ich eine Lehrstelle. Damals wollten alle für Brede arbeiten. Er war einfach angesagt. Im ersten Jahr lag ziemlich viel Drecksarbeit an. Schnippeln. Saubermachen. Das Übliche. Aber dann ist mein Vater gestorben, *(undeutlich)* ... ich bekam eine Woche Urlaub, und alle wollten sich um mich kümmern, als ich dann zurückkam. Vor allem Brede. Plötzlich hat er mich als begabt bezeichnet *(verzerrte, unnatürliche Stimme)*. Erst ziemlich viel später hab ich kapiert, was Sache war.

PROTOKOLLANT:

Was Sache war? War er ...

ZEUGE (UNTERBRICHT):

(kurzes Lachen) Nein, nein. Er hat mich nicht begrapscht. Mich nicht. Jungs überhaupt nicht, soviel ich weiß. Er hat Geld begrapscht. Mein Geld. *(Pause)*

PROTOKOLLANT:

Sie hatten Geld? Mit ... achtzehn?

ZEUGE:

Neunzehn. Mein Vater starb, und ich wurde reich. Ich war fünf, als meine Mutter starb, und ich habe keine Geschwister. Mein Vater hatte drei Monate vor seinem Tod zwei große Lebensmittelgeschäfte und ein Bekleidungsgeschäft in Lillehammer verkauft. Er war erst sechzig und hatte zwölf Millionen. Hatte sein Leben lang gespart und sich abgeschuftet. *(Pause)* Wollte sich einen schönen Lebensabend machen. Und mir noch etwas hinterlassen, wie er immer sagte. Aber da hatte er sich schon zu Tode geschuftet. *(Sehr lange Pause)*

PROTOKOLLANT:

Und dann ... *(Pause)*

ZEUGE:

Brede hatte irgendwoher von diesem Geld erfahren. Aber natürlich wurde geklatscht, also war das eigentlich kein Wunder. Mehrere von den Kollegen hatten gewusst, dass mein Vater Geld hatte. So lud Brede mich eines Tages zum Essen ein. Das fand ich natürlich supertoll. Kam mir ... klasse vor, irgendwie. Er redete und spendierte. Dann *(undeutliche Rede, Gähnen?)* ... ein Projekt in Italien. Mailand. Zusammen mit den großen Jungs, sozusagen. Er wollte selber zwanzig Mille investieren, meinte er. Wenn ich wollte, könnte ich mitmachen. Es war angeblich todsicher. Ich war jung und blöd und ... *(Pause, danach ein Knall, Handfläche auf Tisch?)* Mehr gibt es dazu übrigens nicht zu sagen. Nur dass Brede vier Monate später zurückkam und das Geld verloren war. Alles. Es tue ihm schrecklich leid, sagte er, aber so sei nun mal das Leben. Dann lächelte er. Er hatte ein ganz besonderes Lächeln, das andere ... ich weiß nicht so richtig. Man fühlte sich unterlegen. Das Schlimmste ist, dass ich nie einen Beweis dafür gesehen habe, dass er selbst wirklich zwanzig Mille investiert hatte. Er hat es zwar behauptet, aber ich ..., ich hätte mir einen Anwalt nehmen sollen. Um ihm die Hölle heiß zu machen. Ich war so verdammt ... verzweifelt. Total unten. *(Lange Pause)*

PROTOKOLLANT:

Jetzt verstehe ich langsam, warum Sie für diesen Mann nicht gerade schwärmen. Haben Sie jemals ...

ZEUGE:

Und er hat mir die Freundin ausgespannt. Aber das wissen Sie sicher.

PROTOKOLLANT:

Nein, ich ...

ZEUGE *(UNTERBRICHT)*:

Dann werden Sie es noch hören. Um es mal so zu sagen: Allein in Norwegen gibt es bestimmt mindestens hundert Menschen, die Brede umgebracht haben könnten. Aber es gibt sicher nicht viele, die bessere Gründe gehabt hätten als ich. Er hat mir mein Geld gestohlen, und er hat sich meine Frau unter den Nagel gerissen – wir wollten bald heiraten. Außerdem bin ich ziemlich sicher, dass er mir danach Schwierigkeiten gemacht hat, sobald ich einen neuen Job suchte. Er ... kann ich noch eine Tasse haben? Mit Kaffee, meine ich?

PROTOKOLLANT:

Natürlich. Hier. Nehmen Sie meine. Ich habe sie noch nicht angerührt.

ZEUGE:

Danke.

PROTOKOLLANT:

Was würden Sie sagen ... wenn Sie ... würden Sie sagen, dass Sie Brede Ziegler gehasst haben?

ZEUGE:

(lacht) Meine Gefühle spielen ja wohl keine Rolle. Es geht darum, dass Brede ein Schmarotzer und ein Scharlatan ...

PROTOKOLLANT:

Scharlatan.

ZEUGE:

Whatever. Wie gesagt: Er war ein Arsch.

PROTOKOLLANT:

Sie scheinen jedenfalls ehrlich zu sein. Viele trauen sich nicht zuzugeben, dass sie ein Mordopfer nicht leiden mochten, solange ...

ZEUGE:

Solange der Mörder nicht gefunden ist? Kann ich gut verstehen. Aber ich habe schließlich ein Alibi *(lautes Lachen)*. Hieb- und stichfest, das sag ich Ihnen. Brede wurde Sonntagnacht ermordet, so steht's in den Zeitungen. Ich war an dem Abend von acht Uhr an im Funkhaus. Wir haben eine Fernsehsendung aufgenommen, die am nächsten Freitag ausgestrahlt wird. So eine Art Kochshow. Ich musste – mit einem Kumpel – um acht da sein, wurde um neun geschminkt, die Aufnahmen begannen um Viertel vor zehn, und um halb zwölf waren wir fertig. Da wir ... wir waren sechs Köche in zwei Mannschaften, wissen Sie ... Jedenfalls hatten wir Unmengen gekocht, und deshalb haben wir danach eine Art Fest veranstaltet. Haben alles aufgegessen, zusammen mit den Fernsehleuten. Den Kameraleuten und dem Moderator und so. Gegen eins waren wir erst fertig. Und dann bin ich noch mit drei Leuten losgezogen. Ich war bis vier Uhr morgens mit ihnen unterwegs. Einer hat bei mir übernachtet, er wohnt und arbeitet in Bergen. Petter Lien, falls Sie das überprüfen wollen.

PROTOKOLLANT:

Wir werden sehen.

ZEUGE:

Mir kann nichts passieren.

PROTOKOLLANT:

Wann haben Sie ihn zuletzt gesehen?

ZEUGE:

Brede, meinen Sie?

PROTOKOLLANT:

Ja. Haben Sie ihn in letzter Zeit überhaupt gesehen?

ZEUGE:

Tja. Kommt drauf an, was Sie unter »letzter Zeit« verstehen. Ich weiß nicht mehr genau, wann ich ihn gesehen habe. Ist schon länger her, glaube ich.

PROTOKOLLANT:

Glauben Sie? Sie wissen es nicht mehr genau? *(Telefon klingelt, undeutliche Rede, am Telefon?)* Tut mir leid. Ich hatte ja Bescheid gesagt, aber es ist dringend. Könnten Sie wohl ... in zwei Stunden noch einmal kommen?

ZEUGE:

Eigentlich nicht. Ich bin verdammt müde und muss heute Abend arbeiten. Sollte wohl eher eine Runde schlafen. War hart genug, mich an einem Samstag schon so früh herzuschleppen.

PROTOKOLLANT:

Dann sehen wir uns *(Pause)* um zwei, zum Beispiel?

ZEUGE:

(Langes Gähnen? Seufzen?) Na gut. Um zwei.

Anmerkung des Protokollanten: Die Vernehmung wurde aufgrund dringender anderer Aufgaben unterbrochen. Der Zeuge war aussagebereit, aber deutlich übermüdet. Er wirkte sehr aufgewühlt, als er über den Toten sprach. Einmal – als von dem Geld die Rede war, um das er seiner Meinung nach betrogen worden ist – hatte er Tränen in den Augen. Die Vernehmung wird um zwei Uhr fortgesetzt.

17 Die paar Strahlen Wintersonne, die plötzlich durch die schwere Wolkendecke brachen, halfen wenig. Im Zimmer war es noch immer dunkel. Eine einsame 25-Watt-Birne hing mitten im Raum unter der Decke. Thale stieg über die Pappkartons, die auf dem Boden lagen, und setzte sich aufs Bett. Das ächzte laut und Unheil verheißend.

»Ich begreife ja nicht, warum du nicht wieder nach Hause ziehen willst. Dieses Loch ist doch gelinde gesagt unerträglich. Vierter Stock ohne Fahrstuhl, fast keine Möbel. Und es stinkt nach ...« Sie schnupperte ein wenig. »Schimmel. Diese Wohnung ist doch sicher das pure Gesundheitsrisiko.«

»Thale, hör zu. Mit dem Mietvertrag im Bogstadvei hat es Ärger gegeben und ...«

»Da brauchte ich mir wenigstens keine Sorgen um dich zu machen. Die Wohnung war hell und schön und sauber. Warum du dich mit zweiundzwanzig Jahren mit einer Vermieterin abfinden willst, die Damenbesuch und Toilettenbenutzung nach neun Uhr abends verbietet, das will mir einfach nicht in den Kopf, Daniel. Du bist zu Hause jederzeit willkommen. Jederzeit. Billiger wäre das übrigens auch. Diese elende Kammer ist so ... du bist immer so *unpraktisch*, Daniel. Eigentlich warst du das immer schon.«

»Das Zimmer ist billig. Und es *ist* praktisch, nicht so viel Geld fürs Wohnen auszugeben.«

Er lächelte und fügte hinzu: »Außerdem kann man nicht einfach wieder in sein Kinderzimmer ziehen, wenn man erst mal von zu Hause weg ist.«

Thale stieg mit den Schuhen an den Füßen aufs Bett, um das Bild einer dunkelhaarigen Schönheit zu entfernen, die verführerisch über den Rand ihres Tambourins lächelte.

»Das kannst du einfach nicht hängen lassen.«

Sie nahm das Bild vom Haken, ohne auf die Verärgerung ihres

Sohnes zu achten. Daniel schwärmte weder für die dunkelhaarige Schönheit noch für den Elch im Sonnenuntergang, der an der gegenüberliegenden Wand hing, aber seine Mutter hätte wenigstens fragen können. Er schluckte einen Widerspruch hinunter und kratzte sich den Nacken. So war es schon immer gewesen. Thale bestimmte. Seine Mutter war nicht übermäßig streitsüchtig. Sie war nur durch und durch unsentimental und extrem praktisch veranlagt. Alle ihre Gefühle schienen im Theater verbraucht zu werden; es war, als müsse sie tagsüber auf Sparflamme leben, damit sie auf der Bühne erblühen könnte. Selbst als er mit vierzehn Jahren geglaubt hatte, sterben zu müssen, hatte Thale nur über das Praktische geredet. Sie hatte einfach beschlossen, dass der Junge gesund werden sollte, und dann war es so gekommen. Sie hatte die Ärzte immer aufs Neue herumkommandiert, und Daniel war gesund geworden. Die Mutter schien das für selbstverständlich zu halten. Daniel hatte sich oft gefragt, warum sie sich Taffa gegenüber nicht dankbarer zeigte. Taffa war zwar ihre Schwester, aber es war doch nicht selbstverständlich gewesen, dass sie sich dermaßen engagierte. Taffa hatte abends an seinem Bett gesessen, hatte ihn getröstet, ihm vorgelesen und übers Haar gestreichelt, obwohl er schon in die neunte Klasse ging. Nur ein einziges Mal hatte er im Gesicht seiner Mutter aufrichtige Angst lesen können. Und zwar mitten in der Nacht, nach einer Vorstellung. Thale hatte sich ins Krankenzimmer geschlichen, in dem Glauben, dass Daniel schlief. Er hatte im Schein der schwachen Nachtlampe ihr Gesicht gesehen und begriffen, wie schrecklich seine Mutter sich fürchtete. Da hatte er nach ihrer Hand gegriffen und sie zum ersten und zum letzten Mal Mama genannt. Sie hatte ihn losgelassen, aufmunternd gelächelt und war gegangen. Gleich darauf war Taffa gekommen und geblieben, bis er eingeschlafen war.

Thale zog ihren Mantel an.

»Ich kann hier wohl nichts mehr tun. Aber ich begreife trotzdem nicht, wieso du dir nichts Besseres leisten kannst. Wie viele Jobs hast du neben deinem Studium, drei oder vier?«

»Zwei, Thale. Ich habe zwei brauchbare Teilzeitjobs.«

»Na also. Eine anständige Wohnung müsste dabei doch rausspringen.«

Sie schaute immer etwas anderes an, wenn sie mit ihm sprach. Jetzt hatte sie ihren Mantel angezogen und wühlte in einem Karton herum.

»Sind das Vaters Bücher?« Sie zog ein schmales Bändchen heraus. »*Catilina*. Unmögliches Stück. Keine gute Frauenrolle.«

Sie klemmte sich die Handschuhe unter den Arm, doch während sie in dem Buch blätterte, fielen sie herunter. Sie merkte es nicht.

»Das ist die Erstausgabe. Die echte, von 1850. Ist dir klar, was die wert ist? Das Nachlassgericht wusste das glücklicherweise nicht.«

Schließlich legte sie das Buch weg und entdeckte die Handschuhe, die in den Karton gefallen waren. Daniel hätte weinen mögen. Er biss sich in die Wange und hob die Stimme.

»Ich verkaufe *nichts*, was Opa gehört hat. Ist das klar? Er wollte mir all seine Habe vermachen. Und dann hat sich herausgestellt, dass das Haus in Heggeli total überschuldet war. Na und? Immerhin hatte er diese Bücher, und er würde sich im Grabe umdrehen, wenn er dich hören müsste. Er hat seine Buchsammlung geliebt. *Geliebt*, verstehst du?«

Thale breitete resigniert die Arme aus.

»Der Mann hatte dir den Gegenwert einer Riesenvilla versprochen, Daniel. Er hat dich im Stich gelassen, so ist es nun mal. Statt die Zukunft seines einziges Enkels zu sichern, hat er alles ... *verspielt*.«

Sie spuckte die Worte aus, als verursache ihr allein schon der Gedanke, dass ihr leiblicher Vater ein notorischer Spieler gewesen war, Übelkeit.

»Können wir nicht irgendwo essen gehen, Thale? Miteinander reden?«

Daniel fuhr sich über die Augen und wollte sie am Arm fassen. Sie wich aus und streifte ihre Handschuhe über.

»Jetzt ausgehen? Nein. Ich muss nach Hause und etwas schlafen. Ich habe heute Abend Vorstellung, das weißt du genau.«

Sie pflanzte einen Kuss in die Luft. Dann verschwand sie ohne ein weiteres Wort. Die Tür ließ sie offen stehen. Daniel griff zu Ibsens erstem Theaterstück. Er wusste, dass die Ausgabe wertvoll war, nur hatte er nie gewagt, nachzuforschen, was er dafür verlangen könnte. Doch die Götter wussten, dass er Geld brauchte.

Er brauchte dringend Geld.

18

Der Polizeidirektor hatte recht. Natürlich hätte sie eine Art Warnruf abgeben können. Sie hätte einfach anrufen sollen, hatte er gesagt, während sein ausweichender Blick sie mit mildem Vorwurf streifte. Natürlich hatte er recht, rein objektiv gesehen. Sie hätte schreiben oder anrufen können. Der Polizeidirektor konnte nicht wissen, dass das unmöglich gewesen war. Zumindest, solange sie nicht wieder in Norwegen war, und als sie einmal da war, hatte sie auch gleich persönlich kommen können.

Ihr neues Büro lag ganz hinten in der roten Zone, weit von den anderen in diesem Abschnitt entfernt. Sie hatte den Schlüssel ohne Widerspruch entgegengenommen. In dem Zimmer standen nur ein Schreibtisch, ein Stuhl und ein abgenutztes Regal aus emailliertem Metall. Außerdem thronte auf dem Boden neben einem Wirrwarr aus lose hängenden Kabeln ein Computer. Ein fast unmerklicher Geruch von Salmiak und Staub erzählte ihr, dass dieser Raum schon lange nicht mehr benutzt worden war. Das Fenster ließ sich nicht öffnen, vermutlich hatte es sich verkeilt. Trotzdem steckte sie sich eine Zigarette an. Es gab nichts, was mit einem Aschenbecher Ähnlichkeit gehabt hätte, und deshalb aschte sie auf den Boden.

Ihre Aufgabe hatte Billy T. sich offenbar aus den Fingern gesogen, um sie sich vom Leibe zu halten. Hanne Wilhelmsen sollte alles schriftliche Material über den Fall Ziegler lesen. Und analysieren. Vorschläge für weitere Vernehmungen oder andere Maßnahmen unterbreiten. Notizen machen. Wenn sie Glück hätten, würden sie einander kaum begegnen. Sie hatte einen halbmeterhohen Stapel mit Unterlagen aus dem Vorzimmer hergeschleppt, ohne dass irgendwer auch nur in ihre Richtung geblickt hätte. Jetzt lagen die Papiere wie ein wackliges Modell des Postgirogebäudes auf der einen Seite des Schreibtisches. Hanne steckte sich eine weitere Zigarette an und fuhr sich über die Augen. Es war Samstag, der 11. Dezember, und sie hatte sechs Stunden gebraucht, um alles zu überfliegen.

Vielleicht brauchte sie eine Brille.

Die Wohnung war wie ein Mausoleum. Sie hatte es dort zehn Minuten ausgehalten, gerade lange genug, um einige Kleidungsstücke zusammenzuraffen, einen Koffer zu füllen und sich in einem Hotel einzulogieren. Das Hotel *Christiania* lag nicht weit von der Wache entfernt. Besser, sie nahm sich nicht zu viel auf einmal vor. Zuerst hatte sie mit dem Gedanken gespielt, zu Håkon und Karen nach Vinderen zu fahren. Die hatten ein großes Haus und viel Platz. Doch etwas hatte sie zurückgehalten. Nachdem Billy T. ihr den Rücken gekehrt hatte, wusste sie, was.

Sie hatte nie an sie gedacht.

Nach Cecilies Tod waren die anderen nichts gewesen. Sogar Cecilies Eltern. Cecilies Tod war Hannes Trauer, Hannes Niederlage. Die anderen mochten sich um Beisetzung, Grabstein und Todesanzeige kümmern. Hanne wusste nicht einmal, ob sie in der Anzeige erwähnt worden war. Vermutlich ja, Cecilies Eltern waren immer freundlich gewesen, hatten sie nie verurteilt. In ihren klarsten Momenten sah Hanne, dass die Eltern sich zwanzig Jahre lang gewünscht hatten, von *ihr* akzeptiert zu werden.

Hanne hatte nicht einen Gedanken für sie übriggehabt. Nicht für die Eltern, nicht für Freundinnen oder Freunde. Cecilies Tod war ihr Tod. Für andere hatte es keinen Platz gegeben. Dass die Eltern sich vielleicht ein Andenken an ihre Tochter wünschten, ein Schmuckstück oder ein Bild, das alte Riechfläschchen, das Cecilie von ihrer Großmutter geerbt hatte und das ihr liebster Besitz gewesen war, oder das Foto von der frischgebackenen Ärztin Cecilie mit weißem Kittel, Stethoskop und triumphierend über dem Kopf geschwenkten Examenspapieren – auf diesen Gedanken war sie einfach nicht gekommen. Die Wohnung war unberührt. Cecilies Eltern hatten Schlüssel, die hatten sie schon bekommen, als Cecilies Zustand sich so verschlechterte. Sie hätten sich holen können, was sie wollten. Aber niemand hatte die Wohnung betreten, das spürte Hanne sofort, als sie die Tür aufschloss. Nur ihre Trauer erfüllte die Zimmer, die von allen anderen unberührt waren.

Jemand klopfte an die Tür.

Hanne glaubte, sich verhört zu haben, und schlug einen Ordner auf, ohne zu antworten.

Wieder wurde geklopft, und dann ging die Tür langsam auf. Eine Frau steckte zögernd den Kopf herein. »Verzeihung. Störe ich?«

Hanne Wilhelmsen schaute auf und stieß durch ihre zusammengebissenen Zähne Zigarettenrauch aus.

»Nicht doch. Komm rein, wenn du Rauch vertragen kannst.«

»Eigentlich kann ich das nicht.«

Die Frau war jung und schmächtig, fast zart. Als sie auf den höchsten Absätzen, die Hanne außerhalb Italiens jemals gesehen hatte, zum Fenster lief, dachte Hanne, dass diese Kleine wohl kaum Polizistin war. Sicher irgendeine Sekretärin. Eine von denen vielleicht, die Vernehmungen abschreiben oder so.

Das Fenster konnte geöffnet werden.

»Das ist ein Trick. Hängt mit dem Winkel zusammen, in dem das ganze Haus gebaut ist. Du drückst einfach hier ...« Sie schlug mit der Faust gegen eine der unteren Ecken. Dann öffnete sie ihre schmale Hand wieder und hielt sie Hanne hin. »Silje Sørensen. Angehende Kommissarin. Nett, dich kennenzulernen.«

Hanne erhob sich halbwegs und nahm die Hand. »Hanne Wilhelmsen. Hauptkommissarin. Auf dem Papier zumindest. Wenn auch nicht gerade, was meine momentane Tätigkeit anbelangt.«

»Ich weiß. Ich habe natürlich von dir gehört. Das haben wir doch alle.«

»Sicher.«

Demonstrativ zündete Hanne sich an der alten eine neue Zigarette an.

»Ich sollte eigentlich nur das hier abliefern«, sagte Silje Sørensen und ließ einen grünen Ordner auf den Schreibtisch fallen. »Haben sie dir nicht einmal einen Besucherstuhl gegeben? Ich hol dir einen.«

»Nein, nein. Das hat doch Zeit. Hier, nimm den.«

Hanne schob ihren Stuhl neben den Schreibtisch und machte es sich auf der Fensterbank gemütlich.

»So war das nicht gemeint«, sagte Silje Sørensen und blieb stehen. »Wie gesagt, ich sollte nur diese hier ...« Sie zeigte auf die Papiere in dem grünen Ordner. »Weitere Vernehmungen. Und dann wollte ich sagen, dass ... es schön ist, dass du wieder hier bist. Ich bin neu und so, aber ... das war eigentlich alles. Willkommen.«

Sie ging zur Tür, drehte sich aber nach zwei Schritten noch einmal um.

»Sag mal, wo warst du eigentlich die ganze Zeit?«

Hanne lachte. Sie hob ihr Gesicht, wandte es dem Schneegestöber vor dem Fenster zu und lachte laut. Lange. Dann wischte sie sich die Augen und drehte sich wieder um.

»Du stellst vielleicht Fragen. Ich muss schon sagen. Seit ich nach Hause gekommen bin, habe ich noch nicht mit vielen geredet, aber jeder Einzelne von denen hätte mehr Grund gehabt, mich danach zu fragen. Du bist die Erste. Wirklich.«

Sie schluchzte auf und versuchte sich zusammenzureißen.

Silje Sørensen setzte sich. Dann schlug sie ein Bein über das andere, legte den Kopf schräg und fragte noch einmal: »Und wo warst du nun? Ich habe so viele seltsame Dinge gehört.«

»Sicher.«

Wieder lachte Hanne. Sie schnappte nach Luft, die Tränen liefen ihr nur so übers Gesicht. Dann verstummte sie plötzlich. Sie hielt den Atem an und schloss die Augen, weil heftige Kopfschmerzen beängstigend schnell ihren Nacken hochkrochen. Wenn sie sich jetzt nicht entspannte, würden die sich für lange festsetzen.

»Was hast du denn gehört?«, fragte sie endlich.

»Komische Sachen. Ganz unterschiedliche.«

»Was denn?«

»Wo warst du denn? Kannst du das nicht einfach sagen?«

Wieder öffnete Hanne die Augen. Silje Sørensens Gesicht war noch nicht von der Polizeiarbeit gezeichnet. Sie versteckte sich nicht. Ihre großen blauen Augen verrieten ehrliche Neugier. Ihr Lächeln war echt. In ihren feinen Gesichtszügen lag nicht eine Spur von Zynismus.

»Jesus«, murmelte Hanne.

»Was?«

»Nichts. Du erinnerst mich an ein Bild, das ich ... nichts. Schöner Ring.« Sie zeigte auf Silje Sørensens rechte Hand.

»Geschenk von meinem Mann.«

Silje flüsterte, als sei der Ring ein peinliches Geheimnis.

»Macht doch nichts. Kümmer dich nicht um die Leute hier im Haus. Die sind chronisch sauer über das Gehaltsniveau und können es nicht ertragen, wenn andere Geld haben. Ich war im Kloster.«

Hanne schlug mit den Hacken auf den Boden auf. Dann ging sie los. Zuerst lief sie zur Toilette, um mit einem Glas Wasser drei Paracet hinunterzuspülen. Dann spähte sie in vier Büros, auf der Suche nach einem Stuhl, den sie ohne allzu große Gewissensbisse mitnehmen konnte. Auf dem Rückweg balancierte sie mit der einen Hand einen Aschenbecher aus Ton auf einer halb vollen Kaffeetasse, während sie mit der anderen den Stuhl hinter sich herzog.

»Du bist ja noch immer hier«, sagte sie mit tonloser Stimme zu Silje Sørensen und zog die Tür hinter sich zu.

»Im Kloster«, sagte Silje langsam. »Stimmt das? Bist du ... bist du Nonne geworden, oder was?«

»Nein. Nicht ganz. Ich habe in einem Klosterhotel gewohnt. In Italien. An einem Ort eben, wo man sich die Zeit nehmen kann ... Zeit zu haben. Zu denken. Zu lesen. Ein wenig zu sich zu kommen. Schlichte Mahlzeiten zu sich zu nehmen, schlichten

Wein zu trinken. Zu versuchen, den Weg zurück zu finden, zum Schlichten.«

»Ach.«

»Das hast du wohl nicht gehört, stelle ich mir vor. Lektion Nr. 1 für jede Ermittlerin: Nicht alles glauben, was du hörst. Und auch nicht alles, was du siehst. Klar?«

Als Silje keine Antwort gab, öffnete Hanne einen ihrer Ordner.

»Silje«, sagte sie langsam, als sei sie nicht ganz sicher, ob ihr der Name zusage. »Wir arbeiten doch am selben Fall, sehe ich. Hast du dir schon einmal überlegt, dass die Ermittlungen in alle Richtungen auseinanderklaffen?«

»Was? Entschuldigung?«

»Ich kriege das einfach nicht zu fassen ... sie sagen so wenig, diese Zeugen. Und ich habe mir überlegt, dass das nicht nur daran liegt, dass sie so wenig zu erzählen haben, sondern ... sie werden ja auch nicht *gefragt*!«

»Aber das ist ...«

»Nimm's nicht persönlich. Du bist ganz neu hier, und deine Vernehmungen sind in Ordnung, aber ... sieh dir das doch mal an! Diese Vernehmung hat Billy T. selbst durchgeführt.«

Hanne Wilhelmsen ließ ihre Zigarette auf den Boden fallen, dann fiel ihr ein, dass sie ja einen Aschenbecher geholt hatte. Ohne darauf zu achten, dass Silje sich unter den Schreibtisch bückte, fischte sie die schriftliche Fassung des Gesprächs mit Idun Franck hervor und zertrat die Kippe auf dem Linoleumboden.

»Diese Franck ist meiner Ansicht nach eine der wichtigsten Zeuginnen, die wir in diesem Fall haben. Sie hat sich über einen Zeitraum von mehreren Monaten ausgiebig mit dem Verstorbenen unterhalten und besitzt Notizen, Tonbandaufnahmen und Gott weiß, was noch alles. Aber dann hustet sie diesen Quatsch über Quellenschutz heraus. Billy T. interessiert sich offenbar seit

Neuestem gewaltig für Jura. Sein Bericht sieht doch vor allem aus wie eine juristische Abhandlung. Er lässt die Frau über den Paragrafen 125 des Strafgesetzbuches und das Aussageverweigerungsrecht drauflosplappern, blabla. Es kommt mir ein bisschen seltsam vor, dass eine Verlagslektorin, die sich doch vor allem mit Sprache und Literatur befasst, auf die *Europäische Menschenrechtskonvention* verweist ...«

Hanne schnalzte mit der Zunge, schüttelte den Kopf und ließ ihren Finger über den Bogen wandern.

»Hier. Artikel 10. Woher weiß sie das alles? Polizeijuristin Skar zerbricht sich noch immer den Kopf, um sich durch diesen juristischen Brei hindurchzufressen, und sie ist immerhin Juristin. Idun Franck konnte doch nicht wissen ... außergewöhnliche Kenntnisse für eine Verlagslektorin, ich muss schon sagen. Und hier ...« Hanne fischte noch eine Zigarette hervor, zündete sie aber nicht an. »Warum hat er nicht gefragt, wie in diesem Verlag gearbeitet wird? Ob noch andere dort mit Brede Kontakt hatten? Offenbar sind im Restaurant sehr viele Bilder gemacht worden, aber Billy T. hat nicht gefragt, von wem denn eigentlich. Solche Auskünfte können ja wohl nicht unter diesen ... *Quellenschutz* fallen. Außerdem: Warum ist die Frau noch nicht zu einer offiziellen Vernehmung bestellt worden?« Sie tippte mit der Zigarette auf die Tischplatte. »Klinge ich jetzt wie eine Lehrerin?«, fragte sie und lächelte.

Silje schüttelte den Kopf und schien etwas fragen zu wollen. Doch dann klappte sie ihren Mund hörbar wieder zu.

»Und hier«, fuhr Hanne fort und öffnete einen braunen Briefumschlag. Sie zog drei A4-Bögen hervor. »Das sind Kopien von Drohbriefen, die Brede Ziegler bekommen hat. Sie lagen, zusammen mit einer Anzeige, gestern irgendwo in der blauen Zone. Gestern! Fünf Tage nach dem Mord! Und dann stellt sich heraus, dass vor weniger als zwei Monaten in *Se & Hør* ausgiebig darüber berichtet worden ist. Hält sich denn in diesem Haus kein Mensch mehr auf dem Laufenden?«

Sie schwenkte die Klatschzeitung, in der ein tiefbesorgter Brede Ziegler unter der Schlagzeile *Immer neue Morddrohungen* die halbe Titelseite einnahm.

»Wir lesen hier nicht gerade regelmäßig *Se & Hør*.«

Silje Sørensen spielte mit ihren dunklen Haaren und beugte sich über den Tisch, um sich die Kopien genauer anzusehen.

»Was du nicht sagst«, murmelte Hanne Wilhelmsen. »Sieh dir doch nur diese lächerlichen Texte an. *Eins zwei in das Loch, unten liegt der tote Koch. Dummer Koch, jetzt ists genoch.* Und dann diese Unterschrift: *Reine Faust.* Was soll denn das? Was ich meine, ist … alle Prominenten bekommen irgendwann mal Drohbriefe. Aber nur die wenigsten muss man ernst nehmen. Es wimmelt da draußen nur so von harmlosen Trotteln, um es mal so zu sagen. Dieser Verseschmied kann sehr gut dazugehören. Aber wir müssen doch ein System haben, das solchen Anzeigen nachgeht, wenn wirklich irgendwer ermordet wird, zum Henker!«

»Sei nicht so sauer auf mich, bitte.«

Silje Sørensen lächelte mädchenhaft, als wolle sie sich von jeglicher Verantwortung freisprechen. Hanne begriff nicht, warum sie mit dieser jungen Polizistin redete. Vorläufig wusste sie nur, dass sie es mit einer sympathischen und vermutlich verwöhnten jungen Frau zu tun hatte. Aber es war etwas mit ihren Augen. Sie erinnerten Hanne an etwas, das sie schon längst verloren oder vergessen hatte.

»Noch eins.« Hanne ließ die weiterhin nicht angezündete Zigarette zwischen Zeige- und Mittelfinger ihrer rechten Hand herumwirbeln. »Warum hat niemand versucht, die Person zu finden, die die Leiche entdeckt hat?«

»Die Leiche entdeckt? Das waren doch wir. Zwei Kollegen, die … «

»Nein. Irgendwer hat angerufen.«

»Ja, aber das war nur eine kurze Mitteilung und … «

»Diese Person hat aber vielleicht etwas zu erzählen. Sie oder er könnte … «

»Es war eine Sie. Wir haben uns das Band natürlich angehört, und es war eine Frau. Aller Wahrscheinlichkeit nach.«

»Ach. Und wissen wir noch mehr? Alter, Herkunft, Akzent? Die Frau kann etwas gesehen haben. Gefunden. Gestohlen. Meine Güte, sie kann ihn sogar ermordet haben. Und in diesem Material hier … « Sie rieb sich die Stirn und starrte Silje an. » … weist nichts darauf hin, dass irgendwer versucht hat, sie zu finden.«

Die Tür wurde energisch aufgerissen.

»Hier bist du also«, sagte Billy T. wütend zu Silje und lehnte sich an den Türrahmen. »Ich hab dich überall gesucht. Hältst du den Dienst hier für einen Kaffeeklatsch? Aber vielleicht warst du ja schon bei der Wachgesellschaft und hast das Video von der Niels Juels gate gesichert?«

Silje sprang auf und blieb hilflos stehen. Billy T. blockierte die Tür.

»Nein, aber ich wollte gerade losfahren … hab nur kurz mit Hanne gesprochen … «

»Setz deinen Arsch in Bewegung, Silje. Dieser Fall wird nicht durch Gerede gelöst.«

Silje stürzte zur Tür, und Billy T. schien sie regelrecht aus dem kleinen Zimmer fegen zu wollen.

»Clever, Billy T.«, sagte Hanne Wilhelmsen trocken. »Pöbel du nur Silje an, wenn du in Wirklichkeit auf mich sauer bist.«

»*Ground mies*«, sagte er verbissen und schlug mit der Faust auf den Tisch. Sein Gesicht war höchstens zwanzig Zentimeter von Hannes entfernt, als er hinzufügte: »*Erstens:* Ich lasse dich in Ruhe. *Zweitens:* Du lässt mich in Ruhe. *Drittens:* Du lässt zum Teufel noch mal meine Leute in Ruhe, damit sie ihre Arbeit tun können.«

Hanne ließ seinen Blick nicht los.

Nach der unseligen Nacht, in der sie in gemeinsamer Trauer um Cecilie – nur wenige Monate vor deren Tod – zueinandergefunden hatten, war er wie ein geprügelter Hund hinter ihr hergelaufen. Und sie hatte ihn nicht einmal angesehen. Sie hatte ihn für ein Vergehen, für das sie selbst die Verantwortung trug, hart bestraft. Das hatte so sein müssen: Nichts hatte ihr so wehgetan, dass sie selbst es als Buße hätte annehmen können. Damit hatte sie erst nach Cecilies Tod beginnen können. Er hatte um Vergebung gebettelt, ehe sie verschwunden war. Jetzt wies er sie ab, in allem, was er tat, in allem, was er war.

»Ist es denn überhaupt möglich, dass wir beide miteinander reden?«, flüsterte sie.

»Nein! Du bist abgehauen, Hanne. Hast alles hingeschmissen. Ich und alle anderen waren dir scheißegal, du wolltest nur … wer auch immer … *nein!* … wir haben uns nichts mehr zu sagen!«

Der Knall, mit dem er die Tür zuschlug, hallte noch lange in ihren Ohren wider. Und danach konnte sie nicht einmal weinen.

19

»Wir müssen das anzeigen. Wirklich.«

Die Katzenleiche war in feierlichem Rahmen bei Thomas' Großmutter begraben worden. Unter einer winterkahlen Eiche ruhten Helmers sterbliche Überreste, bedeckt von knapp zehn Zentimetern gefrorener Erde. Thomas selbst hatte das Kreuz gezimmert und angemalt, grün mit roten Streifen.

»Was denn?«

»Was meinst du? Was denn? Den Katzenmord natürlich!« Sonja Gråfjell knallte die Zeitung auf ihre Knie und fügte hinzu: »Die Frau ist komplett verrückt. Überleg doch mal ... Helmer umzubringen ... zu vergiften. Nächstes Mal ist es vielleicht ...«

»Wir wissen doch gar nicht, ob Helmer vergiftet worden ist.« Bjørn Berntsen flüsterte und zeigte auf die Tür des Kinderzimmers, hinter der Thomas längst schlafen sollte. Allerlei scharrende Geräusche hatten verraten, dass er nicht einmal im Bett lag.

»Natürlich ist er vergiftet worden. Thomas hat ja selbst gesehen, wie Frau Helmersen Helmer zu sich gelockt und ihn gefüttert hat. Warum in aller Welt hätte sie das sonst getan? Sie hat das arme Tier gehasst!«

»Vielleicht hat sie gemerkt, dass sie miteinander verwandt waren«, sagte Bjørn Berntsen trocken. »Sie hatten schließlich fast denselben Namen.«

»Red keinen Unsinn.« Sonja Gråfjell starrte skeptisch ihr Rotweinglas an, als stelle sie sich vor, dass Tussi Helmersen sich auch daran zu schaffen gemacht haben könnte. »Bisher war sie für mich eine nervige, exzentrische alte Dame. Aber ein Mord!«

»Sonja! Hier ist die Rede von einem Kater!«

»Von einem lebenden Wesen, das Thomas sehr geliebt hat. Ich bin so ... *wütend.*«

Bjørn Berntsen rückte auf dem Sofa näher. Er küsste seine Frau auf den Kopf und schmiegte den Mund in ihre Haare.

»Ich auch, Liebes. Du hast ganz recht, aller Wahrscheinlichkeit hat Frau Helmersen Helmer vergiftet. Aber wir wollen es nicht übertreiben. Wir haben es mit einer verrückten alten Dame zu tun, die es satthatte, dass Helmer hier herummaunzte und ins

Treppenhaus pisste. Außerdem können wir nichts beweisen. Der Teller ist verschwunden, und Helmer ist tot und begraben. Du hast doch selbst auf dieser Zeremonie bestanden.«

»Für Thomas war das wichtig«, sagte sie gereizt und rutschte weg. »Wenn du nicht mitkommen willst, gehe ich allein zur Polizei.«

»Womit denn? Glaubst du wirklich, die Polizei kann sich um einen toten Kater kümmern, in einer Stadt, wo Menschen ermordet und vergewaltigt werden und ...«

»Du hast ja recht.«

Sonja Gråfjell stand auf. Thomas hatte die Tür geöffnet und zupfte an seiner Schlafanzugjacke.

»Ich kann nicht schlafen«, jammerte er. »Kann ich noch ein bisschen aufbleiben?«

»Aber sicher«, sagte seine Mutter und nahm ihn an der Hand. »Komm her, du, vielleicht kommt etwas Schönes im Fernsehen.«

Als die Familie Gråfjell Berntsen am Sonntagmorgen erwachte, war keine Rede mehr von der Polizei. Sie fuhren ins Tierheim und suchten sich ein Kätzchen aus, wie die Mutter es Thomas versprochen hatte. Es war rot, genau wie Helmer.

»Der soll Tigi heißen«, sagte Thomas.

20

Idun Franck musterte ihr Spiegelbild mit skeptischem Blick. Sie trug eine schwarze Hose und einen grauen Pullover mit V-Ausschnitt. Zurzeit trug sie nur Grau und Schwarz. Es stand ihr nicht. Trotzdem wagte sie nicht, daran etwas zu ändern. Die Vorstellung, jetzt ins Theater zu gehen, war ihr unerträglich. Sie fuhr sich durch die feuchten Haare und überlegte sich die Sache zum dritten Mal anders.

»Geradewegs ins Theater, geradewegs nach Hause.«

Sie zog ihren Lammfellmantel an und drückte sich eine Wollmütze auf den Kopf. Die Wanduhr zeigte Viertel nach fünf. Wenn sie sich beeilte, konnte sie zu Fuß gehen, statt die Straßenbahn zu nehmen. Eigentlich mochte sie Samstagsvorstellungen nicht. Die fingen immer schon um sechs an, damit die Leute hinterher noch essen gehen konnten, Menschen in Feierlaune, die eifrig applaudierten, ob die Vorstellung nun gut gewesen war oder nicht. Idun ging ins Schlafzimmer, um sich ein Paar Socken zu holen; sie hatte ganz vergessen, dass sie nach dem Duschen noch immer barfuß war.

»Geradewegs ins Theater, geradewegs nach Hause.«

Der indische grau-lilafarbene Seidenschal hätte die Tristesse von Braun, Grau und Schwarz durchbrochen. Ein schwacher Parfümduft entströmte dem leeren Flakon, den sie zwischen Unterhosen, Socken und Halstücher gesteckt hatte. Sie riss ein Paar braune Frotteesocken an sich und wäre fast gestürzt, als sie sie anzog. Danach gingen ihre Hände den restlichen Inhalt der Schublade durch. Der indische Schal war und blieb verschwunden. Gereizt riss sie einen anderen heraus, den rot-goldenen, den sie sich einige Monate zuvor in Paris gekauft hatte. Als sie endlich die Tür hinter sich abschloss, fiel ihr ein, dass die Eintrittskarte noch auf dem Küchentisch lag.

Fast wären ihr die Tränen gekommen, als sie endlich mit der Eintrittskarte in der Hand die Treppe hinunterlaufen konnte.

»Danach geradewegs nach Hause«, wiederholte sie halblaut, und dann fiel ihr ein, dass sie ihre Brieftasche vergessen hatte.

Das spielte keine Rolle. Sie konnte ja beide Wege zu Fuß gehen.

VERNEHMUNG VON SIGNE ELISE JOHANSEN

Vernehmung durchgeführt von Silje Sørensen. Abgeschrieben von
Sekretärin Pernille Jacobsen. Von dieser Vernehmung existiert ein
Band. Die Vernehmung wurde am Sonntag, dem 12. Dezember, in
der Osloer Hauptwache aufgezeichnet.
Zeugin: Johansen, Signe Elise,
Personenkennnummer 110619 73452
Wohnhaft: Nordbergveien 14, 0875 Oslo
Telefon 22 13 45 80
Beruf: Rentnerin
Über ihre Pflichten informiert, aussagebereit. Die Zeugin ist die
Mutter des Geschädigten.

PROTOKOLLANTIN:

Jetzt habe ich auf den Knopf gedrückt, jetzt geht es los. Die
Uhr ist ... 14 Uhr 17. Wie ich Ihnen bereits erklärt habe, erleichtert es unsere Arbeit, wenn wir alles, was Sie sagen, auf
Band aufnehmen können. Dann brauche ich bei der Vernehmung nicht mitzuschreiben. Die Polizei freut sich sehr
... hm ... ich meine, ist sehr dankbar für Ihren Besuch. Ich
weiß, dass das hart für Sie ist.

ZEUGIN:

Es ist entsetzlich. *(Redet sehr laut.)*

PROTOKOLLANTIN:

(Scharren) ... ein wenig verschieben. Wir hören nachher

wirklich genug ... Sie brauchen nicht direkt ins Mikrofon zu sprechen, Frau Johansen. Sie können ganz normal reden.

ZEUGIN:

Ach, entschuldigen Sie. Ich bin diese modernen Apparate nicht gewöhnt. Aber es ist entsetzlich ... ich kann einfach nicht fassen *(weint leise)* ... dass Brede tot sein soll. Er hat doch nie im Leben etwas verbrochen.

PROTOKOLLANTIN:

Sie können ruhig noch ein wenig leiser sprechen. Ich wollte nur sagen ... dass wir uns alle Mühe geben, den Mörder zu finden. Aber jetzt sollten wir vielleicht anfangen ...

ZEUGIN *(UNTERBRICHT)*:

Und mir sagt wirklich niemand was. Ich weiß noch nicht einmal, wann er begraben werden kann. Das machen offenbar welche von der Medizin ... ich habe vergessen, wie die hießen. Die, die bestimmen, meine ich.

PROTOKOLLANTIN:

Die Rechtsmediziner. Die müssen erst die Obduktion vornehmen, ehe das Bestattungsunternehmen tätig werden kann. Das dauert leider seine Zeit.

ZEUGIN:

Aber das ist doch einfach entsetzlich. Die Vorstellung, wo er jetzt ... ich kann ... *(weint)* Die vom Bestattungsunternehmen sagen, dass sie noch mit Vilde sprechen müssen, ehe alles in die Wege geleitet werden kann. Aber die geht ja nicht ans Telefon.

PROTOKOLLANTIN:

Sie geht nicht ans Telefon? Hat sie Sie nicht angerufen?

ZEUGIN:

Es ist grauenhaft. Plötzlich muss ich mit einem wildfremden Menschen besprechen, wie ich meinen Sohn begraben soll.

PROTOKOLLANTIN:

Aber Vilde Veierland ist doch kein wildfremder Mensch. Sie ist Ihre Schwiegertochter.

ZEUGIN:

Sie ist Mitte zwanzig, und ich bin ihr drei Mal begegnet. Ich habe mir das in den letzten Tagen genau überlegt: Drei Mal bin ich ihr begegnet. *(Pause)* Aber ich habe Brede ja angesehen, dass in dieser Ehe nicht alles so war, wie es sein sollte. Einfach nach Hause kommen und plötzlich verheiratet sein – das sieht meinem Brede überhaupt nicht ähnlich. Da muss etwas ... etwas anderes dahinterstecken. Eine Frage der Ehre, wenn Sie verstehen, was ich meine. Er hätte sie nie geheiratet, wenn er sich nicht dazu gezwungen gesehen hätte. Aber dann ist wohl doch nichts daraus geworden ... er wäre nicht der erste Mann, der auf diese Weise betrogen worden ist.

PROTOKOLLANTIN:

Ja, hm ... wollen Sie damit sagen, dass Brede Vilde geheiratet hat, weil ein Kind unterwegs war?

ZEUGIN:

Ja, nein ... er hat nie etwas davon gesagt. Das hätte Brede auch nie getan. Seine Probleme hat er immer für sich behalten. Aber ich lebe nun schon so lange, dass ich vieles begreife. Es war nicht schwer zu sehen, dass sein Leben nicht leicht war. Brede hat immer so viel Verantwortung getragen. Aber warum er sich dann auch noch die Verantwortung für dieses Kind aufladen musste, das konnte ich nicht begreifen.

PROTOKOLLANTIN:

Wenn er nichts gesagt hat, woher wussten Sie ... ja, ich meine ... woher wussten Sie, wie es in der Ehe aussah?

ZEUGIN:

Eine Mutter sieht doch, wenn etwas nicht stimmt. Zum Beispiel hat sie mich nie mit ihm zusammen besucht. Ein einziges Mal ist sie im Nordbergvei gewesen! *(Verstummt, räuspert sich.)* Brede war immer so umsichtig. Jeden Sonntag ist er gekommen. Na ja, vielleicht nicht jeden, aber ... *(Rasselnder Atem, Asthma?)* Zum Essen, meine ich. Er fand es so schön, wenn ich ein Sonntagsessen aufgetischt habe wie in alten Zeiten. Als er noch ein Junge war und ... Ja, der arme Brede, er konnte sich ja nicht immer so leicht freimachen. Trotzdem kam er treu jeden Sonntagmittag. Wissen Sie ... bei den vielen Angestellten und all den anderen Leuten, die dauernd etwas von ihm wollten, war das sicher nicht immer leicht für ihn. Aber er wusste, dass alles für ihn bereitstand. Hausgemachter Schweinebraten mit Backpflaumen und Karamellpudding. Ich wollte das selbst auch so. Dass alles für ihn bereitstand, meine ich, wenn er einen Moment freihatte.

PROTOKOLLANTIN:

Wie oft ist er denn nun wirklich gekommen?

ZEUGIN:

Ja, nein, so oft auch wieder nicht. Oft natürlich, aber vielleicht doch nicht jeden Sonntag. Er hatte so viele Verpflichtungen. Musste auf seine Gesundheit achten. Außerdem ist er sonntags immer schwimmen gegangen. Im *Grand Hotel*. Und da ist er dann manchmal Geschäftspartnern oder anderen Künstlern begegnet. Leuten, mit denen er sprechen musste. Da war es dann ja nicht leicht für ihn, noch zu seiner Mutter zu fahren, so gern er das auch getan hätte.

PROTOKOLLANTIN:

Alles klar. Aber Sie haben seine Gesundheit erwähnt ... hatte Brede gesundheitliche Probleme?

ZEUGIN:

Überhaupt nicht! Er war so gesund und munter, ehe er ... *(unklar)*... wie mit zwanzig Jahren. Er war immer stark, mein Brede. Hat sehr auf seine Gesundheit geachtet. Hat sich fit gehalten, sagt man das nicht so? Er hat nicht geraucht und konnte auch nicht vertragen, wenn andere das taten. Ich rauche ja gern ab und zu mal eine, aber wenn Brede in der Nähe war, habe ich mich beherrscht. Wo ihn das doch so störte. Wenn ich damit rechnete, dass er mich besuchen kommt, habe ich immer gut gelüftet und aufs Rauchen verzichtet.

PROTOKOLLANTIN:

Sie haben sich nach einer Zigarette gesehnt und gelüftet – auch dann, wenn er nicht gekommen ist?

ZEUGIN:

Er ist doch gekommen. Oft. Aber er hat alles so genau genommen. Er war so ästhetisch. Das hat die Presse ja auch immer betont. Das haben Sie sicher gelesen. Das Schöne und das Reine, das war sozusagen sein Credo. *(Lange Pause)* Brede hatte einen absolut sicheren Geschmack. Es war ihm ungeheuer wichtig, dass auch bei mir alles schön und ordentlich war. Schlechte Kunst zum Beispiel ... da hat er Gänsehaut gekriegt *(lacht kurz)*. Ich hatte ein Bild von Alexander Schultz hängen, übrigens ein Porträt von Bredes Vater. Ja, leider, Brede hat schon als kleiner Junge seinen Vater verloren – das war nicht leicht für ihn. Aber Brede fand das Bild immer schlecht. Sein Vater habe was Besseres verdient, meinte er. Und tatsächlich sieht das Wohnzimmer ohne das Bild schöner aus. Brede hat mir als Ersatz einen modernen Seidendruck gekauft.

PROTOKOLLANTIN:

Ja, der Vater ... hieß Ihr Mann Ziegler?

ZEUGIN:

Ach, Sie wollen wissen, warum ich nicht Ziegler heiße? Ich bin eine geborene Kareliussen und verehelichte Johansen. Aber Brede war so kreativ – er hat sich schon mit Mitte zwanzig für den Namen Ziegler entschieden. Er hat Vor- und Nachnamen gewechselt. Auf Fredrik war er getauft, wissen Sie, aber mein verstorbener Mann *(kurzes Lachen)* ... hat den Namen ... schrumpfen lassen, könnte man sagen. Auf Freddy. *(unklar)* ... vor seinem Tod. Nicht gerade schön, wenn Sie mich fragen. Ich habe das natürlich nie gesagt, aber seine Freunde, und in der Schule ... ich habe ihm vorgeschlagen, sich wieder Fredrik zu nennen, das ist schließlich ein schöner Name ... jedenfalls. Ich dachte, ich könnte mich auch Ziegler nennen, um die Familie zusammenzuhalten *(undeutlich, Husten, Asthmaatem?)* ... aber davon hielt er nichts. Anfangs war es ein bisschen ungewohnt ... ich meine, den eigenen Sohn anders zu nennen als all die Jahre zuvor. Ich wäre gern bei dem Namen geblieben, aber ... Brede wollte Brede heißen. Er hat darauf bestanden. Nach und nach habe ich mich daran gewöhnt. Es ist ja auch ein schöner Name.

PROTOKOLLANTIN:

Sind Sie ganz sicher, dass Brede keine gesundheitlichen Probleme hatte? Auch keine Kopfschmerzen, zum Beispiel? Hat er irgendwelche Medikamente genommen?

ZEUGIN:

Nein, nie. Das kann ich ganz sicher sagen. Wie oft hat er

mir energisch davon abgeraten! Von Pillen und solchen Dingen. Er war so prinzipientreu. Hielt es für besser, ein wenig Schmerz zu ertragen. Alles hat ja schließlich ein Ende. Auch wenn ich manchmal ein wenig Schmerzen habe. Ja, die Gelenke ... die machen mir schon zu schaffen. Aber er sagte immer: Es ist besser, wenn du nichts nimmst, Mutter.

PROTOKOLLANTIN:

Haben Sie seine Freunde gekannt? Mit wem war er besonders eng befreundet, meine ich?

ZEUGIN:

Ach, mit so vielen!

PROTOKOLLANTIN:

Haben Sie einige von denen gut gekannt, Jugendfreunde zum Beispiel?

ZEUGIN:

Nein, so war Brede nicht. Er blickte nach vorn, mein Brede. Nie zurück. Doch, in der Schule hatte er viele Freunde, aber er ist immer seine eigenen Wege gegangen. Als die Freunde heirateten und ihre Kinder aus dem Kindergarten abholten und all das machten, was Männer heute so machen, fand er, dass das nichts für ihn sei. Er war immer mit interessanten Menschen zusammen. Und er konnte so nette Anekdoten über seine Bekannten erzählen.

PROTOKOLLANTIN:

Aber diese Leute haben Sie nicht gekannt?

ZEUGIN:

Nein, sein Privatleben hat Brede immer für sich behalten.

PROTOKOLLANTIN:

Hatte er auch Feinde?

ZEUGIN:

Nein, wirklich nicht. Alle mochten Brede, das sieht man doch schon daran, was sie über ihn in den Zeitungen schreiben, und überhaupt.

PROTOKOLLANTIN:

Wissen Sie, dass er Drohbriefe erhalten hat?

ZEUGIN:

Drohbriefe? Ach ja. Diese schrecklichen Briefe, von denen in einer Zeitschrift die Rede war, ich erinnere mich vage. Das ist doch entsetzlich. Diese Briefe müssen von jemandem stammen, der es nicht ertragen konnte, dass Brede so begabt war. Einzigartig, das war er. Und dieser schreckliche *(belegte Stimme, undeutlich)* ... war sicher ein krankhaft eifersüchtiger Mensch.

PROTOKOLLANTIN:

Was hat er denn selbst über die Briefe gesagt?

ZEUGIN:

Selbst gesagt ... *(räuspert sich)* Ich kann mich nicht erinnern, dass wir je darüber gesprochen hätten. Nein. Ich glaube, nicht.

PROTOKOLLANTIN:

Warum nicht?

ZEUGIN:

Das war doch wirklich kein Thema für ein Sonntagsessen, finden Sie nicht?

PROTOKOLLANTIN:

Wann haben Sie Ihren Sohn eigentlich das letzte Mal gesehen, Frau Johansen?

ZEUGIN:

Das letzte Mal ... das weiß ich nun wirklich nicht. Aber lange kann es nicht her sein.

PROTOKOLLANTIN:

Was er am vergangenen Sonntag bei Ihnen? Vor einer Woche, an dem Tag, an dem er ...

ZEUGIN:

(lange Pause, Weinen, wieder Geräusche, die auf Asthma schließen lassen) Nein. Das war er nicht. Er ... *(lange unklare Passage, Husten und Weinen)*

PROTOKOLLANTIN:

Können Sie nicht doch sagen, wann Sie ihn zuletzt gesehen haben? Und worüber Sie da gesprochen haben? *(Zeugin weint weiterhin heftig.)* Wir sind bald fertig, Frau Johansen. Und natürlich können wir eine Pause machen. *(Rascheln)* ... Ich möchte Sie bitten, sich mit mir zusammen dieses Inventarverzeichnis anzusehen. Hier steht, was Ihr Sohn bei sich hatte, als er ... können Sie sich das ansehen und sagen, ob Ihnen etwas auffällt? Oder ob vielleicht etwas fehlt?

ZEUGIN:

(Mit tränenerstickter Stimme) Doch, ich werde mir alle Mühe geben. Könnte ich vielleicht einen Schluck Wasser haben? *(Rascheln, undefinierbare Geräusche)*

PROTOKOLLANTIN:

Ich glaube, wir schalten das Tonbandgerät eine Weile aus. Wir machen weiter, wenn Sie sich die Liste angesehen haben. Vernehmung unterbrochen um ... 14 Uhr 48.

PROTOKOLLANTIN:

Um 15 Uhr 12 wird die Vernehmung fortgesetzt. Die Zeugin hat eine Pause gemacht und ist auf die Toilette gegangen. Sie hat sich die Inventarliste angesehen. – Frau Johansen, ist Ihnen an den Kleidern oder Gegenständen, die wir bei Brede gefunden haben, etwas aufgefallen?

ZEUGIN:

Nein, das sieht alles ganz normal aus. Kamelhaarmantel, der hat ihm immer gut gestanden *(murmelt)* ... Schlipsnadel, Uhr ... Doch, mir fällt etwas auf. Er hat immer Handschuhe getragen. Das war ihm ganz wichtig, selbst im Frühling hatte er Handschuhe an. Mochte sich nicht schmutzig machen, mein Brede. Ein Schal ist hier erwähnt, aber keine Handschuhe.

PROTOKOLLANTIN:

Danke, Frau Johansen. Sie haben uns sehr geholfen. Die Vernehmung wird um 15 Uhr 16 beendet.

21 Daniel blieb zu Hause. Es war Sonntagabend, und eigentlich hätte er büffeln müssen. Er war weit zurück, und im Januar kam eine Zwischenprüfung. Die Bücher steckten in einem ungeöffneten Karton hinter der Tür. Daniel lag im Bett auf dem Rücken und versuchte, den Schimmelgeruch zu ignorieren. Es kam ihm so vor, als seien Moder und stickige Luft seit seinem Einzug immer schlimmer geworden, jetzt drängten sie sich ihm wie Verwesungsgestank auf. Die ganze Woche hatte er mit nichts zugebracht. Abgesehen von dem Umzug. Da er außer einer Stereoanlage und einigen Kartons mit Büchern und CDs kaum etwas besaß, war dieser an einem Samstagvormittag über die Bühne gegangen. Eigentlich hätte er Dienstag und Donnerstag arbeiten müssen, aber er hatte sich krankgemeldet. Da er bei beiden Jobs nicht fest angestellt war, verlor er damit Geld. Und er brauchte Geld.

Seit dem Mord an Brede Ziegler war eine Woche vergangen. Daniel brach in Tränen aus. Erst kamen sie leise. Dann schnürte sein Hals sich zusammen. Er schluchzte und schlug die Hände vors Gesicht.

Nicht einmal Thale hatte besonders viel gesagt.

Dass Thale nichts begriff, war in Ordnung. So war sie eben. Daniel setzte sich auf, um wieder zu Atem zu kommen. Der Rotz floss, und er wischte sich die Nase mit dem Handrücken ab und keuchte auf. Danach schob er seine Hand unter das T-Shirt und ließ den Zeigefinger über die trockene Haut gleiten. Er hätte sich einreiben müssen. Er bekam Ausschlag, wenn er die verdammte Salbe vergaß.

Taffa verstand ihn sonst immer. Taffa las in ihm, wie das sonst Mütter taten. Er war zu ihr gegangen und hatte ihren Blick eingefangen, wie immer, wenn sie etwas sehen sollte.

Vielleicht hatte sie nicht gewollt.

Vielleicht hatte auch sie nichts begriffen.

Daniel warf sich im Bett herum, legte die Arme über den Kopf und durchweinte eine weitere Nacht.

22

Es war Montag, der 13. Dezember, als Hanne Wilhelmsen zum einundzwanzigsten Mal das Band zurückspulte.

Polizei, Hauptwache Oslo.

He, höhmmm ...

Ein kräftiger und anhaltender Husten brachte den Lautsprecher zum Knacken.

Hallo? Hallo? Was ist passiert? Mit wem spreche ich da?

... toter Mann. Bei euch auffer Treppe.

Können Sie bitte deutlicher sprechen?

Draußen. O scheiße. Etwas fiel auf den Boden.

Teufel auch, bei euch, sach ich doch. Nich so lahmarschig, Mensch.
Toter. Bei euch auffer Treppe. Auffer Rückseite, Mensch!

Das war alles. Hanne schaltete das Tonbandgerät aus und
drehte sich zum Universitätsdozenten Even Hareide um, der
seine Begeisterung angesichts dieses Auftrags nicht verbergen
konnte. Schon eine halbe Stunde nach Hannes Anruf hatte er
sich bei der Rezeption gemeldet.

»Vika«, sagte er entschieden und faltete die Hände über
seinen Knien. »Gute alte Ost-Osloer Aussprache. Die Verschlei-
fung der bestimmten Artikel ist besonders charakteristisch. Fast
unmöglich, das in erwachsenem Alter noch so zu lernen.«

Hanne schloss die Augen, als ein langer Vortrag folgte über
Sprachwissenschaft und Soziolinguistik, über Akzente, Dialekte
und Soziolekte. Der Mann konnte ihr nichts sagen, was sie nicht
schon beim ersten Hören des Bandes begriffen hätte. Die Rechnung für den überflüssigen Einsatz des Sprachforschers würde
Billy T. in die Luft gehen lassen.

»Danke«, fiel sie Hareide plötzlich ins Wort. »Haben Sie
eine Vorstellung, wie alt dieser Mensch sein könnte?«

»Ein erschöpfter alter Mensch.«

»Ja, das höre ich auch. Wie alt, schätzen Sie?«

»Sie hat wohl schon ein ziemlich langes Leben hinter sich.«

»Jetzt sag ich Ihnen, was ich glaube«, erklärte Hanne resigniert, »und dann sagen Sie, ob Sie mir zustimmen. Erstens …«

Sie schniefte und widerstand der Versuchung, sich eine Zigarette anzuzünden. Der Dozent schien geradewegs aus dem Wald
zu kommen mit seiner altmodischen Nickelbrille und dem am
Hals offenen Flanellhemd, den Soldatenstiefeln und der groben
Taucheruhr um das rechte Handgelenk.

»… die Frau raucht. Rød Mix oder Teddy ohne Filter. Der Teer
liegt dick auf ihren Stimmbändern.«

Even Hareide nickte zufrieden, als sei Hanne eine fleißige Studentin in einer mündlichen Prüfung.

»Ich vermute, sie nimmt Heroin«, sagte sie jetzt.

Hareides Augen weiteten sich, aber er schwieg.

»Das höre ich am charakteristischen ... Druck? Kann man das so nennen?« Hanne legte die Finger um ihren Kehlkopf und stöhnte den nächsten Satz: »Die Stimme wird sozusagen hinausgepresst und kippt ab und zu ins Falsett. Man hört es vor allem, wenn sie flucht. Als ihr irgendetwas auf den Boden fällt.«

»Doch. Ja.« Der Dozent schien sich seiner Sache nicht mehr so sicher zu sein.

»Ihr Genuschel kann auf Alkoholeinfluss oder Heroineinfluss oder beides zurückzuführen sein«, sagte Hanne. »Stimmen Sie dem zu?«

»Ja«, sagte Hareide. »Damit haben wir eine in die Jahre gekommene Heroinsüchtige, die in Oslo wohnt. Das ergibt ...«

»... eine alte Nutte, ganz einfach. Da wir wissen, dass der Anruf ... danke, Hareide. Sie waren eine große Hilfe.«

Als der Mann das Zimmer verlassen hatte – nicht ohne sich erkundigt zu haben, wohin er die Rechnung schicken solle –, fühlte Hanne sich besser. Zum Glück hatte ein lichter Kopf das Band der Mordnacht gesichert. Irgendjemand hatte es sich am Montagmorgen angehört, am Tag nach dem Mord. Seither hatte es vergessen, unberührt und falsch archiviert in der Asservatenkammer gelegen. Hanne hatte zwei Stunden gebraucht, um es zu finden.

»Eine alte Nutte«, flüsterte sie.

23 Die düstere Steinvilla stand auf einer kleinen Anhöhe, etwas von der Straße zurückgesetzt. Ein Fliederbusch neben der Eingangstür verbarg die Hausnummer. Kein Schild erzählte, was das Haus enthielt, unter der Klingel war kein Name aufgeführt. Der Großhändler, der sich das Haus in den Dreißigerjahren hatte bauen lassen, hatte seine Gesellschaften im Schutz dicker Mauern und abschirmender Bleiglasfenster abgehalten. Danach war ein Pastor mit Gattin und drei kleinen Mädchen eingezogen. Sie hatten sich wohl kaum vorstellen können, dass das Haus als Wärmstube für Oslos am meisten heruntergekommene Nutten enden würde.

Hanne Wilhelmsen erklomm die letzten Treppenstufen.

Natürlich kannte die Polizei diese Herberge der Stadtmission, doch sie kam nur selten zu Besuch. Es war noch nicht lange her, da hatten die Nachbarn den Anblick von Spritzen in Gärten und auf Kieswegen sattgehabt. Deshalb hatte die Polizei eine Razzia durchgeführt. Sie waren um elf Uhr vormittags gekommen. Da waren alle Übernachtungsgäste längst aus dem Haus gewesen, nur das Reinigungspersonal ging seiner Arbeit nach.

»Sie wissen sehr gut, dass ich Ihnen das nicht sagen kann. Ich kann Ihnen auch die Bestimmungen vorlegen, an die ich mich hier halte. Aber die sind Ihnen sicher bekannt.«

Die Heimleiterin führte Hanne Wilhelmsen in eins der beiden großen Wohnzimmer, die durch eine Schiebetür voneinander getrennt waren. Der Raum war hell und gemütlich, auch wenn die Einrichtung von leeren Kassen berichtete. Ledersofa und Sessel passten nicht zueinander, und der Boden war seit den Zeiten des Großhändlers mit einem Korkbelag versehen worden. Dennoch sorgten die Blumentöpfe auf der Fensterbank und die mit der Buchklubproduktion der letzten zehn Jahre vollgestopften Regale für Wärme. Hanne starrte die Leiterin über ihre Kaffeetasse hinweg an.

»Es geht um einen Mord. Wenn ich daran erinnern darf.«

»Spielt keine Rolle. Und das wissen Sie genau.«

Die Frau, die die Verantwortung für die Herberge trug, war vor vielen Jahren als Leiterin einer Organisation ins Licht der Öffentlichkeit gerückt, die die Interessen von Prostituierten vertrat. Damals schien es sie zu amüsieren, dass die Presse sie ebenfalls für eine Nutte hielt. Jedenfalls hatte sie sich kaum Mühe gegeben, diese Gerüchte zu entkräften. Jetzt stellte kaum noch jemand solche Spekulationen an.

»Die Mädels müssen sich auf mich verlassen können. Das verstehen Sie sicher. Und wir wissen nicht immer, wer gerade hier ist.«

»Das wissen Sie nicht?« Hanne stellte ihre Tasse weg und kniff die Augen zusammen. »Haben Sie denn keine Form von Registrierung?«

»Doch. Die Gäste haben Namen und Nummer. Aber wenn sie sich als Lena eintragen, dann heißen sie für uns Lena. Auch wenn auf ihrer Geburtsurkunde etwas anderes steht.«

»Aber Sie müssen die Frauen doch inzwischen kennen.«

Die Leiterin lächelte. Ihr klares Gesicht holte Sonne aus dem bleichen Wintertag herein. Ein leichter Luftzug, der durch das geöffnete Fenster kam, brachte Tannenduft mit. Im Garten wechselten gerade zwei Männer die Glühbirnen an einem üppigen, fest im Boden verwurzelten Weihnachtsbaum aus.

»Viele jedenfalls. Die festen Kundinnen.«

»Hören Sie. Irgendwer muss doch ...«

Die Rufe der beiden, die den Garten schmückten, waren im Zimmer zu hören. Hanne stand auf, um das Fenster zu schließen.

»Wir wissen, dass der Anruf von dem Diensttelefon hier kam.

Irgendwer muss also irgendwen zum Anrufen ins Büro gelassen haben. Falls es sich bei der Anruferin nicht um ...«

»... eine Angestellte gehandelt hat?«

Das Lächeln und der leise südnorwegische Tonfall der Leiterin ärgerten Hanne inzwischen.

»Zum Beispiel. Nein. So hat sie sich nicht angehört. Es sei denn, Sie haben heruntergekommene Angestellte. Sehr heruntergekommene.«

»Ich kann Ihnen nichts sagen. Ich ... meine Loyalität gehört den Mädels. Das muss so sein. Wenn Sie mir den richterlichen Befehl zur Aussage bringen, dann werde ich mir die Sache natürlich überlegen. Aber auch dann ist nicht sicher, dass ich etwas sage.«

Hanne Wilhelmsen seufzte demonstrativ. »Haben alle Zeuginnen in diesem Fall in ihrer Freizeit Jura studiert, oder was?«

»Verzeihung?«

»Ach, nichts. Vergessen Sie's.«

Hanne starrte zum Sofa hinüber und zögerte. Dann bückte sie sich rasch und griff nach ihrer Jacke, die über der Lehne hing.

»Schöne Handschuhe«, sagte die Leiterin. »Rot. Originell. Es tut mir leid, dass Sie umsonst gekommen sind.«

Sie begleitete Hanne nach draußen. Als Hanne die Tür hinter sich ins Schloss fallen hörte, blieb sie stehen und schaute mit zusammengekniffenen Augen in den Himmel. Frau Justitia erlaubte sich wirklich üble Scherze mit ihnen. Zuerst hatte Idun Franck auf Paragrafen gepocht und den Mund gehalten, dann kam diese Stadtmissionarin und berief sich auf Bestimmungen und alles Mögliche, um nur ja keinen Mucks von sich geben zu müssen.

»Inger Andersen«, sagte Hanne langsam und ohne so recht zu wissen, warum.

Inger Andersen hatte zwei Jahre vor Hanne die Polizeischule absolviert und anschließend Jura studiert. Nach anderthalb Jahren als Polizeijuristin hatte sie sich die Sache anders überlegt. Sie hatte die Paragrafen zum Erbrechen sattgehabt und sich nach dem zurückgesehnt, was sie als echte Polizeiarbeit bezeichnete. Schließlich war sie zur Leiterin der Prostitutionsermittlungsgruppe ernannt worden, der Prosspan. Gegen Ende der Achtzigerjahre dann hatten die Polizei-Oberen resigniert und die ganze Abteilung stillgelegt. Alle hatten protestiert. Die Leute von der Gewalt hatten sich energisch für die Erhaltung der Gruppe eingesetzt, deren Erkenntnisse auch ihnen nützlich gewesen waren. Der Jugendschutz, der sich um Einsteigerinnen gekümmert und es immerhin geschafft hatte, viele vom Strich fernzuhalten, bis sie zwei Jahre älter waren, hatte sich fast heiser geschrien. Sogar die Nutten hatten protestiert. Das alles hatte nichts geholfen. Die Prosspan war aufgelöst, Inger Andersen und ihre Kolleginnen und Kollegen waren für andere Aufgaben freigestellt worden. Inger Andersen kannte sich wie niemand sonst in der Szene aus. Als Hanne zuletzt von ihr gehört hatte, hatte sie auf der Wache von Manglerud gearbeitet.

Hanne setzte sich ins Auto und schob sich den Stöpsel des Mobiltelefons ins Ohr. Dann zog sie ein Adressbuch aus der Jackentasche. Nach einer nervtötenden Kette von Weiterschaltungen hatte sie Inger Andersen endlich an der Strippe. Die Kollegin war nach Stovner versetzt worden und dort mit Präventivmaßnahmen für Kinder und Jugendliche betraut.

»Die älteste Nutte der Stadt«, wiederholte Inger Andersen Hannes Frage. »Harrymarry. Marry Olsen. Sie war damals schon die Älteste und hat neun Leben. Wenn sie immer noch arbeitet, muss sie die älteste Straßennutte Nordeuropas sein. Würde mich auch nicht weiter wundern.«

»Harrymarry«, wiederholte Hanne langsam. »Und wo finde ich sie?«

Inger Andersen lachte so laut, dass Hanne den Stöpsel aus dem Ohr reißen musste.

»Wo du eine Nutte findest? Auf der Piste natürlich. Falls Harrymarry noch lebt, findest du sie auf dem Strich. Viel Glück!«

24 »Das hat ewig gedauert. Über eine Stunde mussten wir auf die letzte Zeugin warten. Haben wir irgendwo noch Strümpfe?«

Die Anwältin Karen Borg hinkte zum Rezeptionstresen und musterte unterwegs ihre linke Wade. Drei Laufmaschen zogen eine breite Spur vom Schuh bis zur Kniekehle.

»Und die Unterlagen aus Brønnøysund, die ich beantragt hatte, sind die gekommen?«

Das Telefon klingelte.

»Kanzlei Borg. Nein. Sie ist leider noch nicht im Haus. Kann ich etwas ausrichten?« Die Sekretärin legte eine Hand auf die Sprechmuschel und flüsterte mit einem Nicken zum Aktenschrank in der Ecke: »Dritte Schublade links. Strümpfe. Die Unterlagen sind schon auf deinem Schreibtisch. Und hier...« Sie hob einen Stapel gelber Klebezettel auf. »Danke«, sagte sie dann ins Telefon. »Die Nummer ist notiert.«

Die Sekretärin legte auf. Karen Borg überflog die Mitteilungen.

»Vier Anrufe von Claudio Gagliostro. Ungeduldiger Knabe.«

»Ich würde eher von wütend sprechen, fürchte ich. Er hat acht Mal angerufen. Am Ende hatte ich keine Lust, noch weitere Zettel zu schreiben. Es wäre wohl angebracht, vor dem nächsten

Termin mit ihm zu sprechen. Noch ... « Sie schaute aus zusammengekniffenen Augen durch die halbe Brille, die auf der Spitze ihrer beeindruckenden Nase balancierte, auf ihre Armbanduhr. » ... sechzehn Minuten, dann kommt Vilde Veierland Ziegler. Dieser Gagli Galci ... «

»Gagliostro.«

»Genau. Er droht damit, bei der Anwaltskammer Klage gegen dich zu erheben.«

Karen Borg schnaubte. »Der kann beim König Klage gegen mich erheben, wenn er will, solange er meine Fragen beantwortet. Ich rufe ihn an. Und du ... «

Sie versuchte, ihre Robe, ihren Diplomatenkoffer, ihren Mantel, ein Paar Strümpfe und eine Kaffeetasse in ihr Büro zu tragen. Die Tasse fiel auf den Boden.

»Scheiße. Tut mir leid.«

»Ich bring das schon in Ordnung. Geh du an deinen Schreibtisch.«

Johanne Duckert war über zwanzig Jahre älter als ihre Chefin. Sie war in Vinderen die Hausnachbarin der Anwältin und hatte das Angebot, halbtags bei ihr zu arbeiten, im Sommer zuvor auf einem Gartenfest angenommen. Frau Duckert war nie berufstätig gewesen, aber es gab doch Grenzen für die Zeit, die einem gepflegten Garten gewidmet werden konnte. Nachdem ihr Mann zwei Jahre zuvor gestorben war, hatte sie oft mit dem Gedanken gespielt, sich eine andere Beschäftigung zu suchen. Daraus war erst etwas geworden, als Karen erwähnte, dass sie dringend Hilfe brauche, sich aber keine leisten könne.

»Geld hab ich selber genug«, hatte Frau Duckert glücklich gesagt und war mit ihren Blumentöpfen und Fotos von ihren Enkelkindern in der Kanzlei am C. J. Hambros plass eingezogen.

Einige Jahre zuvor, während ihrer Zeit in einer großen Kanzlei mit dem Schwerpunkt Wirtschaftsrecht, hatte Karen Borg zwei Sekretärinnen gehabt. Die waren jung gewesen, hatten Papiere und Ausbildung mitgebracht, vier verschiedene Textbearbeitungsprogramme beherrscht und diskret mit den Mandanten geflirtet. Frau Duckert hatte erst jetzt, mit einundsechzig, wirklich Bekanntschaft mit einer Schreibmaschine geschlossen, verfügte aber über eine bewundernswerte Orthografie, eine farbenfrohe Sprache, an die Karen sich erst hatte gewöhnen müssen, und blieb auch bis sechs oder sieben Uhr abends in der Kanzlei, ohne Überstundenhonorar zu verlangen. Frau Duckert war aufgeblüht – zusammen mit den Rosen, die in Töpfen und Vasen überall im Vorzimmer standen.

Zu Karen Borg kamen keine Männer in Maßanzügen mehr. Wer sich einstellte, waren die Frauen dieser Männer. In Rotz und Tränen aufgelöst, schleppten sie sich in die Kanzlei. Nach dreißig Ehejahren sollten sie durch ein jüngeres, smarteres, schöneres Exemplar ersetzt werden; sie brachen zusammen, weil der Ehemann sie bei der Güterteilung aus ihrer bisherigen Umgebung herausreißen und bestenfalls in einer Hochhauswohnung in einer Satellitenstadt unterbringen wollte. Sie saßen mit einer Schachtel Kleenex auf dem Schoß in Karen Borgs Mandantinnensessel und hatten eben erfahren, dass der Gatte nach einem langen Leben und drei erwachsenen Kindern nun glaubte, in einer Achtundzwanzigjährigen die wahre Liebe gefunden zu haben.

Diese Mandantinnen brauchten keinen Flirt. Sie brauchten Frau Duckerts Plätzchen und ihren Kaffee mit einer kleinen Zugabe zur Stärkung der Nerven. Sie brauchten Frau Duckerts warme Hand in ihrer und ein beruhigendes Gespräch über Gartenpflege und Schwiegertöchter, und denken Sie doch nur an Ihre reizenden Enkelkinder.

Die Männer, die zu Anwältin Borg kamen, wussten kaum, was

ein Flirt war. Sie hatten dünne Beine in engen Hosen und zerstochene Arme. Auch sie bekamen Kaffee, Plätzchen und gute Worte von Frau Duckert, die Zugabe zum Kaffee allerdings wurde ihnen vorenthalten.

»So edle Ware tut denen einfach nicht gut«, sagte sie oft. »Sie werden krank davon.«

Karen Borg hatte der Stimme am anderen Ende der Leitung lange zugehört. Der Mann war außer sich, und es empfahl sich, ihn ausreden zu lassen. Allmählich beruhigte er sich ein wenig.

»Ich kann ja verstehen, dass Ihnen das unangenehm ist, Gagliostro«, sagte sie ruhig. »Aber die Sache ist nun einmal nicht Ihre Privatangelegenheit. Sie können mir jetzt antworten oder damit warten, bis das Nachlassgericht Sie fragt.«

Gagliostro regte sich wieder gewaltig auf, und Karen Borg musste ihm ins Wort fallen.

»Sie können eben nicht behaupten, dass alles Ihnen gehört«, sagte sie unverändert ruhig. »Das stimmt nicht. Vilde als Ehefrau hat das Recht, sich über die finanzielle Situation ihres Mannes zu informieren. So will es das Gesetz, Gagliostro. Ich kann ...«

Eine heftige Tirade zwang sie, den Hörer zwanzig Zentimeter von ihrem Ohr wegzuhalten.

»Hören Sie.« Sie richtete sich auf und hob die Stimme. Das half. »Wenn Sie meinen, dass alle Anteile Ihnen gehören, können Sie mir dann nicht einfach den Beweis faxen? Wenn es sich so verhält, wie Sie sagen, besteht doch gar kein Grund zur Aufregung. Schön. Das ist also abgemacht.«

Karen Borg wählte eine andere Nummer.

»Johanne, kannst du mir das Fax vom *Entré* bringen, sobald es da ist?«

Sie streifte die Schuhe ab und zog ihre Strumpfhose aus, während sie die Unterlagen auf ihrem Schreibtisch überflog. Sie hatte die neuen Strümpfe kaum an, als auch schon Vilde Veierland Ziegler an die Tür klopfte.

Die junge Witwe war selbst für diese Jahreszeit ungewöhnlich bleich. Karen hatte den Eindruck, dass sie während der vier Tage seit ihrer letzten Begegnung noch weiter abgemagert war. Sie schenkte aus einer Thermoskanne eine Tasse Tee ein und tunkte einen kleinen Holzlöffel in ein Honigglas.

»Hier«, sagte sie und rührte sorgfältig um. »Trinken Sie das.«

Vilde starrte die Tasse apathisch an, ohne sie entgegennehmen zu wollen. Karen wusste, dass sie keinen Versuch unternehmen durfte, ihre Mandantin zu trösten. Die würde sofort zusammenbrechen. Es war noch die Frage, ob die kleine Frau im Mandantinnensessel neuen Informationen überhaupt zugänglich war. Sie musste sich sehr einfach ausdrücken.

»Kopf hoch. Es sieht gar nicht so schlecht aus. Da ist zum einen die Wohnung in Sinsen. Wir wissen jetzt, dass sie dem Restaurant *Entré* gehört.«

Vilde sah sie zum ersten Mal an.

»Dann ... dann habe ich ja keine Wohnung mehr.« Karen hob die Hand und lächelte aufmunternd. »Sie haben die Wohnung in der Niels Juels gate und ...«

»Ich *will* da nicht wohnen. Ich *hasse* diese Wohnung!« Die Stimme versagte, und die Augen drohten überzulaufen.

»Ganz ruhig. Ganz ruhig, bis ich das alles erklärt habe. Es wird einige Zeit brauchen, das ganze Erbe durchzugehen, aber ich kann Ihnen jetzt schon versichern ...« Karen schob ihrer Mandantin noch einmal die Teetasse hin. »... dass Ihnen viel Geld bleiben wird.«

Vilde Veierland Ziegler legte ganz langsam eine Hand um die heiße Tasse. »*Ich* werde viel Geld erben?«

Zwei rote Flecken zeigten sich auf den Wangen, und Karen

glaubte in Vildes Gesicht die Andeutung eines Lächelns zu erkennen.

»Ihr Mann hatte offenbar geplant, Gütertrennung einzuführen. Ich habe mit seinem Anwalt gesprochen, einem alten Kollegen von mir. Er sollte einen Ehevertrag für Sie beide aufsetzen, aber Brede hatte noch keinen Termin für die Unterzeichnung abgemacht. Und damit ist die Sache ganz einfach. Da der Ehevertrag nicht von Ihnen beiden unterschrieben ist, gilt er nicht. Sie haben in Gütergemeinschaft gelebt.«

Karen blätterte in ihren Unterlagen. Aus irgendeinem Grund fand sie die Veränderung, die ihre Mandantin gerade durchmachte, abstoßend.

»Da Brede keine Kinder hatte, sind Sie seine einzige Erbin. Was das Restaurant angeht … das *Entré* ist eine Aktiengesellschaft. Brede und Claudio haben jeder ungefähr die Hälfte besessen. Sie haben eine Abmachung darüber getroffen, wer innerhalb der Gesellschaft welche Entscheidungen trifft. Außerdem haben sie festgelegt, dass der andere den ganzen Laden übernimmt, wenn einer von beiden stirbt.«

Wieder schaute sie ihre Mandantin an. Die war auf dem Weg zurück zu ihrer verschlossenen Miene.

»Aber eine solche Abmachung ist nicht in jedem Fall bindend. Eine Abmachung, in der Sie … wenn Sie entscheiden wollen, was nach Ihrem Tod mit Ihrem Besitz geschehen soll, dann müssen Sie das festlegen. Und sich dabei an gewisse Formalitäten halten. Das bedeutet, dass Sie ein Testament machen müssen. Und das hat Brede nicht getan. Eine firmeninterne Abmachung ist kein Testament. Das heißt vermutlich, dass Sie Bredes *Entré*-Anteile und die Wohnung in der Niels Juels gate erben. Selbst wenn beides mit Hypotheken belastet sein sollte, müsste das sehr viel Geld bedeuten. Einige Millionen.«

Aus dem Augenwinkel sah Karen, dass Vilde die Tasse zum Mund gehoben hatte.

»Und außerdem ... es gibt hier auch noch andere Aktivposten. Gegenstände meine ich. Werte. Unter anderem ziemlich viele Aktien einer italienischen Gesellschaft. Wissen Sie etwas darüber?«

Vilde schüttelte den Kopf. Sie war viel zu jung. Sie konnte die Tatsache, dass sie sich in die Lippe biss, um nicht zu lächeln, nicht verbergen. Karen Borg schauderte es. Schon bei der ersten Begegnung, die einige Tage zurücklag, hatte sie diesen Eindruck gehabt: Irgendetwas stimmte nicht mit dieser jungen Frau.

»Dann sehen wir uns bald wieder.«

Karen rang sich ein Lächeln ab.

Vilde Veierland Ziegler verließ die Kanzlei, und Frau Duckert kam mit ihrer Kaffeetasse ins Zimmer.

»Du hast bei der jungen Dame offenbar ein Wunder vollbracht«, sagte sie und goss sich aus einem Porzellankännchen Milch ein. »Als sie gekommen ist, sah sie aus wie ein Gespenst. Und als sie gegangen ist, hat sie zum Abschied wirklich reizend gelächelt.«

25 »Ich war verrückt und hatte beschlossen, wieder gesund zu werden.«

Suzanne legte den Löffel hin und lächelte Idun Franck flüchtig an. Die Lektorin hatte ihren Teller nicht angerührt. Es war Suzanne Klavenæs noch immer ein Rätsel, warum sie zum Essen eingeladen worden war. Die beiden Frauen arbeiteten seit einigen Monaten zusammen an dem Ziegler-Buch, hatten jedoch so gut wie nie ein persönliches Wort gewechselt. Jetzt, da das Buchprojekt vielleicht eingestellt werden musste, hatte Idun sie plötzlich zur Bouillabaisse eingeladen. Suzannes erster Impuls war gewesen, dankend abzulehnen. Aber Idun hatte gesagt, sie könnten Essen und Arbeit verbinden, und außerdem hatte sie etwas Besonderes an sich. Idun war so, wie Suzanne ihre eigentlichen Landsleute in Erinnerung hatte – oder wie sie sich diese vorstellte. Sie war auf reservierte Weise freundlich, sie lächelte nicht übertrieben, sie war auf professionelle Weise aufmerksam. Persönlich hielt sie Distanz, und Suzanne brauchte sich nicht die ganze Zeit vor zudringlichen Fragen zu flüchten. Idun Franck hatte keine Ähnlichkeit mit der Frau an der Passkontrolle im Flughafen, Tone Sowieso. Entzückt hatte sie Suzannes Namen gelesen und sofort losgeplappert, über alte Schultage und so weiter. Die Schlange hinter Suzanne war immer länger geworden, doch Suzanne hatte sich erst losreißen können, als sie endlich ihren Pass wieder in den Händen hielt. Dann war sie buchstäblich nach Norwegen gestolpert.

»Ich war als Teenager krank. Sehr krank. Ich war anderthalb Jahre in Gaustad in der geschlossenen Abteilung. Ich musste weg, um gesund werden zu können.«

Sie staunte über sich selbst. Es war zwar kein Geheimnis, dass sie verrückt gewesen war. Ihre Bekannten in Frankreich wussten das alle. Jedenfalls die, mit denen sie vertraut genug war, um über Dinge zu sprechen, die sich vor über fünfzehn Jahren zugetragen hatten. Aber sie redete immer seltener darüber. Iduns Frage, warum sie nach Frankreich gegangen sei, hatte sie so überrascht, dass die Antwort wie von selbst gekommen war.

»Außerdem bin ich eine halbe Französin«, fügte sie zur Erklärung hinzu. »Mein Nachname stammt von meinem Vater. Meine Mutter war Französin. Ich war zwar noch klein, als sie gestorben ist, aber ich hatte Bekannte und Verwandte in Frankreich, und deshalb lag es nahe, dorthin zu gehen, als ich aus Norwegen wegmusste.«

Sie nahm sich noch eine Kelle Bouillabaisse. Die war offenbar hausgemacht und schmeckte nach Marseille. Sie wischte die Kelle mit einer Serviette ab und stellte fest, dass Idun ihr Essen kaum angerührt hatte.

»Das hat wirklich gut geschmeckt«, sagte Suzanne. »Ich sehe ja nicht so aus, als äße ich viel, aber der Schein trügt. Ich esse schrecklich gern. Ich hatte nur großes Glück mit … wie heißt das noch auf Norwegisch? Dem Verbrennwerk?«

»Dem Verbrennungssystem. Ach, soviel Glück möchte ich auch haben.«

Als der Verlag Suzanne bat, die Bilder für das Buch über Brede Ziegler und seine Küche zu machen, hatte sie sich die Sache einen Tag lang überlegt. Für den Verlag war die Anfrage eine klare Sache gewesen; Suzanne Klavenæs lieferte regelmäßig Bildreportagen für *Paris Match* und hatte außerdem im Vorjahr für *National Geographic* eine zehnseitige Reportage über Flüchtlingsströme aus Zentralafrika gemacht. Sie war an große Aufträge und entsprechende Honorare gewöhnt.

»Zu Hause«, sagte Suzanne plötzlich. »Aus irgendeinem Grund spreche ich von Norwegen noch immer als von ›Zu Hause‹. Ich habe diesen Auftrag angenommen, weil ich herausfinden wollte, ob ich wieder hier leben könnte. Nach allem, was passiert ist. Nachdem … als mein Vater gestorben war, bin ich mit der Morgenmaschine hergekommen und eine Stunde nach der Beerdigung wieder geflogen. Meine Verwandtschaft hat mir das verziehen, glaube ich. Aber damals … ich wusste einfach nicht, ob ich dieses Land würde ertragen können. Ob ich alles überwunden hätte.«

»Ist das möglich, was meinst du?« Idun Franck schenkte ihnen beiden Wein nach und spielte mit ihrem Glas.

»Ich weiß ja nicht, was du durchgemacht hast, und will auch nicht danach fragen, aber ... so wie die Bosnierinnen, von denen du erzählt hast. Vergewaltigt und ... Und die Flüchtlinge in Afrika, die unterwegs ihre Kinder verlieren, eins nach dem anderen, durch Krankheit und Hunger und ... ist es möglich, vor solchen Erlebnissen davonzulaufen, was glaubst du? Können wir danach überhaupt weiterleben? Ein echtes, vollständiges Leben?«

Plötzlich fiel Suzanne auf, dass aus den Lautsprechern im Wohnzimmer Sarah Brightmans Stimme ertönte. Sie brachte diese Schnulzensängerin nicht mit ihrem sonstigen Eindruck von Idun Franck zusammen. Die Wohnung war zwar nicht sonderlich durchdacht eingerichtet, aber die Mischung aus Antiquitäten und IKEA-Möbeln ergab doch ein Ganzes, das auf sicheren Geschmack hindeutete.

»Ich habe gelesen«, sagte Idun dann und lachte kurz auf, »dass die Leber der einzige Körperteil ist, der sich vollständig erneuern kann. Es entstehen so viele neue Zellen, dass wir nach fünf Jahren eine ganz neue Leber haben. Wenn wir nicht zu viel trinken, meine ich.« Sie hob ihr Glas. »Gilt das wohl auch für die Seele, was meinst du?«

Dann sprang sie, ohne die Antwort abzuwarten, auf und nahm die Teller vom Tisch.

»Jetzt aber an die Arbeit. Den Kaffee gibt's im Wohnzimmer. Hast du die Bilder mitgebracht?«

Suzanne ging hinter ihr her und setzte sich auf das Ledersofa. Bei ihrem Eintreffen hatte sie ihre Fotomappe auf den Couchtisch gelegt. Es überraschte sie, dass Idun das nicht gesehen hatte.

»Wo hab ich denn das Manuskript?«, murmelte Idun Franck und schaute im Zeitungsständer und hinter dem Fernseher nach.

»Ich muss es irgendwo verlegt haben. Denn ich weiß genau, dass ich es mit nach Hause gebracht habe.«

Die Suche blieb ergebnislos; Idun Franck hob Sofakissen hoch und schaute in zwei leeren großen Vasen nach. Suzanne goss sich aus einer Tonkanne Kaffee ein und dachte, dass Idun Franck ihren Ordnungssinn offenbar für die Arbeitszeit reserviert hatte.

»Wir müssen ohne zurechtkommen«, sagte Idun schließlich kleinlaut. »Zeig doch mal die Bilder, bitte.«

Zwei Stunden lang konzentrierten sie sich auf die Arbeit.

»Essen und Landschaften sind offenbar kein Problem«, schloss Idun Franck und fuhr sich durch die Haare. »Ich schlage vor, du machst genau so weiter. Ich werde mit Claudio reden, damit du die Gerichte fotografieren kannst, die im schon vorhandenen Text erwähnt werden.«

»Heißt das, ihr habt beschlossen, das Buch zu machen?«, fragte Suzanne und trank ihren Kaffee Nummer vier. »Natürlich können wir mit dem arbeiten, was wir haben, aber soll ich denn jetzt noch Fotos machen?«

»Endgültig werden wir uns erst entscheiden, wenn der Mord aufgeklärt ist, aber bis dahin wollen wir das Buch so weit bringen wie möglich. Nicht mein Beschluss, tut mir leid. Ich muss mich nach einem Chef richten, der ... ach, vergiss es. Tut mir leid. Ich werde die im Text erwähnten Gerichte heraussuchen und dir eine aktualisierte Liste machen. Das hier ist schön!« Sie griff nach einem Schwarz-Weiß-Bild von Brede Ziegler. »Das ist so ... unmittelbar, irgendwie. Hat er dich da nicht gesehen?«

»Nein. Ich mag es auch. Es ist gut, wenn auch nicht gerade schmeichelhaft.«

Suzanne suchte ihre Bilder zusammen, wobei sie sorgfältig darauf achtete, dass ihre gelben Notizzettel jeweils auf der Rückseite des richtigen Fotos klebten. Idun fegte die Notizen zusammen, die sie sich im Laufe des Abends gemacht hatte, und verstaute sie in Unni Lindells letztem Kriminalroman, der auf einem Beistelltisch neben dem Fernseher lag.

»Da vergesse ich sie garantiert nicht«, sagte sie mit verlegenem Lächeln. »Übrigens ...« Sie warf einen Blick auf das Buch, als habe es sie an etwas erinnert. »Hat die Polizei mit dir gesprochen?«

»Die Polizei? Nein. Ich stehe doch sicher ganz unten auf der Liste der interessanten Zeuginnen ... warum fragst du? Haben sie mit dir gesprochen?«

Sie schloss ihre Fotomappe und ging in den Flur. Als Idun ihr nicht folgte, drehte sie sich um.

»Ja«, sagte Idun. »Mit mir haben sie gesprochen. Und wir können uns nicht einigen, was den Einblick in unveröffentlichtes Material angeht. Den Quellenschutz. Ich habe das Gefühl, gegen eine Wand anzureden. Wusstest du, dass Polizisten gar nicht mehr nach Polizei aussehen? Der, mit dem ich gesprochen habe, hat behauptet, nur einen Vornamen zu haben. Er sah aus wie ein ... Neonazi. Petruskreuz am Ohr und ...« Idun strich sich über den Kopf, als wolle sie sich die Haare scheren.

Suzanne hätte fast ihre Fotomappe fallen lassen, sie musste sich gegen den Türrahmen lehnen.

»*Mon dieu*«, sagte sie leise. »Dieses Land ist wirklich wie ein ... Dorf?«

»Weißt du, von wem ich rede?«

»B. T. Er heißt ... ich habe ihn immer B. T. genannt.«

»Nein. Er heißt Bobby oder Billy oder so. Kann das derselbe sein? Kennst du ihn?«

»Er war einer von denen, von denen ich wegwollte. Damals, als ich verrückt war und beschlossen hatte, wieder gesund zu werden.«

Suzanne Klavenæs gab sich einen Ruck. Als sie ihren Mantel angezogen hatte, kam Idun hinterher. Die beiden Frauen standen einander gegenüber, jede an einem Ende des langen Flurs, die eine groß, dunkel und fast mager, die andere klein, mollig und aschblond.

»Danke für deinen Besuch«, flüsterte Idun. »Soll ich dir ein Taxi holen?«

Suzanne wollte lieber zu Fuß gehen. Als sie dreißig Meter der Myklegardsgate hinter sich gebracht hatte und sich dem Weg näherte, der sie durch den Park und nach Grønlandsleiret bringen würde, drehte sie sich um. In Iduns Wohnung waren alle Lampen gelöscht. Nur im Küchenfenster sah sie den Schimmer einer Kerze. Für einen Moment erkannte sie hinter der Fensterscheibe Idun Francks Gesicht. Vielleicht war es auch nur Einbildung. Trotzdem schauderte sie, und ihr ging auf, dass Idun Franck der erste Mensch war, den sie kennengelernt hatte und nicht fotografieren wollte. Sie begriff das nicht. Für sie ergab das alles nicht den geringsten Sinn.

26 Fünf Menschen liefen in der Küche hin und her. Ihre Bewegungen waren rasch und effektiv. Trotzdem herrschte überraschende Stille, nur ab und zu war durch das leise Rauschen der riesigen Abzugshaube über dem Gasherd das Klappern von Metall gegen Metall zu hören. Billy T. war bei der Marine gewesen. Er hatte bei der Küstenwache Dienst getan und war im Norden bei der Fischereiaufsicht eingesetzt worden. Die Küche des *Entré* erinnerte ihn an die Kombüse. Ein wenig größer natürlich, aber ebenso eng und dominiert von rostfreiem Stahl.

»Der Mittagstisch«, sagte der eine Koch munter und zog ein dampfendes Blech aus dem Backofen. »Saibling. Wir legen ihn auf ein im Wasserbad gegartes Bett aus Rührei mit fein gehackten Trüffeln.«

Er zeigte auf einen Lehrling, der in tiefer Konzentration in einer Schüssel aus rostfreiem Stahl herumrührte. Billy T. beugte sich über die Schüssel und schnupperte.

»Riecht jetzt schon gut«, sagte er. »Sind Trüffel nicht wahnsinnig teuer?«

»Hier«, sagte der Koch und wies mit der Messerspitze auf einen kleinen schwarzen Klumpen auf einem Hackbrett. »Das da kostet hundertsechzig Kronen. Aber es macht zum Ausgleich verdammt viel von sich her.«

Billy T. hatte beschlossen, den Schnurrbart, den Tone-Marit ein halbes Jahr zuvor weggeschmeichelt hatte, wieder wachsen zu lassen. Er kratzte sich zwischen den Bartstoppeln und fragte sich, ob er sich die Sache vielleicht doch noch einmal überlegen sollte.

»Sieht aus wie Hasch. Und kostet ungefähr genauso viel. Aber wo steckt Claudio?«

Der Koch zuckte mit den Schultern.

»Ist er hier, oder ist er nicht hier?«

Niemand antwortete. Niemand schien es peinlich zu finden, dass niemand antwortete. Jeder der fünf Küchenangestellten wusste, was er zu tun hatte, und sie hackten, rührten, spülten und brieten munter weiter, ohne auch nur zu Billy T. hinüberzuschauen. Er packte den Saiblingmann am Arm, und zwar unnötig hart.

»Soll ich den ganzen Tag hier rumstehen und euch beim Kochen zusehen, oder wird dein Chef die Güte haben, sich auch mal blicken zu lassen? Kannst du diesem Gagli-Heini mitteilen, wo immer er sich rumtreiben mag, dass die Polizei geruht, ihn *sofort* sehen zu wollen?«

Er bereute das schon, noch ehe er geendet hatte. Der Koch war durchaus umgänglich und konnte schließlich überhaupt nichts dafür, dass Claudio Gagliostro bereits zwei Vorladungen zur Vernehmung nicht befolgt hatte. Billy T. musste sich zusammenreißen. Es waren schon Klagen gekommen. Am Vorabend hatte der Polizeidirektor bei ihm vorbeigeschaut und dezent daran erinnert, dass auch Hauptkommissare höflich auftreten konnten. Das solle keine Warnung sein, hatte er erklärt, sondern nur ein freundschaftlicher Rat.

Vielleicht hatte Billy T.s Ausbruch aber doch seine Wirkung getan. Plötzlich stand ein Mann, der kaum größer als eins fünfundsechzig sein konnte, in der Tür. Er trug eine Hose mit Pepitamuster und darüber eine riesige weiße Schürze. Sein Gesicht wirkte groß und aufgequollen und bildete einen schrillen Kontrast zu dem schmächtigen, schmalschultrigen Körper. Er hatte fast keine Wimpern, und die schwarzen Haare klebten in fettigen Strähnen an seiner Stirn. Billy T. ging auf, dass er diesem Mann schon einmal begegnet war, am Tag nach dem Mord an Brede Ziegler, als er beim Verlassen des *Entré* Suzanne getroffen hatte. Sicher hatte der Schock der unerwarteten Begegnung dafür gesorgt, dass er die auffällige Gestalt nicht weiter beachtet hatte.

»Offenbar suchen Sie mich«, sagte der Mann. »Kommen Sie mit.«

Billy T. vergaß alle guten Vorsätze. »Hätten Sie nicht schon um ...«

»Psssst«, sagte der Mann. »Nicht hier. Kommen Sie mit ins Büro.«

Obwohl Claudio Gagliostro Billy T. kaum bis zur Brust reichte, ließ der Kommissar sich wie ein Kind am Arm nehmen. Fasziniert starrte er auf Gagliostros Kopf. Etwas stimmte da nicht. Wasserkopf vielleicht. Auf jeden Fall waren die Proportionen einfach unmöglich.

Das Büro entpuppte sich als großer, quadratischer Arbeitstisch im Keller. Der Tisch stand vor einem hochlehnigen Sessel dicht an der Wand. Eine Architektenlampe ergoss ihr Licht über vier hohe Papierstapel, ein Telefon und einen Wirrwarr aus gelben Zetteln und Briefumschlägen.

»Verdammt kalt hier«, sagte Billy T. sauer.

»Elf Grad. Elfeinhalb, um genau zu sein.«

Allmählich schien Gagliostro sich besser zu fühlen. Die fettigen Strähnen lösten sich von seiner Stirn. Er fuhr sich mit einem kreideweißen Taschentuch übers Gesicht, nahm in dem Schreibtischsessel Platz und lächelte verkniffen.

»Tut mir leid, dass ...«

Billy T. hielt nach einem weiteren Stuhl Ausschau. Da es keinen gab, drehte er einen Kasten mit Apfelsaftflaschen um und nahm darauf Platz. Dann starrte er zwischen seinen Beinen hindurch nach unten.

»Verkauft ihr so was?«

»Was wollen Sie?«

»Was ich will?«

Billy T. ließ seinen Blick über die Kellerwände schweifen. Hier unten musste es viele Tausend Flaschen geben. Die Hälfte des Raumes war wie ein altmodisches Archiv durch quer stehende Regale unterteilt, die andere war vom Boden bis zur Decke mit Weinschränken zugestellt. Es war halb dunkel. Er fror.

»Ich habe Sie zwei Mal zur Vernehmung einbestellt«, sagte er und holte tief Luft. »Und da fragen Sie, was ich will. Na gut. Lesen Sie eigentlich Ihre Post?« Er schlug mit der Faust auf einen Stapel ungeöffneter Briefe. »Ist mir übrigens scheißegal, was Sie mit Ihren Briefen machen. Aber wenn auf einem als Absender *Polizeibezirk Oslo* steht, dann machen Sie den auf! Sie hätten vor drei Stunden bei mir sein müssen!«

Gagliostros weiße Schürze wies plötzlich einen grünen Fleck auf, und Billy T. konnte sich nicht erklären, wo der herkam. Der Mann spuckte sich auf einen Finger und rieb damit über den Stoff. Der Fleck wurde größer und größer.

»Ich habe einfach keine Zeit«, murmelte Gagliostro. »Können Sie das nicht verstehen? Ich muss immerhin für zwei arbeiten!«

Billy T. erhob sich langsam. Er ging zwei Schritte auf die Weinschränke zu und ließ seinen Zeigefinger über die Flaschenhälse tanzen.

»Was Sie mir eigentlich erzählen«, sagte er mit tonloser Stimme, »ist, dass Sie es wichtiger finden, ihren arschfeinen Gästen Trüffelsaibling aufzutischen, als den Mord an Ihrem Kompagnon aufzuklären. Himmel, Arsch und Zwirn, sag ich da nur.«

Er rieb sich mit beiden Händen das Gesicht und schnaufte laut. Dann schüttelte er den Kopf und setzte ein Lächeln auf.

»Ihr scheint alle darauf zu scheißen, wer Brede Ziegler ermordet hat. Aber ich kann das nicht. Kapieren Sie das? Ja?« Er riss aufs Geratewohl eine Flasche aus dem Schrank und zeigte mit dem Flaschenhals auf Gagliostro. »Am liebsten würde ich eine grüne Minna holen und Sie augenblicklich nach Grønlandsleiret 44g bringen lassen. Aber da Sie nicht unter Aussagepflicht stehen, verzichte ich darauf. Ich frage nur ganz artig noch einmal: Sind Sie bereit, mit mir zu reden, oder soll ich mir eine richterliche Befugnis besorgen, Sie zu einer offiziellen Vernehmung auf die Wache zu schleifen? Dann können Sie versuchen, dem Richter klarzumachen, *dass Sie keine Zeit haben!* Dann können Sie im Gerichtsgebäude zwischen Pressefotografen und ausgehungerten Journalisten Spießruten laufen.«

Gagliostro starrte verzweifelt die Weinflasche an. »Stellen Sie die zurück«, flüsterte er. »Bitte. Stellen Sie die zurück.«

»Ach was?« Billy T. hob die Flasche vor seine Augen und mühte sich ab, in dem trüben Licht das Etikett zu entziffern. »So ein kleiner Liebling, das hier? Huch ...«

Seine Rechte ließ die Flasche los, und die Linke fing sie wieder auf. »Da wäre mir doch fast ein kleines Malheur passiert, herrje!«

»Ist das ein Verhör?«

Gagliostro brach erneut der Schweiß aus. Seine Stirn war mit Schweißperlen bedeckt, und Billy T. fragte sich, ob er womöglich krank war.

»Hören Sie«, sagte er versöhnlich. »Wir führen jetzt und hier eine kleine Vernehmung durch ...« Er zog ein Diktiergerät aus der Tasche und hielt es Gagliostro hin. »... und dann nennen Sie mir eine Uhrzeit innerhalb der nächsten vierundzwanzig Stunden, zu der Sie auf die Wache kommen können. Von mir aus auch um sechs Uhr morgens. Okay?«

Gagliostro schabte an dem Fleck auf seiner Schürze herum, der inzwischen die Größe eines alten Fünfkronenstücks angenommen hatte. Seine Kopfbewegung mochte als Nicken zu deuten sein. Billy T. schaltete das Diktiergerät ein und sagte den üblichen Spruch über die Formalitäten auf. Dass die Vernehmung in einem Weinkeller auf Grünerløkka stattfand, ließ er allerdings unerwähnt.

Anderthalb Stunden später klapperte Billy T. mit den Zähnen. Und die Raumtemperatur war das Einzige, was ihn an einem weiteren Wutausbruch hinderte. Der Mann hinter dem großen Tisch machte sich an allem zu schaffen, was er in Reichweite hatte, dem Fleck auf seiner Schürze, einem Kugelschreiber, der leckte und seine Finger blau färbte, einem gläsernen Elefanten, den er aus einer Schublade genommen hatte, und einem silbernen, mit roten Steinen verzierten Federmesser. Er antwortete immer nur kurz und nie informativ. Billy T. war ehrlich erschöpft, als er versuchte, das Gespräch zusammenzufassen.

»Sie haben Brede also vor elf Jahren in Mailand kennengelernt. Dann sind Sie nach Norwegen übergesiedelt. Sie sprechen übrigens gut Norwegisch. Fließend geradezu.«

»Was?«

»Sie sprechen *gut Norwegisch*!«

»Ach so. Meine eine Großmutter war Norwegerin. Als Kind war ich jeden Sommer hier.«

»Brede arbeitete im Restaurant ...« Billy T. wedelte mit der rechten Hand, um den widerspenstigen Zeugen um Hilfe zu bitten.

»*Santini.*«

»*Santini*, ja. In Mailand. Dann haben Sie beide sich angefreundet, und Sie sind nach Norwegen gekommen. Nachdem Sie Ihr Lokal in Verona verkauft hatten, stimmt das?«

»Mhm.«

Der Rüssel des Elefanten brach ab. Gagliostro blieb hilflos sitzen und presste die Bruchflächen aufeinander, als rechne er damit, dass die Glasstücke wieder zusammenwachsen würden, wenn er nur Geduld genug aufbrächte.

»Sie haben also Ihr Geld genommen und sind nach Norwegen gegangen, um noch mehr zu verdienen. Zusammen mit Brede.«

»Ja.«

»Aber das hat ziemlich lange gedauert. Bis Sie dieses Restaurant eröffnet haben, meine ich. Und in der Zwischenzeit haben Sie Ihre Pläne offenbar noch mal geändert. Denn Sie und Brede sind vor sieben oder acht Jahren in ein Projekt in Italien eingestiegen, nicht wahr?«

»Ja.«

»Würden Sie bitte dieses Tier in Ruhe lassen!«

Verdutzt legte Gagliostro den Elefanten mit dem Rüssel zwischen den Beinen auf die Tischplatte. Billy T. rieb sich mit der einen Hand den Rücken und schaltete mit der anderen das Diktiergerät aus.

»Wir tauschen die Plätze«, sagte er und erhob sich.

»Bitte?«

»Wir tauschen die Plätze, habe ich gesagt. Mir bricht sonst das Kreuz durch. Na los. Setzen Sie sich auf den Kasten. Und lassen Sie mir den Sessel.«

Gagliostro erhob keinen nennenswerten Widerspruch, als er seinen bequemen Sitzplatz aufgeben musste. Doch statt sich auf den Apfelsaftkasten zu setzen, klappte er einen in die Wand eingelassenen Sitz herunter; es war unmöglich, diesen Klappstuhl zu entdecken, wenn man nichts von ihm wusste. Billy T. schloss die Augen. Er blieb eine ganze Weile zurückgelehnt im Sessel sitzen. Hier unten war nichts zu hören als ein fernes Scheppern von Kochtöpfen und das plötzliche, schrille Lachen einer Frau oben im Haus.

»Sindre Sand«, sagte Billy T., ohne das Diktiergerät wieder einzuschalten. »Kennen Sie den?«

»Ja.«

»Wie gut?«

»Nicht sehr.«

»Kennen Sie ihn nicht sehr gut, oder kennen Sie ihn nicht sehr?«

Gagliostro gab keine Antwort. Er zupfte sich am Ohrläppchen und öffnete kurz den Mund, nur um ihn hörbar wieder zu schließen. Er starrte zu Boden.

Billy T. hatte seit vier Tagen kaum geschlafen. Hanne Wilhelmsens Rückkehr machte ihm mehr zu schaffen, als er für möglich gehalten hatte. Er war tief in Gedanken versunken gewesen und wusste noch immer nicht, aus welchem Impuls heraus er zu der Galerie im sechsten Stock hinaufgeblickt hatte. Als er sah, wie sie sich über das Geländer beugte, und als er ihren Blick spürte, der zu weit entfernt war, um von ihm gelesen zu werden, aber stark genug, um ihn die alte Intimität spüren zu lassen, die er seit einem halben Jahr zu vergessen suchte, hätte er umfallen mögen. Er hatte sich krank gefühlt, ganz einfach krank. Die Übelkeit hatte sich erst gelegt, als er sich hinter verschlossener Tür in seinen Büropapierkorb erbrochen hatte. Seither versuchte er, nicht an sie zu denken. An ihren Geruch, ihr Parfüm. Ihre Unsitte, sich mit dem rechten Zeigefinger über die Schläfe zu reiben, wenn sie über etwas nachdachte, und dabei das eine Auge halb zu schließen; er wollte nicht an ihre Hände denken, an die Daumen, die zwischen seinen Schulterblättern rotierten, wenn sie in der Kantine hinter ihm stand; nicht daran, wie sie ihn auf den Kopf küsste und neckte, weil er stöhnte; er wollte das Klappern ihrer Stiefel – immer trug sie Stiefel – auf dem unverwüstlichen Linoleumboden der Wache nicht hören; er hörte Hannes Absätze über den Boden klacken und hasste sie.

Er liebte sie, und das hatte er erst jetzt wirklich begriffen.

»Kennen Sie Sindre Sand gut, mittelgut, schlecht oder gar nicht? A, B, C oder D. Kreuzen Sie an.«

Er brachte es nicht über sich, die Augen zu öffnen, und merkte, dass er dabei war, die Kontrolle zu verlieren. Er saß in einem kalten Keller und versuchte, aus einem widerwilligen Zeugen, der vielleicht der Mörder war, die Wahrheit herauszuholen. Er machte sich keine Notizen. Er hatte nicht die Kraft, den Arm zu heben und das Diktiergerät einzuschalten. Er wollte nicht hier sein. Er wollte nach Hause.

»Schlafen«, sagte er langsam.

»So etwa mittelgut«, sagte Gagliostro. »Brede kannte ihn besser. Er ist tüchtig. Hat sich inzwischen einen Namen gemacht. Er arbeitet jetzt bei Stiansen und macht seine Sache hervorragend.«

»Das Geld. Wissen Sie darüber etwas?« Billy T. flüsterte jetzt fast.

»Sie meinen, das Geld, das in Italien investiert werden sollte?«

»Ja.«

»Mit dieser Sache hatte ich auch zu tun. Ich konnte aber nur zwei Millionen beisteuern. Wie viel Brede investiert hatte, weiß ich immer noch nicht, aber Sindre ... der war damals ja fast noch ein Kind. Er hat vier oder fünf Millionen in den Topf geworfen, glaube ich.«

Zehn, dachte Billy T., sagte aber: »Was ist passiert?«

»*Bad trip*. Es ist ganz einfach schiefgelaufen. Brede ist einigermaßen ungeschoren davongekommen, glaube ich. Auf jeden Fall war er danach nicht so total abgebrannt wie wir anderen. Ich musste ganz von vorn anfangen. Und deshalb hat es so lange gedauert, bis wir das *Entré* aufmachen konnten.«

Billy T. öffnete die Augen. Claudio Gagliostro hob den Daumen zur Decke und lächelte zum ersten Mal. Seine Zähne wirkten in seinem verschmutzten Gesicht überraschend weiß und ebenmäßig.

»Warum reden Sie plötzlich?«, fragte Billy T. und versuchte, die Hand zu heben. Das ging nicht. Eine heftige Welle der Angst durchströmte ihn.

Aus der Ferne hörte er Gagliostro antworten: »Sie machen mir nicht mehr ganz so viel Angst. Sie können gefährlich wirken. Wissen Sie das überhaupt?«

»Meinen Sie, ich könnte ein Glas Wasser haben?«, stöhnte Billy T. »Ein Glas Wasser, bitte.«

Er hatte keinen Durst. Er wollte allein sein. Er glaubte, sterben zu müssen.

Er konzentrierte sich aufs Atmen. Wollte sich entspannen.

»Atmen«, sagte er und sog Luft in sich hinein. »Atmen!«

Raus mit der Luft.

Und wieder einatmen.

Blut strömte in seinen Kopf. Er musste nicht sterben. Er konnte die Augen aufreißen und die Hand heben. Als Gagliostro mit dem Wasser zurückkam – Billy T. hörte die Eiswürfel schon klirren, als der andere oben die Kellertreppe betrat –, konnte er das Glas nehmen und einen Schluck trinken, ohne etwas zu verschütten.

»Ist Ihnen schlecht?«

»Ich bin nur ein bisschen müde. Wir müssen versuchen, fertig zu werden. Warum haben Sie Sindre Sand nicht hergeholt? Als eine Art Entschädigung für das viele verlorene Geld?«

»Ich habe den Vorschlag gemacht. Brede wollte nicht. Ihm war das mit Vilde wohl ein bisschen peinlich. Es sah ja nicht so aus, aber vielleicht … ich weiß nicht so recht.«

Die Angst zog sich ein wenig weiter zurück. Billy T. wäre gern aufgestanden, traute sich aber noch nicht.

»Werden Sie Zieglers Aktien behalten oder sich einen neuen Kompagnon suchen?«

»Behalten … das ist doch gerade das Problem. Offenbar wird Vilde diese Aktien erben. Wussten Sie das nicht?«

Billy T. runzelte die Stirn und trank noch einen Schluck Wasser. »Wovon reden Sie?«

»Brede und ich hatten eine kristallklare Abmachung. Nicht, dass wir damit gerechnet hätten, dass einem von uns etwas passieren könnte, aber ich meine ... Flugzeugabstürze, Autounfälle ... so was kommt ja vor. Wir wollten uns absichern. Brede und ich haben immer gut zusammengearbeitet, und die Arbeitsteilung hier im *Entré* hat sich ausgezahlt. Und jetzt kommt dieses Mädel, das von nichts eine Ahnung hat, vom Restaurantbetrieb schon gar nicht, und wird ... «

Jetzt war Gagliostro derjenige, der Probleme hatte. Er griff sich an die Brust.

»Wann haben Sie das erfahren?«

»Gestern. Nein, eigentlich schon vergangene Woche. Eine Anwältin hat mich angerufen und ein schreckliches Geschrei veranstaltet, und ich weiß verdammt noch mal nicht ... «

»Aber gleich nach dem Mord an Brede waren Sie doch davon überzeugt, dass Sie alles erben würden.«

»Nicht alles. Das Restaurant. Brede hatte auch sonst noch einiges, und natürlich bekommt Vilde den Rest, aber ... «

Ein junger, leuchtend weiß gekleideter Mann kam die Treppe herunter. Ihm fiel die Kochmütze vom Kopf, als er unten angelangt war.

»Jetzt musst du kommen, Claudio. Irgendwas stimmt nicht mit dem Menü, und angeblich hast du gesagt, dass ... «

»Er kommt gleich«, unterbrach Billy T. und wedelte mit der Hand. »Geben Sie uns noch fünf Minuten.«

»Mir egal«, murmelte der Junge und wischte den Staub von seiner Mütze, während er die Treppe wieder nach oben stapfte. »Ich bin ja nicht verantwortlich.«

»Eins muss ich noch eindeutig wissen, ehe wir gehen können«, sagte Billy T. leise und beugte sich über den Tisch. »Am Abend vom Sonntag, dem 5. Dezember, als Brede ermordet wurde ... *zu diesem Zeitpunkt* haben Sie also geglaubt, dass das Restaurant an Sie fallen würde, wenn Brede etwas zustieße.«

»Aber ...«

»Ja oder nein.«

»Ja. Aber ...«

»Und wo waren Sie? Am Sonntag, dem 5. Dezember, abends?«

»Am Sonntagabend. Ich war ... lassen Sie mich nachdenken.«

»Unfug«, sagte Billy T. ruhig und versuchte durchzuatmen. »Versuchen Sie nicht, mir einzureden, Sie müssten sich erst überlegen, wo Sie den Abend verbracht haben, an dem Ihr bester Freund und Kompagnon ermordet worden ist. Ich weiß noch genau, wo ich war, als Palme erschossen wurde. Das ist fast fünfzehn Jahre her, und ich kannte den Mann nicht mal persönlich!«

»Zu Hause.«

»Zu Hause. Obwohl das *Entré* sonntags geöffnet hat. Na gut.«

»Ich hatte seit fünf Wochen keinen freien Tag mehr gehabt.«

»Was haben Sie an dem Abend gemacht?«

Wieder brach Gagliostro der Schweiß aus. Er litt offenbar an irgendeiner Krankheit, und Billy T. dachte vage, dass es ein arges Handicap für einen Oberkellner und Restaurantbesitzer sein musste, einen Wasserkopf zu haben und schon bei elf Grad über null wie ein Schwein zu schwitzen.

»Ich habe ferngesehen und bin früh schlafen gegangen.«

»Allein?«

Gagliostros verzweifelte Miene war Antwort genug. Billy T. nahm all seinen Mut zusammen und stand auf. Seine Beine waren wacklig, und er schüttelte sie vorsichtig, ehe er das Diktiergerät in die Tasche steckte und zur Treppe ging.

»Morgen früh um neun. Punkt neun. Auf der Wache. Fragen Sie nach Billy T.«

Erst jetzt fiel ihm ein, dass er sich nicht vorgestellt hatte.
»Billy T.«, sagte er noch einmal. »Das bin ich.«

27

Istanbul war ein graues Meer aus Steinhäusern, die zwischen zwei tiefblauen Punkten eingeklemmt waren. So stellte sie sich die Stadt vor. Sie war niemals dort gewesen. Eine graue Strecke zwischen dem Bosporus und der Blauen Moschee, mit Gewürzduft und orientalischen Teppichen hier und da. So sah Istanbul für sie aus.

Durch dieses Bild lief eine Frau und dachte an sie. Im alten Konstantinopel gab es eine Frau, vielleicht im berühmten Basar, vielleicht mit einer Sonnenbrille zum Schutz gegen das grelle Sonnenlicht, unterwegs zum Bad, zu Mosaiken und heilsamem Wasser, begleitet vom Klang der Gebetsrufe von den Minaretten, die in den Himmel ragten, überall, und diese Frau dachte an sie.

Hanne Wilhelmsen öffnete die Augen und las die Karte noch einmal.

Ihr war unbegreiflich, wieso die so schnell angekommen war. Sie zählte nach. Vor acht Tagen hatten sie sich getrennt. Sie wusste, dass Nefis noch am selben Morgen nach Hause gemusst hatte. Vor einer guten Woche. Zuletzt hatte Hanne Post aus der Türkei bekommen, als Cecilie dort mit anderen Ärztinnen Ferien machte. Cecilie war bereits fünf Tage wieder zu Hause gewesen, als ihr Feriengruß endlich eintraf.

Als sie die Karte fand, dachte sie, die könne nicht für sie sein. Sie betrachtete die Großaufnahme einer rotbraunen Decke mit unverständlichem Muster und ärgerte sich über die Unfähigkeit der Post. Dann sah sie sich die Adresse an. »Ms. Hanne Wilhelmsen, Norwegian Police Headquarter, Oslo, Norway, Europe.« Fast wie früher, als Kind, als sie noch Welt, Milchstraße, Universum hinzugefügt hätte.

I live under the moon, and it is a cold planet. I can never forget, but the stars are not for us? Yours, Nefis.

Die Unterschrift hatte sie die tägliche Ration Unterlagen im Fall Ziegler vergessen lassen. Sie hatte sich in ihrem Büro eingeschlossen. Der Text war schön und seltsam, und sie verstand ihn nicht.

Fragezeichen.

Wie war das gemeint?

Hanne war in ihrem Leben ein Mal verliebt gewesen. Kurz vor dem Abitur hatte sie Cecilie gesehen, und wie ein halb wilder Hund war sie stumm um sie herumgeschlichen, ohne mehr zu vermitteln, als dass sie abseits stand, aber in der Nähe war. Dann waren sie zusammengekommen, wie es richtig, wie es sinnvoll gewesen war. Und dabei waren sie geblieben. Sie waren beieinandergeblieben, bis es Cecilie nicht mehr gab und Hanne glaubte, sterben zu müssen.

Die Sache mit Nefis lag anders. Nefis und Hanne waren erwachsene Menschen mit Wunden und Narben und einer Geschichte. Cecilie war neu gewesen, als alles neu und unberührt gewesen war und jede sich nach der anderen formen konnte, ohne dass das jemals wirklich gelungen wäre.

Hanne berührte die Karte mit den Lippen. Sie roch daran.

Sie wollte antworten. Sie sehnte sich danach, einige Worte zurückzuschicken, und verfluchte ihren Mangel an Umsicht. Was wusste sie denn schon – Nefis Özbabacan konnte in der Türkei schließlich der allerüblichste Name sein. Istanbul war groß. Wie groß? Nefis hatte erzählt, sie sei Mathematikprofessorin, doch auf Englisch konnte *professor* ja auch eine Gymnasiallehrerin bezeichnen. In Istanbul gab es eine Universität. Da war Hanne sich sicher. Aber als sie sich das genauer überlegte, dachte sie, dass es auch mehrere geben könnte. In Istanbul wimmelte es vielleicht von Universitäten, Hochschulen, Lehranstalten. Wenn sie die Augen schloss und wieder den breiten Häusergürtel zwischen der Blauen Moschee und dem Bosporus vor sich sah, konnte sie diese vielen Institutionen darin nicht unterbringen, doch zugleich schüttelte sie den Kopf, denn sie wusste, dass sie niemals dort gewesen war.

Hanne hielt sich die Karte an die Lippen und dachte an Nefis.

Sie dachte an Cecilie. Sie dachte an die Wohnung, in die zurückzukehren ihr unmöglich erschien, solange überall Cecilies Fingerabdrücke hafteten; an den Wänden in der Küche, die Hanne sich blau gewünscht hatte, die aber gelb angestrichen worden waren, weil Cecilie das so wollte und weil Hanne ja doch nie Zeit zum Anstreichen hatte; am Sofa, das sie von Geld gekauft hatten, das sie gar nicht besaßen – Cecilie hatte es auf dem Rückweg vom Kino in einem Schaufenster gesehen und über ihr Krankenhaus ein zinsloses Darlehen erhalten können. Cecilie war überall, und Hanne wusste nicht einmal, wo ihr Grab lag.

Sie dachte an Cecilies Eltern. Die hatten in der Nacht, in der Cecilie gestorben war, Hand in Hand im grellen Licht des Krankenhauses auf dem Flur gesessen. Hanne hatte am Bett gesessen, ohne auch nur ein Mal daran zu denken, dass das ebenso der Platz der Eltern gewesen wäre.

Sie wusste, wo die beiden wohnten.

28 Thomas passte gut auf Tigi auf. Diesem Kater sollte Frau Helmersen nichts antun können. Helmer war immer allein aus dem Haus gegangen, Tigi dagegen musste in der Wohnung bleiben, bis Thomas aus der Schule kam. Dann aß er die Brote, die seine Mutter auf einem Teller in den Kühlschrank gestellt hatte, und gab Tigi etwas ab. Das durfte er zwar nicht, aber Tigi aß nun einmal sehr gern Leberwurst.

Wenn er Tigi die Treppe hinuntertrug, vorbei an Frau Helmersens Wohnungstür, hatte Thomas immer Angst. Frau Helmersen konnte doch jeden Moment herauskommen. Es war, als könne sie riechen, dass er angeschlichen kam. Oft steckte sie dann den Kopf aus der Tür. Selbst wenn er alles so leise machte, wie er überhaupt nur konnte.

Thomas stand auf dem Treppenabsatz im zweiten Stock und beugte sich vorsichtig über das Geländer. Er wollte Tigi nicht verlieren. Er hörte nur die Autos auf dem Kirkevei. Schnell streifte er seine Cherrox ab. Sie knirschten beim Gehen, und deshalb nahm er sie in die eine Hand und presste mit der anderen Tigi an sich.

Auf halber Höhe der Treppe sah er, dass Frau Helmersens Tür angelehnt war. Er wollte schon kehrtmachen, aber weil er die Hände so voll hatte, ließ er Tigi los. Der kleine Kater sprang ein wenig ungeschickt die Treppe hinunter. Und verschwand in Frau Helmersens Wohnung.

Thomas spürte, wie ihm die Tränen kamen, und außerdem musste er wieder, ganz dringend, dabei war er eben erst auf dem Klo gewesen. Er saß wie erstarrt auf der Treppe und wagte kaum zu atmen. Es passierte gar nichts.

Vielleicht war Frau Helmersen nicht zu Hause. Vielleicht war sie spazieren gegangen und hatte einfach vergessen, ihre Tür zu schließen. Thomas' Vater nannte sie eine senile alte Kuh, wenn er glaubte, dass Thomas nicht zuhörte. Senil bedeutete vergesslich, und vergessliche Leute konnten natürlich leicht mal die Tür offen stehen lassen. Thomas passierte das auch manchmal, und er war nun wirklich nicht senil.

Vorsichtig schlich er die letzten Treppenstufen hinunter und dann weiter zur Tür.

»Hallo«, flüsterte er. »Tigi ...«

Weder Tigi noch Frau Helmersen meldeten sich zu Wort.

Er berührte die Tür, nur ganz leicht, und sie öffnete sich. In der Wohnung roch es seltsam. Nicht schlecht im Grunde, nur sehr stark. Nach Essen und Parfüm und altem Kram. Es roch ein bisschen wie bei seiner Oma, nur nicht so gut.

Thomas hatte zwar Angst, fand es aber auch ziemlich spannend, in Frau Helmersens Wohnung zu sein. So etwas hatte er noch nie gesehen. Im Flur standen so viele Sachen herum, dass er sich ganz klein machen musste, um nichts umzustoßen. An den Wänden hingen vier Spiegel mit riesigen Rahmen. Von der Tapete war fast nichts zu sehen, denn wo keine Spiegel hingen, hingen Bilder. Und Lampen, solche, die an der Wand befestigt waren, mit zwei Armen und Stoffschirmen und kleinen weichen Bommeln am Rand. Seine Mama hätte diese Lampen schrecklich gefunden.

Die doppelte Wohnzimmertür war auch nur angelehnt. Aber für Tigi war der Spalt breit genug gewesen. Thomas schob den Kopf in das riesige Zimmer.

»Tigi«, sagte er glücklich.

Der kleine Kater saß auf einer alten Kommode und putzte sich. Thomas sprang im Zickzack zwischen einem schweren Tisch und Sesseln hindurch und nahm das Tier auf den Arm.

»Tigi«, flüsterte er in das warme Fell.

Dann schaute er sich um.

Er hatte noch nie so viele Medikamente gesehen. Außer in der Apotheke natürlich, wo er zweimal mit seiner Oma gewesen war. Seine Eltern bewahrten die Medikamente in einem Schränkchen im Badezimmer auf. Das Schränkchen war abgeschlossen, und auf der Tür war das Bild einer Schlange, die an einer Art Schwert hochkletterte. In dieses Medizinschränkchen hätte das, was hier herumstand, längst nicht alles hineingepasst. Schachteln und Gläser und Packungen waren auf der Kommode aufgestapelt, auf der Tigi gesessen hatte. Thomas hatte schon Angst, der Kater könnte etwas von dem Zeug verschluckt haben, aber alle Packungen sahen verschlossen aus. Er schaute sich um. Auf einem Tisch in der Ecke neben dem Fernseher standen noch mehr Medikamente. Und auf dem Esstisch auch. Auf dem Radio. Überall.

Thomas mochte hier nicht sein. Der Geruch war zu scharf, und Frau Helmersen konnte jeden Moment zurückkommen. Er ging zurück in den Flur. Und dort fielen ihm die Bilder auf. Keine Familienbilder mit Rahmen, sondern Bilder von Leuten, aus Zeitungen. Sie waren mit Heftzwecken festgemacht. Einige von diesen Leuten kannte er. Torbjørn Jagland war Ministerpräsident gewesen, als Thomas klein war. Es war kein besonders schönes Bild, und jemand hatte etwas mitten über das Gesicht geschrieben, was Thomas nicht lesen konnte. Kronprinz Haakon war aus einer Illustrierten ausgeschnitten. Es war ein Farbbild des Prinzen beim Skilaufen.

Nun wollte er aber gehen. Er musste nicht mehr, und Tigi wollte ins Freie. Für einen Moment spielte Thomas mit dem Gedanken, die Tür hinter sich ins Schloss fallen zu lassen. Aber es war besser, das nicht zu tun. Vielleicht hatte Frau Helmersen sie ja absichtlich angelehnt gelassen.

 Sindre Sand wusste nicht so recht, was er eigentlich erwartet hatte. So etwas jedenfalls nicht. Als er die kleine Wohnung betrat, roch er Lamm und Salbei.

Vilde trug eine schwarze Hose und einen tief ausgeschnittenen grauen Chenille-Pullover. Die vielen Teelichter, die in kleinen Gläsern überall im Zimmer verteilt waren, gaben ihm das Gefühl, dass die Zeit zurückgedreht worden sei. Nichts war passiert. Vilde hatte sich eine neue Wohnung gesucht, aber das sollte nicht von Dauer sein, denn im Sommer würden sie heiraten.

»Ich musste nur schnell alles fertig machen, ehe ich dich reinlassen konnte«, sagte sie und bot ihm in einem riesigen Glas Rotwein an. »Setz dich.«

Er verlor kein Wort darüber, dass sie alles so schön gemacht hatte. Er fragte nicht einmal, woher sie gewusst hatte, dass er gerade an diesem Abend kommen würde. Er sah nur Vilde, so, wie sie vor Brede gewesen war. Er zog seine Jacke aus, die gute, die er vor langer Zeit von Vilde bekommen hatte, vor Brede.

Sie zog ihn weiter aus. Er zog sie aus.

Nichts hatte sich geändert, und danach schliefen sie ein.

»Verdammt! Die Lammrouladen!«

Sie sprang aus dem Bett in dem kleinen Alkoven und stürzte in die Kochnische. Als der Wasserstrahl aus dem Hahn den Eisenkessel mit dem verbrannten Inhalt traf, quoll schwarzer Rauch ins Zimmer. Der Rauchmelder heulte los.

»Mach das Fenster auf!« Sie lachte und heulte und fuchtelte mit einer Zeitung unter dem lärmenden Apparat herum. »Luft! Hilfe!«

Er riss das Fenster sperrangelweit auf, und sie fröstelte, als kalte Luft ins Zimmer strömte. Der Kochtopf stand vergessen im Spülbecken, und sie rannte zum Bett und wickelte sich in die Decke. Lachend winkte sie ihn mit einem Finger, der unter der Decke hervorlugte, zu sich.

Sindre lächelte nicht einmal. Er sammelte seine überall verstreuten Kleidungsstücke auf und zog sich an.

»Was ist los mit dir, Vilde?«

Er klang mürrisch, so als sei ihm plötzlich aufgegangen, dass sich seit dem Tag, an dem Brede ihm alles genommen hatte, nichts verändert hatte. »Du führst dich hier auf wie die lustige Witwe, das muss ich wirklich sagen.«

Er schnappte sich den Pullover und mühte sich damit ab, den engen Rollkragen über den Kopf zu kriegen.

»Setz dich doch. Dann reden wir über alles.«

Auch sie war jetzt ernst. Er zögerte, zog dann aber seine Hose an.

»Wir haben uns eigentlich nichts zu sagen. Getan ist getan. Gegessen ist gegessen.«

»Viel gegessen haben wir aber nicht«, sagte sie. »Warum bist du gekommen, wenn du nicht mit mir reden willst?«

»Weil ich wissen wollte, wie es dir geht. Wie du … mit allem fertigwirst.«

Die Worte hingen im Raum wie eine Anklage, und er starrte ins Leere.

»Ich sehe, dass es dir gut geht«, sagte er dann und schloss seinen Gürtel. »Aber ich hatte nicht damit gerechnet, heute Abend zu … einem Fest eingeladen zu werden.«

Er bückte sich nach seinen Socken. Als er sich wieder aufrichtete, schien Vildes Kopf über der Bettdecke kleiner geworden zu sein.

»Aber das Geld, Sindre! Begreifst du denn nicht, dass jetzt alles in Ordnung ist und wir Geld haben und …«

Er nahm seine Jacke und ging.

30 Der Mietwagen hatte ein Automatikgetriebe. Das war ungewohnt; sogar in den USA hatte sie auf manueller Schaltung bestanden. Nun bremste sie jedes Mal, wenn sie die Kupplung betätigen wollte. Ein wütender Opel Omega wäre fast in sie hineingefahren; sie meinte, ein leises Beben der Stoßstange bemerkt zu haben. Vielleicht sollte das ein Fingerzeig sein. Aber sie weigerte sich umzudrehen.

Sie fuhr mit achtzig über die E18, wo neunzig erlaubt waren. Sie hatte es nicht eilig. Eine gute halbe Stunde, nachdem sie in Bislett das Auto geholt hatte, hielt sie an. Nicht direkt vor dem Grundstück in der Parknische, die offenbar für Gäste bestimmt war, sondern hundert Meter weiter die ruhige Sackgasse hinunter. Mehrarmige Leuchter und Plastiksterne schimmerten zwischen den Vorhängen in den Fenstern, hier und dort lehnte bereits ein in ein Netz gewickelter Tannenbaum an der Wand und wartete auf das Fest. Aus dem Schornstein der Familie Vibe quoll Rauch.

Hanne Wilhelmsen blieb am Zaun stehen.

Hier war sie auch früher schon gewesen. Viele Male. Cecilie hatte sich damals für den längsten Schulweg entschieden; sie wollte die absolute Eliteschule in Oslo besuchen, obwohl sie dafür jeden Morgen um sechs aufstehen musste, um in Drammen den Zug zu erwischen. Hanne hatte einmal gefragt, wie sie die Sache rein formell geregelt hatte. Cecilie hatte gelächelt und mit den Schultern gezuckt. Cecilies Vater war Oberschulrat für den Bezirk Buskerud gewesen – Hanne hatte nie wieder danach gefragt.

Sie schaute zu dem einzigen dunklen Fenster hinauf. Die ungeölten Torangeln jammerten in der Kälte. Vorsichtig schloss Hanne das Tor hinter sich. Es war inzwischen zehn Grad unter null, und der Kies knirschte unter ihren Sohlen. An der Haustür hing ein Kranz aus Christdornzweigen, verziert mit roten Beeren und Seidenbändern, die auf Englisch willkommen hießen.

»Hanne«, sagte Inger Vibe gelassen, als sei Hanne in diesem Haus ein täglicher Gast. »Ich habe dich auf der Auffahrt gehört. Ja, nicht, dass du es warst, aber ... «

Sie lachte leise, ein Lachen, bei dem Hanne die Augen schließen musste; sie blieb so lange stocksteif stehen, dass Inger Vibe ihr schließlich eine Hand auf den Arm legte, um sie ins Wohnzimmer zu führen.

»Wir haben dich erwartet«, sagte Cecilies Mutter. »Komm rein.«

Ihr Rücken war Cecilies Rücken. Ihre Bewegungen, lautlos, mit kurzen Schritten, als schleiche sie, ohne sich dessen bewusst zu sein, waren die von Cecilie. Im Wohnzimmer duftete es nach Apfelsinen, und vom Fenster her hörte Hanne das leise Bimmeln von Posaunenengelchen, die im warmen Luftstrom über einer Kerze dahintrieben und dabei gegen kleine Messingglocken stießen, rhythmisch und fast unhörbar.

»Bist du's, Hanne? Setz dich.« Cecilies Vater legte sein Buch beiseite und erhob sich. Zögernd hielt er Hanne die Hand hin. »Es ist so lange her.«

Hanne ließ sich in einen tiefen Sessel sinken. Der Apfelsinenduft schien immer intensiver zu werden.

»Wo bist du die ganze Zeit gewesen?«

Für einen Moment war sie nicht sicher, wer gefragt hatte. Sie ließ ihren Blick vom einen zur anderen wandern und merkte, wie ihr der Schweiß ausbrach. Auf dem Couchtisch stand eine riesige Schüssel voller Früchte in grellen Farben. Hanne kniff die Augen zusammen und wünschte, irgendwer möge das Licht dämpfen.

»Ich wollte dir das hier bringen.« Sie machte sich an dem Verschluss in ihrem Nacken zu schaffen.

»Für mich?«

Inger Vibe schlug die Hand vor den Mund, als habe sie soeben im Lotto gewonnen. Diese Geste ärgerte Hanne. Als sie die Kette überreichte, fielen ihre Bewegungen schroffer aus als beabsichtigt.

»Ich habe sie Cecilie vor vielen Jahren geschenkt. Zum Geburtstag. Sie hat sie geliebt, glaube ich, und ... «

»Sie hat diese Kette immer getragen«, sagte Arne Vibe. »Immer.«

»Es ist nicht richtig, dass ich sie habe. Es war Cecilies Kette. Und deshalb bekommt ihr sie.«

Niemand bedankte sich. Die beiden wechselten einen Blick, der Hanne unsicher machte. Sie schwitzte immer mehr vor Verlegenheit und öffnete den Mund, um besser atmen zu können. Inger Vibe ging in die Küche. Ihr Mann strich über sein Buch, er nahm die Brille ab und lächelte, blieb aber weiterhin stumm. Sein Lächeln wirkte durchaus freundlich, doch es lag eine Neutralität darin, eine Form von Widerstand, die Hanne den Wunsch eingab, gleich wieder zu gehen. Sie hatte erledigt, was sie sich vorgenommen hatte. Das Schmuckstück war überbracht.

Das, was sich hier abspielte, hatte sie nicht gewollt.

Endlich kam Inger Vibe zurück. Sie stellte Hanne eine Tasse aus altem, dünnem Porzellan hin, schenkte Kaffee ein und bot ihr aus einer Schale mit hohem Fuß Plätzchen an.

»Ich wollte euch eigentlich nur danken. Und sagen ... ich weiß nicht recht.«

»Verzeihung vielleicht?« Arne Vibe lächelte nicht mehr. Trotzdem war auch Milde in seinem markanten Gesicht, in dem Blick, der sich zum ersten Mal direkt auf Hanne richtete. »Vielleicht bist du hergekommen, um um Verzeihung zu bitten? Das könnte ich mir vorstellen.«

Es roch durchdringend nach Weihnachten. Das Bimmeln des

ewigen Reigens, den die Messingseraphim auf der Fensterbank vollführten, schien lauter zu werden. Das Fenster wurde allmählich von Schnee verdeckt. Hanne brach in Tränen aus. Cecilies Eltern tranken Kaffee mit Milch. Sie tranken die zweite Tasse, und Hanne weinte noch immer.

»Ich weiß es nicht genau«, sagte sie endlich leise. »Vielleicht.«

Zwei Stunden später hatte das Ehepaar Vibe einen Schluck Likör in den Tassen. Hanne war zu Tee übergegangen. Sie trank aus einem großen Becher mit einem halb verwischten Bild des Eiffelturms und hatte den Eindruck, dass die Teeblätter alt waren. Die braune Flüssigkeit schmeckte nach Zwiebeln und Pfeffer und Haferflocken. Sie klammerte sich an die Tasse und zog die Beine hoch.

»Frierst du?«, fragte Inger und legte ihr eine Decke um die Schultern.

»Nein.«

»Gut, dass du gekommen bist. Vielleicht hättest du das früher tun können. Das wäre für uns alle besser gewesen.«

Plötzlich beugte Arne sich über die Armlehne und löste ihre linke Hand von der Tasse. Er umschloss die Hand mit seiner und streichelte sie mit dem Daumen. Wenn sie sich richtig erinnerte, dann berührte er sie damit zum ersten Mal auf eine andere Weise als mit einem Händedruck.

»Unser Problem«, sagte er langsam, »ist, dass ... wir konnten das nicht verstehen. Wir haben Cecilie nie abgewiesen. Wir haben dich nie abgewiesen. Im Gegenteil.«

»Meine Schuld. Alles zusammen meine Schuld. Alles und immer.«

Inger Vibe stand auf und trat vor das Panoramafenster. Sie legte die Stirn an die Scheibe und blieb mit hängenden Armen eine Weile so stehen, bis sie sich plötzlich umdrehte und sagt: »Das ist dein größter Fehler, Hanne. Und so hast du alle im Stich gelassen.«

»Das weiß ich.«

»Nein. Das weißt du nicht. Das ist ja gerade das Problem. Du glaubst immer, alles sei deine Schuld. Wenn du nur die Schuld auf dich nehmen kannst, dann fühlst du dich von allem freigesprochen. Entschuldigung, sagst du und glaubst, damit sei alles in Ordnung. Dein Schuldgefühl war dein Schutzschild gegen deine Umgebung. Du warst ... «

Sie breitete die Arme aus auf eine Weise, die Hanne zwang, ihr Gesicht hinter der Teetasse zu verbergen und die Augen zu schließen.

»Du hast dich zu lange beschützt. Du hast dich mit Schuld geschmückt. Du hast dich darin eingehüllt wie in ... einen schwarzen Umhang. Um dir die Menschen vom Leibe zu halten.«

»Cecilie hat sich nicht von mir ferngehalten.«

Inger lächelte und wandte sich wieder ab. Ihr Spiegelbild in dem dunklen Glas ließ sie größer aussehen.

»Cecilie war ja auch etwas ganz Besonderes.«

Ihr Lachen klang hell, und sie lachte lange, als hätte sie einen feinen Witz gemacht; als könne Cecilie jederzeit hereinkommen, jeden Moment; es kostete Hanne große Anstrengung, sich nicht zur Tür umzudrehen, in der jetzt vielleicht Cecilie stand.

»Es ist einfach lächerlich, dass du im Hotel wohnst.« Inger Vibes Ton war energisch geworden. Sie strich ihren Rock glatt und schaute sich noch einmal die Kette an. »Du hast eine hervorragende Wohnung. Sollen wir dir beim Aufräumen helfen?«

»Nein!«

Die Antwort war zu schnell gekommen. Vielleicht wollte Inger dabei sein. Es war vielleicht wichtig für sie, die Hinterlassenschaft ihrer Tochter zu ordnen.

»Cecilie soll nicht weggeräumt werden«, erklärte Hanne zögernd. »Sie soll da sein. Ich muss nur ... «

»Was für ein Unsinn. Natürlich muss aufgeräumt werden. Sie hat Kleider und andere Dinge, die aus dem Haus müssen. Wie wäre es mit der Heilsarmee?«

»Später. Vielleicht. Erst muss ich ... «

»Soll *ich* denn dabei sein?« Arne fuhr noch immer mit dem Daumen über ihre Handfläche.

»Ich muss los.«

Sie stemmte sich aus dem tiefen Sessel hoch. Ihre Beine waren eingeschlafen, und sie wäre um ein Haar gestürzt. Arne fing sie auf.

»Das geht schon«, murmelte sie. »Jetzt geht es.«

»Nur eins noch«, sagte Inger.

Hanne hatte die Haustür geöffnet und fröstelte im eiskalten Wind.

»Nimm, was das Leben dir geben kann. Wir leben nicht sehr lange, Hanne. Wir können es uns nicht leisten, die wichtigen Dinge zu verschwenden.«

Hanne zuckte mit den Schultern und schloss die Tür hinter sich, ohne die beiden umarmt zu haben, nicht einmal einen Händedruck hatte sie ihnen anbieten können. Als sie bei ihrem Auto war, drehte sie sich um. Noch immer brannten hinter allen Fenstern die Lampen, mit der einen Ausnahme, dem Mansardenzimmer.

Inzwischen war es Dienstag geworden, der 14. Dezember 1999.

31

Der Lastzug versperrte ihr nahezu jegliche Sicht. Unbeladen schepperte er von der Tollbugate zur Prinsens gate, und Hanne Wilhelmsen fuhr hinterher. Aus alter Gewohnheit wollte sie die Autonummer aufschreiben. Sie schaute zum Armaturenbrett. Dem Mietwagen fehlte ein leicht zugänglicher Notizblock. Und der Lkw-Fahrer tat ja nichts Verbotenes, auch wenn er nun schon zum dritten Mal durch dieselben Straßen fuhr. Er hätte längst unten am Hafen parken müssen, um sich seinen vorgeschriebenen Schlaf zu holen. Doch er versperrte den Weg und ließ sich Zeit beim Betrachten der spärlichen Auswahl am Straßenrand.

Jedes Mal, wenn der Lkw bremste, warf auch Hanne einen Blick auf die Silhouetten, die sich gegen das gelbe Laternenlicht abzeichneten. Die Mädels, die sie bisher gesehen hatten, waren zu jung, die meisten noch pure Kinder. Sie fuhr an den Straßenrand und hielt an. Der scheppernde Lastzug verursachte ihr Kopfschmerzen. Sie kurbelte das Fenster herunter und nahm sich eine Zigarette.

Sie hätte sie schon viel früher besuchen müssen. Nicht einmal nach der Beerdigung hatte sie sich erkundigt. Und noch immer wusste sie nicht, wo Cecilies Grabstein stand.

Sie schaute auf die Uhr. Viertel nach eins.

» Girl's night?«

Hanne fuhr zusammen und starrte in ein Gesicht, das schmaler war, als die raue Stimme vermuten ließ. Der Mensch, der fast den ganzen Kopf in den Wagen steckte, hatte Probleme mit seiner Perücke. Sie glitt ihm gerade über die Augen.

» Looking for company?«

Die Aussprache ließ zu wünschen übrig. Das Lächeln entblößte ein erst kürzlich erworbenes oder wohl eher gestohlenes Gebiss. Es saß nicht gut. Die Wörter kamen zernuschelt heraus.

»Kannst du auch Norwegisch?«, fragte Hanne und wandte sich ab, um der Wolke aus Mundgeruch und einer reichhaltigen Auswahl an billigem Parfüm auszuweichen.

»Ich kann alle Sprachen.«

Unter der Grundierung bemerkte Hanne eine leise Andeutung von Bartstoppeln. Sie schüttelte den Kopf und fischte einen Hunderter aus der Jackentasche. »Hier. Kein Interesse. Nicht an dir.«

Sie ließ den Motor an. Der Transi schnappte sich den Geldschein und schwenkte beleidigt den Hintern. Im Rückspiegel sah Hanne seine langen Waden auf zehn Zentimeter hohen Absätzen weiterwackeln.

Wie alle bei der Polizei hatte Hanne ihre Karriere auf Streife begonnen. Von damals wusste sie, dass Fragen keinen Sinn hatte. Die Nutten konnten sich gegenseitig totschlagen, um sich einen festen Platz an einer Straßenecke zu sichern, aber Leute, die nach Bullerei rochen, durften nicht auf Gratisauskünfte hoffen.

Hanne roch nach Bullerei und wusste das auch. Sie fuhr weiter über die Piste, die der riesige Lastzug abgesteckt hatte. Zum Glück hatte der Fahrer sich endlich entschieden. Nur ein Volvo-Kastenwagen mit deutlich sichtbarem Kindersitz schaukelte langsam über den Strich; es ging auch hier auf eine Art Ladenschluss zu. In der Myntgate kam der Wagen langsam zum Stehen, und eine zierliche Gestalt im Webpelz schlüpfte nach einer kurzen Diskussion über Preis und Produkt auf den Beifahrersitz. Die Kleine hätte vermutlich auch in den Kindersitz gepasst.

Jemand humpelte allein auf den Bankplass zu. Die Fassadenbeleuchtung der alten Loge ließ eine kurze Silberlaméjacke aufglänzen. Hanne fuhr langsamer, kurbelte noch einmal das Fenster herunter und sagte: »He. He, du!«

Die Frau drehte sich um. Sie brauchte einige Sekunden, um klar sehen zu können.

»Kei' Zeit«, sagte sie schroff.

Hanne hielt an und wollte aussteigen.

»Red nich' mi' Bullerei.« Die Frau redete immer weiter vor sich hin. Sie hatte einen seltsamen Gang; es sah aus, als drehe sie sich nach jedem zweiten Schritt halb um. »Kei' Zeit, kei' Lust.«

»Harrymarry!«

Obwohl die Frau nicht auf den Namen zu reagieren schien, wusste Hanne, dass sie die Gesuchte gefunden hatte. Am Vormittag hatte sie sich über Harrymarry informiert, die im Januar fünfundfünfzig werden würde. Diese Gestalt hier hätte allerdings auch auf die achtzig zugehen können. Trotzdem zeugten ihre Bewegungen von einer bewundernswerten Stärke, von einer Trotz-alledem-Haltung, die sie lange über ihre Zeit hinaus aufrechterhalten hatte. Hanne versuchte, ihr die Hand auf die Schulter zu legen.

»Loslassen!«, fauchte Harrymarry und steigerte ihr Tempo. Ihr Humpeln wurde deutlicher, offenbar war ihre rechte Hüfte ruiniert.

»Möchtest du etwas essen? Hast du Hunger?«

Endlich blieb Harrymarry stehen. Sie schaute Hanne aus zusammengekniffenen Augen an und schien sich zu fragen, ob sie richtig verstanden hatte.

»Essen?«

Sie schien dieses Wort regelrecht auszukosten; sie schnalzte mit der Zunge und kratzte sich am Oberschenkel. Hanne musste sich abwenden, als sie die vereiterte Wunde sah, die durch Netzstrümpfe hindurch von schmutzigen langen Nägeln aufgekratzt wurde.

»Essen. N' gut.«

Harrymarry verschwendete nichts, auch keine Buchstaben.

Hanne wusste, dass sie mehr Glück als Verstand hatte. Die Frau mit einer Mahlzeit zu locken war idiotisch gewesen. Harrymarry hätte auch beleidigt sein und völlig dichtmachen können. Jetzt war es Hannes größtes Problem, mitten in der Nacht für eine erschöpfte Nutte etwas zu essen aufzutreiben. Natürlich konnten sie zu einer Tankstelle fahren, aber die Atmosphäre an so einem Riesenkiosk mit Flutlicht würde ein Gespräch mit Harrymarry wohl kaum begünstigen.

Harrymarry nickte zur Dronningens gate hinüber und setzte sich in Bewegung. Erleichtert nahm Hanne an, dass die andere wusste, wohin sie gehen könnten. Einige Minuten später saßen sie einander gegenüber auf roten Plastikstühlen in einem Imbiss, in dem sie die einzigen Gäste waren. Hanne rauchte. Harrymarry aß. Rosa Soße tropfte aus ihrem Mundwinkel. Ihr Blick wanderte immer wieder zum Koch hinter dem Tresen hinüber, als wolle sie sich vergewissern, dass es dort, woher das Kebab gekommen war, noch mehr zu holen gab. Ihre Cola hatte sie mit einem einzigen Schluck geleert.

»Mehr. Bitte.«

Hanne steckte sich noch eine Zigarette an und wartete geduldig, bis ein weiteres Kebab samt Zubehör verzehrt war. Harrymarry rülpste hinter vorgehaltener Faust und erwiderte zum ersten Mal den Blick ihrer Wohltäterin. In ihren braunen Augen funkelten gelbe Pünktchen. Weniger attraktiv war die einwandfrei gelbe Tönung der Augäpfel, die unter den schweren Lidern jedoch kaum zu sehen waren.

»Du hast angerufen«, sagte Hanne.

Es war eher eine Behauptung als eine Frage, und das bereute sie sofort.

»Hab nix verbrochen.«

»Das weiß ich.«

Harrymarry war nervös und schielte zum Ausgang. Die Mahlzeit schien ihr das letzte bisschen Konzentrationsfähigkeit geraubt zu haben.

»Muss arbei'n. Bissann.«

»Warte noch. Wenn du etwas verbrochen hättest, hätte ich dich längst eingebuchtet. Das weißt du genau. Ich will nur wissen, was du gesehen hast.«

Die Mahlzeit hatte Harrymarry so gut wie erledigt. Die Augen fielen ihr zu, die ganze Gestalt schien bereits zu schlafen. Das Scheppern eines Bratenwenders auf dem Grill ließ sie zusammenfahren. Sie zog eine Zigarette aus der Packung, die auf dem Tisch lag.

»Gut geschmeckt.«

Sie sprach zu den Überresten ihrer Mahlzeit und machte einen Lungenzug, ehe ihr die Augen aufs Neue zufielen.

»Ich muss wissen, was du gesehen hast. Und ob da noch andere Leute waren. Ob du ... hast du etwas gefunden? Hast du etwas mitgenommen?«

»Toter Kerl un'n Haufen Müll. Muss jetz schlafn.«

Harrymarry nuschelte in ihre Jacke und hustete übel. Hanne erwog die Möglichkeit, die müde Frau bis zu dem in der Myntgate abgestellten Wagen zu bugsieren.

»Wo wohnst du, Harrymarry?«

Die Frage klang offenbar absurd genug, um Harrymarry für einen kurzen Moment aus dem Schlummer zu reißen. Sie kniff im grellen Licht der flackernden Neonröhren die Augen zusammen.

»Wo? Grad jetz hier.«

Damit war sie endgültig eingeschlafen. Ein leises Schnarchen war zu hören; ihre Lippen stießen ein kurzes Schnauben aus, das Hanne lächeln ließ. Die verkommene Gestalt, die die Hände brav auf den Knien übereinandergelegt hatte, saß quer zum Fenster.

Die Zigarette hing zwischen zwei Fingern. Hanne nahm sie ihr vorsichtig ab und drückte sie im Aschenbecher aus.

»Die kann hier nicht schlafen«, sagte der Koch auf Türkisch-Norwegisch. »Nimm sie mit.«

»Ich hol nur schnell das Auto. Okay?«

Harrymarry war im Ein- und Aussteigen geübt. Mit schlafwandlerischer Sicherheit ließ sie sich auf den Beifahrersitz sinken und schnarchte weiter, bis sie die Wache passierten.

»Wohin fahn wir?«

»Nach Hause«, sagte Hanne. »Ich fahre nach Hause, und du kommst mit.«

Als sie vor dem niedrigen Wohnblock in Tøyen anhielt, war es bereits nach zwei Uhr. Zum Glück waren alle Fenster dunkel.

32

»Felice. Mit italienischem c. Wie in Cello. Nicht Feliße.«

»Tut mir leid. Doktor Felice.« Billy T. rieb sich den Arm und streifte seinen Hemdsärmel nach unten. »Witziger Name. Øystein Felice. Ein wenig ... Gemischtwarenhandlung sozusagen.«

Der Arzt warf die Spritze in einen Pappkarton und wusch sich gründlich die Hände.

»Dann war der Besuch ja nicht ganz umsonst. Jetzt dürften Sie von der derzeitigen Grippewelle verschont bleiben. Meine Mutter ist Norwegerin. Mein Vater Italiener. Eigentlich hätte ich Umberto heißen sollen, nach meinem einen Großvater. Aber dann bekam ich den Namen des anderen Großvaters. Der stammte aus Valdres.«

Er lächelte zerstreut, als müsse er seinen seltsamen Namen so oft erklären, dass er dabei auf Autopilot schaltete. Nachdem er sich sorgfältig die Hände mit einem Papiertuch abgetrocknet hatte, steckte er einen Auszug aus seiner Patientenkartei in eine Plastikhülle.

»Hier«, sagte er und reichte ihn Billy T. »Das ist alles, was ich Ihnen sagen kann. Da der Patient tot ist, kann er mich nicht von meiner Schweigepflicht entbinden. Deshalb muss ich nach meinen Vorstellungen von Diskretion selbst entscheiden, was ich Ihnen sage. Nach dem, was Sie mir am Telefon erzählt haben, weist Brede Zieglers Krankengeschichte nichts von Interesse auf. Für die Polizei, meine ich.«

»Wissen Sie«, sagte Billy T. sauer und riss den inhaltsarmen Umschlag an sich, »man sollte meinen, es sei schon mit Schweigepflicht verbunden, diesen Ziegler auch nur gekannt zu haben.«

»Was?«

»Scheißen Sie drauf. Aber ...« Er blätterte kurz in den Papieren. »Der Mann litt also unter Kopfschmerzen und einem kaputten Knie«, sagte er. »Das war alles.«

»Das habe ich durchaus nicht gesagt. Aber ich habe auch nicht das Gegenteil behauptet. Ich sage nur, dass ...«

Billy T. stöhnte laut, beugte sich in dem engen Sessel vor, stützte den Kopf in die Hände, wiegte sich hin und her und stieß ein leises Jammern aus.

»Ich bin leider kein Psychiater«, sagte Dr. Felice trocken. »Aber ich kann Ihnen jemanden empfehlen, falls Sie ...«

Billy T. richtete sich auf und holte tief Luft.

»Bei den Kopfschmerzen hat es sich also nicht um Migräne gehandelt«, sagte er resigniert. »Und Medikamente hat er auch nicht genommen.«

»Nein. Ich würde ihn beinahe als fanatischen Pillengegner bezeichnen. Sein Knie hat ihm noch mehr zu schaffen gemacht als die Kopfschmerzen, von denen er oft monatelang verschont blieb. Er hätte sich dringend den Meniskus operieren lassen müssen. Das wollte er nicht. Und schmerzstillende Mittel wollte er auch nicht nehmen.«

Eine Frau schaute zur Tür herein.

»Wir sind jetzt schon eine halbe Stunde im Rückstand«, sagte sie missmutig und starrte Billy T. an, um dann, ohne auf Antwort zu warten, die Tür zuzuknallen.

»Wann haben Sie ihn zuletzt gesehen?«

Billy T. versuchte, es sich in dem Sessel bequemer zu machen, wie um klarzustellen, dass er vorhatte, sich die Zeit zu nehmen, die er brauchte. Wenn Dr. Felice sich hochnäsig weigerte, ohne amtliche Vorladung zur Wache zu kommen, dann mussten seine Kranken zumindest eine zusätzliche Stunde im Wartezimmer hinnehmen können. Dr. Felice öffnete eine Dose mit Pastillen und bot Billy T. eine an.

»Witzig, dass Sie das fragen. Er war acht Monate nicht mehr hier. Damals ging es um eine Schnittwunde. Er hatte sich beim Öffnen einer Auster geschnitten und war dummerweise nicht sofort zu mir gekommen. Er erschien erst einen Tag später. Ich habe ihm eine Tetanusspritze gegeben und eine Antibiotikakur verordnet. Wenig interessant für Sie, natürlich, aber ...« Er nahm eine Pastille aus der Dose und ließ sie zwischen Daumen und Zeigefinger rotieren. »... interessanter ist wahrscheinlich, dass er mich an dem Tag angerufen hat, an dem er ermordet worden ist.«

Billy T. hätte sich fast an seiner Pastille verschluckt.

»Er hat Sie angerufen«, wiederholte er tonlos. »Am Sonntag, dem 5. Was wollte er?«

»Das weiß ich leider nicht. Er hat mich zu Hause angerufen. Privat. Das hatte er noch nie getan. Ich war nicht da, und er hinterließ eine Nachricht auf meinem Anrufbeantworter. Ich sollte ihn zurückrufen unter der Nummer ...« Dr. Felice schaute sich auf seinem riesigen Schreibtisch um, der von bemerkenswertem Ordnungssinn kündete. Drei Papierstapel lagen ordentlich nebeneinander, unter dem Gewicht von Briefbeschwerern in Gestalt der Affen, die nichts sehen, nichts hören und nichts sagen. »22 98 53 99«, las er von einem Zettel ab. »Später habe ich festgestellt, dass es sich dabei um seine Privatnummer handelte.«

»Wann hat er angerufen?«

»Das weiß ich nicht. Ich habe einen einfachen Anrufbeantworter, der nicht speichert, wann ein Anruf eingeht. Und Brede Ziegler hat auch keine Uhrzeit genannt. Er sagte nicht, worum es ging. Nur, dass ich ihn vor acht Uhr abends zurückrufen sollte. ›Vor acht Uhr heute Abend.‹ So hat er sich ausgedrückt. Da ich an dem Sonntagnachmittag um zwei das Haus verlassen habe und erst am folgenden Nachmittag zurückgekommen bin, kann ich nichts Genaueres über den Zeitpunkt sagen.«

Billy T. hatte ein Notizbuch aus seiner ausgebeulten Jackentasche gezogen und machte sich mit müder Miene Notizen.

»Er hat ›vor acht‹ gesagt? Nicht, ›sowie Sie nach Hause kommen‹?«

»Nein. ›Vor acht.‹ «

»Können wir das Band haben?«

»Leider nicht. Das habe ich überspielt. Ein Versehen. Natürlich wollte ich es aufbewahren; ich hatte am Montagmorgen in der Zeitung über den Todesfall gelesen und war ziemlich geschockt, als ich dann nachmittags seine Stimme auf meinem Band hörte. Ich muss in meiner Verwirrung auf den falschen Knopf gedrückt haben. Aber ich kann mich sehr deutlich an seine Nachricht erinnern.«

Die übellaunige Sprechstundenhilfe riss erneut die Tür auf,

diesmal ohne vorher anzuklopfen. Sie knallte einen Ordner vor
Dr. Felice auf den Tisch und stampfte aus dem Zimmer, ohne die
Tür hinter sich zu schließen.

»Ganz schön heftig«, sagte Billy T. »Macht es Ihnen nichts
aus, wenn sie sich so aufführt?«

»Sie ist sehr tüchtig. Und sie muss sich da draußen die Klagen
der Patienten anhören.«

Billy T. erhob sich und knöpfte seine Jacke zu.

»Es kann gut sein, dass wir Ihnen eine Vorladung zu einer Vernehmung zukommen lassen«, sagte er. »Werden sehen. Sollte
Ihnen inzwischen etwas einfallen, das uns interessieren könnte,
dann rufen Sie an. Fragen Sie nach Billy T. Das bin ich.«

»Das habe ich schon verstanden«, sagte Øystein Felice. »In
dieser Hinsicht haben wir eine Gemeinsamkeit.«

»Ach?«

Billy T., der schon im Gehen war, drehte sich halbwegs um
und stieß gegen eine Schachtel mit Gummihandschuhen. Die
Schachtel fiel zu Boden.

»Einen komischen Namen.«

»Genau.«

Er ging in die Hocke und sammelte die Handschuhe auf. Danach klebte Talkum an seinen Fingern, und er fuhr damit über
seine Hosenbeine.

»Mir fällt noch etwas ein.«

Dr. Felice wirkte erschöpft. Billy T. sah erst jetzt, dass die kurzen dunklen Haare des anderen an den Schläfen grau wurden und
dass sich sein kräftiger Bartwuchs geltend machte. Billy T. zog
seine Taschenuhr hervor und fluchte, weil es schon halb fünf war.

»Was denn?«, fragte er barsch.

»Ich ... in den Unterlagen, die ich Ihnen gegeben habe, steht
nichts darüber, dass ...«

Dr. Felice nahm sich noch eine Pastille. Auch die wurde nicht in den Mund gesteckt, sondern zu einer weichen grünen Erbse zerknetet.

»Brede Ziegler war sterilisiert. Das wird natürlich auch die Obduktion ergeben. Oder ... er ist wohl schon obduziert worden. Ich wusste nicht, ob das für den Fall von Bedeutung ist, deshalb habe ich es nicht erwähnt ...« Er winkte vage zu dem Umschlag hinüber, den Billy T. in der rechten Hand hielt.

»Jedenfalls wollte er vor seiner Heirat sterilisiert werden. Ich habe natürlich ausgiebig mit ihm über diesen Eingriff gesprochen, aber er war sich seiner Sache ganz sicher. Bei seinem Alter hatte ich natürlich auch keine Einwände, aber er hatte noch kein Kind und wollte eine junge, vermutlich fruchtbare Frau heiraten, deshalb ...« Immer wieder verstummte er. Mehrmals presste er Daumen und Zeigefinger gegen die Augen, als könne er nicht mehr klar sehen. »Aber das ist sicher nicht interessant für Sie.«

»Doch«, sagte Billy T. »Ich muss jetzt los, aber wenn Sie mich in den nächsten Tagen nicht anrufen, rufe ich Sie an. Okay?«

Dr. Felice gab keine Antwort. Das Telefon klingelte, es war ein modernes, digitales Klingeln. Er griff zum Hörer, und Billy T. schloss die Tür hinter sich.

»Das ist die, die immer nach Dr. Glücklich fragt«, hörte er die Vorzimmerdame sagen. »Soll sie später wieder anrufen?«

Glücklich. Billy T. lächelte einer Schwarzen mit einem quengelnden Kind von vielleicht zwei Jahren verkniffen zu, als ihm aufging, was »felice« wirklich bedeutete.

»Dr. Glücklich«, murmelte er. »Passender Name für einen Arzt.«

Er vergaß, die Impfung zu bezahlen.

33

In zwei Stunden musste sie zur Probe. Noch hatte sie kaum eine Vorstellung davon, was für eine Figur sie da darstellen sollte. Wie immer hatte sie den Text schnell gelernt. Der Text war wirklich nicht das Problem. Die Schwierigkeiten leuchteten ihr schon vom Umschlag des Rollenheftes entgegen, das inzwischen von Kaffeeflecken und Eselsohren gezeichnet war.

»Narziss nach dem Fest.«

Blödsinn! Thale hatte viele Wochen mit Textanalyse verbracht; die Wörter blieben allerdings sinnlose Postulate auf einem Stück Papier. Ihre Rolle war Paradoxon und Parodie zugleich, was jedoch nicht den Absichten des Autors entsprach. Sie sollte eine liebeskranke griechische Nymphe im Osloer Nobelviertel Aker Brygge spielen.

Der Intendant hatte das Stück offenbar in dem Gefühl angenommen, etwas für neue norwegische Dramatik tun zu müssen. Warum wollte er nichts von Jon Fosse? Sie war zwar schon in zwei Fosse-Stücken aufgetreten, aber da hatte sie immerhin Material, eine Seele, in die sie sich vergraben konnte. Aus Anlass der Jahrhundertfeier des Nationaltheaters war ein Wettbewerb ausgeschrieben worden. Ein meinungsgeiler Kriminalschriftsteller, der mit episch angelegten Mordrätseln in Buchform großen Erfolg hatte, hatte den Sieg davongetragen. Sein Stück aber war und blieb erbärmlich schlecht. Bei der letzten Probe war Thale vom Regisseur zusammengestaucht worden. Er habe es satt, hatte er gesagt, dass sie die knapp bemessene Probezeit damit vergeude, über den Text zu klagen, statt zu versuchen, etwas daraus zu machen. *Engagement*, hatte er geheult und einem Scheinwerfer einen Tritt versetzt. Dabei hatte er sich den kleinen Zeh gebrochen. Jetzt humpelte er auf Krücken durch die Gegend und war übellauniger denn je.

Thale legte sich aufs Sofa und deckte sich mit ihrer Schlummerdecke zu. Sie schloss die Augen. Engagement. Sie musste versuchen, Engagement zu entwickeln. Für ein Stück, in dem der griechische Narcissos-Mythos in ein neureiches norwegisches Milieu des Jahres 2000 verlegt worden war. Scheinbar erfolgreiche Menschen irrten über die Bühne, ergingen sich in Leere und wichen jeder Liebe aus, die anderen galt als ihnen selbst. Im Geiste hörte Thale schon das Lachen des Publikums, dem ein Aktienmakler namens Narcissos zugemutet wurde. Das Tragische war, dass es sich bei dem Stück nicht um eine Farce handelte. Dass sie selbst ein Spice-Girl-Kostüm tragen und Echo heißen sollte, würde allenfalls ein mitleidiges Lächeln hervorrufen.

Sie versuchte, sich zu konzentrieren und sich von ihrer Verachtung für dieses Stück zu distanzieren, doch das gelang ihr nicht. Wie sehr sie sich auch bemühte, sie konnte den Zusammenhang zwischen dem bewegenden griechischen Mythos und einer fünf Stunden währenden Whiskytrinkerei in einer postmodernen Wohnung nicht erkennen. Der eigentliche Narziss hatte sich in sein eigenes Spiegelbild verliebt und Echos Liebe verschmäht. Da das Spiegelbild ein unerreichbarer Geliebter war, hatte diese Liebe ihn ins Unglück geführt und zu Fall gebracht. Der Aktienmakler dagegen war im Grunde ziemlich zufrieden mit seiner Selbstliebe. Und das ergab keinen Sinn. Das Schlimmste an dem Stück jedoch waren die Freiheiten, die der Autor sich mit Echo erlaubt hatte. Im Mythos starb sie an der Trauer über ihre verlorene Liebe, ihr Klagelied jedoch, das Echo, blieb in alle Ewigkeit bei den Menschen zurück. Thale schauderte bei der Vorstellung, wie sie im letzten Akt Narcissos in der Badewanne vergewaltigen musste. Alle holten sich das, was sie haben wollten, wenn nötig auch mit Gewalt.

Es ärgerte sie, dass ein Autor, der seinen Stoff offenbar nicht begriffen hatte, sie zwingen konnte, seine verschrobenen Ideen vorzutragen.

Sie musste an etwas anderes denken. Prompt schlief sie ein.

Zwanzig Minuten später wurde sie von einem Traum geweckt. Sie war schweißnass und außer Atem und wusste noch, dass sie in Daniels Wohnung gewesen war und ihm geholfen hatte, Bilder aufzuhängen. An der einen Wand prangte eine hässliche feuchte Stelle, und die wollte sie mit einem Foto bedecken. Doch kaum hatte sie es aufgehängt, bildeten sich daneben Risse in der Wand. Neues Bild, neue Risse. Sie lief und lief, schneller und schneller, und dennoch drohte die ganze Wohnung vor ihren Augen einzubrechen.

Thale setzte sich auf und schaute auf die Uhr. Sie wollte sich noch einen Kaffee kochen und dann zu Fuß ins Theater gehen.

Sie machte sich arge Sorgen um ihren Jungen.

Nichts war so gekommen, wie sie es gewollt hatte. Daniel war vorenthalten worden, worauf er ein Anrecht hatte. Sie sah, dass etwas dem Jungen zu schaffen machte. Er verbrachte mehr Zeit bei seinen stumpfsinnigen Nebenjobs als beim Studium und wirkte durch und durch unglücklich. Sie hatte das Gefühl, dass hinter seinem Kummer viel gewichtigere Gründe steckten als die Tatsache, dass er aus dem Bogstadvei in diese verschimmelte Bude ohne Bad hatte ziehen müssen. Als er am vergangenen Samstag einen Versuch unternommen hatte, mit ihr zu sprechen, hatte sie ihn abgewiesen. Sie hatte das eigentlich nicht gewollt, aber seine Fragen waren zu direkt gewesen, zu schmerzhaft, als dass sie darauf hätte eingehen können. Sie wollte sie nicht hören. Sie konnte nichts dafür, dass Daniel im Stich gelassen worden war. Thale wollte nicht, dass ihr Sohn sich im Vergangenen festbiss. Sie wollte ihm helfen, vorwärtszuschauen. So hatte sie es immer gehalten.

Sie trank sehr langsam eine halbe Tasse Kaffee und ging dann ins Badezimmer. Der Albtraum hing in ihren Kleidern wie ein unangenehmer Geruch, sie streifte sie ab und stopfte sie in den Korb für schmutzige Wäsche. Es tat gut, sich das heiße Wasser über den Rücken strömen zu lassen.

Eigentlich ging es nur um Geld.

Daniel hatte nicht die Erbschaft erhalten, auf die er Anspruch gehabt hatte; die Erbschaft, von der sie und Idun beschlossen hatten, dass sie ihm zufallen sollte. Daniel hatte seinen Großvater beerben sollen. Idun, die Daniel albernerweise noch immer Taffa nannte, wie er es als kleiner Junge getan hatte, war kinderlos. Idun liebte Daniel wie ihren eigenen Sohn. Sie waren sich einig gewesen. Thale hatte sich niemals von Geld oder von der Möglichkeit lenken lassen, an welches heranzukommen. Schon mit siebzehn hatte sie für sich selbst gesorgt. Nie, nicht ein einziges Mal, hatte sie ihren Vater um Geld gebeten. Trotzdem hatte in diesem Geld immer eine Sicherheit gelegen. Die Villa in Heggeli war eine Familienversicherung gewesen, die am Ende Daniel zugutekommen sollte. Nie wäre sie auf die Idee gekommen, dass ihr Vater, ein Anwalt beim Obersten Gericht, finanzielle Schwierigkeiten haben könnte. Als er mit achtzig Jahren nach kurzer Krankheit starb, war die Erbschaft aufgezehrt gewesen. Die Villa war sechs Millionen wert, die Schulden des Vaters hatten sich auf fast sechseinhalb belaufen. Thale hatte es nicht über sich gebracht, sich genauer zu informieren, wie es so weit hatte kommen können. Idun war diejenige, die alles ans Licht gebracht hatte. Der Vater war ein notorischer Spieler gewesen. Die Möglichkeit, im Internet zu spielen, hatte ihn endgültig in den Ruin getrieben.

Sie versuchte, die Temperatur zu regulieren. Vermutlich stimmte mit den Dichtungen etwas nicht, die Leitungen brummten, und der Hahn tropfte, so fest sie ihn auch zudrehte. Als sie gegen die Wand schlug, wäre sie fast gestürzt.

Daniel hatte sein Erbe verloren, und sie konnte das einfach nicht akzeptieren.

Das Erbe.

Sie war dabei, aus der Wanne zu steigen, und hielt mitten in der Bewegung inne. Dass sie nicht schon früher auf die Idee gekommen war, lag sicher daran, dass sie immer alles zu verdrängen suchte. Sie wollte vorwärtsschauen, nicht zurück.

Es war ein ganz neuer Gedanke. Langsam strich sie sich über die nassen Haare.

34 Der Versuch, sie wegzuekeln, war genau geplant, sorgfältig ausgeführt und offenbar allgemein akzeptiert. Jedenfalls schien niemand zu bemerken, dass sie hereinkam, als die Besprechung schon begonnen hatte, und dass sie sich ans Ende des riesigen Konferenztisches setzte, mit drei leeren Stühlen zwischen sich und ihrem Nachbarn. Hanne Wilhelmsen unterdrückte einen resignierten Seufzer. Zum ersten Mal kam ihr der Gedanke, dass sie eine solche Behandlung nicht verdient hatte, egal, wie groß ihr Vergehen war.

Sie ärgerte sich darüber, dass sie zur großen Lagebesprechung im Fall Ziegler zu spät gekommen war, aber mit Harrymarry in der Wohnung war es, wie plötzlich ein Baby im Haus zu haben. Die Frau hatte morgens um halb acht eine Überdosis Eintopf nach Trondheimer Art aus der Dose zu sich genommen. Hanne hatte nur Konserven im Haus gehabt und war davon geweckt worden, dass Harrymarry zum Kotzen über der Toilette hing.

»Meine Fresse, da' wa kös'lich«, hatte Harrymarry gesagt und sich mit dem Ärmel eines von Cecilies Schlafanzügen Kotzreste aus dem Gesicht gewischt.

Hanne hatte eine halbe Stunde zum Erklären der Grundregeln gebraucht: keine Drogen, kein Diebstahl, kein Herumwühlen in Schubläden und Schränken, abgesehen von denen in der Küche. Iss, was du findest und worauf du Lust hast, aber du solltest deinen Magen nicht überfordern. Als Hanne aus der Dusche kam, hatte Harrymarry breit und triumphierend gegrinst.

»Toller P'lover, Mensch.«

Der Pullover reichte ihr bis zu den Knien. Ihr Hals sah darin aus wie der eines Kükens, der aus einem riesigen Ei ragt. Hanne hatte den Pullover von Cecilie zum dreißigsten Geburtstag bekommen.

Hanne versuchte sich auf Severin Hegers Erläuterungen zu konzentrieren. In der Mittagspause würde sie in aller Eile zu Hause nach dem Rechten sehen müssen.

»Dafür kann es Erklärungen geben«, fuhr Severin fort; er stand neben dem Overheadprojektor und fuchtelte mit einem Filzstift herum. »Der Täter kann kleiner sein als Brede Ziegler, der eins zweiundachtzig groß war, oder ...« Er zeichnete eine Treppe. Auf die zweitunterste Stufe stellte er ein Strichmännchen. »... Ziegler kann auf der Treppe gestanden haben, der Täter dagegen hier unten.«

Ein weiteres Strichmännchen entstand, ausgerüstet mit einem Messer, das in Form und Größe eher an ein Schwert erinnerte.

»Was die Spuren angeht, so leiden die Funde darunter, dass ausgerechnet in der Mordnacht das mildere Wetter eingesetzt hat. Diese Treppe dient zwar keinem besonderen Zweck ...«

»Ja, wozu soll die eigentlich gut sein?«, fiel Silje Sørensen ihm ins Wort. »Ich muss zugeben, dass ich nicht mal gewusst habe, dass es sie gibt. Komisch eigentlich, dass wir hier eine Art Hintertreppe haben, die nie benutzt wird.«

»... aber sie wird offenbar emsig frequentiert«, beendete Severin seinen Satz, ohne auf sie einzugehen.

Silje presste sich den Diamantring an den Mund und starrte zu Boden.

»Hier steht eine Mauer«, sagte Severin und zeichnete die Treppe aus der Vogelperspektive. »Die kann natürlich Schutz bieten, wenn der Wind von hier weht ...« Er zeichnete einen Pfeil, der vom Åkebergvei her auf die Treppe wies. »Was aber nur selten der Fall ist, an der Stelle jedenfalls wimmelte es nur so von Fußspuren in allen Größen und Formen. Zum Beispiel haben die beiden Anwärter, die nachsehen wollten, ob wirklich ein Toter auf der Treppe lag, dem Tatort ihren Stempel aufgedrückt.«

Er verstummte und starrte ins Leere, als spiele er mit dem Gedanken, die Strafpredigt, die er den beiden Polizeianwärtern gehalten hatte, noch einmal zu wiederholen. Dann atmete er tief durch und schüttelte den Kopf.

»Hier und da gab es noch Schneeflecken, und die haben uns ein wenig weitergeholfen. Summa summarum ...«

Er fertigte eine neue Zeichnung an, diesmal von Schuhsohlen. Drei davon ließen sich nebeneinander auf dem Bogen unterbringen. In die erste schrieb er die Zahl 44, in die nächste 38 und in die letzte 42. Dann tippte er mit dem Filzstift die größte an.

»Das hier ist Zieglers Abdruck. Diese beiden ...« Er klatschte mit der Faust gegen die Leinwand und drehte sich zu den anderen um. »... sind vermutlich die frischesten Spuren in der Umgebung. Ein Damenschuh, Größe 38, und ein Stiefel, Größe 42, der vermutlich von einem Mann getragen wurde.«

»Einem kleinen Mann«, murmelte Billy T.

»Oder einem Jungen. Einem angehenden Mann.«

»Oder einer Frau mit großen Füßen.« Silje ließ ihren Blick gelassen von Billy T. zu Severin Heger wandern.

»Oder von einem Mädchen in geliehenem Schuhwerk«, sagte Klaus Veierød sauer. »Wer treibt sich denn in unserem Park rum? Nutten und anderes Pack. Die achten doch nicht darauf, dass alle Klamotten die richtige Größe haben.«

»Die Tiefe der Spuren lässt bei den Damenschuhen auf ein Körpergewicht von etwa siebzig Kilo schließen, bei den Stiefeln ist das Gewicht um einiges geringer. Zum Glück konnten wir beide Abdrücke mit denen von Brede Ziegler vergleichen.«

»Eine schwergewichtige, rundliche Frau«, folgerte Billy T., »und ein schmächtiger, leichtgewichtiger Mann. Witziges Paar.«

»Täter und Täterin? Ist jetzt plötzlich die Rede von zweien, die den Mord begangen haben?« Silje Sørensen schob sich die Haare hinter die Ohren.

»Hört ihr mir eigentlich nicht zu?« Severin Heger setzte sich und trommelte mit den Fingern auf die Tischplatte. »Der Tatort war total verwüstet, jede Menge Fußspuren, jede Menge Dreck. Wir wissen nicht einmal, ob diese Abdrücke überhaupt eine Rolle spielen. Aber aus dem vagen Gerede der Techniker ergibt sich immerhin, dass diese drei Fußspuren, die vom Abend des 5. Dezember stammen, am nächsten kommen. Das kann eine richtige Fährte sein. Oder auch genau die falsche.«

»Sind die Zeugen nach ihrer Schuhgröße gefragt worden?«

Hanne Wilhelmsen stellte die Frage in den Raum, wandte sich nicht direkt an jemanden. Niemand antwortete. Niemand schaute in ihre Richtung. Endlich schüttelte Karianne Holbeck langsam den Kopf und wurde rot. Billy T. hob die Hand, um Severin Heger zum Weiterreden zu veranlassen.

»Die wirklich aufsehenerregende Auskunft in diesem Fall haben wir ziemlich früh erhalten«, sagte Severin. »Auf Brede

Ziegler wurden zwei Anschläge verübt. Der eine, der Messerstich, hat ihn getötet. Aber auch der andere, die Vergiftung, hätte ihn möglicherweise umgebracht.«

Wieder erhob er sich, diesmal, um eine leere Schachtel Paracet aus seiner Hosentasche zu fischen. Er faltete sie auseinander und hielt sie hoch.

»Die liegen in den meisten norwegischen Wohnungen herum. Aber habt ihr je versucht, zwei Packungen auf einmal zu kaufen? Daraus wird nichts. Ihr bekommt nur eine. Das ist nämlich Gift, Leute. Wie ihr seht ...« Sein Zeigefinger tippte auf den schwarzen Text auf orangem Grund. »Fünfhundert Milligramm. So viel Paracetamol enthält jede Pille. Ich nehme immer zwei. Macht ein Gramm, nicht wahr?«

Die anderen nickten stumm, dieser Rechnung konnten sie immerhin folgen.

»Die wenigsten von uns lesen die Warnungen, die auf den Beipackzetteln von Medikamenten stehen. Dies also zu eurer Erbauung: ›Die angegebene Dosierung darf ohne Rücksprache mit einem Arzt nicht überschritten werden. Hohe Dosen oder die Einnahme über einen langen Zeitraum können zu schwerwiegenden Leberschäden führen.‹ Das kann man wohl sagen. Wer den Inhalt einer solchen Packung einwirft, also zwanzig Tabletten, kann krepieren. Insgesamt sind das zehn Gramm Paracetamol. Wenn ihr in eine zweite Apotheke geht und noch eine Packung ersteht, könnt ihr eurer Familie endgültig Lebewohl sagen. Wenn ihr das Ganze noch mit großen Mengen Alkohol oder anderen Rauschmitteln mischt, braucht ihr gar nicht so viel. Dann kommt ihr schon mit einer Packung sehr weit.«

»Wenn ihr nach Einnahme einer hohen Dosis von diesem Gift nicht ziemlich schnell behandelt werdet, ist es zu spät. Dann seid ihr tot. Brede Ziegler war mit Paracetamol vollgestopft worden und hatte noch dazu null Komma drei Promille. Das kann bedeuten, dass er irgendwann vorher ein Glas Wein getrunken hatte.«

»Was hat sich bei der Obduktion ergeben?«, fragte Hanne Wilhelmsen.

Severin antwortete nicht. Er schaute zu Billy T. hinüber.

»Soweit ich das überblicke«, sagte Hanne, »gibt nichts in Brede Zieglers Mageninhalt Anlass zu der Annahme, dass er kurz vor seinem Tod Alkohol getrunken hat. Was einen ziemlich logischen Schluss nahelegt. Er hat am Abend davor gewaltig einen losgemacht. Dermaßen heftig, dass er am Sonntagabend immer noch Promille hatte. Vielleicht war er mit anderen zusammen. Dem Mörder zum Beispiel. Oder der Mörderin. Ich kann mir nicht vorstellen, dass Brede Ziegler am Sonntagnachmittag oder Abend Wein getrunken hat. Er muss doch ziemliche Magenschmerzen gehabt haben. Wir können zwar davon ausgehen, dass Brede Ziegler mit Schmerzen ungewöhnlich gut umzugehen wusste, aber Wein trinken, wenn man Magenschmerzen hat? *Think not.* Wissen wir, was er am Samstagabend gemacht hat?«

Es war jetzt ganz still. Billy T. hatte noch nicht ein Mal in Hannes Richtung geblickt. Jetzt starrte er demonstrativ in die entgegengesetzte Richtung. Karianne Holbecks Gesicht nahm einen faszinierenden Lilaton an.

»Wir haben vor allem, also, vor allem, wir haben ...«

Sie schaute Hilfe suchend zu Billy T. hinüber. Der Hauptkommissar kratzte sich am Ohr und musterte die Schuhsohlen auf der Leinwand.

»Wir wissen noch nicht, wo Brede am Sonntagabend gewesen ist, ehe er ermordet wurde«, stammelte Karianne. »Wir haben uns auf diesen Abend konzentriert. Erst mal. Es ist ein Mysterium. Niemand hat ihn gesehen, niemand weiß, wo er war. Wir wissen nur, dass er um fünf vor acht seine Wohnung verlassen hat. Das war der Alarmanlage zu entnehmen. An dem Abend hat leider die Videoüberwachung nicht funktioniert. Es gab irgendwelche Probleme beim Einlegen der neuen Kassette, und deshalb wissen wir nicht, wer zwischen Sonntagnachmittag um fünf und dem späten Montagvormittag in Zieglers Haus ein und aus gegangen ist. Wir haben uns also auf den Sonntag konzentriert. Das liegt doch ... irgendwie näher, meine ich. Es ist wichtiger, festzustellen, was er am Sonntagnachmittag gemacht hat. Kurz vor seinem Tod.« Ihre Stimme wurde lauter und schlug bei »Tod« ins Falsett um. »Billy T.?«

Der konnte ihr nicht helfen.

»Der Körper braucht ungefähr eine Stunde, um null Komma eins bis null Komma fünfzehn Promille Alkohol im Blut zu verbrennen«, sagte Hanne gelassen.

Sie sollte hier keine Vorträge halten. Billy T. rutschte in seinem Sessel hin und her. Karianne mochte erröten, soviel sie wollte; sie war nicht dafür verantwortlich, dass diese Ermittlung dermaßen in den Teich ging. Schuld daran war Billy T.

»Es gibt natürlich Variationen«, fuhr Hanne fort. »Individuelle Verbrennungsgeschwindigkeit, Trinkfestigkeit und diese Dinge spielen auch eine Rolle. Die Vernehmungsprotokolle, die ich gelesen habe, machen es schwer, einen Eindruck von Brede Zieglers Verhältnis zum Alkohol zu gewinnen. Auf jeden Fall war er ein erwachsener Mann, und wir können davon ausgehen, dass er einiges vertragen hat. Sagen wir, dass er um fünf, ich meine, nur als Beispiel, dass er am Sonntagmorgen ...«

Sie legte den Kopf schräg und dachte nach. Silje Sørensen sah sie als Einzige an. Die anderen saßen da wie die Salzsäulen und schauten weg. Für einen Moment war sie nicht sicher, ob sie überhaupt zuhörten.

»Um fünf Uhr am Sonntagmorgen kann er zwei Komma fünf

Promille gehabt haben – mit anderen Worten: sternhagelvoll gewesen sein. Dann wäre er erst spät am Sonntagabend wieder promillefrei gewesen. Das untermauert die Theorie, Severin. Dass das Paracet ihn umgebracht hätte, meine ich. Und wir stehen als Trottel da, weil wir nicht festgestellt haben, was der Typ am Samstag und am Freitag und am Don- ... in der ganzen Woche vor seinem Tod so getrieben hat.«

Da niemand etwas sagte, warf sie alle Hemmungen über Bord und redete weiter:

»Wir können mehrere Szenarien entwerfen. Natürlich kann es sich um den bestgeplanten Mord in der Geschichte Norwegens handeln. Irgendwer hat Ziegler eine Menge Paracet eingetrichtert. Der Täter verliert die Geduld, weil eine Paracetamolvergiftung eben nicht sofort zum Tod führt, und ersticht Ziegler, um die Sache zu beschleunigen. Na gut.«

Sie ging zum Overheadprojektor und riss den Bogen mit den Schuhsohlen weg.

»Ihr könnt euch ja überlegen, wie wahrscheinlich ihr das findet. Ich selbst verwerfe diese Theorie sofort. Sie ist einfach zu blöd. Diese Mischung von klarer Planung und fast kindlicher Ungeduld überzeugt einfach nicht. Wenn wir aber ... «

Silje Sørensen lächelte. Hanne richtete den Blick auf ihren Mund. Sie spürte, wie Wut in ihr aufstieg. Dass Billy T. mehr als Grund genug hatte, ihr böse zu sein, war das eine. Etwas ganz anderes war, dass er offenbar die gesamte Truppe gegen sie aufgebracht hatte. Nur Silje schien dagegen immun gewesen zu sein. Ihr Lächeln brachte eine Mischung aus echtem Interesse und etwas zum Ausdruck, das Ähnlichkeit mit Bewunderung hatte. Hanne zeichnete zwei geschlechtslose Figuren auf die nächste Folie.

»Es ist an sich schon ziemlich aufsehenerregend, dass zwei

Menschen gleichzeitig Zieglers Tod beschlossen hatten. Aber wenn wir den hohen Bekanntheitsgrad dieses Mannes in Betracht ziehen und an die vielen Elendsgestalten denken, die überall dort am Straßenrand liegen geblieben sind, wo dieser Koch sein Unwesen getrieben hat ... « Sie unterbrach sich und schnippte mit den Fingern der linken Hand. »Hallo. Hal-lo!«

Noch immer war Silje die Einzige, die sie ansah. Hanne ließ die Sekunden verstreichen. Endlich wandte Severin Heger ihr das Gesicht zu. Doch niemand folgte seinem Beispiel.

»Alles klar«, sagte Hanne Wilhelmsen verärgert. »Mach du weiter, Billy T. Ich halte die Klappe.«

Sie brauchte Zeit, um sich wieder zu setzen. Als sie am Ende des Tisches angekommen war, isoliert, drei leere Stühle weit von Klaus Veierød entfernt, verschränkte sie die Arme und musterte Billy T. aus zusammengekniffenen Augen.

»Na los«, sagte Severin Heger mit aufgesetzter Munterkeit. »Dann wollen wir uns unsere Verdächtigen mal genauer ansehen.«

»Aber du, Annmari«, meldete Silje sich zu Wort und zwang damit die Juristin, sich für einen Moment von ihren Notizen loszureißen. »Wenn Hanne recht hat und zwei verschiedene Täter am Werk waren ... kann dann der, der Ziegler vergiftet hat, wegen Mordes verurteilt werden? Brede Ziegler ist an dem Messerstich gestorben, also wäre die Vergiftung nur versuchter Mord, oder ... «

»Die juristischen Feinheiten können wir später klären«, fiel Billy T. ihr ins Wort. »Klaus! Weißt du inzwischen, ob jemand ein Messer vermisst, so ein Masa... Masa-irgendwie?«

»Aber sollten wir nicht zuerst«, Silje machte noch einen Versuch, »sollten wir uns nicht erst mal die Verdächtigen ansehen und ... «

»Also, was weißt du?«

Billy T. nickte Klaus Veierød zu, doch der schüttelte den Kopf und fühlte sich offenbar sehr wenig wohl in seiner Haut.

»Bisher scheint niemand so ein Messer zu vermissen. Jedenfalls niemand im *Entré*. Ich habe mich außerdem in elf anderen Restaurants erkundigt. Nix. Alles deutet darauf hin, dass es sich bei der Mordwaffe tatsächlich um das Messer handelt, das Brede Ziegler am Samstag gekauft hat. Aber wir dürfen nicht vergessen, dass alle möglichen Leute solche Messer besitzen. Die Dinger werden frei verkauft. Sie sind verdammt teuer, aber überall erhältlich.«

»Wir haben also ein Gift, das in jeder Wohnung herumliegt, und ein frei verkäufliches Messer«, sagte Billy T. missmutig. »Klasse. Gibt's noch andere, die wertvolle Informationen mit mir teilen können?«

Severin legte ihm eine Hand auf die Schulter. Billy T. schüttelte sie ab.

»Wir können uns die Verdächtigen ansehen«, sagte Severin noch einmal und zeichnete drei Rubriken auf die Folie unter dem Projektor. »Vilde. V-i-l-d-e.«

»Ihr geht so langsam auf, dass sie ein kleines Vermögen erbt«, sagte Karianne Holbeck. »Die kleine Witwe hat sich an eine Anwältin gewandt, und offenbar stimmt mit dieser firmeninternen Abmachung, über die wir gesprochen haben, irgendwas nicht. Vilde hat offenbar größere Ansprüche, als uns klar war.«

»Weiß ich«, sagte Billy T. »Ich habe mit Claudio Gagliostro gesprochen, und er ...«

»Ich hatte Vilde das mit der Anwältin geraten«, fügte Karianne leise hinzu. »Sie war so verzweifelt und ...«

»Vielleicht könntest du warten, bis du trocken hinter den Ohren bist, ehe du mit Ratschlägen um dich wirfst«, sagte Billy T. »Anwälte sind verdammt noch mal das Letzte, was wir in diesem

Fall brauchen können. Außerdem habe ich schon mit Karen Borg gesprochen.«

Als er den Namen nannte, schaute er Hanne Wilhelmsen zum ersten Mal an, mit unverhohlenem Triumph; er war nicht der Einzige aus ihrem alten Kreis, der nichts mehr mit ihr zu tun haben wollte. Genau genommen hatte er Hanne gar nicht erwähnt, die alte Clique redete schon lange nicht mehr über ihr Verschwinden. Karen hatte keine Ahnung, dass Hanne wieder in Norwegen war.

»Sie hat mir dasselbe Mantra serviert wie alle anderen Zeugen in diesem Fall. *Schweigepflicht.*«

Er verzog angeekelt den Mund. Sein Schnurrbart war in den letzten Tagen deutlicher geworden; Hanne fiel auf, dass er jetzt einen grauen Streifen unter der Nase hatte.

»Alles in allem können wir also sagen, dass Vilde Veierland Ziegler den ganzen Kram erbt. Die unversteuerte Erbsumme, wie Anwältin Borg das nennt, wird ziemlich groß ausfallen.«

»Gut, gut. Das wäre also die Verdächtige Nummer eins.« Severin Heger malte hinter Vildes Namen ein Ausrufezeichen. »Motiv? Ja. Alibi?«

»Sie sagt, sie war mit einer Freundin in der Stadt unterwegs«, teilte Karianne mit. »Und das hat sich bestätigt. Sie sind kurz vor neun im *Smuget* aufgetaucht und bis gegen Mitternacht dort geblieben. Danach waren sie noch im *Tostrupkjeller*. Die Freundin ist um zehn vor eins gegangen, da war Vilde noch in dem Lokal.«

»Schön«, sagte Severin wenig begeistert. »Sie hat also ein Alibi. Und haben wir das wirklich genau überprüft?«

»Was heißt schon genau?«, erwiderte Karianne und kritzelte wütend auf einem leeren Blatt herum. »Ich habe mit der Freundin gesprochen, und sie hat alles bestätigt.«

»Bestätigt«, brüllte Billy T. »Was zum Teufel bedeutet das?

Hast du diese Freundin, diese ... *angebliche* Freundin, zur Vernehmung bestellt?«

»Ich habe mit ihr telefoniert.«

»*Telefoniert?*«

Karianne warf ihren Kugelschreiber auf den Tisch und brüllte zurück: »Jetzt mach aber mal einen Punkt, Billy T.! Hör auf, mit mir zu reden, als wäre ich mittelmäßiger Dreck, den du mit dir rumschleppen musst! Es wäre vielleicht für uns alle einfacher, wenn wir einen Chef hätten, der seine Arbeit beherrscht. Hast du zum Beispiel vor dieser Besprechung schon mal irgendwem gegenüber verlauten lassen, dass du mit Karen Borg gesprochen hast? Du erwähnst ganz nebenbei eine Vernehmung von Gagliostro, aber *wo steckt das Protokoll?* In meinen Unterlagen taucht es jedenfalls nicht auf. Auch von deinem Bericht über deinen und Severins Besuch in der Niels Juels gate habe ich noch nichts gesehen. Hast du mir auch nur einen Grund geliefert, meine Ermittlungen auf ein mageres Mädchen zu konzentrieren, bei dem bisher keiner von uns ein anderes Motiv finden konnte als den unklaren Wert einer mit Hypotheken belasteten Wohnung? Du kümmerst dich nur um deinen eigenen Kram und interessierst dich kein bisschen für das, was wir anderen herausfinden. Gestern zum Beispiel ...«

Jetzt wandte sie sich an die anderen, als wolle sie vor einer Sekte für missratene Polizeiangehörige Zeugnis ablegen.

»... hat meine Gruppe festgestellt, dass dieses Bild von Alexander Schultz, das der gute Sohn aus ästhetischen Gründen entfernt hatte – wofür die Mama noch heute dankbar ist –, später im Auktionshaus Blomquist verkauft worden ist. Für hundertneunzigtausend Kronen. Von Brede Ziegler. Den Bericht habe ich dir hingelegt, aber er war dir nicht mal einen Kommentar wert. Toller Chef, tolle Inspiration, meine Güte.«

Sie starrte Billy T. wütend an und war nicht mehr rot. Ihre Wangen waren bleich wie Papier, ihre Augen glänzten. Ihr Mund zitterte heftig, als könne sie jeden Moment in Tränen ausbrechen. Aber sie redete weiter. Ihr Zornesausbruch war nicht nur eine Reaktion auf das schroffe Verhalten, das der Hauptkommissar in der vergangenen Stunde an den Tag gelegt hatte. Billy T. führte sich seit über einem halben Jahr auf wie ein Mistkerl, und Karianne Holbeck hatte das gründlich satt.

»Diese ganze Ermittlung ist ein Skandal! Das weiß ich, und du weißt es auch. Alle hier im Raum wissen das. Und verdammt noch mal, bald wird alle Welt es wissen. Liest du Zeitungen, Billy T.?«

Karianne Holbeck fluchen zu hören, war ebenso schockierend wie die Tatsache, dass sie vor aller Ohren einen Vorgesetzten zusammenstauchte. Severin Heger war die Kinnlade heruntergeklappt. Klaus Veierød scharrte mit den Füßen und kratzte an einer auffälligen Warze an seinem linken Daumen herum. Die Warze fing an zu bluten. Silje Sørensen rümpfte die Nase und schaute mit leichter Schadenfreude zu Hanne Wilhelmsen hinüber, die nach wie vor mit verschränkten Armen dasaß und kein Wort sagte. Annmari Skar sah aus, als würde sie am liebsten ihre Papiere zusammenraffen und verschwinden. Die Übrigen hatten die Köpfe gesenkt und warteten darauf, dass der Sturm sich legte.

»Offenbar nicht«, fauchte Karianne und hielt die *VG* des Tages hoch.

Die gesamte erste Seite wurde vom Zitat einer »gut informierten Quelle bei der Polizei« eingenommen: »Wir tappen im Dunkeln.«

»Die verarschen uns. Wirklich, *sie verarschen uns*. Und das mit gutem Grund, wenn du mich fragst.«

Atemlos und leichenblass ließ Karianne sich auf ihren Stuhl sinken.

Hanne Wilhelmsen war die Einzige, die Billy T. anblickte. Sein Gesicht und seine Schultern hatten eine schlaffe Alterszulage bekommen. Die Schultern waren runder, der Brustkasten schien unter dem etwas zu engen Pullover seltsamerweise weniger vor Kraft zu strotzen. Sie versuchte, seinen Blick einzufangen, wie sie es immer gemacht hatte, damals, als alles so gewesen war, wie es sein sollte, und sie nach der Devise gelebt hatten: Allein machen sie uns ein, gemeinsam sind wir unausstehlich. Sie wollte einen Waffenstillstand. Sie wollte mehr und wusste, dass das nicht möglich war, aber ein Waffenstillstand würde ihnen beiden helfen, ihm auf jeden Fall. Hier und jetzt war es so, dass er sie brauchte. Er sah nirgendwohin, er starrte nur ins Leere, umgeben von einer Stille, die für einen Raum, in dem zehn Ermittler und eine Polizeijuristin versuchten, eine längst aus den Fugen geratene Untersuchung in den Griff zu bekommen, verblüffend war. Der Mord an Brede Ziegler lag zehn Tage zurück und würde niemals aufgeklärt werden. Nicht auf diese Weise. Nicht unter Billy T.s schwankendem Regime. Hanne Wilhelmsen war die Einzige, die Billy T. ansah. Doch er hob nicht den Blick, um ihrem zu begegnen.

Dreißig Sekunden verstrichen, eine Minute verstrich.

Hanne erhob sich langsam. Sie ging hinter Severin Heger, Klaus Veierød und Billy T. vorbei, dicht an der Wand entlang, um keinen von ihnen zu berühren. Dann beugte sie sich zu Silje Sørensens Ohr hinunter. Die junge Polizistin hörte aufmerksam zu, nickte, sprang auf und rannte davon. Die Tür fiel krachend ins Schloss, und dieses Geräusch zerschnitt die drückende Stille und brachte alle dazu, die Augen zu schließen. Als sie sie wieder öffneten, saß Hanne oben am Tisch auf einer Stuhllehne und hatte die Füße auf den Sitz gestellt; ihre Ellbogen ruhten auf den Knien, und sie starrte Severin Heger an.

»Ich bin alle Unterlagen zu diesem Fall durchgegangen«, sagte sie leise. »Habe alle Vernehmungsprotokolle gelesen, alle Berichte, bin alle Listen durchgegangen. Mein eigener Bericht ist Anlage 16-2. Und wenn ich das jetzt sage, dann nicht, um irgendwem Vorwürfe zu machen. Sondern um euch aufzumuntern. Hier ist sehr viel gute Polizeiarbeit geleistet worden. Das, was an Fehlern passiert ist, oder ...«

Die Stuhllehne knackte, aber sie blieb sitzen. Sie formte mit den Händen einen Kreis und hielt ihn sich vors Gesicht.

»Das Problem ist der *Fokus*. Dieser Fall unterscheidet sich von allen anderen. Was ja eigentlich für jeden Fall gilt.«

Sie lächelte, erntete aber keinerlei Reaktion. »Ihr ... wir haben uns auf das Motiv konzentriert. Meistens ist das auch richtig so. Aber bei einem Fall, wo wir an jeder Ecke über gute Motive stolpern, wäre es vielleicht ratsam, den Fokus zu verlagern. Statt zu fragen: *Warum?*, um die Antwort auf: *Wer?* zu erhalten, sollten wir fragen: *Warum gerade dort?* Dann nähern wir uns der gesuchten Antwort aus einem anderen Einfallswinkel.«

»Hä?« Karl Sommarøy nuckelte an seiner kalten Pfeife und legte das Messer weg, mit dem er normalerweise herumspielte.

»Wir sollten uns fragen: Warum wurde Brede Ziegler hinter der Wache ermordet? Was wollte er dort? Nichts deutet darauf hin, dass er dorthin gebracht worden ist, als er schon tot war. Er ist genau an der Stelle ums Leben gekommen. Auf der Hintertreppe der Wache. Er ist dorthin gegangen, durch einen Park, in den die wenigsten von uns nach Einbruch der Dunkelheit auch nur einen Fuß setzen würden; er hat sich an einem späten Sonntagabend, an dem er aller Wahrscheinlichkeit nach unter argen Magenschmerzen litt, in diesen Park begeben. Ist das nicht verdammt *seltsam*?«

Karianne Holbeck kapitulierte als Nächste. Sie runzelte die Stirn und legte den Kopf schräg. »Seltsam, das schon ... aber es gibt sicher eine logische Erklärung dafür – wenn wir erst wissen, wer ihn ermordet hat. Meinst du nicht?«

»Sicher!«

Hanne klatschte leicht in die Hände, wie in schlecht verhohlener Freude darüber, dass sie endlich ein Publikum hatte. Zu Billy T. sah sie nicht mehr hinüber.

»Dieser Brede«, sagte sie dann und sprang auf den Boden, »ist ein Mann ... ein Mann ohne Echo.«

»Ohne Echo?« Karianne schüttelte verständnislos den Kopf.

»Ja! Das ist offensichtlich, Karianne. Denk doch mal nach! Du warst für die Koordinierung der Zeugenvernehmungen verantwortlich, und das hast du ja auch ziemlich gut gemacht, aber du musst ... « Sie beugte sich über den Tisch zu Karianne vor und senkte die Stimme. »... die Ganzheit sehen. Du bist frustriert, weil du *keine Ganzheit findest*. Alles klafft auseinander. Einige haben Ziegler verehrt. Andere haben ihn verachtet. Er wurde gehasst und bewundert. Einzelne beschreiben ihn als zynisch, versoffen und boshaft. Andere als kultiviert, gebildet und tüchtig. Du hast dich darin vergraben und dich davon frustrieren lassen. Heb lieber den Blick! Was für ein Profil sehen wir hier wirklich? Einen Mann ohne Resonanzboden! Einen Mann, der ..., wenn du ihm etwas zurufst, erhältst du ... «

»... keine Antwort«, sagte Klaus Veierød nachdenklich. »Aber das bringt uns der Antwort auf die Frage, was zum Teufel dieser Bursche an einem späten und kalten Sonntagabend auf unserer Hintertreppe zu suchen hatte, wohl kaum näher.«

»Vielleicht nicht«, sagte Hanne. »Vielleicht aber doch. Mir geht es vor allem darum, dass wir jetzt eine Schlussfolgerung ziehen sollten. Auf jeden Fall in der Frage, was dieser berühmte

Koch eigentlich für ein Mensch war. Wie nennen wir jemanden, der so unterschiedlich beurteilt wird wie Brede Ziegler?«

Sie blickte in die Runde und machte eine erwartungsvolle Handbewegung.

»Spannend«, sagte Karianne vorsichtig, und Hanne zuckte mit den Schultern.

»Psychopath«, fügte Severin Heger in fragendem Tonfall hinzu.

»Unberechenbar«, erklärte Klaus Veierød, eifriger jetzt. Zum ersten Mal während dieser Besprechung machte er sich Notizen.

»Unvorhersagbar«, schlug ein Anwärter vor, der noch kein Wort gesagt, kürzlich aber einen Kurs in Psychologie absolviert hatte.

»Worauf willst du hinaus, Hanne?« Annmari Skar betrachtete sie aus zusammengekniffenen Augen.

»Darauf«, sagte Hanne, drehte sich zum Overheadprojektor um und zeigte noch einmal Severins Zeichnung der Hintertreppe von oben. »Ich will darauf hinaus, dass Brede Ziegler so spät an einem Sonntagabend niemals hergekommen wäre, wenn es nicht in seinem Interesse gelegen hätte. Offenbar war er ein Mann, der nichts unternommen hat, was nicht in seinem Interesse war. Die Leute, die sich lobend über ihn äußern, sind Menschen, deren Wohlwollen ihm etwas eingebracht hat. Wenn wir uns überlegen, dass der Mann aller Wahrscheinlichkeit nach Schmerzen hatte, vielleicht keine ganz schlimmen, aber trotzdem ... auf irgendeine Weise muss es für ihn wichtig gewesen sein, sich auf dieser Treppe einzufinden. Er muss eine Verabredung gehabt haben. Er wollte dort jemanden treffen.«

Alle fuhren herum, als Silje Sørensen zurückkam, atemlos und mit einer Plastiktüte, die sie Hanne hinhielt.

»Nachher«, sagte Hanne lächelnd. »Setz dich solange.«

»Brede Ziegler könnte auch unter Druck gestanden haben«, sagte Klaus Veierød. »Ist das nicht wahrscheinlicher? Irgendwer kann ihn gezwungen haben, an diesen Ort zu kommen, entweder direkt, mit vorgehaltener Waffe, oder indirekt, weil er etwas über ihn wusste. Vielleicht ging es um Erpressung?«

Hanne zog einen weiten Kreis um die Zeichnung der Treppe, drehte sich zu Klaus um und steckte die Kappe auf den Filzstift.

»Das stimmt«, sagte sie langsam. »Er kann gezwungen worden sein. Aber wohl kaum mit einer Waffe. Sein Wagen stand in der Sverres gate. Dass jemand ihn gezwungen haben soll, zunächst ein gutes Stück vom Park entfernt eine Parknische anzusteuern und dann den ganzen Weg zur Treppe zurückzulegen, ohne dass irgendwer etwas gehört, gesehen, etwas bemerkt hat … tja. Aber du hast natürlich recht. Er kann auch auf andere Weise unter Druck gesetzt worden sein. Mit Drohungen, dass er einfach kommen müsste, sonst … das Übliche. Was meine Haupttheorie aber nicht ins Wanken bringt: Er wollte jemanden treffen. Er hatte eine Verabredung, die einzuhalten ihm sehr wichtig war. Und hört mal … Gib mir bitte mal meine Unterlagen, ja?«

Sie sprach an Billy T. vorbei. Der Hauptkommissar starrte noch immer auf etwas, das die anderen nicht sehen konnten, aber immerhin war er noch nicht gegangen. Klaus Veierød holte den dicken Dokumentenstapel und reichte ihn am Tisch weiter.

»Hier«, sagte Hanne und zog einen Bogen heraus. »Mein Bericht über den Besuch in der Niels Juels gate. Ist dir im Badezimmer etwas aufgefallen, Severin?«

»Im Badezimmer?« Severin dachte nach und nahm seine Brille ab. »Ich … wir waren nicht im Badezimmer. Da kamen Leute vom Wachdienst und …«

»Ich war jedenfalls im Badezimmer«, fiel Hanne ihm ins Wort. »Und habe eine ungewöhnlich gut eingerichtete, riesige

Nasszelle vorgefunden, in der einfach nichts Interessantes aufzutreiben war. Keine Medikamente. Nur Zahnpasta, Rasiersachen. *Eine* Zahnbürste. Auf die komme ich noch zurück. Aber die Wand, Leute, die Wand über der Badewanne, die war alles andere als alltäglich.«

Endlich schaute Billy T. zu ihr herüber, und das versetzte ihr einen Stich. Er versuchte, seine desinteressierte, gleichgültige Miene beizubehalten. Zugleich aber gab er sich Mühe, die Stirn so heftig zu runzeln, dass seine Augen nicht zu sehen waren, und dadurch sah er aus wie ein beleidigter kleiner Bengel.

»An der Wand prangt ein prachtvolles Mosaik. Und zwar eine Miniaturkopie der Fassade der Moschee im Åkebergvei. Eine absolut perfekte Kopie. Ich habe ein Foto gemacht und beides verglichen. Das Badezimmermosaik ähnelt dem an der Moschee wie ein Ei dem anderen. Soweit ich das beurteilen kann, zumindest.«

»Ja und?« Karl Sommarøy riss den Mund auf und umschloss sein winziges Kinn mit Daumen und Zeigefinger.

»Richtig«, sagte Karianne leise; sie schien sich nach ihrem heftigen Ausbruch ein wenig gefasst zu haben. »Was hat das mit unserem Fall zu tun?«

»Vielleicht nichts. Vielleicht ist es ein Zufall, dass der Mann nur fünfzig Meter vom Original seines Badezimmerbildes entfernt umgebracht worden ist. Aber andererseits: vielleicht auch nicht.« Sie stemmte die Handflächen auf die Tischplatte und redete weiter; ihr Ton war jetzt anders, intensiver, werbender. »Brede Ziegler war ein Prahlhans. Ein eitler, seichter und überaus tüchtiger Prahlhans. Hätte ich ihn zu seinen Lebzeiten besucht, dann hätte ich diese Badezimmerwand einfach nur angestaunt. Ich hätte mich in Begeisterungsstürmen darüber ergangen. Und vielleicht hat das ja wirklich jemand getan. Vielleicht wollte er das Original vorführen, weil das ... «

Jetzt hatte sie die anderen wieder verloren. Karianne hatte die Augen gesenkt, Severin seine Brille endgültig weggelegt. Klaus warf den Kugelschreiber hin und starrte auf die Uhr.

»Gut«, sagte Hanne Wilhelmsen und versuchte ein Lächeln, spürte aber, dass nur eine unschöne Grimasse dabei herauskam. »Lassen wir das erst mal. In der Wohnung ist mir allerdings noch etwas aufgefallen. Severin, was ist deiner Meinung nach das Auffälligste daran?«

»Dass sie so elegant ist, natürlich. Unpersönlich, aber elegant. Der Typ war krankhaft promifixiert. Und nicht sonderlich in seine Frau verliebt.« Er grinste breit. »Jedenfalls durfte sie in der Bude nicht gerade viele Spuren hinterlassen.«

»Genau!« Hanne kletterte wieder auf die Stuhllehne, wippte hin und her und tippte mit den Stiefelspitzen gegen die Tischkante. »Nur eine Zahnbürste. Kein Parfüm, kein Lady Shave. Ein nicht bezogenes Bett, sorgfältig gemacht wie in einem Hotel, in dem die Gäste erst in einer Woche erwartet werden. Vilde hat, unseren Unterlagen zufolge, um fünf Uhr morgens vom Tod ihres Mannes erfahren – sie müsste noch das Bett abgezogen haben, ehe sie zum Bahnhof gerannt ist, um den ersten Zug nach Hamar zu erwischen.«

»Du fällst bestimmt gleich um«, sagte Silje Sørensen. »Es macht mich ganz nervös, dich so da sitzen zu sehen.«

»Wie habt ihr Vilde eigentlich ausfindig gemacht, Karianne?«

»Ich habe zuerst die Privatnummer angerufen. Da meldete sich niemand. Dann habe ich es mit ihrer Handynummer probiert. Sie war gleich am Apparat, klang ziemlich schlaftrunken. Ich habe gesagt, dass ich gern mit ihr über eine ernste Angelegenheit sprechen würde und dass wir in einer halben Stunde in der Niels Juels gate sein könnten. Dann musste ich erst noch einen Geistlichen holen, und deshalb hat es wohl eher eine Stunde gedauert, bis wir uns auf den Weg machen konnten. Als wir hinkamen, war sie hellwach und hatte sich angezogen.«

»Und warum hatte sie beim ersten Anruf nicht reagiert?«

Kariannes Blick irrte umher. »Vielleicht hat sie das Klingeln nicht gehört. Sie war abends in der Kneipe gewesen. Sie schlief. War müde.«

»Oder sie war ganz einfach nicht in der Wohnung«, sagte Hanne leise. »Ich glaube, dass sie anderswo wohnt. In der Niels Juels gate jedenfalls nicht. Es gibt auf der ganzen Welt keine Frau, die in einer Wohnung so wenige Spuren hinterlassen würde.«

Billy T. bewegte sich. Er drehte den Kopf hin und her, wie jemand, der eben erst aufgewacht ist. Er kratzte sich am Kinn und öffnete mehrere Male den Mund, als wolle er etwas sagen, wisse aber nicht so recht, was.

»Die Luft hier drinnen ist schrecklich«, sagte Hanne. »Wir könnten eine Pause machen. Aber vorher ... ich würde euch gern etwas zeigen. Wenn es dir recht ist, Billy T.?«

Er sah sie nicht an, nickte aber kurz.

Hanne gab Silje ein Zeichen, und die schüttete den Inhalt der Plastiktüte auf den Tisch. Alle beugten sich vor, um die Gegenstände zu betrachten. Jeder für sich war sorgfältig in einer Tüte mit Druckverschluss verstaut.

»Das alles wurde am Tatort gefunden«, sagte Silje. »Einige Fundstücke sind noch bei der Technik, die Kippen zum Beispiel. Deshalb habe ich einfach einen Aschenbecher geleert. Der Illusion wegen, meine ich.«

Hanne lachte kurz und berührte Siljes Arm aufmunternd mit den Fingern. Silje lächelte breit und schielte zu den anderen hinüber, um festzustellen, ob die diese Auszeichnung registriert hatten.

»Kims Spiel, sozusagen. Was fällt euch hieran auf?«

»Bierdosen«, murmelte Karl und machte sich an einer Tüte zu schaffen. »Ein Eispapier aus dem Sommer. Kippen. Kondome. Ein Taschentuch. Benutzt und verdreckt.«

»Das Geschenkpapier«, sagte Karianne laut. »Das Geschenkpapier passt nicht zu den anderen Fundstücken. Es sieht auch nicht verblichen aus.«

»Jetzt machen wir endlich Pause.«

Alle fuhren zu Billy T. herum.

»Aber wir …«

»Wir hören jetzt auf. Wir sitzen seit drei Stunden in dieser Bude. Hier bekommt man ja kaum noch Luft.«

Karianne fragte, wann die Besprechung fortgesetzt werden solle.

»Morgen«, erklärte Billy T. »Ich sage noch genauer Bescheid.«

Dann ging er. Er kehrte ihnen den Rücken und schlurfte aus dem Raum. Die anderen sammelten Unterlagen und leere Limoflaschen ein. Silje packte die Fundstücke vom Tatort wieder in die Plastiktüte, und Karl verabredete sich mit Klaus und Karianne zum Mittagessen.

Sie hatten die losen Fäden nicht zusammengeführt. Sie hatten keine Aufgaben verteilt. Sie hatten gerade erst angefangen, sich das Material, das sich in zehn Tagen stockender Ermittlungen angesammelt hatte, genauer anzusehen. Hanne dachte an die Drohbriefe, an Gagliostro und Sindre Sand. Sie hatten nicht einmal die kuriose Tatsache erwähnt, dass Brede Ziegler mehr als sechzehntausend Kronen in der Brieftasche gehabt hatte. Sie dachte an Harrymarry. Die Götter mochten wissen, was die gerade anstellte.

Silje ließ sich Zeit. Die Fundstücke wurden so behutsam in der Plastiktüte aufeinandergestapelt, als ob es sich um Eier handelte.

»Wir sind eigentlich nicht fertig geworden«, sagte sie. »Wir haben noch nicht einmal das Thema ... «

»Nein«, warf Hanne Wilhelmsen ein und zog ein Gummi über ihre Unterlagen, ehe sie sie in eine Posttasche aus den Siebzigerjahren schob. »Das haben wir nicht. Bei Weitem nicht. Aber das hat Billy T. zu entscheiden. Er ist hier der Hauptkommissar.«

»Das solltest aber du sein«, flüsterte Silje.

Hanne tat, als habe sie das nicht gehört. Sie musste nach Hause und nachsehen, ob ihre Wohnung noch vorhanden war. Sie hätte Billy T. von ihrem neuen Logiergast erzählen sollen. Das hatte sie auch vorgehabt, aber es war unmöglich gewesen. Und jetzt würde es noch schwieriger werden.

VERNEHMUNG VON IDUN FRANCK

Vernehmung durchgeführt von Hauptkommissarin Hanne Wilhelmsen. Abgeschrieben von Sekretärin Beate Steinsholt. Von dieser Vernehmung existiert ein Band. Die Vernehmung wurde am Mittwoch, dem 15. Dezember 1999, um 15.30 auf der Osloer Hauptwache aufgezeichnet.

Zeugin: Franck, Idun,

Personenkennnummer 060545 32033

Wohnhaft: Myklegardsgate 12, 0656 Oslo

Arbeitsplatz: Verlag, Mariboesgt. 13, Oslo

Telefon privat: 22 68 39 90, dienstlich: 22 98 53 56

Über ihre Pflichten belehrt, aussagebereit. Die Zeugin weiß, dass die Vernehmung auf Band aufgenommen und später ins Protokoll überführt werden wird.

PROTOKOLLANTIN:

Die Personalia hätten wir also. Ich sehe, dass Sie zu den Jüngsten gehören, die sich als Kriegskinder bezeichnen können.

ZEUGIN:

Wie bitte?

PROTOKOLLANTIN:

Sie sind zwei Tage vor Kriegsende geboren. Ihre Säuglingszeit ist jugendamtlich sicher nicht ganz korrekt verlaufen. *(lacht)*

ZEUGIN:

Kommt das auch ins Protokoll?

PROTOKOLLANTIN:

Alles kommt ins Protokoll, Großes, Kleines, Wichtiges und Unwichtiges. Deswegen benutzen wir ja ein Tonbandgerät. Damit wir später noch feststellen können, was gesagt worden ist, und nicht nur das lesen, was die Polizei selbst im Protokoll zu sehen wünscht. *(Pause)* Bisher habe ich also dokumentiert, dass ich versuche, mit einer Zeugin ein wenig freundlich zu plaudern. Stört Sie das?

ZEUGIN:

(räuspert sich) Nein ... Verzeihung, so war das nicht gemeint. Es hat mich nur überrascht, dass hier plötzlich vom Krieg die Rede war *(lacht kurz)*. Als ich klein war, wurde alles in »vor dem Krieg« und »nach dem Krieg« eingeteilt. Der Krieg war die große Zeitscheide, und ich fand es seltsam, dass Sie auch so denken, 1999, meine ich. Aber Sie haben mich sicher nicht wegen meines Geburtsdatums hergebeten, oder?

PROTOKOLLANTIN:

Nein, natürlich nicht. Das ist überhaupt noch keine offizielle Vernehmung. Sie haben ja schon einmal mit einem Kollegen gesprochen. Uns liegt ein Bericht über Ihre Unterhaltung mit Hauptkommissar Billy T. vor *(raschelt mit Papier)*.

ZEUGIN:

Er hat also einen Dienstgrad, wenn er schon keinen Nachnamen besitzt. Und das da ist der Bericht? Dann wissen Sie sicher auch, dass ich eigentlich nicht viel über Brede Ziegler erzählen kann. Ich nehme das mit dem Quellenschutz wirklich genau. Sie haben doch sicher meine Begründung gelesen, oder soll ich sie noch einmal wiederholen, so rein formell? Dann möchte ich darauf hinweisen, dass ich mit dem Verlagsleiter gesprochen habe und dass der ...

PROTOKOLLANTIN *(UNTERBRICHT)*:

Nein, das brauchen Sie nicht zu wiederholen. Das steht ja alles hier im Bericht. *(Räuspern, heftiges Niesen, Naseputzen)* Verzeihung, aber das liegt an der Jahreszeit. Möchten Sie ein Pfefferminz? Wo waren wir ... doch. Was Sie da gesagt haben, darüber, dass ein Koch als Quelle für ein Kochbuch beschützt werden muss, ist schon etwas Besonderes. Wir haben hier im Haus darüber auch unsere Witze gemacht. Dass wir uns darauf freuen, die geheimen Rezepte im Buch nachlesen zu können, meine ich. Aber was ich sagen wollte, ist, dass wir beschlossen haben, Ihren Standpunkt zum Thema Quellenschutz vorerst zu akzeptieren. Wir sind nicht sicher, ob Sie recht haben, aber darum kümmert sich eine Juristin. Wir werden darauf zurückkommen. Heute lassen wir alles aus, was Sie in Ihrer Eigenschaft als Lektorin von Brede Ziegler erfahren haben könnten. Darauf kommen wir eventuell später noch zurück, wenn die juristische Lage klar ist. Aber was mich interessieren würde, ist ... *(kurze Pause)*. Sagen Sie, haben Sie Jura studiert?

ZEUGIN:

Was?

PROTOKOLLANTIN:

Haben Sie Jura studiert?

ZEUGIN:

Nein, natürlich nicht. Ich bin Philologin, ich habe Literaturwissenschaft, Ethnologie und Englisch studiert.

PROTOKOLLANTIN:

Ach. Ethnologie. Das ist doch Märchenforschung oder

so was? *(Pause)* Interessant. Aber dann möchte ich doch wissen, woher Sie Ihre juristischen Kenntnisse haben, Sie wissen schon, alles, was Sie bei Ihrem Gespräch mit Billy T. angeführt haben. Den Paragrafen 125 des Strafgesetzbuches und die Europäische Menschenrechtskommission und so weiter. Während der letzten Tage habe ich alle Juristen, die mir über den Weg gelaufen sind, nach diesem Paragrafen gefragt, und keiner wusste, wovon ich da rede. Wo haben Sie das alles gelernt?

ZEUGIN:

Ja, ähm, na ja *(lacht kurz)*. Ja, wissen Sie, ich verstehe ja, was Sie meinen. Vielleicht ist das wirklich ein wenig seltsam. Aber ich habe einen guten Freund, mit dem ich ab und zu essen gehe, und der ist Anwalt und Spezialist für Verleumdungsklagen und solche Dinge. Er vertritt viele Zeitungen. Wir haben über solche Fragen gesprochen. Und dabei habe ich eben dies und das gelernt.

PROTOKOLLANTIN:

Beeindruckend präzise Kenntnisse. Haben Sie die schon lange?

ZEUGIN:

Schon lange? Nein ... ich weiß nicht. Seit einiger Zeit.

PROTOKOLLANTIN:

Haben Sie sich als Lektorin schon häufiger geweigert, der Polizei Auskünfte über einen Autor zu erteilen? Unter Berufung auf den Quellenschutz oder von mir aus auch mit einer anderen Begründung?

ZEUGIN:

Nein. *(Kurze Pause)* Eigentlich nicht.

PROTOKOLLANTIN:

Sind Sie jemals von Personen, die nichts mit dem Verlag zu

tun hatten, nach dem gefragt worden, was ein Autor Ihnen gesagt hat?

ZEUGIN:

Nein, na ja ... Ja, auf Festen oder so, da kommt es natürlich vor, dass ich nach bekannten Autoren gefragt werde, ob sie schwierige Charaktere sind und ... und so.

PROTOKOLLANTIN:

Wie heißt dieser Anwalt, mit dem Sie befreundet sind? Darf ich um den Namen bitten?

ZEUGIN:

Ja, na ja ... aber muss das sein? Diese Verabredungen ... *(Räuspern, Husten, undeutlich)* Ich glaube nicht, dass er seiner Frau davon erzählt. Ja, nicht, dass wir ... Sie dürfen das nicht falsch verstehen, aber es wäre mir lieber ...

PROTOKOLLANTIN:

Ja, alles klar *(hustet)* ... darf ich trotzdem um den Namen bitten?

ZEUGIN:

Karl Skiold, von Skiold, Kefrat & Co.

PROTOKOLLANTIN:

Danke. Damit ist die Sache erledigt. Sind Sie verheiratet? Geschieden?

ZEUGIN:

Geschieden. Seit vielen Jahren schon.

PROTOKOLLANTIN:

Kinder?

ZEUGIN:

Nein, keine Kinder. Aber ist das wichtig? Dürfen Sie mir solche Fragen überhaupt stellen?

PROTOKOLLANTIN:

Ist Ihnen das unangenehm? Im Prinzip dürfen wir fragen,

was wir wollen. Und Sie müssen entscheiden, ob Sie antworten wollen.

ZEUGIN:

Ich bin kinderlos. Ob das wichtig ist, habe ich gefragt.

PROTOKOLLANTIN:

Nein, wichtig ist das nicht. Es ist nur gut, wenn wir es wissen. Reden wir also über Brede Ziegler.

ZEUGIN:

Aber ich habe doch schon gesagt ... die Bedingungen für diese Vernehmung ...

PROTOKOLLANTIN *(UNTERBRICHT)*:

Über die Bedingungen sind wir uns weiterhin einig. Ich möchte nur wissen, wie gut Sie Brede gekannt haben, ehe Sie mit der Arbeit an diesem Buch angefangen haben.

ZEUGIN:

Ich habe ihn überhaupt nicht gekannt. Das heißt ... vom Hörensagen natürlich doch. Da kennt ihn doch jeder.

PROTOKOLLANTIN:

Hatten Sie auch privaten Kontakt, nachdem Sie die Arbeit aufgenommen hatten?

ZEUGIN:

Nein, gar nicht. Wir hatten nur im Zusammenhang mit der Arbeit an dem Buch miteinander zu tun, rein professionell. Wir haben uns immer in meinem Büro getroffen. Ja, ich meine ... mit einer Ausnahme. Ich habe die Fotografin begleitet, als sie im *Entré* Bilder machen sollte. Danach haben Brede und ich uns noch eine ganze Weile unterhalten. Wir haben eine Kleinigkeit gegessen; das Restaurant war geschlossen. Das war unser einziges Gespräch, das nicht im Verlag stattgefunden hat, wenn ich mich recht erinnere.

PROTOKOLLANTIN:

Die Fotografin, ja. Wie heißt sie?

ZEUGIN:

Suzanne Klavenæs. Moment ... *(Rascheln, Pause)* Hier ist ihre Karte.

PROTOKOLLANTIN:

Danke. Wenn ich das richtig verstanden habe, dann haben alle Gespräche, die Sie mit Brede über das Buch geführt haben, mit einer Ausnahme in Ihrem Büro stattgefunden. Stimmt das?

ZEUGIN:

Ja.

PROTOKOLLANTIN:

Und Sie glauben, dass Sie als Lektorin sich zu diesen Gesprächen nicht äußern dürfen?

ZEUGIN:

Ja, das ist richtig.

PROTOKOLLANTIN:

Bitte, denken Sie jetzt sorgfältig nach. Gab es irgendeine Gelegenheit, zu der sie sich noch anderswo mit Brede zum Arbeiten getroffen haben?

ZEUGIN:

Nein. Das habe ich doch schon gesagt. Wir haben immer in meinem Büro gearbeitet, abgesehen von dem einen Mal im *Entré*. Das war übrigens im Oktober, glaube ich.

PROTOKOLLANTIN:

Und Sie haben sich nie privat getroffen? Rauchen Sie? Rauchen ist hier erlaubt.

ZEUGIN:

Ja. Danke, gern ... nein, danke, meine eigenen sind mir lieber ... *(Rascheln, mehrfaches Klicken – Feuerzeug?)* Diese

Frage habe ich doch schon beantwortet. Ich hatte privat keinen Kontakt zu Brede Ziegler. Ich habe mit ihm an einem Projekt gearbeitet. Das war alles. Punktum. Und das habe ich schon gesagt. *(Dreimal kräftiges Niesen, vermutlich die Protokollantin)*

PROTOKOLLANTIN:

Entschuldigung, ich habe mich offenbar wirklich erkältet. Sie müssen auch entschuldigen, dass ich zweimal frage, aber es ist mir wichtig zu wissen, wie weit Ihre Schweigepflicht Ihrer Meinung nach geht.

ZEUGIN:

Ich verstehe nicht, worauf sie hinauswollen.

PROTOKOLLANTIN:

Worauf ich hinauswill? Ich will, dass Sie antworten *(unklar, Schniefen?)*. Es tut mir leid, aber ich glaube, Sie sollten lieber doch nicht rauchen. Diese Erkältung, Sie wissen schon. Danke. Ja. Wir haben Bredes Wohnung ja genau untersucht. Er wohnt im vierten Stock, und der Fahrstuhl führt direkt in seine Wohnung. Haben Sie das gewusst?

ZEUGIN:

Ja. In der Niels Juels gate.

PROTOKOLLANTIN:

Schön. Ich bin auch davon ausgegangen, dass Sie das wissen. Wie gesagt, wir haben alles genau überprüft. Treppenhaus und Fahrstuhl werden überwacht. Eine Videokamera zeichnet auf, wer in dem Haus kommt und geht. Wir haben uns die Filme angesehen, um festzustellen, wer Brede Ziegler in den letzten Wochen vor seinem Tod besucht hat. Und wenn die Aufzeichnungen stimmen, dann haben Sie am Dienstag, dem 23. November, um 20.23 Uhr in der Niels Juels gate den Lift betreten. Etwas später am selben

Abend zeigt ein deutliches Bild, wie Sie das Haus verlassen. Um 21.13 Uhr. Haben Sie noch andere Bekannte in dem Haus?

ZEUGIN:

Andere Bekannte? Ein Bild von mir in der Niels Juels gate, ich begreife nicht ... *(Pause)*

PROTOKOLLANTIN:

Bitte antworten Sie mir. Nach allem, was Sie bisher gesagt haben, stehen Sie bei der nächsten Frage nicht unter Schweigepflicht. Waren Sie am Dienstag, dem 23. November, bei Brede Ziegler zu Besuch?

ZEUGIN:

Das war dumm von mir ... es war so unwichtig, dass ich es einfach vergessen hatte. Ich begreife nicht, wie ich ...

PROTOKOLLANTIN:

Wie was? Wie Sie die Polizei anlügen konnten?

ZEUGIN:

Anlügen? Also wirklich! Zuerst schicken Sie mir einen Mann ins Büro, der sich nicht einmal richtig vorstellt, und jetzt wollen Sie mich der Lüge bezichtigen? *(wird lauter)* Es tut mir leid, dass ich mich geirrt habe, aber es ist wirklich dreist, hier von einer Lüge zu sprechen. Hier werde ich nach Dingen gefragt, die mir damals als absolut unwichtig erschienen sind, und jetzt soll es plötzlich ein Verbrechen sein, solche Bagatellen vergessen zu haben!

PROTOKOLLANTIN:

Darf ich daraus entnehmen, dass Sie am Dienstag, dem 23. November, bei Brede Ziegler waren?

ZEUGIN:

Ja, das habe ich doch schon gesagt. Ich hatte es nur vergessen. Es ging um die Fotos. Ich wollte ihm ein paar Fotos vorbeibringen, ich hatte es einfach vergessen, und das tut mir leid. Ich verstehe ja, dass das seltsam aussieht, ich bin wirklich ... tut mir aufrichtig leid, aber ich hatte es ganz einfach vergessen.

PROTOKOLLANTIN:

Sie waren fast eine Dreiviertelstunde in Bredes Wohnung. Was haben Sie dort gemacht, wissen Sie das noch? Es ist ja erst drei Wochen her.

ZEUGIN:

War das wirklich eine Dreiviertelstunde? Mir ist es nicht so vorgekommen. In meiner Erinnerung war es ein kurzer Besuch. Wir haben nur über die Bilder gesprochen ... Ja, jetzt weiß ich wieder, dass er mir Tee angeboten hat. Sicher hat es deshalb so lange gedauert. Es war Zar-Alexander-Tee, der in einer russischen Tasse serviert werden musste. Das war wirklich alles. Nur das mit dem Tee hat offenbar so viel Zeit verschlungen.

PROTOKOLLANTIN:

Wie ist Brede Ihnen vorgekommen? Hat er sich über Ihren Besuch gefreut? Wie war die Stimmung?

ZEUGIN:

Ich habe Ihnen bereits gesagt, dass ich es nicht richtig finde, über das zu sprechen, was Ziegler in Verbindung mit unserer Arbeit gesagt hat, ich möchte doch bitten, das zu ...

PROTOKOLLANTIN:

Zu respektieren? Dann möchte ich Sie daran erinnern, dass Sie auch unsere Arbeit respektieren sollten. Sie bringen hier eine ganze neue Information erst, nachdem *(Klopfen, Hand auf Tischplatte?)* ich Sie mit dem Beweis dafür konfrontiert habe, dass Ihre frühere Aussage nicht zutrifft. Würden Sie mir freundlicherweise von Ihrem Besuch in Brede Zieglers Wohnung am Dienstag, dem 23. November, erzählen? Worüber haben Sie gesprochen?

ZEUGIN:

Über nichts Besonderes ... *(Lange Pause)* Ja, viel über den Tee natürlich. Brede hielt einen Vortrag über alle möglichen Teesorten. Und über die Tassen. Die Fotografin sollte sie aufnehmen, sie stammten wohl wirklich vom Zarenhof. Aber nur, weil ich das vergessen hatte, will ich noch lange nicht über das Buch reden ... das mit den Tassen ist nicht so wichtig, aber Prinzip ist Prinzip.

PROTOKOLLANTIN:

Kann irgendwer bestätigen, dass Sie am 23. November bei Ziegler waren, um ihm die Bilder zu zeigen?

ZEUGIN:

Das ist ja nun nicht gerade ein Unternehmen, für das man sich ein Alibi beschafft. Ein paar Bilder abzuliefern, meine ich. Wie gesagt, mir kam es nicht weiter wichtig vor, aber ... *(Pause)* Nein, ich wüsste niemanden, der bestätigen könnte, dass ich diese Bilder abliefern wollte. Ist das denn so erstaunlich?

PROTOKOLLANTIN:

Dann ist das erledigt. Apropos Alibis. Wo waren Sie am Sonntag, dem 5. Dezember dieses Jahres? Wissen Sie das noch?

ZEUGIN:

Wo ich war? *(Pause)* Ich war im Kino. *Shakespeare in Love.* In der Vorstellung um einundzwanzig Uhr. Der Film dauert zwei Stunden und fünf Minuten.

PROTOKOLLANTIN:

Das wissen Sie also noch genau. Wie lange der Film gedauert hat.

ZEUGIN:

Ja, das weiß ich noch ziemlich gut. Ich weiß, dass ich in dieser Vorstellung war. Ich hatte mit meiner Schwester verabredet, dass ich bei ihr vorbeischauen würde, wenn der Film vor elf Uhr zu Ende wäre. Ich weiß noch, dass ich auf die Uhr geschaut habe, als ich aus dem Kino kam. Es war zehn nach elf, und deshalb bin ich gleich nach Hause gegangen.

PROTOKOLLANTIN:

Waren Sie mit jemandem zusammen im Kino?

ZEUGIN:

Zusammen? Nein. Ach so, ich verstehe. Nein, ich war mit niemandem zusammen. Aber ein Bekannter war auch dort. Samir Zeta. Er arbeitet bei uns im Verlag. Wir haben am nächsten Tag über den Film gesprochen. Im Büro.

PROTOKOLLANTIN:

Und wann waren Sie zu Hause? Wo wohnen Sie eigentlich? Ach ja, hier steht es ja. Myklegardsgate, das ist doch ganz hier in der Nähe. In Gamlebyen, nicht wahr?

ZEUGIN:

Ich kann nicht genau sagen, wann ich zu Hause war. Das war an dem Abend ja nicht wichtig. Ich habe die Straßenbahn genommen. In Richtung Ljabru. Ich steige immer an der Kreuzung Schweigaards gate/Oslo gate aus. Von dort aus bin ich in zwei Minuten zu Hause. Ich glaube, ich musste an dem Abend eine Weile auf die Bahn warten.

PROTOKOLLANTIN:

Haben Sie noch etwas hinzuzufügen? Ist Ihnen während unseres Gesprächs noch etwas eingefallen?

ZEUGIN:

Nein, ich glaube nicht. Ich wollte nur sagen ... *(Lange Pau-*

se) Dass ich meinen Besuch in Bredes Wohnung vergessen hatte ... ich sehe ein, dass das sehr bedauerlich ist. Das müssen Sie mir glauben.

PROTOKOLLANTIN:

Sie werden zu weiteren Vernehmungen vorgeladen werden. Vielen Dank, dass Sie heute gekommen sind. Die Vernehmung endet um *(Pause)* 16.10 Uhr.

Notiz der Protokollantin:
Die Vernehmung fand ohne Pausen statt, es wurde Kaffee serviert. Die Zeugin reagierte heftig, als sie mit dem Inhalt der Videoaufnahmen aus der Niels Juels gate konfrontiert wurde. Während dieses Teils der Vernehmung hatte sie einen hektischen roten Fleck am Hals. Ansonsten klingen die Aussagen der Zeugin plausibel. Die Zeugin sollte zu weiteren Befragungen vorgeladen werden, sowie die juristischen Aspekte ihrer Aussagepflicht ermittelt worden sind. Eine offizielle Vernehmung sollte erwogen werden.

35

Billy T. war seit vier Stunden unterwegs. Er war so früh aufgebrochen, wie es sich anstandshalber überhaupt machen ließ; gegen zwei hatte er die Möglichkeit gesehen, weil alle anderen in ihre Arbeit vertieft waren. Ohne zu wissen, wohin, war er losgestiefelt, in Richtung Norden, über Enerhaugen. Beim Tøyenpark hatte er mit dem Gedanken gespielt, schwimmen zu gehen, aber der Gedanke an die vielen Menschen, die ihm dabei begegnen würden, hatte ihn davon abgebracht. Er war weitergelaufen, und erst, als der Hovinvei fast hinter ihm lag, hatte er begriffen, dass er auf dem Weg zu Hanne Wilhelmsens Wohnung war. Sofort war er nach Westen abgebogen, am Pflegeheim von Tøyen vorbeigegangen und erst stehen geblieben, als ganz Nydalen hinter ihm lag und er nur noch zehn Minuten vom Maridalsvann entfernt war. Von da war er in Richtung Nordberg und Sogn gegangen. Am Ende hatte er ratlos, erschöpft und mit nassen Füßen vor dem Wohnblock in Huseby gestanden, in dem sein jüngster Sohn wohnte. Die Mutter des Kleinen war überrascht gewesen. Dieser Besuch fiel aus allen Abmachungen heraus, und sie hatte besorgt die Stirn gerunzelt, als er darum bat, Truls bis zum nächsten Morgen mitnehmen zu dürfen. Er wollte den Jungen dann in die Schule bringen. Truls hatte sich gefreut, seinen Vater zu sehen, und seine Freude war noch gewachsen, als ihm aufging, dass er Papa und Oma für sich haben würde, ohne seine Geschwister, ohne Tone-Marit. Die Frau seines Vaters war schon in Ordnung, aber immer schleppte sie ihr kleines heulendes Baby mit sich herum. Nun war es Abend, und Truls schlief.

Die Großmutter des Jungen kam ins Schlafzimmer. Auch sie hatte über Billy T.s Bitte gestaunt: dass er mitsamt dem Kleinen bei ihr übernachten wollte. Ohne viel zu sagen, hatte sie ihr Bett frisch bezogen. Billy T. hatte keinen Einspruch erhoben, nicht einmal, als er sah, wie sehr seine Mutter unter ihrer Arthritis litt. Es war feuchtes Wetter, und das Sofa war hart und schmal.

»Stimmt etwas nicht?«

Er gab keine Antwort, sondern rollte sich noch weiter um den Jungen und zog die Decke über sie beide.

»Ja, wie du meinst. Tone-Marit hat angerufen. Sie hat sich Sorgen gemacht. Ich habe gesagt, du wärst müde und einfach so eingeschlafen. Bei euch zu Hause ist alles in Ordnung. Und Jennys Erkältung hat sich gebessert.«

Die Mutter berührte seinen Kopf mit den Fingerspitzen; er spürte die Wärme auf der Haut, die nach den vielen kahl geschorenen Jahren noch immer überempfindlich war. Er hielt den Atem an, um nicht doch etwas zu sagen.

Sie schloss die Tür hinter sich, und es wurde dunkel. Billy T. bohrte die Nase in die dunkelbraunen Locken seines Sohnes. Truls roch nach Kind: nach Seife, Milch und frischer Luft. Billy T. schloss die Augen und hatte das Gefühl zu fallen. Er presste die kleine Gestalt so fest an sich, dass der Junge im Schlaf wimmerte. Erst gegen drei sank Billy T. in einen traumlosen Schlummer. Sein letzter Gedanke galt Suzanne; ihrer Stimme, als sie zum allerletzten Mal angerufen und ihn um Hilfe angefleht hatte.

36

Es war vier Uhr morgens, und Sebastian Kvie fühlte sich ziemlich sicher. Als er durch die Toftes gate ging, war dort kaum ein Mensch zu sehen. Der Sofienbergpark lag feucht und drohend im Osten. Er überquerte die Straße, um den düsteren Schatten unter den Ahornbäumen zu entkommen. Ganz bewusst hatte er einen Bogen um die Thorvald Meyers gate gemacht; selbst um diese Zeit, mehrere Stunden nachdem die letzten Lokale geschlossen hatten, konnten einem im geschäftigsten Teil Grünerløkkas Bekannte über den Weg laufen. Er bog um die Ecke der Sofienberggate und bemühte sich, dem Licht der unbesetzten Tankstelle auszuweichen.

»Zusammenreißen«, presste er zwischen zusammengebissenen Zähnen hervor, »zusammenreißen und ruhig durchatmen.«

Als er entdeckt hatte, dass Claudio sich am Wein bereicherte, war Brede noch am Leben gewesen. Deshalb hatte er damals geschwiegen. Er hatte sich das zwar nicht vorstellen können, aber es bestand doch immerhin eine Möglichkeit, dass Brede davon wusste und es hinnahm. Sebastian hatte Brede zwar nie in der

Nähe des Weinkellers gesehen; der war Claudios Domäne. Aber sie konnten ja eine Absprache haben. Sebastian hätte niemals etwas getan, das Brede schadete. Wenn Brede an der Sache beteiligt war, wollte Sebastian die Klappe halten.

Dann war Brede ermordet worden.

Das *Entré* war durch Bredes Küche bekannt. Aber auch der Weinkeller genoss inzwischen Anerkennung. Allein in den vergangenen drei Monaten war er von Mitarbeitern einer französischen und zweier deutscher Weinzeitschriften getestet worden. Claudio hatte eine Nase dafür, wer sein Fach beherrschte. Einen Weinkenner roch er auf zehn Kilometer Entfernung. Natürlich hatte das *Entré* einen eigenen Sommelier, aber der wurde bei besonderen Gelegenheiten diskret an den Rand gedrängt.

Sebastian hatte gehört, dass viele der Flaschen im Keller bis zu zwanzigtausend Kronen wert waren. Der billigste Wein, der im *Entré* ausgeschenkt wurde, kostete die Restaurantgäste vierhundertfünfzig Kronen die Flasche. Die Leute bezahlten das bereitwillig. Die Leute waren Idioten.

In gewisser Weise war Sebastian von Claudios Mut ziemlich beeindruckt gewesen. Wenn der die Etiketten auf den Flaschen austauschte, sodass der Inhalt dem Preis in keiner Weise mehr entsprach, dann ging er dabei ein gewaltiges Risiko ein. Claudios System war ungeheuer auffällig. Zum einen musste er selbst im Weinkeller den Überblick behalten; er musste wissen, welche Flaschen echte Ware enthielten und welche den billigeren Wein. Aber das war sicher nicht gar so schwer. Ein größeres Problem musste es sein, die Sache vor dem Sommelier geheim zu halten. Kolbjørn Hammer, ein Mann von siebzig Jahren, der aussah wie ein englischer Butler aus einem langweiligen Film, war zwar servil und schweigsam und hatte Sebastians Meinung nach die Intelligenz auch nicht mit Löffeln gefressen. Aber mit seinen Weinen kannte er sich aus. Er wusste verdammt viel über Wein. Wenn ein Gast sich beklagte, weil auch er sich mit Wein auskannte oder weil er seine Tischnachbarin beeindrucken wollte, bestand immer die Gefahr, dass Hammer zum Kosten herbeigeholt wurde. Und er würde sofort erkennen, ob Etikett und Inhalt übereinstimmten.

Sebastian begriff nicht, wie dieses System funktionierte. Er verstand auch nicht, wie Claudio das Ganze überhaupt wagen konnte. Außerdem war ihm nicht wirklich klar, wie Claudio an der Sache verdiente. Wenn das *Entré* teuren Wein einkaufte und in seiner Buchführung registrierte, ihn dann durch billigeren ersetzte und diesen teuer verkaufte, dann lohnte sich das natürlich. Aber von sonderlich hohen Stimmen konnte auch dann nicht die Rede sein. Sebastian nahm an, dass Claudio dieses Betrugsmanöver nicht regelmäßig durchziehen konnte; eher war wohl das Gegenteil der Fall. Und der Verdienst musste letztlich doch dem *Entré* zufallen und nicht Claudio persönlich.

Diese vielen Unklarheiten hatten Sebastian veranlasst zu schweigen. Im vergangenen Sommer hatte er Claudio einmal nach Feierabend überrascht. Claudio hatte etwas gemurmelt wie, das Etikett sei abgegangen. Die Geräte, die er da sah, waren ihm im Keller ziemlich kompliziert vorgekommen, auch wenn Sebastian nicht so recht begriff, wozu sie gut sein mochten. Und er hatte es seltsam gefunden, dass zwanzig Weinflaschen auf einmal ihr Etikett verloren haben sollten. Sebastian hatte gelächelt, mit den Schultern gezuckt und eine gute Nacht gewünscht. Und seither hatte er geschwiegen.

Seit Bredes Tod sah die Sache anders aus.

Sebastian schaute sich nach allen Seiten um, ehe er im Torweg verschwand. Er öffnete die Restauranttür und schaltete die Alarmanlage aus. Oft war er der Erste, der zur Arbeit kam. Alle zwei Wochen flüsterte Kolbjørn Hammer ihm den neuen Code ins Ohr. Inzwischen war Sebastian zu der Überzeugung gelangt, dass Brede nichts mit dem Weinschwindel zu tun gehabt haben konnte. So war Brede nicht gewesen. Er hatte hart gearbeitet für das, was er sich wünschte, aber er hatte nicht gepfuscht, so wie Claudio. Vielleicht hatte Brede alles durchschaut. Das ergab doch einen Sinn. Damit ging die Gleichung auf. Brede hatte den Betrug entdeckt und Claudio vor die Wahl gestellt, entweder aus der Firma auszusteigen oder angezeigt zu werden.

Claudio hatte Brede umgebracht.

Sebastian wollte die Geräte suchen, die er im Keller gesehen hatte, als die Etiketten angeblich einfach so »abgegangen« waren. Er wollte einen Fall aufklären, bei dem die Polizei nur begriffsstutzig herumstocherte. Sebastian hatte in den Zeitungen über den Mord und die Ermittlungen gelesen, hatte die Artikel ausgeschnitten und allesamt aufbewahrt.

Im Dunkeln sah das *Entré* anders aus. Nur die Schilder, die an beiden Enden des Lokals die Notausgänge kennzeichneten, warfen ein schwaches grünes Licht über die weißen Decken der nächststehenden Tische. Von der Straßenbeleuchtung drang kaum etwas durch die Vorhänge, und Sebastian stolperte über einen Hocker.

Plötzlich kam er sich vor wie ein Idiot.

Er stand ganz still da und hörte seinen Puls gegen seine Trommelfelle dröhnen. Jetzt, da seine Augen sich an das trübe Licht gewöhnt hatten, sah er, dass die Metalltür, die zum Keller führte, mit einem Riegel und zwei Hängeschlössern versehen war. Zweimal riss er die Augen auf und kniff sie wieder zusammen, dann schlich er sich zum Tresen. Die Tiefkühltruhe starrte ihn aus kleinen grünen Augen an. Rasch atmend ging er vor dem Regal mit den Weinfächern in die Hocke. Er klemmte sich übel die Finger, als er die Hand hinter die Holzbretter schob. Claudio hatte kleinere Hände als er. Die Schlüssel lagen nicht dort.

»*Scheiße!*«

Er biss sich auf die Zunge und fluchte noch einmal. Dann tastete er weiter, zog schließlich sein Feuerzeug hervor und versuchte, hinter den Regalfächern nachzusehen. Er konnte nicht wirklich etwas erkennen und verbrannte sich zum Ausgleich das Kinn.

»*O verdammte Pest!*«

Die Schlüssel zum Weinkeller waren verschwunden. Sonst lagen sie immer an dieser Stelle. Offenbar glaubte Claudio immer noch, dass niemand von seinem kleinen Geheimnis wusste. Sebastian hatte mit keinem darüber gesprochen, nahm aber an, dass er nicht als Einziger mitbekommen hatte, wie Claudio immer einige Stunden vor dem Eintreffen der ersten Gäste den Weinschränken im Keller einen Besuch abstattete.

Er richtete sich auf.

Sein erster Gedanke, dass er die Sache auch aufgeben könne, verflog so rasch, wie er gekommen war. Das hier war der Beweis, den er gebraucht hatte. Zumindest für sich selbst. Claudio deponierte seine Schlüssel immer hier. Dass sie jetzt verschwunden waren, konnte nur bedeuten, dass Sebastian recht hatte. Und dass Claudio in Panik geraten war. Er hatte nach seinem Gespräch mit diesem riesigen Polizisten total verängstigt ausgehen und sich erst spät am Abend wieder beruhigt.

Sebastian beschloss, nach Hause zu gehen. Und am nächsten Tag einen neuen Versuch zu starten. Er wollte genauer beobachten, was Claudio mit den Schlüsseln machte. Das würde vielleicht nicht so einfach sein, immerhin war er den ganzen Abend in der Küche beschäftigt, aber er wollte nach Feierabend herumtrödeln und als Letzter gehen. Zusammen mit Claudio, vielleicht.

Er schaltete die Alarmanlage wieder ein, verließ das Haus und zog die Hintertür hinter sich zu.

Die Scheinwerfer, die plötzlich die Dunkelheit zerrissen und ihn blendeten, veranlassten ihn, sich blitzschnell in den kleinen Hohlraum im Torweg zu drücken, wo die Tür war. Der Torweg war eng, und der Wagen musste zum Glück auf die Straße zurücksetzen, um manövrieren zu können. Der Fahrer konnte ihn nicht gesehen haben.

Sebastian stand ganz still da und presste den Mund gegen das schmutzige Holz. Er wagte nicht einmal zu atmen, bis der Motor erloschen war, die Autotür ins Schloss fiel und leichte Schritte sich entfernten. Langsam ließ er den Atem aus seiner Lunge entweichen und kam zur Ruhe.

Als er aus dem Torweg hervorlugte, sah er auf dem Hinterhof Claudios Auto. Einen Volvo-Pritschenwagen. Die Heckklappe stand offen. Sebastian lief zu den Mülltonnen hinüber, fünf riesigen, stinkenden Plastikbehältern. Er brauchte nicht lange zu warten.

Die kleinwüchsige Gestalt mit dem großen Kopf kam vor der hochgeklappten Kellerluke zum Vorschein. Claudio trug einen Kasten und ging auffallend langsam. Als er den Kasten vorsichtig auf die Ladefläche des Wagens schob, hörte Sebastian etwas. Ein leises Klirren, wie das von vollen Flaschen, die gegeneinanderstießen.

Fünf Kästen wurden aus dem Weinkeller des *Entré* getragen. Sebastian stand zu weit weg, um erkennen zu können, ob die Kästen irgendwelche Aufschriften trugen.

Claudio klappte die Kellerluke wieder herunter und legte ein riesiges Hängeschloss vor. Dann machte er die Heckklappe des Wagens zu und fuhr langsam auf die Straße. Erst nachdem Claudio noch einmal ausgestiegen war und das Tor verriegelt hatte, wagte Sebastian sich aus seinem Versteck hervor. Seine Kleider stanken. Er hatte soeben gesehen, wie Claudio sich selbst fünf Kästen Wein gestohlen hatte. Er begriff rein gar nichts.

37

Silje Sørensen hatte ein Geheimnis. Sie hätte Tom einweihen müssen, aber sie zögerte. Als sie am Vorabend nach Hause gekommen war, hatte sie die von ihm gekochte Mahlzeit nicht hinuntergebracht. Er hatte so lange mit dem Essen gewartet, dass sich der Eintopf mit einer Kruste überzogen hatte. Davon war ihr schlecht geworden, und sie hatte mit einem Wort des Bedauerns und einem ausgiebigen Gähnen den Teller zurückgeschoben. Tom hatte sich Sorgen gemacht; er machte sich schon längst Sorgen. Als Aktienmakler hatte er selbst lange Arbeitstage, und er wusste, dass es für Silje eine fantastische Chance bedeutete, so rasch an einer Mordermittlung beteiligt zu werden. Aber sie hatte abgenommen. Während der letzten Wochen waren die Ringe unter ihren Augen deutlicher geworden. Außerdem war ihr dauernd schlecht; er hatte gehört, wie sie sich morgens hinter der verschlossenen Badezimmertür erbrach. Er konnte nicht begreifen, wieso sie unbedingt zwölf Stunden am Tag arbeiten musste, wo es ihr doch neben einem lächerlichen Gehalt außer Pöbeleien in den Medien nichts einbrachte. Als ob das Geld jemals ein Problem gewesen wäre, hatte sie gesagt – und den Tisch verlassen.

Sie hatten sich nicht gestritten. Es war nur ein ernstes Gespräch gewesen. Und bei der Gelegenheit hätte sie es ihm erzählen müssen. Auch wenn klar war, dass er dann verrücktspielen würde. Sie versuchten jetzt seit anderthalb Jahren, ein Kind zu bekommen. Silje wusste, dass das nicht lange war. Tom war ungeduldiger. Wenn sie ihm erzählt hätte, dass sie so ungefähr in der neunten Woche schwanger war, dann hätte er sie in erstickende Fürsorge gehüllt und nicht mehr zur Arbeit gehen lassen. Also musste sie warten.

Immerhin hatte sie gut geschlafen. Die Stimmung hatte sich seit der misslungenen Mahlzeit des Vorabends noch nicht wesentlich gebessert, aber er hatte immerhin ein Lächeln zustande gebracht, als sie angekündigt hatte, lange schlafen zu wollen. Inzwischen war Freitag, der 17. Dezember, und sie musste erst um zwölf zum Dienst. Das Budget für Überstunden war schon im Juli gesprengt worden, und sie sollten zum Jahreswechsel so viele wie möglich abstottern.

»Guten Morgen!«

Silje warf einen Blick auf den Wecker. Zehn nach zehn. Sie setzte sich mühsam auf und stopfte sich ein Kissen in den Rücken.

»Wie schön«, seufzte sie, als er das Tablett vor sie hinstellte.

Tee, Saft, Milch. Zwei halbe Ciabatte mit Gorgonzola und italienischer Salami. Eine Lebertranpille und zwei Multivitaminpräparate kullerten auf dem Tablett herum. Tom hatte Zeitungen und eine rote Rose gekauft, hatte die Blätter von der Rose gezupft und sie dann in eine Rosenvase gesteckt, die umzukippen drohte, als er ins Bett stieg und Silje auf die Schläfe küsste.

»Wie schön«, sagte sie noch einmal und übergab sich.

38 Dr. Felices Arbeitstag hatte gerade erst begonnen. Trotzdem war er erschöpft. Die Grippeepidemie wütete noch immer, und er kam mit der Büroarbeit nicht nach. Er hatte Schweißflecken unter den Armen. Im Schrank hingen zwei saubere, frisch gebügelte Hemden. Dem ersten fehlte ein Knopf, deshalb griff er ärgerlich zu dem anderen. Dabei atmete er durch den Mund, denn er meinte, noch durch die Tür seine Kranken riechen zu können.

Er musste diesen Billy T. anrufen. Je mehr er darüber nachdachte, desto sicherer war er sich, dass er das tun sollte. Als er zum ersten Mal den Krankenbericht durchgegangen war, nachdem die Polizei ihn angerufen hatte, hatte er diese Auskunft nicht wichtig gefunden. In dem Auszug, den er dem riesigen Polizisten ausgehändigt hatte, fehlte die Sache. Die Anfrage damals war ja unbeantwortet geblieben und konnte wohl kaum etwas mit dem Mord zu tun haben. Außerdem lag sie schon viele Jahre zurück. Streng genommen wusste er nicht einmal, worum es damals gegangen war. Aber er hatte immerhin eine Ahnung. Und es konnte immerhin wichtig sein.

Ein Vater führte ein zaghaftes Kind herein. Der Fünfjährige blieb an der Tür stehen und heulte los. Rotz mischte sich mit Tränen und Bonbonschleim, der von seiner Lippe tropfte. Der Vater fluchte. Er lockte und schimpfte, aber es half alles nichts. Stocksteif stand der Junge da, breitbeinig und schreiend, und Øystein Felice kam nicht an ihn heran.

»Wir sind im Rückstand«, sagte Frau Hagtvedt sauer und schüttelte den Kopf, als sie an dem widerspenstigen Kind vorbeikam. »Väter ...«

Øystein Felice nahm einen Feuerwehrwagen aus dem Schrank, lächelte dem Kind krampfhaft zu und wappnete sich für einen weiteren Arbeitstag von zehn Stunden.

39

Er fütterte sie mit einem Löffel. Der Haferbrei schmeckte nach muffiger Kindheit, und sie wandte sich nach drei Löffeln ab.

»Etwas musst du essen«, erklärte Tom energisch. »Noch ein bisschen.«

Sie weigerte sich und sprang auf.

»Genau das habe ich gerade befürchtet«, sagte sie resigniert. »Du wirst mich für die nächsten sieben Monate in Watte packen. Ich bin erwachsen, Tom. Ich bin schwanger. Also lass mich jetzt in Ruhe.«

Er lag halbwegs über dem Bett, eine Schale Haferbrei in der einen und einen Löffel in der anderen Hand. Er hatte den Schlips abgenommen und die Hemdsärmel hochgekrempelt. Seine Stirn glänzte vor Schweiß, seine Wangen waren hektisch rot, und das Grinsen, das sich auf seinem Gesicht breitgemacht hatte, konnte annehmen lassen, dass das Kind bereits geboren sei, und zwar wenige Minuten zuvor. Es war an sich schon eine Überraschung, dass er noch zu Hause gewesen war, als sie aufwachte. Dass er sich nun aber auch noch ein langes Wochenende freigenommen hatte, kam einer Revolution gleich. Tom war nie krank und erschien nur drei Wochen im Sommer und zwei Tage zu Weihnachten nicht bei der Arbeit.

»Weißt du, ob es ein Junge oder ein Mädchen ist?«, fragte er und lachte. »Mir ist das egal, weißt du das?«

»Dussel«, sagte Silje verärgert. »Ich bin erst in der siebten oder achten Woche.«

Als sie aus der Dusche kam, mit nassen Haaren und in ihren seidenen Schlafrock gehüllt, hatte er die Betten gemacht und ausgiebig gelüftet. Die einsame Rose lag auf ihrem Kopfkissen. Silje ging zu den Fenstertüren und band sich den Gürtel zu. Die eine Tür war noch angelehnt, und sie öffnete sie ganz. Sofort bekam sie eine Gänsehaut, und ohne zu wissen, warum, brach sie in Tränen aus. Weit weg, den Hang hinunter, hinter der großen Eiche, die sich nach Osten neigte und mit ihren Zweigen über die Garage fegte, konnte sie Oslo hören. Sie hatte das Haus im Dr. Holms vei nie als zur Stadt gehörig betrachtet. Als ihr Vater es ihr zum zwanzigsten Geburtstag geschenkt hatte, war ihr das zunächst unangenehm gewesen. Sie hatte lange gebraucht, um sich an diese Vorstellung zu gewöhnen. Sie war ein Einzelkind und sollte die Villa ihrer Großeltern übernehmen. Der Vater hatte vor ihrem Einzug alles renovieren lassen. Er selbst wohnte in einem Einfamilienhaus ein Stück weiter unten; die Familie besaß ein riesiges Grundstück mit vornehmer Adresse und hatte nie mit dem Gedanken an einen Verkauf gespielt.

Während ihrer Zeit an der Polizeihochschule hatte sie nie Kollegen mit nach Hause gebracht. Sie hatte ihre Adresse immer nur gemurmelt und behauptet, weit außerhalb zu wohnen. Niemand sollte erfahren, dass ihr Schlafzimmer ungefähr doppelt so groß war wie die Wohnungen der meisten anderen. Und sie hatte fünf Zimmer von dieser Sorte.

Zum Glück hieß sie Sørensen. Dass ihrem Vater die Soerensen Cruise Line gehörte, war diesem Namen nicht sofort anzusehen. Es wäre viel schlimmer gewesen, Kloster oder Reksten zu heißen. Oder auch Wilhelmsen. Silje wischte sich die Tränen ab, dachte an Hanne und wollte sich anziehen, um zur Arbeit zu gehen.

Sie hatte bei der Hochzeit ihren Namen nicht aufgegeben. Tom hieß vollständig Thomas Fredrik Preben Løvenskiold. Sein Vater war zwar dänischer Herkunft und hatte nichts mit der Osloer Großgrundbesitzerfamilie zu tun, doch dieser Name hatte ein Image, mit dem Silje nicht in Verbindung gebracht werden wollte.

»Wie wär's mit Catharina Løvenskiold?«, fragte Tom, der frisch aufgegossenen Tee brachte und sich zwei Zeitungen unter den Arm geklemmt hatte; nur *Aftenposten* war im Müll gelandet, da sie den Hauptteil des Erbrochenen abbekommen hatte. »Setz dich ins Bett, Herzchen. Meine Oma hieß Catharina. Oder Flemming, wie gefällt dir das? Flemming Løvenskiold. Der Name hat doch Schwung, Liebes. Oder was? Jetzt setz dich endlich.«

»Ich könnte mir ja eher etwas in der Richtung von Ola Sørensen denken«, sagte Silje müde.

Zunächst erstarrte er, dann öffnete sein Gesicht sich zu einem strahlenden Lächeln, und seine Augen verschwanden über den ungewöhnlich hohen Wangenknochen.

»Das entscheiden wir später, Herzchen. Hier! Zeitungen und Tee. Die Zeitungen riechen vielleicht noch ein bisschen nach Erbrochenem, aber der Tee ist frisch und fein.«

Silje legte sich widerwillig aufs Bett und griff zu *VG*. Tom konnte die Rose gerade noch retten. Er schloss die Fenstertüren und ging zur Täfelung an der Wand zum Badezimmer. Der Gasofen aus Speckstein und Messing flammte auf, und Tom dimmte die Deckenlampe herunter, ehe er Siljes Nachttischlampe einschaltete.

»Die pure Weihnachtsstimmung«, sagte er freundlich, legte sich neben sie und öffnete *Dagbladet*.

Siljes Übelkeit war verflogen. Eigentlich war sie auch nicht so schlimm. Sie stellte sich nur morgens ein – und manchmal abends, wenn sie in der Nacht zuvor nicht gut geschlafen hatte, Vielleicht hatte sie sich geirrt. Toms Fürsorge war schrecklich anstrengend, aber es würde eine Erleichterung sein, sich nicht mehr verstellen zu müssen. Außerdem war er einfach niedlich. Seine Begeisterung für das Kind war noch größer als die, mit der er ihr zwei Jahre zuvor einen Heiratsantrag gemacht hatte; mit einem Diamantring und fünfzig Rosen und zwei Flugtickets nach Rom in der Jackentasche.

»Hör dir das an«, kicherte sie. »Ich liebe Leserbriefe!«

»Die liebst du? Du spinnst doch total. Wie wäre es mit Johannes?« Er biss sich in den Zeigefinger und schloss die Augen. »Oder Christopher! Als Kind habe ich Pu so geliebt!«

»Hör doch nur!« Sie setzte sich auf und las vor: »Die Überschrift lautet ›Mor Monsen und die Mormonen.‹ Fantastisch! Hör dir das an: ›Unser Land wird von fremden Sitten überschwemmt. In ein oder zwei Generationen wird niemand mehr wissen, was überhaupt norwegisch ist. Wir müssen den Kampf aufnehmen und das verteidigen, was unsere Ahnen in Jahrtausenden aufgebaut haben.‹«

»Nein«, wimmerte Tom. »Keinen von dieser Sorte. Bitte.«

Er versuchte, den Arm um ihren Bauch zu legen, aber sie schob ihn weg und las weiter: »›Während des Krieges haben wir uns Büroklammern angesteckt, um unseren Widerstand zu markieren. Heute sollten wir eine weiße Feder am Revers tragen. Eine Feder, die das Reine, das Norwegische, das Unbesudelte symbolisiert.‹«

»Das ist doch der pure Rassismus, Silje. Und überhaupt nicht komisch.«

»Das Komische kommt noch, warte nur. ›Nehmen wir zum Beispiel unsere Essgewohnheiten. Das Essen ist ein wichtiger Teil einer Kultur und eines Lebensstils. Heutzutage liegen an jeder Straßenecke Kebabs und Hamburger auf der Lauer. Der Feind belagert uns! In dieser süßen Weihnachtszeit sollte es in Heim und Küche nach Kümmelkohl und Weihnachtsplätzchen duften. Ich selbst wohne in Majorstuen, und als ich eines Vormittags hier stand und meine Mor-Monsen-Kuchen buk, klingelte es an der Tür. Zwei Mormonen wollten mich *bekehren*. Sie konnten nicht einmal Norwegisch! Wie jeder höfliche Mensch lud ich die ungebetenen Gäste zu einer Kostprobe meines Gebäcks ein. Als sie fragten, ob darin Alkohol enthalten sei, ging mir auf, dass der Kulturkampf an allen Fronten ausgefochten werden muss. Wollen wir in norwegischen Wohnhäusern Vielweiberei und fanatischen Antialkoholismus dulden? In einen Mor-Monsen-Kuchen gehören zwei Esslöffel Cognac und sechzehn gute NORWEGISCHE Eier. Machen Sie mit! Tragen Sie die weiße Feder!‹ «

Silje lachte und schlug sich mit der Zeitung auf den Oberschenkel. »Da müsste jemand ein Buch draus machen.«

»So ein Buch gibt es schon.«

Tom versuchte sie wieder zuzudecken. Sie schob ihn noch einmal weg und starrte den Leserbrief aus zusammengekniffenen Augen an.

» ›Reine Faust‹. Sie … das hat offenbar eine Frau geschrieben, und die nennt sich ›Reine Faust‹: Was meinst du damit, dass es schon eins gibt?«

»Es gibt ein Buch mit hoffnungslosen Leserbriefen. Das ist schon vor vielen Jahren erschienen.«

»Dann sollte noch eins gemacht werden«, sagte Silje entschieden. »Was ›Reine Faust‹ wohl bedeuten soll?«

Tom drehte sich gereizt auf den Rücken und blies die Wangen auf.

»Können wir nicht über das Kind sprechen«, quengelte er. »Vor einer Dreiviertelstunde hast du mir erzählt, dass ich Papa werde, und jetzt willst du dich mit Leserbriefen von verdammten Rassistinnen amüsieren.«

Silje fuhr hoch. Tom wurde unter Decken begraben. »Reine Faust! Ich wusste doch, dass ich das schon mal gesehen habe!«

Fünf Minuten später war sie angezogen. Sie fühlte sich hellwach, gesund und tatendurstig. Tom lag noch im Bett, mürrisch und verärgert.

»Ich komme heute nicht spät. Versprochen! Aber jetzt muss ich einfach zur Arbeit!«

Sie küsste ihn auf die Nase, und zwei Minuten darauf hörte er, wie sie den Wagen anließ. Warum sie unbedingt einen Škoda Octavia fahren wollte, hatte er noch nie verstanden. Er selbst hatte einen Audi A 8 und einen feschen zweisitzigen BMW.

»Ich werde Papa«, sagte er langsam. »Ich brauche einen Kombi.«

Dann lachte er lange und glücklich.

40

Es war der Mutter zu verdanken, dass Billy T. rechtzeitig aufgestanden war, um Truls zur Schule zu bringen. Danach hatte er Weihnachtsgeschenke gekauft. Heiligabend war erst in acht Tagen, aber die Vorstellung, dass der Geschenkestress erledigt war, bedeutete eine Erleichterung. Alle Jungen bekamen das Gleiche, Werkzeugkästen in verschiedenen Farben, gefüllt mit Hammer und Laubsäge, Zollstock, Schrauben, Nägeln und Schraubenziehern. Sie würden bis tief in den zweiten Weihnachtstag hinein beschäftigt sein. Tone-Marit musste sich mit einem Parfümflakon zufriedengeben, und für Jenny hatte er ganz einfach einen Kindersitz für den Wagen gekauft. Auf dem Konto waren noch dreitausenddreihundert Kronen. Das musste bis weit ins neue Jahrtausend hinein reichen. Was es garantiert nicht tun würde.

Er fuhr die Auffahrt zu dem Block hoch, in dem Hanne Wilhelmsen wohnte. Bei seinem letzten Besuch hier hatte niemand aufgemacht. Die Wohnung war leer gewesen, und die Nachbarn hatten Hanne schon zwei Wochen lang nicht mehr gesehen. Da sie nicht einmal bei Cecilies Beerdigung erschienen war, hatten die anderen ihm geraten, sie in Ruhe zu lassen. Gib es auf, hatte Tone-Marit gesagt, du bekommst sie nicht zu fassen. Gib es auf. Das hatte er nicht geschafft. Vorher hatte er noch einen letzten Besuch machen und sich von ihrem Verschwinden überzeugen müssen. In der Personalabteilung war ein Brief eingegangen, das hatte er zwei Tage später erfahren. Er hatte mit dem Gedanken gespielt, nach ihr suchen zu lassen, aber der Brief hatte ihn endlich dazu gebracht, Tone-Marits Rat zu befolgen. Sie hatten ihre Hochzeit bis in den August verschoben, aus Achtung vor Cecilie und weil Billy T. nichts von Hanne gehört hatte. Sie hatte seine Trauzeugin sein sollen.

Inzwischen schneite es; feuchte große Flocken, die schmolzen, als sie den Boden erreichten. Während der letzten Tage hatte das Wetter zwischen kalt und mild gewechselt. Jetzt lag die Temperatur bei null, und die Heizung funktionierte nicht. Sie ließ sich auch nicht ausschalten. Stinkender kalter Rauch quoll aus dem Gebläse. Er hielt an, blieb sitzen und schaute hinauf zu dem Fenster im dritten Stock.

Er würde sie niemals loslassen können. Nicht, solange sie in Norwegen war, in Oslo. Bei der Polizei. Die Zeit, in der sie verschwunden gewesen war, hatte in gewisser Hinsicht eine Erleichterung bedeutet. Anfangs, in den ersten zwei Monaten nach ihrem Verschwinden, war sie allgegenwärtig gewesen. Alles, was er sagte und tat, jede Überlegung und jede Entscheidung, war von der Vorstellung geleitet, was Hanne in der Situation gesagt oder getan hätte. Sie redeten miteinander, führten lange Gespräche, oft auch halblaut, wenn er glaubte, allein zu sein. Irgendwann hatte er schließlich ein Stadium erreicht, wo er nicht mehr so viel an sie dachte, jedenfalls nicht ständig, und wo er auch keine Selbstgespräche mehr führte. Noch immer litt er an einer namenlosen Sehnsucht, aber sie suchte seine Träume nicht mehr heim. Anwesend war sie trotzdem.

Wie eine Tote. Es war möglich, damit zu leben, dass Hanne tot war. Im Grunde ist es besser so, hatte er gedacht und nicht mehr von ihr geträumt. Und dann war sie einfach wiederaufgetaucht. Der Schmerz über Hannes Rückkehr war schlimmer als der, der ihn nach ihrem Verschwinden gelähmt hatte.

Inzwischen war es halb vier, und er konnte kehrtmachen. Er konnte Silje und Karianne auf Jagd nach der Reinen Faust schicken. Oder Klaus. Der war erfahren genug. Billy T. ließ den Motor an, schaute noch einmal zu dem Fenster hinauf und schaltete in den Rückwärtsgang. Dann überlegte er sich die Sache ein weiteres Mal. Die Gangschaltung heulte auf, als er, ohne zu kuppeln, wieder den ersten Gang einlegte.

Hanne war die Beste, die er hatte, und der Fall war so gut wie verpfuscht. Ohne sie würde alles zusammenbrechen. Sie hatte sich an diesem Morgen krankgemeldet. Vielleicht war sie erkältet. Vielleicht wollte sie sich auch die tägliche Besprechung ersparen. Er kannte sie nicht mehr. Hanne hätte ihn niemals gedemütigt. Früher nicht. Nicht so, wie sie gewesen war, früher. Sie hatte ihn oft zusammengestaucht, das schon, hatte ihn geneckt und gequält, Hanne Wilhelmsen hatte zeitweise die wahre Pest sein können. Aber niemals hätte sie ihn gedemütigt. So wie gestern. Er kannte sie nicht mehr. Er brauchte sie, und er musste den Finger heben und auf den Klingelknopf drücken.

»Was wissu'n hier?«

Das Wesen, das die Tür öffnete, war offenbar eben erst aufgewacht. Strähnige farblose Haare standen nach allen Seiten ab, das Gesicht sah aus wie ein eingetrockneter Flusslauf. Sie hatte sich in einen viel zu weiten Morgenrock gehüllt, in den karierten, den Billy T. als Hannes erkannte.

»Wissu antwotn odda watn bissu in Rente gehn kanns?«

Harrymarry kniff die Augen zusammen, weil ihr dieser schöne Witz gelungen war, und zeigte beim Grinsen ihre nackten Zahnhälse. Billy T. brachte kein Wort heraus. Wie in einem Reflex zog er seinen Dienstausweis aus der Jackentasche. Zwei Tage reichlicher Nahrungszufuhr hatten sich auf Harrymarrys Redefähigkeiten ganz verblüffend ausgewirkt.

»Wissu zu mir odda zu Hanne? Ich geh nich freiwillig, un Hanne will au no nich aufstehen, glaubich.«

Dann latschte sie durch die Diele.

Billy T. folgte ihr zögernd.

»Wer ist da«, hörte er eine nasale Stimme aus dem Wohnzimmer rufen.

»Razzia«, schrie Harrymarry und schuffelte ins Bad.

Hanne lag unter ihrer Schlummerdecke auf dem Sofa und hielt eine Kaffeetasse in der Hand. Der Couchtisch war über und über von benutzten Papiertaschentüchern bedeckt.

»Hallo«, sagte sie leise. »Hallo, Billy T. Wie ... schön. Dass du hereinschaust.«

»Deine Freundin is nich norma«, hörten sie einen dumpfen Ruf durch die Badezimmertür. »Die is nich wie annere Bulln.«

»Wer zum Teufel ist denn dieses Gespenst?«, flüsterte er, so laut er konnte. »Hast du vollständig den Verstand verloren?«

»Pst!« Hanne legte den Zeigefinger an die Lippen. »Sie hat ein Gehör wie ein Adler und ...«

»Die is nich verrück«, heulte es aus dem Badezimmer. »Die is toll. Ich geh gleich. Geil dich runner!«

»Vergiss den Schlüssel nicht«, sagte Hanne.

Im Rekordtempo hatte Harrymarry ihre Arbeitskleidung und ein neues Gesicht angelegt. Sie hatte die Laméjacke durch ein schwarzes Kunstlederteil ersetzt, und ihr Rock war so kurz, dass

Hanne im Schritt der Strumpfhose ein großes Loch erkennen konnte. Harrymarry hatte sich einen Schal zweimal um den Hals gewickelt und war, ohne zu fragen, in ein Paar eleganter Schuhe gestiegen, die Hanne gehörten. Sie zeigte den Schlüssel, der an einer Schnur um ihren Hals hing, und stopfte ihn sorgfältig in ihren BH, ehe sie zwei viel zu große Handschuhe überstreifte. Dann tippte sie sich als Abschiedsgruß an die Stirn und humpelte aus der Wohnung, ohne Billy T. auch nur eines Blickes zu würdigen.

»Wohnt die hier? Hast du diese verdammte Nutte hier einziehen lassen?«

Er ließ sich in den Sessel fallen und sprang sofort wieder hoch, als er ein lachsrosa Spitzenhöschen entdeckte, das über der Rückenlehne zum Trocknen aufgehängt war.

»Das ist sauber«, sagte Hanne. »Und Harrymarry ist keine verdammte Nutte. Nutte, natürlich, aber von verdammt kann keine Rede sein.«

»Ja, scheiße«, sagte Billy T., »was führst du eigentlich für ein Leben?«

Er packte das Höschen mit spitzen Fingern, warf es in eine Ecke und setzte sich wieder. Danach schaute er sich skeptisch um, wie um sich zu vergewissern, dass nicht noch weitere Überraschungen aus den Wänden schnellen würden.

»Bist du krank?«, fragte er in die Luft hinein.

»Krank wäre übertrieben. Ich bin einfach nur erkältet. Hatte heute Morgen ein wenig Fieber, aber ich glaube, das hat sich gelegt. Nase ist zu. Total verrotzt. Und du scheinst ja nicht besonders begeistert zu sein, wenn du mir bei der Arbeit begegnest, deshalb dachte ich …«

»Wir haben eine Reine Faust gefunden.«

»Die Drohbriefe.«

Hanne putzte sich energisch die Nase und stopfte die vielen Rotzfahnen in eine Plastiktüte.

»Ja. Wir ... Silje hat einen Leserbrief mit derselben Unterschrift entdeckt. Sie hat bei *VG* angerufen, aber die pochen natürlich auf Quellenschutz. Was auch sonst. In diesem Fall behaupten doch alle ... aber egal ... «

Er rieb sich das Gesicht und schnaubte wie ein Pferd. Seine Augen waren trüb, er hatte wohl kaum geschlafen. Hanne zog sich die Decke bis unters Kinn und ließ sich auf dem Sofa zurücksinken.

»Wir haben nach anderen Briefen dieser Dame gesucht ... «, sagte Billy T. »Mit Erfolg.«

»Wissen wir, dass es eine Frau ist?«

»Das geht aus mehreren Briefen hervor. Sie ist ungeheuer aktiv. Zum Glück haben wir auch ihre Adresse gefunden. Vor zwei Jahren hat sie in *Dagsavisen* über Kinder geschrieben, die in der Innenstadt leben. Sie kann das natürlich gar nicht billigen. Und da schreibt sie auch, wo sie wohnt. In der Jacob Aalls gate. Hier.«

Er legte einen Zettel auf den Tisch, schob ihn aber nicht zu ihr hin. »Wenn du dich gesund genug fühlst, dann fahr doch mit Silje hin. Wenn nicht, muss ich jemand anderen schicken. Aber es sollte heute erledigt werden.«

»Billy T.«, sagte Hanne.

»Ja?« Er stand in der Türöffnung und drehte sich zögernd um.

»Danke. Ich bin in einer knappen Stunde auf der Wache.«

Einen Moment lang schien er etwas sagen zu wollen. Er öffnete halb den Mund. Dann hob er die eine Schulter und ging. Sie hörte kaum, wie die Tür hinter ihm ins Schloss fiel.

Noch immer hatte sie Billy T. nicht gesagt, wer Harrymarry wirklich war. Und es war fast unmöglich, das noch nachzuholen.

41

Daniel hatte ein Räucherstäbchen angezündet, um den aufdringlichen Modergestank zu überdecken. Aber das half nicht viel. Süßer, ekelerregender Mief klebte an seiner Hand, und er hätte sich gern das Hemd vom Leib gerissen. Er sehnte sich nach einer Dusche, durfte das Badezimmer aber nur morgens eine halbe und abends eine Viertelstunde benutzen.

»Ich brauche das Geld jetzt unbedingt, Daniel. Du verarschst mich doch nur. Tausend Kronen hier und zweitausend da ... so geht es einfach nicht weiter.«

Eskild hatte sich nicht einmal gesetzt. Daniel fegte schmutzige Kleider von einem Sessel.

»Setz dich doch.«

»Nein. Ich muss weiter. Aber du siehst total weggetreten aus. Nimmst du irgendwas? Verdammt, ich brauche die Kohle. Jetzt. Ich muss bis Neujahr die Semestergebühren bezahlen. Für dich sind das einfach vierundzwanzigtausend Kronen – für mich ist es ein halbes Jahr Studium. Da kannst du nicht erwarten, dass ich einfach nicke und brav abwarte, Daniel. So hatten wir das alles nicht abgemacht.«

Daniel wusste sehr gut, was ein halbes Jahr Studium für Eskild bedeutete. Er hatte vom Medizinstudium geträumt, solange Daniel ihn kannte. Thale hatte ihn schon mit »Dr. Eskild« angeredet, als er dreizehn gewesen war. Obwohl ihm die naturwissenschaftlichen Fächer nicht lagen, hatte er sich mithilfe von Nachprüfungen einen Studienplatz in Ungarn erkämpft. Ganz nebenbei hatte er jeden Abend gekellnert, und Daniel hatte seinen besten Kumpel fast ein Jahr lang kaum gesehen. Als dann endlich der Brief aus Budapest gekommen war und Eskild sich auf fünf Studienjahre im Ausland vorbereiten konnte, hatten sie vier Tage gefeiert.

Daniel hatte alles, was er von Eskild geliehen hatte, in den Weihnachtsferien zurückzahlen wollen. Eskild war ein wenig früher gekommen als erwartet. Schon am 2. Dezember war er aufgetaucht; er hatte sich im Ullevål-Krankenhaus die Mandeln herausnehmen lassen, nachdem er über ein Jahr auf der Warteliste gestanden hatte. Die Schmerzen im Hals machten ihm arg zu schaffen, und deshalb hatte er nicht übermäßig heftig reagiert, als er das Geld nicht sofort bekam. Jetzt ging es auf Weihnachten zu, und Eskild war stocksauer.

»Für jemanden, der verdient, ist die Summe doch Kleinkram. Kannst du nicht deine Mutter oder deine Tante fragen? Noch drei Tage, Daniel. Drei Tage. Wenn du den Rest bis dahin nicht ausgespuckt hast, gehe ich zu Thale oder zu Taffa.«

Eskild zog seine Jacke glatt. Ein Hauch von Mitleid kam in seinen Blick, als er sah, wie Daniel unter der Vorstellung litt, seine Mutter oder seine Tante könnte erfahren, in welchen Sumpf er geraten war. Doch dann verzog er das Gesicht und murmelte: »Drei Tage, wie gesagt. Montag.«

Damit war er verschwunden.

Daniel musste das Geld besorgen. Er konnte eins der Bücher von seinem Großvater verkaufen. Eigentlich wollte er das nicht: Er sah den alten Mann vor sich im Sessel sitzen, mit struppigen Augenbrauen wie kleine Hörner über den schmalen eisblauen Augen.

»Was immer du tust, Daniel, meine Bücher darfst du nie verkaufen. Mach, was du willst, aber meine Bücher darfst du nie, nie verkaufen.«

Daniel schloss die Augen und spürte, wie die trockenen Finger des Alten vorsichtig über seine Wange strichen. Der Gestank von Schweiß, Schimmel und süßlichem Weihrauch trieb ihn aus dem Bett, und er taumelte zu der Wand neben der Zimmertür hinüber. Dort standen fünf Kartons mit Büchern des Großvaters. Die hätte er vermutlich gar nicht hier aufbewahren dürfen, seine Wohnungstür hatte nur ein altmodisches Yale-Schloss, das mit einer Kreditkarte oder einem Bratenwender aufgestemmt werden konnte. Außerdem besaß seine Vermieterin einen Reserveschlüssel.

Er nahm ein Buch oben aus dem zweiten Karton.

Hamsuns »Hunger«, eine fast unberührte Erstausgabe. Niemals. Hamsun hatte der Großvater ganz besonders geliebt. Ab und zu war Daniel der Verdacht gekommen, dass der Alte sich nicht nur für Hamsuns Literatur begeisterte. Er hatte dieses Thema nicht zur Sprache gebracht. Er hatte mit seinem Großvater nie über Politik diskutiert.

In einer eigenen kleinen Schachtel, sorgfältig in Plastikfolie eingeschlagen, lag das »Lied vom roten Rubin«. Der Großvater hatte gesagt, den Umschlag dürfe man nie berühren. Der makellose Zustand des Schutzumschlags mache, zusammen mit der außergewöhnlichen Widmung, den besonderen Wert dieser Erstausgabe aus. Eine gezeichnete Frau schaute den Betrachter durch einen schmalen Spalt an; Daniel hatte die Symbolik nie begriffen. Auf das Vorsatzblatt hatte der Autor geschrieben: »Für Ruth, von Agnar«.

Der Großvater hatte dieses Buch im Grunde nie leiden können.

Daniel hatte keine Ahnung, was es wert sein mochte. Aber er kannte die im Herbst erschienene große Mykle-Biografie und wusste von daher, dass die Widmung des Autors mehr wert war, als er bisher geahnt hatte.

Er legte das Buch beiseite und verschloss den Karton sorgfältig. Obwohl es erst kurz nach halb fünf war, musste er duschen. Sollte seine Vermieterin doch sagen, was sie wollte.

Als sein Beschluss feststand, ein oder zwei der Bücher von seinem Großvater zu verkaufen, rechnete er mit einer Art Erleichterung. Sie blieb aus, aber er ließ sich nicht beirren. Er brauchte vierundzwanzigtausend Kronen und wusste jetzt, wie er sie sich beschaffen konnte.

42 Der Hinterhof war groß, hell und luftig. Die Erdstreifen, die im Sommer vermutlich zu gepflegten Rosenbeeten wurden, versteckten sich jetzt unter Sackleinen und einer schmutzigen dünnen Schneeschicht. Hier und dort bohrte sich ein dorniger Zweig durch den groben Stoff.

Hanne Wilhelmsen musterte die Hauswände und rief: »Die Reine Faust lebt immerhin stilecht. Diese Häuser sind nach Vorbildern aus der britischen Architektur erbaut worden. Nationalisten neigen durchaus zum Ausländischen, wenn es nur vornehm genug ist. Welchen Aufgang nehmen wir uns zuerst vor, A, B oder C?«

»C«, sagte Silje entschieden. »Wir fangen mit C an.«

Die Hausbewohner waren offenbar alle einkaufen gegangen. Es war der letzte Freitag vor Weihnachten, noch nicht einmal fünf Uhr nachmittags. Niemand reagierte, als Hanne auf die ersten Klingelknöpfe drückte. Beim siebten meldete sich nach einem kurzen Piepsen eine tiefe Männerstimme.

»Worum geht es?«

»Hier ist die Polizei«, sagte Hanne Wilhelmsen. »Wir suchen eine Frau, die ... in diesem Haus wohnt angeblich eine Dame, eine vermutlich schon etwas ältere Dame. Wir wollen nur kurz mit ihr sprechen, sie ist eine eifrige Leserbriefschreiberin und ...«

»Tussi Helmersen«, sagte der Mann. »Aufgang B. Viel Glück übrigens. Ihr Mundwerk geht doch ununterbrochen.«

Ein Klicken verriet, dass der Mann nicht so redselig war wie seine Nachbarin.

»Yesssss«, rief Silje. »Gleich beim ersten Versuch ein Volltreffer.«

»Werden sehen«, erwiderte Hanne weniger enthusiastisch und folgte ihrer Kollegin zum nächsten Aufgang.

Die Namen der Bewohner waren mit weißen Buchstaben in kleine schwarze, neben den Klingeln befestigte Platten graviert. Tussi Gruer Helmersen wohnte offensichtlich am längsten in diesem Komplex; ihr Name war halb verwischt. Hanne konnte nicht genau erkennen, ob da Gruer oder Gruse stand.

»Gruer«, sagte Silje. »Das muss Gruer heißen. Der letzte Buchstabe ist jedenfalls ein r.«

Sie klingelte. Keine Reaktion. Hanne klingelte. Noch immer keine Reaktion.

»Zum Henker«, sagte Silje verzweifelt.

»Was hattest du denn erwartet? Dass sie hier nett und ordentlich sitzt und auf uns wartet?«

Hanne versuchte ihr Glück bei den übrigen Wohnungen. Eine Kinderstimme antwortete.

»Hallo«, sagte Hanne. »Ist deine Mama zu Hause?«

»Hhm.«

»Heißt das Ja oder Nein?«

»Ja.«

»Meinst du, ich könnte mal kurz mit ihr reden?«

»Wieso denn?«

»Hallo?«

Eine Frau hatte dem Jungen den Hörer weggenommen. Sie öffnete die Tür und erwartete sie im vierten Stock. Ein kleiner

Junge lugte halb verlegen, halb neugierig hinter ihrer Hüfte hervor.

Hanne zeigte ihren Dienstausweis und stellte sich und ihre Kollegin vor. Der Junge strahlte und ließ den Oberschenkel seiner Mutter los.

»Seid ihr echt von der Polizei?«

»Und wie«, sagte Hanne Wilhelmsen und zog einen kleinen Streifenwagen aus der Jackentasche. »Hier. Der ist für dich.«

Silje schaute sie überrascht an. Der Junge rannte in die Wohnung und rief: »Lalü, lalü!« Der Wagen sauste wie ein Flugzeug durch die Luft.

»Allzeit bereit«, murmelte Hanne. »Eigentlich suchen wir Frau Helmersen. Kennen Sie die?«

»Was für eine Frage ...« Die Frau verdrehte die Augen, wischte sich die Hände an der Schürze ab und bat die Besucherinnen ins Wohnzimmer. Dort war deutlich zu sehen, dass Mutter und Sohn mit Weihnachtsvorbereitungen beschäftigt gewesen waren. Der Tisch war mit rotem und grünem Glanzpapier, Scheren, Alleskleber und kleinen Tüten bedeckt. Als das Licht der Deckenlampe in ihr Gesicht fiel, sah Hanne, dass das Kinn der Frau von Goldpuder überzogen war. Der Junge saß auf dem Boden und ärgerte eine kleine Katze mit einem Strang Lametta. Den Streifenwagen hatte er in einen Geschenkekorb gesteckt.

»Verzeihen Sie die Unordnung«, sagte die Mutter und bot ihnen Stühle an. »Tee? Ich habe schon welchen fertig, es macht also keine Umstände. Ich heiße übrigens Sonja, Sonja Gråfjell. Und das ist Thomas.« Sie lächelte zu dem Jungen hinüber.

»Und Tigi«, erklärte Thomas und hob den Kater an den Vorderbeinen hoch.

»Tussi Helmersen«, sagte Sonja Gråfjell langsam. »Eigentlich witzig, dass Sie nach ihr fragen. Ich hatte schon mit dem

Gedanken gespielt, mich an die Polizei zu wenden. Wegen Frau Helmersen, meine ich. Aber es kam mir dann doch ein wenig ... dumm vor.«

»Ach«, sagte Hanne Wilhelmsen ruhig. »Und wieso das?«

»Warum mir das dumm vorkam? Na ja, ich meine ...«

»Nein. Warum wollten Sie mit der Polizei über Frau Helmersen sprechen?«

Sonja Gråfjell hob die Stimme und schaute zu ihrem Sohn hinüber. »Thomas. Kannst du mal eben in die Küche gehen und Tigi frisches Futter und Milch geben? Im Küchenschrank steht eine offene Dose.«

Der Junge maulte, er hatte sichtlich keine Lust.

»Thomas. Du hast doch gehört, was Mama gesagt hat.«

Widerwillig stand Thomas auf, nahm den Kater unter den Arm und stapfte zu einer Tür auf der anderen Seite des Zimmers.

»Sie hat Thomas' Kater umgebracht«, sagte die Mutter leise. »Sie hat Helmer vergiftet.«

Hanne schluckte und schaute Silje an. Die blickte verwirrt zur Küchentür hinüber.

»Nicht Tigi«, erklärte Sonja Gråfjell eilig. »Der ist ganz neu. Frau Helmersen hat Helmer umgebracht. Tigis Vorgänger. Thomas kam aus der Schule und ... er hat eine Höllenangst vor Frau Helmersen, diese Person tyrannisiert den ganzen Block. Er hat gesehen, dass sie einen Teller mit Milch hingestellt hat – vielleicht war es auch etwas anderes. Ich war noch bei der Arbeit. Als ich nach Hause kam ... war Helmer tot, und ich habe zu meinem Mann gesagt, wir ... Bjørn, also, mein Mann, meinte, wir hätten keine Beweise und es sei auch nicht ... ist es strafbar, fremder Leute Katzen umzubringen?«

Sie redete abgehackt und hastig, so als sei es eine gewaltige Erleichterung, diese Last endlich mit jemandem teilen zu können.

Sie fuhr sich über die Stirn und sah sie eine nach der anderen voller Hoffnung auf eine Antwort an.

»Lassen Sie uns die Sache noch einmal von Anfang an durchgehen.« Hanne lächelte aufmunternd. »Thomas kam aus der Schule. Was passierte dann?«

Sie brauchten über zehn Minuten, um die ganze Geschichte zusammenzubringen. Thomas kam aus der Küche zurück, wurde absolut gegen seinen Willen angezogen und mit Tigi hinunter auf den Hof geschickt.

»Das ist auf jeden Fall strafbar«, sagte Silje ohne große Überzeugung. »Einfach eine Katze umzubringen, meine ich.«

»Das kann unter das Tierschutzgesetz fallen«, sagte Hanne. »Und es ist zweifellos eine Verletzung fremden Eigentums. Wissen Sie zufällig, wo diese Tussi sich gerade aufhält?«

»Ich habe sie seit Tagen nicht gesehen. Ich hoffe, sie macht Urlaub.« Sonja Gråfjell schauderte und spielte an einem Engel herum, der aus dem Kern einer Klopapierrolle hergestellt war. Der Heiligenschein aus einem vergoldeten Pfeifenreiniger fiel auf den Boden. »Diese Frau ist ganz einfach unheimlich.«

»Das finde ich auch, Mama. Frau Helmersen ist schrecklich unheimlich.« Der Junge hatte offenbar auf der Treppe kehrtgemacht.

»Ich glaube, sie fängt Katzen. Vielleicht ist sie ... so eine Hexe, die Tiere frisst. Ich habe Tigi aus ihrer Wohnung gerettet. Er ist hineingelaufen, weil die Wohnung ...« Er verschluckte das letzte Wort und errötete ein wenig.

»Thomas«, sagte die Mutter streng. »Du warst bei Frau Helmersen in der Wohnung?«

Der Junge nickte zaghaft.

»Aber nur, weil Tigi reingelaufen war. Ich wollte nicht, dass Frau Helmersen ihn fängt. Aber die war gar nicht zu Hause.«

Thomas' Verlegenheit war wie weggeblasen. Die beiden Polizistinnen wollten hören, was er zu erzählen hatte, das sah er ihnen an. Er lächelte triumphierend und zeigte dabei ein großes Loch im Oberkiefer, da, wo vor Kurzem noch seine Schneidezähne gesessen hatten.

»Frau Helmersen hat überall Medizin rumliegen«, lispelte er eifrig. »Mehr als Oma. Viel mehr als ... die Apotheke. Überall. Auf dem Tisch und dem Fernseher und der Kommode und überall.«

Er ließ den Kater los und machte drei vorsichtige Schritte ins Zimmer hinein, wobei er zu seiner Mutter hinüberschielte.

»Wir haben nur einen Medizinschrank. Mit einer Schlange. Die sagt, dass Medizin gefährlich ist. Die Schlange.«

Thomas öffnete den Reißverschluss seiner Steppjacke. Hanne Wilhelmsen beugte sich vor und stützte die Ellbogen auf die Knie.

»Bist du dir da ganz sicher? Dass es bei Frau Helmersen so viel Medizin gibt?«

»Ja.« Er nickte heftig.

»Steht die im Wohnzimmer? So ganz offen?«

»Mhm. So wie ...« Er schaute zum Fernseher hinüber und zeigte auf drei gläserne Spatzen. »So wie die Vögel da. Als Schmuck, irgendwie.«

Hanne sprang auf und ging zu dem Jungen hinüber. Ihren Tee hatte sie nicht angerührt. Sie fuhr dem Kleinen über den Kopf.

»Du kannst später zur Polizei kommen, Thomas. Du wirst ein richtig tüchtiger Polizist. Vielen Dank für all die Auskünfte.«

Sie nickte Sonja Gråfjell zu und winkte Silje zu sich. Unten auf dem Hof wählte sie die Nummer der Wache. Nach einem kurzen Gespräch schaltete sie ihr Telefon aus und schüttelte resigniert den Kopf.

»Annmari Skar erlaubt uns nicht, die Tür zu öffnen. Sie meint, es sei nicht dringend genug. Die nun wieder. Die meisten Juristen haben eine seltsame Vorstellung davon, was dringend ist und was nicht.«

Sie putzte sich die Nase und rieb sich die Lippen mit Mentholcreme ein.

»Also müssen wir Tussi finden. Und höflich um Erlaubnis bitten. Ich werde schon noch in diese Wohnung kommen. Nicht wahr, Silje?« Sie klopfte der jungen Kollegin den Rücken.

»Sicher«, sagte Silje Sørensen. »So schwierig kann es ja wohl nicht sein, eine Tussi wie Tussi Helmersen ausfindig zu machen.«

Es war noch genau eine Woche bis zum Heiligen Abend, und ein milder Wind konnte den Eindruck erwecken, dass ein Wetterumschwung unmittelbar bevorstand.

43 Die anderen Gäste hatten ihre Abendmahlzeit längst beendet. Auf dem langen Tisch aus grobem Kiefernholz, der mitten im Raum stand, fand sich ein begrenztes Speiseangebot: Kräutertee, Haferschleim und Obst. Tussi Gruer Helmersen war auf Spezialdiät gesetzt worden und bekam nur eine dünne Kartoffelbrühe. Die Tasse vor ihr war halb voll, der Inhalt lauwarm. Neben der Untertasse lag ein hoher Zeitungsstapel. Frau Helmersen setzte ihre Brille auf. Die Gläser ließen ihre Augen in dem schmalen Gesicht seltsam groß aussehen. Sie achtete nicht auf das Personal, das die Reste der Mahlzeit abräumte, die im Übrigen mehr kostete als das üppigste Hotelbüfett. Die Gesundheitsfarm bot ihren Gästen karge Kost und viel Bewegung und verlangte für beides einen Höllenpreis.

Tussi Helmersen hatte die Leserbriefe studiert und machte sich nun an die Kriminalreportagen. Die Mittagszeitungen brachten immer noch täglich zwei bis drei Seiten über den Fall Ziegler. Ein bewaffneter Postüberfall in Stavanger war auf eine knappe halbe Seite weit hinten in den Zeitungen verbannt worden, und eine brutale Vergewaltigung in Enerhaugen wurde nur kurz erwähnt.

Frau Helmersen kniff die Augen zusammen und starrte auf *Dagbladet*:

» ›Gut informierte Quellen‹ «, murmelte sie und ließ ihren Finger den Zeilen folgen, » ›haben unseren Reportern gegenüber bestätigt, dass Brede Ziegler sich in Italien finanziell sehr stark engagiert hatte. Die Ausmaße seiner Investitionen in italienische Firmen bleiben jedoch unübersichtlich.‹ Ha!«

Sie schaute sich verwirrt um, wie auf der Suche nach einem Gesprächspartner. Das Personal war verschwunden. Vor den Panoramafenstern sah sie im schwachen Abendlicht, wie drei Gäste über eine Wiese auf einen Waldweg zugingen. Sie machte Anstalten, sich zu erheben, überlegte sich die Sache dann aber anders und las weiter.

» ›Der Polizeipräsident von Oslo will sich nicht zu den Gerüchten äußern, der Verstorbene sei in Geldwäsche verwickelt gewesen. Hans Christian Mykland bezeichnet das Ganze als pure Spekulation.‹ Das kann ich mir denken!«

Eine junge Frau mit einem Wischlappen in der Hand kam herein. Ziemlich inspiriert ließ sie den Lappen über den Büfetttisch tanzen, ohne auch nur einmal zu Frau Helmersen hinüberzuschauen.

» ›Quellen bei INTERPOL bestätigen, dass Mafiamorde oft wie symbolische Handlungen aussehen. Diese Quellen wollen die Möglichkeit nicht ausschließen, dass der Mord an Brede Ziegler als Warnung für die norwegische Polizei betrachtet werden sollte. Justizministerium und Wirtschaftskripo haben gemeinsam mehrere europäische Initiativen zur Bekämpfung des Waschens von Geldern aus kriminellen Unternehmungen vorgestellt.‹«

Tussi strahlte die klinisch weiß gekleidete Hotelangestellte an. »Sieh dir das an«, sagte sie wütend. »Mafia! Das habe ich immer schon gesagt.«

Die andere zuckte die Schultern und schüttelte über einem riesigen Kamin aus grobem Granit den Lappen aus.

»Lebensmittelimport. An der Mafia führt kein Weg vorbei. Was sagen Sie denn zum Kronprinzen, junge Dame?«

»Der ist doch gar nicht schlecht«, sagte die junge Frau hilflos.

»Gar nicht schlecht? Lesen Sie keine Zeitungen? Es kann uns passieren, dass Norwegen ohne Königin dasteht. Der Kronprinz war mit *Homosexuellen* aus!«

»Aber in den Zeitungen steht vor allem was über die Frauen, mit denen er ausgeht«, erwiderte die andere und vertiefte sich in ihre Arbeit.

»Sie sollten das nicht auf die leichte Schulter nehmen, junge Dame.« Tussi rückte ihre turbanartige Mütze aus lila Wolle zurecht. »Der Kronprinz hätte bei der Armee bleiben sollen, wie sein Vater. Was soll denn das, einen Kronprinzen zum Studium in die USA schicken! Bald fährt er wohl auf Studienreise nach ... Pakistan! Der Knabe interessiert sich doch offenbar mehr für diese Ausländergruppen als für uns, uns Alte, die dieses Land aufgebaut haben.«

»Ich muss arbeiten«, sagte die Hotelangestellte mürrisch.

»Ja, es ist noch viel zu tun.«

Immer wieder glitt die Mütze ihr in die Augen. Frau Helmersen zog sie extra weit nach hinten. Ihre Haare kamen zum Vorschein, rot mit grauem Ansatz.

»Hinweistelefon«, murmelte sie und blätterte wütend in *VG*.

»Als könnte das der Polizei auch nur im Geringsten weiterhelfen ... «

Sie faltete die Zeitungen sorgfältig zusammen und nippte an ihrer Kartoffelbrühe. Sie hatte schrecklichen Hunger und freute sich auf die Schokolade, die sie im Kleiderschrank versteckt hatte. An diesem Abend wollte sie sich außerdem noch eine halbe Tüte Kartoffelchips gönnen.

Und ein Schnäpschen dazu, nur dem Herzen zuliebe. Und um ein wenig zu feiern. Das hatte sie sich nun wirklich verdient.

44

Als ihr der Gedanke das erste Mal gekommen war, hatte nichts dagegengesprochen. Im Grunde war sie ja frei. Sie konnte machen, was sie wollte. Die Reise hatte nur elf Stunden gedauert. Sie hatte das Gefühl, ebenso viele Jahre nicht mehr zu Hause gewesen zu sein. Das kalte Wasser machte ihr eine Gänsehaut. Als sie aus der Badewanne stieg, wäre sie fast gefallen. Sie griff nach dem Duschvorhang und riss ihn herunter. Hilflos blieb sie stehen und hielt die fröhlich gelbe Plastikplane in der Hand.

Die praktischen Vorbereitungen waren innerhalb von zwei Stunden erledigt gewesen, die Buchung des Fluges und eine eilig gekritzelte Nachricht an ihre Putzfrau. Erst als sie ihre Eltern anrief, um ihnen zu sagen, dass sie in den Ferien nicht nach Hause kommen würde, hatte sich ihr Gewissen geregt. Als Entschuldigung hatte sie einen internationalen Kongress vorgebracht. Nefis hatte ihre Eltern noch nie angelogen. Und auf einmal fiel es ihr erschreckend leicht. Sie war zweiundvierzig Jahre alt und Professorin für Mathematik an der Universität Istanbul, aber manchmal fühlte sie sich immer noch wie ein kleines Mädchen, von dem Mama und Papa enttäuscht sind. Als sie fünfunddreißig geworden war, hatten ihre Eltern die Hoffnung aufgegeben, sie noch verheiratet zu sehen. Da sie sieben Brüder hatte, deren Frauen allesamt ein Kind nach dem anderen auf die Welt brachten, hatten die Eltern langsam gelernt, mit ihrer *kleinen Professorin* zu leben. Dreimal pro Jahr fuhr sie brav nach Hause und spielte in dem großen Haus, das immer von Menschenfülle und endlosen Mahlzeiten geprägt war, die pflichtbewusste Tochter. Die Familie feierte alle muslimischen Feste, allerdings eher, weil es so Brauch war, als aus religiöser Überzeugung heraus. Nefis war gern zu Haus, sie genoss ihre Rolle als einzige Tochter und Tante von sechzehn Nichten und fünf Neffen. Das war ihr eines Leben.

Das andere fand in Istanbul statt.

Sie knüllte den Duschvorhang zusammen und stopfte ihn hinter das Klo. Das Zimmer war so teuer, dass es keinen Grund gab, dieses Malheur an die große Glocke zu hängen. Sie wickelte sich in ein Handtuch und ging zum Fenster.

Vom dreizehnten Stock des Oslo Plaza aus wirkte die Stadt wie ein zusammengescharrter Zufall. Die Straßen schienen eben noch unter Wasser gestanden zu haben; überall lagerte eine graue Feuchtigkeit, die sogar die Leuchtreklamen blass aussehen ließ.

Nefis Özbabacan hatte zwei Leben.

In Izmir war sie die Tochter des Hauses. In Istanbul war sie die international anerkannte Wissenschaftlerin mit eigener Wohnung in einem modernen Stadtteil. Ihr Bekanntenkreis hatte mit der Universität zu tun, dazu kamen noch ein paar Angehörige des diplomatischen Corps. Von ihren Bekannten wurde sie nie gefragt, warum sie nicht verheiratet sei. Da sie daran gewöhnt war, zwei Leben zu leben, hatte es ihr keine sonderlichen Schwierigkeiten bereitet, noch einen dritten Raum im Dasein zu entdecken.

Langsam zog sie sich an.

An der Rezeption war ihr erklärt worden, es sei der letzte Samstag vor Heiligabend und offenbar Hochsaison für die Restaurants. Es könne schwierig werden, ein Taxi zu erwischen. Die Adresse hatten sie immerhin problemlos ausfindig machen können. Sie schauderte leicht, als ihr noch einmal aufging, dass sie aus Istanbul abgereist war ohne eine andere Grundlage als eine Nacht in Verona und den Namen einer Frau, die in Oslo wohnte.

Sie war gerade mit dem Schminken fertig, als das Telefon klingelte.

Das Taxi war gekommen.

45 Vilde Veierland Ziegler lauschte dem Rieseln des Wassers dermaßen konzentriert, dass sie die Frage des Kellners nicht registrierte. Erst als sie zum dritten Mal angesprochen wurde, blickte sie verwirrt auf.

»Ach, Verzeihung, ich warte noch auf jemanden. Aber ... «

Der Kellner hatte sich schon abgewandt.

»Könnte ich wohl ein Glas Eiswasser haben?«

Vilde hatte das Restaurant *Blom* als Treffpunkt vorgeschlagen. Hier würden sie in Ruhe miteinander sprechen können, ohne womöglich Bekannten zu begegnen. Hier verkehrten vor allem ausländische Geschäftsleute, die sich von einem norwegischen Künstlerlokal verlocken ließen, dessen Preise norwegische Künstler schon lange nicht mehr bezahlen konnten. Die Tische waren nur spärlich besetzt, und sie hatte den Eindruck, dass irgendwer den mitten im Raum aufgestellten Springbrunnen lauter gedreht hatte. Das Wasser plätscherte so penetrant, dass sie nicht klar denken konnte.

Claudio kam vier Minuten zu spät. Als er sich setzte, schien es, als habe jemand den Springbrunnen jählings abgewürgt.

»Was haben wir uns eigentlich zu sagen?«

»Guten Abend, zum Beispiel.«

»Guten Abend.«

Er rutschte auf seinem Stuhl hin und her und wich ihren Blicken beharrlich aus. Er schwitzte jetzt schon stark, wirkte aber nicht atemlos. Als er endlich von der gelben Damastdecke hochschaute, blieb sein Blick irgendwo zwischen ihrem Mund und ihrer Nase hängen.

»Hast du dich darauf gefreut?«

Der Kellner brachte eine Karaffe Eiswasser. Er schenkte ihnen beiden ein und empfahl die Auswahl an belegten Broten. Vilde bestellte zwei mit Krabben, ohne Claudio zu fragen.

»Nein.« Sie trank ihr Glas in einem Zug leer und ließ danach die Eiswürfel langsam von einer Seite zur anderen klirren. »Ich habe mich nicht gefreut. Aber ich muss Ordnung schaffen. Da Brede nicht mehr alles für mich entscheiden kann. Dir geht es doch genauso, oder? Jetzt entscheidet nicht mehr Brede.«

»Also, hör mal zu!« Er fuhr sich mit einem kreideweißen Taschentuch über die Stirn und hob den Blick bis zu ihrer Nasenspitze. »Du solltest vielleicht doch noch mal gründlicher darüber nachdenken, was Brede entschieden hatte. Ist es nicht üblich, dass eine Witwe den letzten Willen ihres Mannes respektiert? Brede wollte, dass ich das *Entré* übernehme, wenn ihm etwas passiert. Das war seine Entscheidung.«

Vilde kannte Claudios Schroffheit. Sie hatten sich nie verstanden. Im Laufe der Zeit waren sie zu einem schweigenden Einverständnis gelangt. Sie waren einander aus dem Weg gegangen. Das war nun nicht mehr möglich. Brede war tot und Claudio nicht mehr nur übellaunig. Er hatte auch Angst.

»Dann ist Bredes Tod dir ja gelegen gekommen.« Sie spießte eine Krabbe auf und hob sie an ihren Mund. »Du hast doch geglaubt, du würdest alles bekommen. Und dann sind wir beide ziemlich überrascht worden.«

Die Krabbe verschwand zwischen ihren Lippen, und sie kaute lange darauf herum. Claudio Gagliostro spielte mit einem Dillzweig, er schien keinerlei Appetit zu haben.

»Auch wenn du mich dafür hältst, Claudio – dumm bin ich nicht. Du solltest wissen, dass ich von dem, was mir gehört, nichts hergeben werde. Einfach so, meine ich.«

»Ich halte dich nicht für dumm.«

Er schaute zu zwei Männern hinüber, die soeben einige Tische weiter Platz genommen hatten. Es sah aus, als wisse er selbst nicht genau, ob er die beiden kannte oder nicht und ob es ihm angenehm war, etwas anderes anzuschauen als Vilde, die sich immer wieder langsam die Haare hinter die Ohren strich, eine Krabbe nach der anderen verzehrte und das Brot darunter nicht anrührte.

»Du bist nicht dumm«, wiederholte er, »aber du kannst kein Restaurant leiten. Davon hast du ganz einfach keine Ahnung. Und ich begreife noch immer nicht, worüber du mit mir reden willst.«

»Genau darüber.«

Er erkannte Vilde nicht wieder. Ihr arrogantes Lächeln ließ ihre Augen hart aussehen. Es war ihm unbegreiflich gewesen, warum Brede sich für Vilde entschieden hatte. Natürlich war sie hübsch, aber an hübschen Mädchen hatte es Brede nie gefehlt. An schönen, jungen und in der Regel dummen. Als Brede angefangen hatte, mehr Interesse an Vilde zu zeigen, hatte Claudio angenommen, sein Kompagnon mache eine neue Phase durch. Brede war knapp fünfzig gewesen. Da er selbst keine Midlife-Crisis kannte, hatte Claudio Bredes Beziehung zu Vilde für den

Ausdruck einer verspäteten Angst vor dem Alter gehalten. Aber dass sie geheiratet hatten, war ihm ein Rätsel. Brede hatte keine Kinder gewollt. Eines Nachts, lange nach Ladenschluss, als die beiden Partner im Halbdunkel hinter dem Tresen ein Glas getrunken hatten, hatte Brede erzählt, er sei steril. Er habe das erledigen lassen, hatte er gesagt und gelacht. Es war ein fremdes, fast boshaftes Lachen gewesen, als habe der Mann seiner Umgebung einen ziemlichen Streich gespielt und könne nun endlich darüber reden.

»Genau darüber.«

Claudio fuhr zusammen und ließ die Zitronenscheibe fallen, mit der er gespielt hatte.

»Genau darüber möchte ich mit dir reden. Du hast recht. Ich habe keine Ahnung von der Gastronomie. Deshalb möchte ich mit dir eine Vereinbarung treffen. Die Sache klären, wenn du so willst.«

Claudio ließ sich im Sessel zurücksinken und betrachtete Vilde aus zusammengekniffenen Augen. Sie war wirklich nicht wiederzuerkennen. Wenn sie bisher selten einmal ins Restaurant gekommen war, hatte sie sich benommen wie ein verlegenes kleines Mädchen. Sie hatten kaum ein Wort miteinander gewechselt, und bei diesen wenigen Gelegenheiten war er zu dem Schluss gekommen, dass diese Frau mit Intelligenz wahrlich nicht gesegnet sei.

»Ich habe mit meiner Anwältin gesprochen«, sagte Vilde ruhig. »Sie hat mir alles erklärt. Da das *Entré* in Zukunft uns beiden gehören wird, ist es natürlich wichtig für mich, dass du es weiterhin leitest. Wie du selbst sagst: Ich habe keine Ahnung, wie man ein Restaurant leitet.«

Für den letzten Satz hatte sie sich einen leichten italienischen Akzent zugelegt. Dann kicherte sie kurz und fiel sofort in ihre alte, gut trainierte Rolle zurück. »Aber ich will meinen Anteil am Geld. Ich habe schließlich auch für diesen Laden geschuftet. Auf meine Weise.«

Wieder kicherte sie. Das irritierte Claudio, und eine plötzlich in ihm aufsteigende Wut brachte ihn dazu, endlich direkten Blickkontakt zu suchen. Er beugte sich über den Tisch.

»Wie meinst du das?«, fauchte er. »Hast du ... ist mir doch scheißegal, was du getan hast. Was willst du eigentlich? Oder sollte ich vielleicht fragen, was deine Anwältin will?«

Vilde legte ihr Gesicht gekonnt in nachdenkliche Falten.

»Du spielst mit mir«, fauchte Claudio. »Verdammt noch mal, du spielst mit mir!« Er sprang so heftig auf, dass sein Stuhl umkippte. Ratlos blieb er stehen und starrte zu Boden.

»Ganz ruhig«, sagte Vilde leise. »Ich spiele nicht. Setz dich.«

Er fühlte sich so deutlich von ihr bei den Eiern gepackt, dass er sich in den Schritt fasste. Dann richtete er seinen Stuhl wieder auf, setzte sich zögernd und schielte zum Ausgang hinüber.

»Ich will Geld«, sagte Vilde. »Und zwar jetzt. Meine Anwältin sagt, dass das Nachlassgericht eine Ewigkeit brauchen wird. Viele Monate. Und so lange kann ich nicht warten.«

Claudio schwieg. Sie sah ihn an, lange, als wartete sie darauf, dass er eine Lösung aus dem Ärmel schüttelte für die Probleme, in die sie beide verwickelt waren.

»Meine Anwältin sagt, dass das *Entré* an die fünf Millionen wert ist«, sagte sie schließlich und seufzte laut. »Das bedeutet, dass ich zweieinhalb Millionen von dir verlangen kann, wenn du das Restaurant allein haben willst. Mindestens.«

»Zweieinhalb ...« Er verdrehte wütend die Augen und breitete die Arme aus. »Wie zum Teufel soll ich so viel ...«

»Ich mache dir einen Vorschlag«, fiel sie ihm ins Wort. »Du gibst mir jetzt anderthalb Millionen. Dafür bekommst du zwei

Prozent von meinen Aktien. Damit bist du der Chef. Dann hast du einundfünfzig Prozent.«

»Anderthalb Millionen für zwei Prozent? Wo der ganze Laden fünf wert ist? Ich glaube, du ... «

Wieder fiel sie ihm ins Wort, jetzt wütender: »Wir treffen eine Vereinbarung. In drei Jahren gehört alles dir. Alle meine Aktien werden auf dich überschrieben. Unter der Voraussetzung, dass ich nächstes Jahr eine Million und dann über die beiden folgenden Jahre noch eine bekomme. Insgesamt dreieinhalb Millionen.« Sie hob ihr Glas und trank ihm zu. »Und schwupp. *The Entré is all yours.*«

Eine Gruppe von Japanern in grauen Anzügen betrat das Restaurant. Sie trugen jeder ein kleines Namensschild auf der Brust. Der Kellner, zwei Köpfe größer als seine Gäste, führte sie zu einem Tisch gleich hinter Vilde. Sie senkte die Stimme.

»Oder wir verkaufen das *Entré* sofort. Und sacken beide einen Batzen Geld ein.« Sie lächelte breit und schenkte sich Wasser nach. Die Eiswürfel waren fast geschmolzen.

Claudio konnte das *Entré* nicht verkaufen. Er wusste, dass es für einen Neuanfang zu spät war. Er wurde bald fünfzig und hatte schon einmal alles verloren. Daran wäre er damals fast zerbrochen. Aber er war wieder auf die Beine gekommen, hatte weitergekämpft und endlich etwas erreicht, das sich sehen lassen konnte. Das *Entré* war sein Ziel, das Einzige, was er wollte.

Claudio Gagliostro war in der Gastronomie im wahrsten Sinne des Wortes geboren und aufgewachsen. Er war im Mailänder Restaurant seines Onkels auf dem Küchenboden zur Welt gekommen. Mit fünf Jahren hatte er beide Eltern verloren, absurderweise durch eine Lebensmittelvergiftung. Sie hatten auf ihrer arg verspäteten Hochzeitsreise in einer Kneipe in Venedig verdorbene Miesmuscheln gegessen. Der kleine Claudio war beim Bruder der Mutter aufgewachsen. Er war vierzehn gewesen, als der Onkel Konkurs ging, und seither hatte er selbst für sich gesorgt. Mit wechselndem Erfolg zwar und mithilfe einer Moral, die von seinem Dasein als hässlichster Junge der Straße geprägt war. Aber er hatte etwas gehabt, das sonst niemand hatte: die alljährliche Reise nach Norwegen. Seine Großmutter, die aus Holmestrand kam, hatte nach Jahren der Misshandlung ihren italienischen Mann und damit auch ihre Kinder verlassen. Der Enkel war ihr Leben und ihre Freude, auch wenn sie nach einem kurzen und kostspieligen Kampf mit dem Rechtswesen den Versuch hatte aufgeben müssen, das Sorgerecht für ihn zu erlangen. Der Onkel war großzügig bereit gewesen, ihn in den Sommerferien hinzuschicken, hatte seiner Mutter aber nie verzeihen können, dass sie ihn als Kind im Stich gelassen hatte. Claudio hatte gelernt, aus seiner Muttersprache Kapital zu schlagen. Schon mit acht Jahren hatte er auf der *Piazza del Duomo* gestanden und durch Intuition und scharfes Gehör norwegische Reisende ausfindig gemacht. Er war besonders geduldig gewesen. Es hatten Tage vergehen können, bis er ein neues Opfer fand. Der kleine dunkle Junge mit dem seltsamen Kopf, der überraschenderweise hervorragend Norwegisch sprach, war Mailands teuerster Fremdenführer gewesen. Er war auch nicht davor zurückgeschreckt, seine Kundschaft auszurauben. Angezeigt hatte ihn nie jemand.

Er durfte das *Entré* nicht verlieren.

»Ich brauche das Geld bis Weihnachten«, sagte Vilde. »Viel Zeit darfst du dir also nicht lassen.«

Als sie den Blick hob und ihn ansah, überlief es sie kalt.

»Du bekommst dein Geld«, sagte er spöttisch. »Brede ist tot. Dass er den Fehler gemacht hat, dich zu heiraten, wird mich nicht umbringen. Deine Anwältin soll eine Vereinbarung aufsetzen. Ich melde mich.«

Als er sich wieder erhob, diesmal um zu gehen, war er um einiges ruhiger.

»Du bekommst dein Geld«, wiederholte er. »Auch wenn es gar nicht deins ist.«

46 Die Wohnung sah aus wie ein ausgebombter Puff. Hanne fand zu einer gewissen resignierten Ruhe, als sie sich überlegte, dass diese Beschreibung ja auch zutraf, jedenfalls ein Stück weit. Ungeachtet des Verbotes, anderswo herumzuwühlen als in der Küche, hatte Harrymarry offenbar zu Hause vorbeigeschaut und zugegriffen. Kleider und Gegenstände lagen über Boden und Möbeln verstreut, und die Waschmaschine gab Unheil verkündende Geräusche von sich. Rings um die Luke quoll Seifenschaum hervor. Zwischen Maschine und Dusche zog sich ein breiter weißer Schaumfluss dahin. Hanne schnupperte daran und schloss verzweifelt die Augen, als sie die Spülmittelflasche sah, die leer auf dem Wäschetrockner lag.

Ihre Erkältung war schlimmer geworden. Sie brachte es nicht über sich, aufzuräumen. Stattdessen trieb sie die Unordnung auf die Spitze, indem sie auf der Jagd nach einem alten Trainingsanzug einen Schrank ausräumte. Irgendetwas musste es doch im Fernsehen geben. Etwas, bei dem sie einschlafen konnte. Es klingelte an der Tür.

Hanne hatte Harrymarry mehrere Male beschworen, ja nicht den Schlüssel zu verlieren. Sie erhob sich mühsam vom Sofa und schlurfte hinaus in die Diele. Ohne zu fragen, wer da sei, drückte sie auf den Summer und lehnte die Wohnungstür an. Im Fernsehen lief ein mieser Krimi; sie kehrte zum Sofa zurück.

Aus der Diele kamen fremde Geräusche. Da versuchte jemand leise zu sein. Harrymarry war das nicht, die hörte sich an wie ein wandelndes Schrammelorchester.

Hanne setzte sich auf und verspürte einen Stich der Angst, als sie rief: »Hallo? Wer ist da?«

Keine Antwort.

Mit einem Sprung stand sie in der Diele.

Die Frau vor ihr sah verängstigt aus. Sie trug einen knöchellangen Wildledermantel und knallrote Handschuhe. Als sie Hanne erblickte, streckte sie die Hand aus.

»*I found you*«, sagte sie leise.

Im Badezimmer ertönte ein Knall. Offenbar war die Waschmaschine in die Luft geflogen.

47 Die Zahnschmerzen waren wieder da. Mit einer zufrieden glucksenden Tochter im Arm und einem altmodischen Breiumschlag um den Kopf lief Billy T. in der Wohnung hin und her. Jenny rülpste und griff nach dem Knoten oben auf seinem Kopf. Die Plastiktüte, die er so geschickt mit einem Küchenhandtuch festgebunden hatte, platzte, als er versuchte, den Kopf einzuziehen. Die Kleine hatte Brei an den Fingern und leckte sie glücklich schmatzend ab.

»Dada«, sagte Jenny.

»Dada mich am Arsch«, erwiderte Billy T. honigsüß und griff nach dem Telefon, das schon seit einer Ewigkeit plärrte. »Jaaaa!«

Jenny schmierte Brei über den Hörer. Er wollte sie aufs Sofa setzen, aber da heulte sie los und griff nach seinem Arm.

»Ma-ma«, schrie Jenny und spuckte grauen Klitsch aus.

»Moment noch«, stöhnte Billy T. und hoffte auf einen geduldigen Anrufer. »Mama ist nicht hier, du Dussel. Komm her.«

Endlich konnte er sie mit einer Stoffpuppe ablenken.

»Hallo? Sind Sie noch da?«

»Hallo. Hier ist Dr. Felice. Sie sind offenbar beschäftigt.«

»Meine Tochter möchte einfach gern mitreden. Sie ist neun Monate alt, deshalb nehme ich an, dass es kein Verstoß gegen die Schweigepflicht ist, wenn ich sie mithören lasse.«

Øystein Felice lachte nicht.

»Ich weiß nicht einmal, ob es wichtig ist.«

Er zögerte so lange, dass Billy T. schon glaubte, die Verbindung sei unterbrochen.

»Hallo?«

»Ja, ich bin noch da. Ich wollte Ihnen nur etwas erzählen, das mir erst nach Ihrem Besuch eingefallen ist. Etwas, das in den Unterlagen fehlt, die ich Ihnen gegeben habe. Wie gesagt, ich weiß nicht, ob es wichtig ist, aber ...«

»Nur einen ganz kleinen Moment.«

Billy T. riss sich den Umschlag vom Kopf und fasste sich an die Wange. Jenny hatte das Interesse an ihrer Stoffpuppe verloren und versuchte, vom Sofa zu kriechen. Sie verlor den Halt und fiel zu Boden. Dabei riss sie die Breitüte mit. Das Kind lag mit nacktem Hintern in kaltem Brei. Ihr Gesicht lief dunkelrot an. Billy T. hielt den Atem an und wartete auf ihren Schrei. Er brauchte zwei Minuten, um sie zu beruhigen, und sie lächelte erst, als er das Papier von einer von den Jungen vergessenen Lakritzstange gefetzt hatte. Tone-Marit würde ihn umbringen.

»Endlich«, sagte er verzweifelt zu Dr. Felice. »Tut mir leid.«

»Schon in Ordnung. So ist es bei mir den halben Tag.«

»Worum geht es also?«

»Vor vielen Jahren hat das Ullevål-Krankenhaus sich an mich

gewandt. Wegen Brede Ziegler, meine ich. Das muss '93 oder '94 gewesen sein. Ich fand die Anfrage damals ziemlich seltsam, weil es streng genommen nicht korrekt war, sie an mich zu richten. Es ging um eine Voruntersuchung zu einer Organspende.«

»Hä?«

»Ab und zu werden ja Leute gefragt, ob sie zu einer Organspende bereit wären. Oder zu einer Knochenmarkspende. Ich habe aber nie erlebt, dass eine solche Anfrage über mich gelaufen wäre. Allerdings haben zwei meiner festen Patienten solche Anfragen erhalten.«

»Aber warum ...«

»Ich fand das ein wenig seltsam, wie gesagt, und habe mich sofort an Ziegler gewandt. Er war wütend, und das ...«

Jenny hatte die Spitze der Lakritzstange weggelutscht. Sie hatte erst zwei Zähne, zwei vor dem schwarzen Hintergrund leuchtende Perlen. Wie ein Biber mit Unterbiss raspelte sie die Köstlichkeit in rasantem Tempo Stück für Stück ab und plapperte und lachte dabei.

»Ja«, sagte Billy T.

»Das fand ich schon seltsam. Dass er so wütend wurde, meine ich. Die meisten Leute nehmen eine solche Anfrage sehr ernst. Da kann schließlich das Leben eines anderen Menschen auf dem Spiel stehen.«

»Hat er etwas gesagt?«

»So ungefähr, dass es sich um ein Missverständnis handeln müsse. Ich sollte ablehnen. Das war alles.«

Billy T. ließ Jenny herumkrabbeln, wie sie wollte, schloss die Augen und dachte, dass er nach dem Telefonat wohl die ganze Wohnung würde putzen müssen.

»Ich glaube, ich verstehe das noch nicht ganz«, sagte er. »Schön, dass Sie anrufen, natürlich, aber was Sie da erzählen, sagt mir im Grunde nicht mehr, als wir ohnehin schon wissen. Ziegler war ein verdammter egoistischer Arsch. *Pardon my French.*«

»Schon möglich. Dazu kann ich mich nicht äußern.«

»Aber ...«

»Ich kann nur sagen, dass es bei solchen Anfragen fast immer um Verwandte geht. Um nahe Verwandte. Da Brede Ziegler keine Geschwister hatte und mit seiner Mutter doch weiterhin in Kontakt stand, könnte es sein ...«

»Jenny!«

Die Lakritzstange ließ sich auch als Buntstift verwenden. Die Wohnzimmerwand war weiß. Er brüllte so laut, dass sie Angst bekam, und unter ihrem bloßen Hintern breitete sich langsam eine Pipilache aus.

»Aber was bedeutet das alles denn nun?«

»Als Ermittler kann ich hier nun wirklich nicht tätig werden. Meine ... unqualifizierte Auffassung, könnten wir vielleicht sagen ... geht dahin, dass Brede Ziegler möglicherweise ein Kind hat.«

»Ein Kind?«

»Ja. Ein Kind. Aber genau wissen kann ich das natürlich nicht.«

»Danke«, sagte Billy T. endlich und stieß einen gedehnten Pfiff aus. »Vilde.«

»Wie bitte?«

»Sie haben gesagt, der Mann habe sich sterilisieren lassen. Obwohl er eine junge, fruchtbare Frau heiraten wollte.«

»Ja, aber ich begreife nicht, was das ...«

»Das ist auch gar nicht nötig. Tausend Dank für Ihren Anruf. Ich melde mich bald wieder. Ziemlich bald, sogar.«

Er legte das Telefon auf den Wohnzimmertisch und schnappte sich seine Tochter. Sie war nass und stank nach Pipi, Lakritz und altem Brei. Als er sie in die Luft warf und wieder auffing, kreischte sie vor Vergnügen.

»Dada«, sagte Jenny.

»Dada und ganz bestimmt von hier bis Heiligabend«, sagte Billy T. und beschloss, Hanne nicht anzurufen.

48

»Papa! Fang mich!«

Der Junge mochte an die sechs Jahre alt sein. Er hing in den Kniekehlen an einem Ast, der haarscharf zu schwach war für sein Gewicht. Ein mittelgroßer Mann mit roter Windjacke und altmodischer Brille schnappte den Jungen und warf ihn sich über die Schulter. Ein kleineres Kind in einem grünen Steppanzug klammerte sich an das Bein des Mannes und wollte auch auf den Arm. Zehn Meter weiter auf dem asphaltierten Weg stand eine Frau mit einer leeren Kinderkarre und sprach in ihr Mobiltelefon.

Der Akerselv floss winterlich kalt unter der Bentsebrücke hindurch und schleppte einen kalten grauen Nebel mit, der sich über die Ebene unten bei der Kirche von Sagene ausbreitete. Kaum ein Mensch war in der Gegend unterwegs. Es war kurz nach elf Uhr morgens am Sonntag, dem 19. Dezember, und Hanne blieb stehen.

»*Shit*«, sagte sie gedämpft.

»*What?*«

Es war ihr verlockend erschienen, mit dem Taxi zum Maridalsvann zu fahren und am Fluss entlang nach Vaterland zu wandern. Sie würden bei frischem Tempo eine Stunde brauchen, und anschließend konnten sie in der Stadt zu Mittag essen. Mit der Nacht abschließen, hatte Hanne gedacht. Zumindest mit dem letzten Teil derselben.

Als Nefis gegen vier von der Toilette gekommen war und nüchtern mitgeteilt hatte, dass sich hinter der unverschlossenen Tür soeben eine alte Frau einen Schuss setze, war Hanne in Tränen ausgebrochen. Dann hatte sie losgeschrien. Harrymarry hatte sich mit verschleiertem Blick die Ohren zugehalten und selig gelächelt.

Als Hanne Harrymarry für unbestimmte Zeit bei sich aufgenommen hatte, war sie davon ausgegangen, dass ihr Gast sie ausrauben würde. Seltsamerweise war bisher nichts verschwunden. Harrymarry war sehr großzügig, wenn es um Leihgaben ging, aber sie brachte alles zurück. Das einzig Wichtige für Hanne war, dass Harrymarry sich an das Verbot von Drogen in der Wohnung hielt.

»Ich bin bei der Polizei. Du *darfst* hier im Haus nichts aufbewahren oder benutzen. Okay?«

Harrymarry hatte genickt, ihr großes Ehrenwort gegeben und allerlei heilige Eide gemurmelt, als die Grundregel während der drei ersten Tage immer aufs Neue wiederholt worden war. Natürlich hatte sie nicht Wort gehalten. Das hatte Hanne in der vergangenen Nacht entdecken müssen. Harrymarry hatte sich die Ohren zugehalten. Alles wäre gut gegangen, hatte sie verkündet, wenn dieses türkische Frauenzimmer nicht andere Klogewohnheiten hätte als Hanne, und woher zum Teufel hätte Harrymarry das wissen sollen?

Nefis hatte die Sache gelassen aufgenommen. Sie hatte verhalten gelächelt und Hannes hingestotterte Erklärung, warum Harrymarry sich in der Wohnung aufführte wie zu Hause, mit einem besorgten Stirnrunzeln akzeptiert.

Hanne hatte Harrymarry mitsamt ihren wenigen Habseligkeiten vor die Tür gesetzt. Sie hatte ihr zwar nicht den Schlüssel abgenommen, aber diese vorübergehende Verbannung markierte immerhin eine Grenze. Danach hatte sie die Wohnung auf den Kopf gestellt auf der Suche nach Dingen, die dort nicht sein durften. Im Spülkasten der Toilette hatte sie zwei in Plastikfolie gewickelte Tagesrationen gefunden, hinter dem Bücherregal im Gästezimmer vier Spritzen. Sie hatte das Heroin ins Klo geworfen und mit Chlor nachgespült. Die Spritzen hatte sie im Medizinschränkchen eingeschlossen. Danach hatten Nefis und sie reichlich früh gefrühstückt. Der Spaziergang sollte ihnen guttun.

»*Shit*«, wiederholte Hanne.

Die vierköpfige Familie ließ sich nicht mehr umgehen. Es waren Håkon Sand, Karen Borg und die Kinder, und Hanne hatte sie als Erste gesehen. Für einen Moment spielte sie mit dem Gedanken, Nefis zum Fluss hinunterzuziehen. Verzweifelt hielt sie Ausschau nach etwas, das einen Abstecher über den verschlammten Rasen rechtfertigen würde. Aber das Einzige, was sie entdecken konnte, waren schlafende Stockenten.

»Hallo«, sagte Håkon verlegen.

Offenbar hätte er sie gern umarmt. Er trat einen winzigen Schritt vor, hob den Arm, erstarrte dann aber. Seine Brille beschlug. Seine Augen waren nicht mehr zu sehen, und er drehte sich zu Karen um.

»Lange nicht gesehen«, sagte Karen unversöhnlich und setzte Liv in die Karre.

Das Kind protestierte. Hans Wilhelm versteckte sich hinter seinem Vater.

»Hallo, Hans Wilhelm. Du bist aber groß geworden. Kennst du mich noch?«

Hanne ging in die Hocke. Vor allem, um die Erwachsenen nicht ansehen zu müssen. Der Junge starrte verlegen zu Boden und schien nicht mit ihr reden zu wollen. Sie erhob sich wieder und wies auf Nefis.

»Das ist Nefis. Eine ... eine Bekannte von mir aus Istanbul. Sie war ... Sie war noch nie in Norwegen.«

Håkon und Karen nickten der Frau in dem Wildledermantel, den roten Handschuhen und den viel zu großen, klobigen Bergstiefeln sehr knapp zu.

»Wir müssen machen, dass wir weiterkommen«, sagte Karen und wollte sich an ihnen vorbeidrängen. »Macht's gut.«

Hanne rührte sich nicht vom Fleck. Sie lächelte Liv an, und die lächelte strahlend zurück und steckte sich einen verschmutzten kleinen Spaten in den Mund.

Das waren Menschen, die ihr einmal sehr nahegestanden hatten. Håkon war anders als Billy T., liebevoller, direkter in seiner Zuneigung, viel weniger auf Konkurrenz bedacht als sein lautstarker Kumpel. Eher bereit zu verzeihen. Er fehlte ihr. Das ging ihr auf, als sie ihn hier stehen sah, hilflos die Hand um den Handschuh seines Sohnes geschlossen, in einer verschlissenen und trutschigen Windjacke und ein wenig zu kurzen, an den Knien ausgebeulten Jeans, mit beschlagener Brille und beginnenden Geheimratsecken; er fehlte ihr wirklich. Nicht so wie Billy T. Eine Versöhnung zwischen ihnen, so, wie sie sie sich wünschte und anstrebte, musste auch von seiner Seite her ein Eingeständnis einschließen, das Geständnis, dass auch er Verantwortung trug für das, was geschehen war. In Cecilies Bett, während Cecilie im Krankenhaus im Sterben gelegen hatte; sie hatten ein Verbrechen begangen, und Hanne konnte sich kaum an mehr erinnern als daran, dass sie sich danach unter der Dusche die Haut blutig geschrubbt hatte.

Hanne hatte allen, die ihr nahestanden, unrecht getan, das wusste sie. Und offenbar wollte ihr niemand die Möglichkeit geben, es zu vergessen. Bei Håkon war das anders. Mit ihm würde sie sich eines Abends hinsetzen und alles erklären können. Nicht kleinreden, sondern einfach erzählen, wie alles gekommen war, warum sie sich so hatte verhalten müssen, was sie dazu gebracht, sie gezwungen hatte. Er würde nicken und vielleicht seine Brille gerade rücken. Håkon würde Kaffee kochen und ihn mit ungesund viel Zucker in sich hineinschlürfen. Sie würde ihn anfassen, ihn an sich ziehen, ihm erzählen, dass sie von ihm träumte, oft sogar. Sie würde ihn lächeln sehen, und alles würde so sein wie früher.

»Entschuldigung«, sagte Karen mürrisch. »Ich will vorbei.«

Karen gehörte Cecilie. Eher Cecilie als Hanne, und Hanne trat beiseite, ohne jedoch Håkon aus den Augen zu lassen. Als er an ihr vorüberging, sah sie durch die trüben Brillengläser seine Augen. Er zuckte ganz leicht mit den Schultern und legte vorsichtig den Daumen ans Ohr und den kleinen Finger an den Mund, flüchtig nur; wir telefonieren, sollte das heißen, aber Hanne war nicht einmal sicher, ob sie richtig gesehen hatte.

»*Some friends*«, murmelte Nefis. »*Who are they?*«

Mit Nefis' Auftauchen am Vorabend war die Wohnung italienisch geworden. Das Chaos, das sie umgab, war plötzlich lateinisch und exzentrisch geworden, die Brote mit Käse und Leberwurst zu Delikatessen. Der Wein aus dem Pappkarton hatte sonnenreich und exklusiv geschmeckt. Die Nacht, bis zu Harrymarry, war ein Neuerleben der Nacht in Verona gewesen, nur näher, so, wie es sein sollte, zu Hause, in Oslo, zwischen Hannes Sachen, in ihrer Welt.

Jetzt wusste sie nicht, ob sie die Kraft haben würde.

Ihre Füße klebten am Asphalt, ihre Schultern schmerzten. Sie drehte sich nach der kleinen Familie um, die unter der Bentsebrücke verschwand und bald außer Sichtweite sein würde, und sie sah Bruchstücke ihrer eigenen harten Geschichte.

»*I barely know them*«, sagte sie und fügte hinzu: »*It was all a long, long time ago. Let's go.*«

Binnen weniger als fünf Minuten hatte sie nicht nur ihre alten Freunde verleugnet, sondern auch Nefis auf eine Art und Weise vorgestellt, die ihr im Hals stecken blieb.

»Scheiße«, sagte sie leise und setzte sich in Bewegung. »Verdammte rabenschwarze Scheiße.«

»*I hate these boots of yours*«, sagte Nefis und starrte die geliehenen Bergstiefel an, ehe sie hinter Hanne herlief. »*And I don't exactly like your friends, either.*«

Wenn bloß Harrymarry noch eine Weile ausblieb!

49

Das Mietshaus in der Bidenkaps gate wurde renoviert. Ein Gerüst streckte sich vom Boden bis über den Giebel. Die Eisenkonstruktion war mit einer grünen Plane verhüllt, die im Nachtwind leise raschelte. Sebastian Kvie schaute unter der Plane nach und stellte fest, dass das Gerüst fertig montiert war und dass bereits mehrere neue Fenster eingelassen worden waren. Überall lagen Reste von rosa Füllmasse herum, und die frisch angestrichenen kreideweißen Fensterrahmen leuchteten im Halbdunkel. Sebastian hatte Glück. Sofort schmiedete er einen neuen Plan. Statt an der Tür zu klingeln und Claudio mit seinem Wissen zu konfrontieren, würde er hinaufklettern und versuchen, durch das Fenster in die Wohnung einzusteigen. Er wusste noch nicht so recht, wie es dann weitergehen sollte. Schließlich hatte er sechs Halbe intus, außerdem zwei Gammel Dansk, die ein Kumpel auf seinen Geburtstag ausgegeben hatte. Überhaupt war diese Unternehmung – mit dem Chef abzurechnen – einem Impuls entsprungen. Aber Sebastian war ganz begeistert von diesem Impuls. Es war an der Zeit, dass jemand den Versuch unternahm, Claudio ein Geständnis seiner Untaten zu entlocken. Die Polizei hatte doch keine Ahnung. Das war in der Zeitung zu lesen. Aber die Zeitungen würden bald etwas ganz anderes schreiben können.

»Unnntttn«, rülpste Sebastian zufrieden.

Die Plane versperrte ihm den Ausblick auf sein Ziel. Aber wenn er erst einmal losgeklettert war, würde es bald einfacher sein. Jedenfalls wusste er, in welcher Wohnung Claudio wohnte. Er war einmal mit Brede bei ihm gewesen, um etwas abzuholen. Da Claudio im vierten Stock hauste und es keinen Fahrstuhl gab, hatte Sebastian sich angeboten, nach oben zu laufen, während Brede im Auto wartete.

Obwohl die Bauarbeiter die Leiter von der Straße auf den ersten Absatz des Gerüsts gezogen hatten, konnte er sich ohne Probleme hochziehen. Er ging dreimal die Woche ins piekfeine Fitnessstudio S. A. T. S.; er wollte nicht schon mit dreißig einen Kochbauch vor sich hertragen müssen. Die Metallverstrebungen knackten unter seinem Gewicht, und er versuchte, möglichst still zu stehen. Nur das ewige Rascheln der Plane vermischte sich mit den Geräuschen der wenigen Autos, die über den Ullevålsvei fuhren, hundert Meter weiter im Nordosten. Die Fenster der Wohnung, vor der er jetzt stand, waren mit dicker Plastikplane abgedeckt. Sebastian kletterte weiter.

Oben im vierten Stock blieb er stehen und rang um Atem. Der Puls dröhnte gegen sein Trommelfell, und als er entdeckte, dass die Plane nur mit kleinen Nylonkrampen an den Metallstangen befestigt war und sich jederzeit losreißen konnte, bekam er es mit der Angst zu tun. Aus irgendeinem Grund hatte er dieses grüne Teil bisher als solide Wand aufgefasst. Sebastian schwankte.

Das Fenster ganz hinten war erleuchtet.

Sebastian packte die Stange und wollte sich hinüberschleichen. Metall kreischte gegen Metall, als er sich in Bewegung setzte. Die Fenster hier oben waren noch nicht ausgewechselt worden. Er presste die Nase gegen das erste. In dem dunklen Raum waren die Umrisse einer Bank zu erkennen und, bei genauerem Hinsehen, ein Kühlschrank. Nach seiner Berechnung musste das Claudios Wohnung sein. Er drückte mit der Faust gegen den Fensterrahmen. Der gab nicht nach.

»Was zum Teufel hatte ich denn erwartet«, murmelte er und wollte schon wieder nach unten kraxeln. Der Wind war stärker geworden, er fror.

Das nächste Fenster war größer. Er stieg über eine in Kniehöhe angebrachte Querstange hinweg und fingerte in seiner Tasche nach dem Schweizer Messer. Eigentlich war er sich sicher, dass er es eingesteckt hatte. Er ging nie ohne dieses Messer aus dem Haus, es hatte seinem Großvater gehört und wurde fast jeden Tag benutzt.

Er konnte in dem Zimmer hinter dem Fenster noch einen Schatten erkennen, dann stürzte er ab. Das Fenster wurde vielleicht nicht allzu heftig aufgestoßen, aber es kam so unerwartet. Es traf Sebastian an der linken Schulter. Sein Oberkörper kippte über das Gestänge gegen die Plane und zog die Beine hinter sich her. Er knallte gegen die Verstrebungen im dritten Stock und brach sich den Arm, als er im zweiten versuchte, sich abzustützen. Vor dem ersten Stock des Mietshauses in der Bidenkaps gate war die Plane sorgfältig befestigt und hielt seinen Sturz für einen Moment auf. Dann riss sie sich auch dort los, und Sebastian knallte mit der Schulter voran auf den Asphalt.

»*Santa Maria*«, sagte Claudio und rannte im Schlafanzug die Treppen hinunter. Immer wieder rief er: »Ein Unfall! Ein Unfall! Von meinem Gerüst ist er gefallen, dieser Einbrecher!«

Unten angelangt, hob er die Plane an.

Ein Blutfaden sickerte aus Sebastians Mundwinkel. Der Junge war bewusstlos, vielleicht tot.

»Er atmet«, schrie Claudio hysterisch einen Nachbarn an, der in einem blauen Schlafrock neben ihm stand und in der rechten Hand ein schnurloses Telefon hielt. »Er atmet. Sebastian! Wir brauchen einen Krankenwagen!«

»Ich habe schon alle Welt verständigt«, flüsterte der Nachbar. »Ist er tot?«

»Nein! Er atmet noch, sage ich doch. Er ... ich hab ihn vor dem Fenster gesehen, vor meinem Fenster, und ...«

Claudio zeigte wütend nach oben, als habe der Nachbar keine Ahnung, wo er wohnte. Eine Frau von Mitte zwanzig, deren Nase und Lippen gepierct waren, beugte sich neugierig über Sebastian. Die heulenden Sirenen kamen immer näher.

»O verdammt, der ist aber blass«, sagte die Frau beeindruckt. »Habt ihr das gesehen? Ist er abgestürzt?«

Sie legte den Kopf in den Nacken und zog die Plane weiter zurück.

»Weg«, schrie Claudio, »geh da weg!«

Ein Krankenwagen, ein Streifenwagen und zwei Feuerwehrwagen bogen fast gleichzeitig um die Ecke. Das Ende der Straße war in Blaulicht getaucht, und spätestens jetzt waren alle wach. Die Leute hingen aus den Fenstern, und schon hatten sich acht Nachtschwärmer um Sebastian versammelt. Der Junge atmete noch immer, und er war noch immer bewusstlos.

Die Polizei brauchte fünf Minuten, um sich davon zu überzeugen, dass nichts brannte, um die roten Autos wegzuschicken und die Gaffer zu verscheuchen. Nur Claudio und der Nachbar im Schlafrock durften innerhalb der Absperrung aus roten und weißen Plastikbändern stehen bleiben. Ein weiterer Streifenwagen hielt mitten auf der Straße, und ein Uniformierter von Mitte dreißig zog Claudio ein Stück beiseite.

»Haben Sie angerufen?«

»Lebt er noch?«

Claudio machte sich aus dem festen Griff des anderen los und lief zurück zu Sebastian. Drei Männer in weißen Kitteln beugten sich über den Jungen. Der Polizist holte einen Kollegen zu Hilfe und versuchte erneut, Claudio beiseitezunehmen.

»Lebt er noch?«, fragte der und schlug wild um sich. »Lebt Sebastian noch?«

Sebastian kam zu Bewusstsein. Er öffnete die Augen, konnte aber offenbar nicht klar sehen. Er wimmerte nicht, klagte nicht; schaute sich nur überrascht um und schien nicht begreifen zu können, was die vielen Menschen von ihm wollten. Dann fiel sein Blick auf Claudio.

»Er hat mich gestoßen«, flüsterte er deutlich hörbar. Die Sanitäter erstarrten. »Claudio hat mich runtergestoßen.«

Die Augen schlossen sich wieder, und die Sanitäter brachten eine Nackenstütze an.

»Wohnen Sie hier?«

Der Polizist war nicht mehr sonderlich freundlich. Claudio nickte und schluckte und nickte wieder und zeigte in die Luft, als hause er im Himmel.

»Gehen wir zu Ihnen nach oben«, ordnete der Polizist an.

»Zu mir nach oben?«

»Ja. Wie heißen Sie?«

Apathisch nannte Claudio Namen und – was ziemlich überflüssig war – Adresse. Er registrierte kaum, dass der Polizist alles per Funk weitergab.

Der Krankenwagen bog in die Wessels gate ab und war gleich darauf verschwunden.

Claudio schwitzte nicht mehr. Er klapperte mit den Zähnen und zitterte am ganzen Leib.

»Ich will nicht nach oben«, jammerte er. »Wir können hier reden.«

Das wollten die Polizisten nicht.

»Hier?«

Der ältere Beamte zeigte auf die Doppelfenster in Claudios Wohnzimmer. Er war völlig außer Atem, nachdem er den Italiener mehr oder weniger alle Treppen hochgeschleppt hatte. Ein Kollege stand in der Türöffnung, um einen eventuellen Fluchtversuch zu verhindern. Claudio Gagliostro schien sich dafür aber auch nicht zu eignen. Er saß apathisch auf einem Holzstuhl, gewandet in einen quer gestreiften Schlafanzug, der ihn in dieser Situation wie einen Knastbruder aussehen ließ.

»Mhm. Ja.«

»Was ist passiert?«

Claudio gab keine Antwort.

»Hal-loooo!«

»Ich habe geschlafen.«

Claudio zupfte an seinem Flanellschlafanzug, wie zum Beweis dafür, dass er die Wahrheit sprach. »Ich habe geschlafen«, wiederholte er. »Dann habe ich Geräusche gehört. Die Firma, die … wir waren gewarnt worden, wir sollten vor Einbrechern auf der Hut sein, wegen des Gerüsts. Ich bin von seltsamen Geräuschen geweckt worden und wollte nachsehen. Ich habe das Fenster aufgemacht und …« Er keuchte auf und schüttelte den Kopf.

Der Polizist beugte sich aus dem offenen Fenster, ohne etwas zu berühren.

»Können Sie erklären, wieso der Junge behauptet hat, Sie hätten ihn gestoßen?«

Der Mann redete, während er sich aus dem Fenster lehnte, und Claudio war sich nicht sicher, ob er richtig gehört hatte.

»Ich kenne ihn«, sagte er laut. »Sebastian arbeitet bei uns.«

»Diese Weinkästen«, sagte vom Gang her ein in Zivil gekleideter Beamter. Er steckte den Kopf durch die Tür und schaute Claudio an, ohne sich vorzustellen. »Warum haben Sie so viel Wein in der Wohnung?«

Claudio hatte immer noch gehofft. Die eine Längswand des Flurs war mit Weinkästen fast tapeziert. So, wie sie dort standen, konnten sie in einem glücklichen Moment für eine Art Dekoration gehalten werden. Sie waren aus Holz, manche sehr alt.

»Ich glaube, wir machen einen Ausflug auf die Wache, Kagliostro.«

Der Polizist, der aus dem Fenster geschaut hatte, kam auf ihn zu und sprach dabei leise in das Funkgerät, das an einem Riemen von seiner Schulter hing.

»Gagliostro«, murmelte Claudio. »Kann ich ... darf ich etwas anderes anziehen?«

»Natürlich.«

Eine halbe Stunde später fuhr Claudio Gagliostro in einem Streifenwagen zum Grønlandsleiret 44. Er wusste noch nicht, dass er als Verdächtiger galt. Er trug Jeans und ein Leinenhemd, das unter den Armen schon nass war. Seine Socken waren zu dick für die eleganten Schuhe, aber er spürte den Druck um die Zehen nicht. Er schaute auf die Uhr und hoffte, die Sache so bald hinter sich bringen zu können, dass er wenigstens noch zwei Stunden Schlaf erwischte, ehe der Montag so richtig in Gang kam.

Was er auch nicht wusste, war, dass die Polizei bereits die nötigen Befugnisse eingeholt hatte. Und dass im Moment seine Wohnung auf den Kopf gestellt wurde.

50

Für kurze Momente verspürte sie eine Art Bewusstsein. Sie sah sich selbst von außen, in Vogelperspektive, als sitze sie hoch oben an der gegenüberliegenden Wand und beobachte sich, allerdings ohne tieferes Interesse. Der Boden war grün. Sie versuchte, das Gras zu umfassen, kratzte sich aber nur die Finger blutig. Etwas sagte ihr, dass dieses Grüne Beton sei, aber sie konnte ihr Bewusstsein nicht lange genug festhalten, um zu begreifen, wo sie war. Ihr Gehirn schwappte in ihrem Schädel von einer Seite auf die andere. Zuerst fand sie das recht angenehm, dann bekam sie Angst, ihre Gehirnmasse könnte auslaufen. Sie steckte sich die Finger in die Ohren, zog sie aber sehr schnell wieder heraus. Sie schrien. Ihre Finger hatten geschrien. Sie versuchte, sich auf ihre Fingerspitzen zu konzentrieren, hielt sie sich zum Trost an die Lippen.

»Ecstasy«, sagte ein Wärter zu einem anderen. »Scheißspiel. Ich kapier einfach nicht, dass die sich das trauen.«

Es war Montag, der 20. Dezember, früh am Morgen, und die Polizei hatte in Sinsen eine groß angelegte Razzia durchgeführt. Als Vilde Veierland Ziegler vom Fahrersitz ihres Autos gekippt war, hatten die Beamten sich gefragt, wie es ihr überhaupt gelungen war, den Wagen auf der Straße zu halten.

Der Arrest war überfüllt. Ein schweißtriefender Beamter saß in einem spartanisch eingerichteten Zimmer und gab sich alle Mühe, die feste Kundschaft möglichst rasch abzufertigen. Manche standen mit gesenktem Kopf vor ihm, die Mütze in der Hand, andere machten einen Höllenlärm und verlangten einen Anwalt.

»Der Arzt kommt bald«, rief der Beamte Vilde zu, dann drehte er sich zu seinem Kollegen um. »Bringt fast nichts, hier eine Blutprobe zu machen. Können sie nur auf Video aufnehmen.«

Vilde fuhr Auto. Sie brummte und umklammerte ein imaginäres Lenkrad. Claudios Gesicht vor ihr wurde immer größer.

Sie schaltete die Scheibenwischer ein und versuchte, an Sindre zu denken. Der entglitt ihr. Claudio wurde größer. Aus seinen Augen lief schwarzer Schlamm, dann schmolzen sie und wälzten sich wie heißer Asphalt über seine Wangen.

Vilde schrie.

Ihr Schrei übertönte alles im Arrest, und mehrere Häftlinge stimmten ein. Eine Kakophonie aus Geheul, Gebrüll und schrillem Geschrei hallte von den Betonwänden wider, dass die unterbesetzte Arrestzentrale nach Verstärkung rief.

Der leitende Beamte schnappte sich das Telefon, nachdem er zwei Polizeianwärter angeblafft hatte: »Verdammt noch mal, holt den psychiatrischen Notdienst. Die Werwölfin von Nummer zwanzig muss raus hier!«

Sein Blick streifte seine Armbanduhr. Es war noch nicht einmal neun Uhr morgens.

»Stille Nacht«, stöhnte er und öffnete seinen obersten Hosenknopf. »Stille Scheißnacht!«

51

»Mit seiner *Tochter*? War er *pervers*?« Karl Sommarøy dachte an seine eigenen kleinen Töchter und schnitt eine Grimasse. »Aber *warum*?«

Billy T. machte eine resignierte Handbewegung.

»Das passt alles zusammen. Die Frage ist: Warum sollte ein kinderloser Mann in den besten Jahren sich kurz vor seiner Hochzeit mit einer jungen Frau sterilisieren lassen? Antwort: weil er kein Picknick-mit-dem-Tod-Kind zeugen wollte.«

»Oder weil er überhaupt kein Kind wollte«, sagte Karl skeptisch und fuhr sich nachdenklich mit dem glatten Pfeifenkopf über die Wange.

»Frage«, sagte Billy T., unbeeindruckt von dem Einwand seines Kollegen. »Warum hat seine Frau in einer winzigen Bude gehaust, wo sie doch mitten in der Stadt eine fußballplatzgroße Wohnung hatten? Antwort: weil Brede Ziegler es doch ziemlich widerwärtig fand, mit seiner Tochter im Ehebett zu liegen. Trotz allem.«

»Aber ein Motiv hast du mir immer noch nicht genannt.«

Billy T. zupfte sich am Ohrläppchen. »Ich hab keine Ahnung«, sagte er gelassen. »Aber ich werde das schon klären. Wir müssen die junge Witwe einbuchten und uns erzählen lassen, was sie weiß. Komm doch einfach mit. Wir haben viel zu lange gebraucht, um diese Bude in Sinsen zu finden. Andererseits: Was zum Henker hätte diese Adresse uns bisher auch geholfen?«

Er lächelte. Das hatte Karl Sommarøy schon lange nicht mehr gesehen. Jedenfalls nicht, seit Hanne Wilhelmsen zurückgekommen war.

»Geht nicht«, sagte er kurz. »Ich habe noch über dreihundert Überstunden ausstehen und hab meiner Frau versprochen, mit ihr einkaufen zu gehen. Ich hab nicht mehr lange zu leben, wenn ich nicht in einer halben Stunde zu Hause bin. Du musst jemand anderen mitnehmen.«

Billy T. fuhr allein nach Sinsen.

VERNEHMUNG VON TUSSI GRUER HELMERSEN

Vernehmung durchgeführt von Hauptkommissarin Hanne Wil-
helmsen. Abgeschrieben von Sekretärin Rita Lyngåsen. Von dieser
Vernehmung existiert ein Band. Die Vernehmung wurde am Mon-
tag, dem 20. Dezember 1999, um 12.30 auf der Osloer Hauptwache
aufgezeichnet.
Zeugin: Helmer, Tussi Gruer, Personenkennnummer
110529.23789
Adresse: Jacob Aalls gate. 2, 0368 Oslo
Rentnerin, Telefon: 22 63 87 19
Über ihre Pflichten belehrt, aussagebereit. Die Zeugin weiß, dass
die Vernehmung auf Band aufgenommen und später ins Protokoll
überführt werden wird. Die Zeugin ist darüber informiert worden,
dass ihre Aussagen im Rahmen der Ermittlungen im Mordfall
Brede Ziegler erfolgen.

PROTOKOLLANTIN:

Jetzt habe ich das Tonbandgerät eingeschaltet. Ehe es richtig losgeht, möchte ich Sie bitten, einige Ihrer Personalien
zu bestätigen. Sie heißen wirklich Tussi, stimmt das? So
steht es auf Ihrer Geburtsurkunde?

ZEUGIN:

Ja. Sie müssen wissen, ich wurde in einer Zeit geboren, als
die Behörden gesetzestreue Bürger in Ruhe gelassen haben.
Ich heiße so, wie meine Eltern das wollten. Damals gab es

noch nicht solche Ministerien. Oder wer auch immer das heutzutage zu entscheiden hat. Verstehen Sie, ich bin im Mai geboren. Als meine Mutter mit mir aus dem Krankenhaus kam, hatte mein Vater das Wohnzimmer mit Huflattich geschmückt. Zur Feier des Tages, verstehen Sie? Mein Vater hatte nicht viel Geld, aber er hatte Fantasie. *Tussilago farfara* ist der botanische Name des Huflattichs. Huflattich und Fanfaren. Verstehen Sie? Mein Name hat also nichts mit einem blöden Frauenzimmer zu tun. Der Herr soll mich beschützen, ich bin doch nicht ...

PROTOKOLLANTIN *(UNTERBRICHT)*:

Danke, das reicht. Wir müssen nur darauf achten, dass die Personalien stimmen. Es ist schön, dass Sie so schnell herkommen konnten, ich möchte ...

ZEUGIN *(UNTERBRICHT)*:

Das wäre ja noch schöner! Ich bin gekommen, sowie ich Ihren Zettel an meiner Tür gefunden hatte. Bitte melden Sie sich bei der Polizei. Richtig höflich, ja. Sie müssen wissen, dass ich heute früh mit dem Valdresexpress in Oslo angekommen bin, aber sowie ich den Zettel gefunden hatte, habe ich mich auf den Weg hierher gemacht. Ich habe nur schnell mein Gepäck in der Diele abgestellt. Noch nicht einmal um meine Topfblumen habe ich mich gekümmert, obwohl die sicher schrecklichen Durst haben, und ja ... *(Eine Tür schlägt hin und her? Pause)* ... hier bin ich.

PROTOKOLLANTIN:

Schön. Wissen Sie, warum die Polizei mit Ihnen reden möchte?

ZEUGIN:

Warum? Ja, sicher weil die Polizei glaubt, dass ich durchaus interessante Dinge wissen könnte.

PROTOKOLLANTIN:

Gut. Aber wissen Sie, worüber genau die Polizei mit Ihnen sprechen möchte?

ZEUGIN:

Was? Ach, da gibt es so viele Möglichkeiten. Ich halte mich auf dem Laufenden, das kann ich Ihnen sagen. Und man erfährt doch so allerlei. Könnte ich wohl noch einen Schluck von diesem köstlichen Kaffee bekommen?

PROTOKOLLANTIN:

Kaffee? Ja, natürlich. Bitte sehr. *(Scharren, Pause)* Der Polizei ist zu Ohren gekommen, dass Sie bei sich zu Hause sehr viele Medikamente aufbewahren. Gibt es dafür einen besonderen Grund?

ZEUGIN:

Was ist das für eine Unverschämtheit? Hat irgendwer der Polizei erzählt, wie es bei mir zu Hause aussieht? Es kommt nie jemand zu mir; was Sie da gehört haben, ist also die pure Spinnerei. Fragen Sie mich, dann bekommen Sie die richtige Antwort.

PROTOKOLLANTIN:

Wir würden uns Ihre Wohnung sehr gern etwas genauer ansehen, Frau Helmersen. Darf ich Sie so verstehen, dass Sie nichts gegen eine Hausdurchsuchung einzuwenden haben?

ZEUGIN:

Hausdurchsuchung? Ich muss schon sagen! Aber Sie können zu mir kommen, wann immer Sie wollen, junge Dame. Ich werde Ihnen Kaffee und Mor-Monsen-Kuchen anbieten. Davon habe ich reichlich in der Tiefkühltruhe. Sie wissen, ich halte mich an die Traditionen und backe zu Weihnachten, ich ...

PROTOKOLLANTIN *(UNTERBRICHT)*:

Heißt das, dass Sie mit einer Hausdurchsuchung einverstanden sind? *(Papier raschelt, kurze Pause)* Würden Sie dann bitte hier unterschreiben?

ZEUGIN:

Ja, gern. Das ist doch fast wie eine schriftliche Einladung, oder? *(Kurze Pause, Lachen)*

PROTOKOLLANTIN:

Danke. Aber das mit den Medikamenten ... stimmt das? Nehmen Sie viel Medizin?

ZEUGIN:

Ja, leider. In meinem Alter ...

PROTOKOLLANTIN *(UNTERBRICHT)*:

Frau Helmersen, es ist schön, dass Sie so schnell gekommen sind. Aber es wäre von großem Vorteil, wenn Sie sich ein wenig kurz fassen könnten. Versuchen Sie sich auf meine Fragen zu konzentrieren. Wie heißt Ihr Hausarzt? Ich nehme doch an, dass Ihr Hausarzt Ihnen diese Medikamente verschrieben hat?

ZEUGIN:

Mein Hausarzt? Ich kann Ihnen sagen, dass es heutzutage wirklich nicht einfach ist, einen tüchtigen Arzt zu finden. Deshalb gehe ich zu mehreren. Wir könnten sagen, dass ich noch immer auf der Suche nach dem besten bin. Wissen Sie was, neulich hatte ich einen Termin im Ärztezentrum Bentsebru. Der Arzt war kohlrabenschwarz! Als ob ich mich von so einem Hula-Hula-Medizinmann behandeln lassen würde. Wenn ich nicht dringend ...

PROTOKOLLANTIN *(UNTERBRICHT)*:

Bedeutet das, dass Sie sich von mehreren Ärzten Medizin verschreiben lassen?

ZEUGIN:

Ja, aber das habe ich doch schon gesagt. Junge Dame, Sie sollten vielleicht aufmerksamer zuhören.

PROTOKOLLANTIN:

Ich versichere Ihnen, dass ich sehr aufmerksam zuhöre. Reine Faust, sagt Ihnen das etwas?

ZEUGIN:

Ja, natürlich. Ein herrlicher Ausdruck, nicht wahr? Die hart zuschlagende Bildung gewissermaßen. In aller Bescheidenheit ... *(lacht kurz)* ein bisschen wie ich.

PROTOKOLLANTIN:

Ein bisschen wie Sie? Sagen Sie, schreiben Sie Briefe, die Sie mit »Reine Faust« unterzeichnen?

ZEUGIN:

Ich bin ein schreibender Mensch. Das kann ich Ihnen sagen. In dieser Gesellschaft gibt es so vieles, vor dem gewarnt werden muss. Ich weiß ja nicht, wie gut Sie sich auf dem Laufenden halten, aber diese Schulreformen, ganz zu schweigen von der absurden Idee einer Polizeidirektion – das alles muss doch zwangsläufig dazu führen, dass ...

PROTOKOLLANTIN *(UNTERBRICHT)*:

Frau Helmersen! *(Pause)* Ich möchte jetzt wirklich nicht mehr ... Glauben Sie, Sie könnten den Versuch machen, meine Fragen zu beantworten? Das ist eine polizeiliche Vernehmung. Verstehen Sie? Können Sie mir nun sagen, ob Sie mit »Reine Faust« unterschreiben?

ZEUGIN:

Kommen Sie mir ja nicht so, junge Frau. Wo es gerade so gemütlich war ... *(Pause, ausgiebiges Rascheln mit Papier)* Ja, natürlich. Reine Faust ist mein Alias. Und ich nehme an, Ihnen ist dieser Name bekannt. Ich schreibe ja viel in den Zeitungen, kann fast als feste Mitarbeiterin gelten, in der Hauptstadtpresse, meine ich. Deshalb fragen Sie doch, nicht wahr? Weil Sie Reine Faust als markante Diskussionsteilnehmerin kennen?

PROTOKOLLANTIN:

Ich kann Ihnen versichern, Frau Helmersen, dass die Polizei Persönlichkeiten des kulturellen Lebens nicht zur Plauderei bittet. Ich möchte Ihnen einige Briefe zeigen. Die Frage ist, ob Sie die geschrieben haben. Warten Sie ... *(Längere Pause)* Das Protokoll führt die beschlagnahmten Dokumente 17/10/3, 17/10/4 und 17/10/5 auf. Wissen Sie etwas darüber? Über diesen Brief zum Beispiel: »Des Koches Brot, des andern Tod?«

ZEUGIN:

Nein, wie spannend! Glauben Sie, dass jemand mein Alias gestohlen hat?

PROTOKOLLANTIN:

Ich glaube gar nichts. Ich möchte nur wissen, ob dieser Brief von Ihnen stammt.

ZEUGIN:

Ziemlich elegant. Die Formulierung, meine ich. Finden Sie nicht? Aber wissen Sie was, ich schreibe in Zeitungen. Das da stammt nicht von mir. Aber mein Pseudonym ist ja berühmt. Jemand kann es gestohlen haben. Glauben Sie, ich sollte das anzeigen? *(lacht)* Diebstahl geistigen Eigentums, was halten Sie davon, Frau Polizei?

PROTOKOLLANTIN:

(Hörbares Seufzen, Pause) Ich sage, dass Sie antworten sollen ... *(Scharfes Geräusch, Schläge auf die Tischplatte?)* ... auf meine Fragen, Frau Helmersen. Haben Sie Brede Ziegler gekannt?

ZEUGIN:

Eine äußerst unangenehme Person. Aber was heißt schon gekannt ... öffentliche Persönlichkeiten wissen ja eigentlich immer voneinander, das müssen Sie verstehen.

PROTOKOLLANTIN:

Jetzt stelle ich Ihnen eine präzise Frage, und ich verlange eine präzise Antwort. Sind Sie Brede Ziegler je persönlich begegnet?

ZEUGIN:

Sein Restaurant würde ich nicht einmal im Traum betreten, das können Sie mir wirklich glauben. Diese sogenannte moderne Küche, die nicht den geringsten Respekt hat vor ...

PROTOKOLLANTIN *(UNTERBRICHT)*:

Ich warne Sie, Frau Helmersen. Wenn Sie jetzt nicht endlich antworten, werde ich diese Befragung abbrechen und mir die Befugnis zu einer offiziellen Vernehmung holen.

ZEUGIN:

Und komme ich dann vor Gericht? Das wäre mir sehr recht. Wie wird so ein Richter heutzutage eigentlich angesprochen? In meiner Jugend, wo ich übrigens mehrere Male als Schöffin fungiert habe, hieß es »Euer Hochwohlgeboren« ...

PROTOKOLLANTIN *(UNTERBRICHT)*:

(laut) Frau Helmersen! Sind Sie Brede Ziegler begegnet oder nicht?

ZEUGIN:

Aber liebe kleine Frau! Nun regen Sie sich doch nicht so auf. Es geht viel besser, wenn Sie mir einfach zuhören. Ich habe doch schon gesagt, dass ich ihm nicht begegnet bin.

PROTOKOLLANTIN:

Sie sind Brede Ziegler also nie begegnet?

ZEUGIN:

Nein. Aber vor vielen Jahren hatte ich das Vergnügen, ein
Wochenende mit ...

PROTOKOLLANTIN *(UNTERBRICHT)*:

Das haben wir notiert, Frau Helmersen. Und dann möchte
ich wissen, wo Sie am Sonntag, dem 5. Dezember, abends
waren.

ZEUGIN:

Am 5. Dezember? *(Pause)* Das ist doch der Abend, an dem
Herr Ziegler ermordet worden ist. Junge Dame, stehe ich
unter irgendeinem Verdacht? Oder wollen Sie mich nur
aus dem Fall herauschecken? Sie hören, ich kenne meinen
Polizeijargon.

PROTOKOLLANTIN:

(Getrommel, Finger auf dem Tisch? Pause) Wo waren Sie an
dem Sonntagabend? Antworten Sie schon!

ZEUGIN:

Ja, um Himmels willen. Ich gebe mir nun wirklich alle
Mühe, Frau Polizei ... *(Pause, Hüsteln)* Vor zwei Wochen
... ich muss nachdenken ... *(Pause)* ja, das kann ich Ihnen
sagen, junge Dame. Ich habe etwas sehr Ungewöhnliches
gemacht. Einen langen Abendspaziergang nämlich. Ich
habe an einem Artikel über Muslime gearbeitet. Sie stimmen mir doch sicher zu, dass der Einzug der Muslime in
dieses Land eine Gefahr für unsere Kultur und unsere
bodenständigen christlichen Werte bedeutet ... könnte ich
wohl einen Schluck Wasser haben? Jetzt rede ich ja schon
so lange. Ja, danke, danke. *(Pause, deutliche Trinkgeräusche)*
Und deshalb wollte ich mir dieses Ungetüm einmal genauer
ansehen. Dieses Gebäude, über das damals so viel geschrieben worden ist. Also bin ich einfach losgegangen, zu Fuß,

Bewegung ist gesund, wissen Sie, die ganze Strecke von zu Hause bis zum Åkebergvei. Zurück bin ich dann allerdings mit dem Bus gefahren. Das Wetter war an dem Abend so unangenehm. Ein kalter Wind zwang mich, einen kleinen Cognac zu mir zu nehmen, als ich ...

PROTOKOLLANTIN *(UNTERBRICHT)*:

Welches Ungetüm?

ZEUGIN:

Die Moschee, diese entsetzliche Moschee, wissen Sie.

PROTOKOLLANTIN:

Die Moschee im Åkebergvei. Aha. Und um welche Uhrzeit war das?

ZEUGIN:

Nein, das kann ich Ihnen wirklich nicht genau sagen. Aber es war spät. Ziemlich spät, nehme ich an. Sie müssen wissen, ich schlafe nicht so gut. Deshalb dachte ich, ein Abendspaziergang könnte mir helfen. Und zugleich konnte ich mir dieses Machwerk ansehen.

PROTOKOLLANTIN:

Was verstehen Sie unter spät: War es nach Mitternacht?

ZEUGIN:

Tja. Sie stellen aber auch schwierige Fragen. Es muss so zwischen ... *(Pause)* ... zehn Uhr abends und Mitternacht gewesen sein. So in etwa.

PROTOKOLLANTIN:

Und wie lange so in etwa waren Sie bei der Moschee?

ZEUGIN:

Das weiß ich wirklich nicht.

PROTOKOLLANTIN:

Denken Sie nach.

ZEUGIN:

Ich ahne da einen sarkastischen Unterton, junge Frau Polizei. Das passt nicht zu Ihnen, wenn ich mir diese Bemerkung gestatten darf.

PROTOKOLLANTIN:

Versuchen Sie zu schätzen, wie lange Sie vor der Moschee im Åkebergvei gestanden haben zwischen zweiundzwanzig Uhr und Mitternacht am 5. Dezember.

ZEUGIN:

Eine Viertelstunde vielleicht? Aber das ist wirklich nur vage geschätzt. Ich begreife nicht ...

PROTOKOLLANTIN:

Haben Sie dort noch andere Leute gesehen?

ZEUGIN:

Noch andere? Aber liebe kleine Frau, wir reden hier vom schlimmsten Ostend. In den Straßen dort wimmelte es ja dermaßen von Leuten, dass man meinen könnte, die hätten allesamt kein Zuhause.

PROTOKOLLANTIN:

Haben Sie bei der Moschee viele *(»viele« deutlich betont)* Menschen gesehen?

ZEUGIN:

(murmelt undeutlich) Was heißt schon viele ... *(unverständlich)* ... mit dem Taxi nach Hause gefahren.

PROTOKOLLANTIN:

Vorhin haben Sie Bus gesagt.

ZEUGIN:

Bus oder Taxi, das kann ja egal sein. Die Hauptsache ist doch wohl, dass ich sicher nach Hause gekommen bin.

PROTOKOLLANTIN:

Wir müssen jetzt eine kleine Pause einlegen, Frau Helmersen. Es ist 13.35 Uhr. *(Stühlescharren, Tonbandgerät wird ausgeschaltet)*

PROTOKOLLANTIN:

Es ist 13.55 Uhr. Die Vernehmung wird fortgesetzt. Was haben Sie zu Hause für Messer?

ZEUGIN:

Messer? Das ist aber eine seltsame Frage. Ich habe natürlich allerlei verschiedene. Ein gutes Messer darf in der Küche nie unterschätzt werden. Ein gutes Essen verlangt gute Zutaten, aber auch die entsprechende Ausrüstung, sage ich immer. Zum Filetieren benutze ich ein Messer, das ich von meinem Vater geerbt habe, er war ein echter …

PROTOKOLLANTIN:

Wissen Sie, was ein Masahiro ist?

ZEUGIN:

Aber natürlich. Das ist das wahre Kronjuwel, wenn ich es mal so sagen darf. Leider reicht meine schändlich niedrige Rente nicht für den Erwerb solcher Gerätschaften, aber alle, die … das kommt übrigens aus Japan. Ja, diese Japaner. Die sind wirklich ein Volk, das weiß, was es will. Und sie bleiben zu Hause, nicht zuletzt das. Kommen im Urlaub her und fahren wieder zurück. Wie eine zivilisierte Insel mitten im Barbarentum haben sie …

PROTOKOLLANTIN:

Wir müssen leider wieder eine kleine Pause einlegen.

ZEUGIN:

Sie sind aber wirklich schrecklich unruhig, Frau Polizei. Sie sollten es mit Johanniskraut und …

PROTOKOLLANTIN:

Es ist 14.05 Uhr.
(Tonbandgerät wird ausgeschaltet)

PROTOKOLLANTIN:

Es ist jetzt 14.23 Uhr. Mögen Sie Katzen, Frau Helmersen?

ZEUGIN:

Was für eine seltsame Art zu sprechen. Von Messern zu Katzen und dazwischen eine Pause nach der anderen. Aber wenn Sie meine ehrliche Meinung hören wollen, dann bitte sehr. Katzen sind entsetzliche Geschöpfe. In Mietshäusern in der Stadt müsste das Halten von Tieren streng verboten sein, ich habe oft ...

PROTOKOLLANTIN *(UNTERBRICHT)*:

Haben Sie die Katze Ihrer Nachbarn umgebracht? Die Katze der Familie Gråfjell Berntsen?

ZEUGIN:

Also wissen Sie was! Werde ich jetzt schon des Mordes bezichtigt? Familie Berntsen, ja. Ich kenne meine Pappenheimer. Aber Mord ... jetzt sollten Sie sich in Acht nehmen, Frau Polizei. Ich würde nicht einmal im Traum ein lebendes Wesen umbringen. Auch keine Katze.

PROTOKOLLANTIN:

Ich muss Sie darauf aufmerksam machen, dass Sie jetzt im Rahmen der Ermittlungen im Mordfall Brede Ziegler nicht mehr als Zeugin vernommen werden. Sie haben im Laufe der Vernehmung einige Auskünfte erteilt, die für die Polizei Grund genug sind, Sie mit dem Mord in Zusammenhang zu bringen. Sie werden dringend des Mordes und / oder des Mordversuches oder der Beihilfe zum Mord verdächtigt. So lautet die vorläufige Anklage. Die Anklageschrift wurde während der letzten Pause ausgestellt. Für das Protokoll, die Beschuldigte wird informiert ...

ZEUGIN *(UNTERBRICHT)*:

Angeklagt ... soll das heißen, dass Sie mich beschuldigen?

Wir haben über Katzen gesprochen, und jetzt reden Sie plötzlich von Ziegler!

PROTOKOLLANTIN:

Ich wiederhole, die Beschuldigte wird über die Anklage informiert. Sie sind jetzt nicht mehr zum Aussagen verpflichtet. Wollen Sie weiterhin aussagen, mit dem Status einer Beschuldigten?

ZEUGIN:

Aber meine Liebe, ich sage doch so gern aus, ich rede ja schon den halben Tag.

PROTOKOLLANTIN:

Als Beschuldigte haben Sie Anspruch auf Anwesenheit eines Anwalts. Sollen wir einen Anwalt holen oder einfach weitermachen? Ich habe noch einige wenige Fragen.

ZEUGIN:

Natürlich werde ich aussagen. Aber Brede Ziegler habe ich nun wirklich nicht umgebracht. In Wirklichkeit interessieren Sie sich für die Katze, nicht wahr? Ich habe dem ganzen Haus einen Dienst erwiesen, indem ich dieses Biest erledigt habe. Es war das Beste für alle.

PROTOKOLLANTIN:

Und wie haben Sie die Katze also umgebracht?

ZEUGIN:

Mit Arsen. Das setze ich auch gegen die Ratten im Keller ein. Sehr effektiv, das kann ich Ihnen sagen.

PROTOKOLLANTIN:

Mit Arsen? *(sehr laut)* Aber Ihre Ärzte verschreiben Ihnen doch wohl kein Arsen?

ZEUGIN:

Man möchte fast nicht meinen, dass Sie bei der Polizei sind. Arsen gibt es nicht beim Arzt, sondern beim Tierarzt. Man braucht nur zu sagen, dass man ein Pferd in Pflege hat und dass dessen Fell nicht mehr glänzt, und schwupp, schon bekommt man Arsen. Die Apotheke in Ås ist da ausgezeichnet.

PROTOKOLLANTIN:

Das ist eine ungewöhnlich interessante Auskunft. Darauf werden wir später noch zurückkommen. Aber ich würde gern noch weiter über Brede Ziegler sprechen. Haben Sie Brede Ziegler mit »Reine Faust« unterschriebene Drohbriefe geschickt oder nicht? Ich möchte Sie daran erinnern, dass Ihre Lage ernst ist, Frau Helmersen.

ZEUGIN:

Nein, wissen Sie was! Ich habe den Mord an der Katze zugegeben, und mehr habe ich nicht zu sagen. Jetzt will ich nach Hause. Ich bin eine alte Frau. Sie dürfen mich nicht auf solche Weise quälen.

PROTOKOLLANTIN:

Soll das also bedeuten, dass Sie keine Aussage machen wollen?

ZEUGIN:

Kein Wort wird mehr über meine Lippen kommen. Ich will nach Hause. Ich mache eine Kur und möchte jetzt meinen Kräutertee trinken.

PROTOKOLLANTIN:

Das geht leider nicht. Die Anklageschrift liegt vor Ihnen. Wie Sie sehen, handelt es sich dabei auch um einen vorläufigen Haftbefehl. Wir werden Sie in Polizeigewahrsam nehmen, bis wir Ihre Wohnung durchsucht haben. Die Polizei geht davon aus, dass andernfalls Beweise verloren gehen könnten. Wenn wir Ihre Wohnung durchsucht haben, werden wir entscheiden, ob Sie wieder auf freien Fuß

gesetzt werden können. Ich muss Sie jetzt leider in den
Arrest führen, Frau Helmersen.
(Lärm, Zeugin sagt mehrere Male: »Wissen Sie was!«)

Zusatz der Protokollantin:
Die Vernehmung endete um 14.50. Die Beschuldigte bekam wäh-
rend der Vernehmung Kaffee und Wasser. Die Vernehmung wurde
mehrere Male unterbrochen, weil juristischer Rat eingeholt werden
musste. Die Beschuldigte wird in Gewahrsam genommen. Die Pro-
tokollantin wird einen Arzt kommen lassen, da die Beschuldigte
mitgeteilt hat, dass sie sich in Behandlung befindet. Eine Streife
wird zur Wohnung der Beschuldigten geschickt, um die Durch-
suchung vorzunehmen.

52 Auf den Büchern des Großvaters schien ein Fluch
zu ruhen. Daniel hatte das Wochenende damit verbracht, eine Art System in die Sammlung zu brin-
gen. Sobald er ein Buch berührte, spürte er den Blick seines Großvaters im Nacken. Der Alte mochte zwar Haus und Hof verspielt
haben, seine Bücher aber waren ihm heilig gewesen. Es musste für
den alten Mann eine große Versuchung gewesen sein, einiges von
seinem gebundenen Vermögen zu Geld zu machen. Vor allem, als
die Schulden langsam über den Schornstein des Hauses hinaus-
wuchsen, in dem seine Kinder groß geworden waren und aus
dessen Garten seine Frau ein wunderschönes botanisches Meis-
terwerk gemacht hatte. Sie hatte mehr als dreißig Jahre dafür gebraucht. Der Käufer des Grundstücks war ein Bauunternehmer
gewesen, der Haus und Garten sofort in Schutt gelegt hatte, um
vier nebeneinanderliegende Wohnhäuser hochzuziehen.

Daniel hatte sich entschieden.

Er stand vor der Tür zu Ringstrøms Antiquariat. Rechts befand sich die Plattenabteilung. Daniel konnte zu dem Kasten mit den Beatles gehen, »The White Album« heraussuchen, die Platte kaufen und dann mit den beiden Büchern des Großvaters unter dem Arm wieder nach Hause gehen. Noch hatte er die Wahl.

Ein Mann in verschlissenen Jeans kam hinter einem Vorhang hinten im Lokal zum Vorschein. Das handgeschriebene Plakat mit der Aufschrift »Für Kundschaft kein Zutritt« löste sich allmählich von dem dicken Vorhangstoff. Der Mann schien seinen Laden kaum je verlassen zu haben. Seine Haut war fahl, und es störte ihn offenbar nicht weiter, dass sein Pullover sich am Bündchen auflöste.

Der Antiquar schaute ein paarmal gleichgültig zu Daniel hinüber, während er eine alte Dame bediente, die Garborgs »Bauernstudenten« suchte. Daniel blieb ratlos stehen und sah den beiden zu. Als die Frau das Buch tief unten in einer Einkaufskarre verstaut hatte und ihres Weges ging, war er mit dem Antiquar allein.

»Und jetzt zu Ihnen«, sagte der Mann freundlich. »Womit kann ich behilflich sein?«

»Ich habe hier zwei Bücher«, murmelte Daniel und merkte, dass er rot wurde. »Ich wollte nur ... ich dachte, ich könnte ... der Preis. Wie viel sind sie wert?«

»Lassen Sie mal sehen.«

Daniel zog den flachen Karton hervor, den er an der Rückwand des Rucksacks untergebracht hatte, um nichts zu zerdrücken. Vorsichtig nahm er den Deckel herunter und befreite das obere Buch von seinem Plastikumschlag.

»Hier«, sagte er leise.

»Aha.«

Der Antiquar schob sich die Brille auf die Nase. Seine Hände waren lang, schmale, geübte Finger wanderten langsam über den makellosen Einband.

»*Fahrt über das Polarmeer*«, murmelte er. »1897. Schönes kleines Buch. Sehr gut erhaltenes Exemplar. Das ist in der Tat ... «

Er verstummte. Das Buch, das er in Händen hielt, war Nr. 8 einer nummerierten Sonderauflage von hundert Stück. Der Antiquar kannte diese Serie gut, hatte aber nie ein Exemplar gesehen. Als er die Widmung entdeckte, musterte er Daniel kurz und las: » ›Für Hjalmar Johansen. Mit herzlichem Dank dafür, dass Sie mich mutig auf diese Fahrt begleitet haben. Fridtjof Nansen.‹ «

Daniel starrte das Buch an, als habe er es eben erst entdeckt und wisse nicht so recht, wem es gehörte.

»Zeigen Sie mal das andere«, sagte der Antiquar schroff und riss das untere Buch mehr oder weniger an sich. »*Das letzte Kapitel*«, sagte er mit schneidender Stimme. »Knut Hamsun, 1933. Schönes Exemplar. Bin gespannt, was für einen Witz Sie sich hier ausgedacht haben.«

Obwohl er aus irgendeinem Grund ziemlich wütend war – seine Nasenflügel vibrierten leicht, und unter den Augen bildeten sich langsam lila Flecken –, bewegten seine Hände sich weich, fast liebevoll, als sie das Buch aufschlugen.

» ›Herr Reichskommissar Terboven, nehmen Sie dieses Buch entgegen, mit Dank und der Hoffnung auf zukünftige Hilfe. Nørholm, Januar 1941, Knut Hamsun.‹ «

Daniel lächelte zaghaft.

»Wissen Sie eigentlich, was Sie da getan haben?«, fauchte der Antiquar und hob das Buch, wie um Daniel damit einen Schlag zu verpassen.

»Getan?«

»Sie haben eine wunderschöne Erstausgabe mit Ihren Kritzeleien ruiniert! Und woher haben Sie diese Bücher überhaupt? He?«

»Ich habe ... das war mein Großvater, er ...«

Daniel schwitzte. Der Geruch von Staub und Büchern verursachte ihm einen heftigen Niesreiz, aber in seiner Angst schniefte er nur kräftig.

»Dilettant«, kläffte der Mann. »Hamsun hätte so eine Widmung auf Deutsch geschrieben. Er sprach sehr gut Deutsch, und im Januar 1941 hat er Terboven aufgesucht, um um Gnade für ...«

Plötzlich verstummte er. Er schlug das Buch noch einmal auf, hielt sich die Widmung dicht vor die Augen und drehte sie ins Licht der Deckenlampe. Daniel spürte, wie der Schweiß ihm in Strömen über den Leib lief, während es in seiner Nase unerträglich juckte. Er nieste heftig, mehrere Male. Der Rotz lief, und er rieb sich mit dem Pulloverärmel über die Nase. Die steifen Wollfasern machten ihn noch einmal niesen. Der Antiquar knallte Hamsuns Buch zu, schnappte sich das von Nansen und vertiefte sich für mehrere Minuten hinein.

Seine Stimme klang vollkommen verändert, als er endlich rief: »Diese Bücher sind ein kleines Vermögen wert, junger Mann. Bitte warten Sie einen Moment, dann hole ich die nötigen Papiere.«

Daniel bekam kaum noch Luft. Er durchwühlte seinen Rucksack nach der Asthma-Medizin. Offenbar hatte er den Inhalator zu Hause vergessen. Der Mann ließ auf sich warten. Daniel war drauf und dran zu gehen, er brauchte Luft. Der Staub drang in seinen Mund und seine Kehle, und er konnte nur noch mit abgehacktem Schluchzen atmen. Aber der Antiquar hatte die Bücher des Großvaters mitgenommen.

Daniel stöhnte heiser: »Hallo! Ich will ... meine Bücher ... zurückhaben!«

Erst als zwei uniformierte Polizisten in die Tür traten, begriff Daniel, warum es so lange gedauert hatte. Endlich tauchte der Antiquar wieder auf und gab einem der Polizisten die Bücher.

»Es muss ja wohl Grenzen geben«, sagte er beleidigt, als Daniel zu dem wartenden Streifenwagen geführt wurde. »So leicht lasse ich mich nicht an der Nase herumführen.«

53

»Da bist du!«

Annmari Skar saß allein in der Kantine. Ein Weihnachtsbaum, der auch aus dem Vorjahr hätte stammen können, lehnte sich traurig über den Stuhl auf der anderen Seite des Tisches. Irgendwer hatte sich damit amüsiert, die oberen Zierkörbchen mit Kondomen zu füllen. Andere hatten sich die Mühe gemacht, mit Tipp-Ex Gesichter auf die roten Kugeln zu malen; eine hatte eine bemerkenswerte Ähnlichkeit mit dem Polizeipräsidenten.

»Ich habe dich schon überall gesucht!« Silje Sørensen wischte Tannennadeln vom Stuhl und ließ sich der Polizeijuristin gegenüber nieder. »Du hast ja keine Ahnung, was ich zu erzählen habe. Ich finde Billy T. nicht, aber die Sache ist so wichtig, dass ...«

»Nicht noch eine«, seufzte Annmari Skar verzweifelt.

»Noch eine?«

»Vergiss es. Bis auf Weiteres. Was ist los?« Sie wischte sich den Mund, schob die Reste des unappetitlichen Omeletts beiseite, beugte sich über ihre Tasse und schnitt eine Grimasse. »Dieser Kaffee ist schlimm genug, wenn er frisch ist. Aber jetzt ...«

»Sindre Sand steckt ernsthaft in Schwierigkeiten«, fiel Silje Sørensen ihr ins Wort. »Ich habe ihn eben vernommen, auf die alte Weise, meine ich ... ich konnte einfach nicht warten ... Es dauert so lange, bis die Protokolle fertig sind und so ... Er hat gelogen, als ... «

Sie holte Atem und lachte kurz.

»Also«, sie machte einen neuen Anfang, »ich habe Sindre Sand vernommen. Seine frühere Aussage taugt überhaupt nichts.«

»Ach.« Annmari Skar massierte sich den Nacken.

»In seinem Alibi gibt es ein Loch. Ein Loch, so groß wie ein Scheunentor, es ist total absurd, dass wir das nicht schon längst festgestellt haben. Ich war ... «

Sie schob der Polizeijuristin das Vernehmungsprotokoll hin. Eine Minute später war auf der anderen Seite des Tisches das Interesse um einiges gewachsen.

»Er hatte *vergessen*, dass er zwischendurch mehr als eine Stunde nicht im Rundfunkgebäude war?«

»Er sagt, es waren höchstens zwanzig Minuten. Andere reden von einer guten Stunde. Du siehst ja, sie haben bei den Aufnahmen eine Pause eingelegt. Er ist mit seiner Vespa losgefahren, um sich an einer Tankstelle in der Suhms gate Tabak zu kaufen. Dort will er einen alten Schulkameraden getroffen haben, aber ... «

»Aber natürlich kann er sich an dessen Namen nicht erinnern«, sagte Annmari und lächelte kurz. »Diese Geschichte haben wir doch irgendwo schon mal gehört.«

»Er weiß noch den Vornamen. Lars. Oder Petter. ›Oder so‹, wie er sagt.« Silje lachte und fuhr fort: »Er sagt, er fand es so peinlich, den Namen vergessen zu haben, dass er nicht danach fragen mochte. Sie sind in Parallelklassen gegangen. Wir könnten das natürlich überprüfen, aber das dauert. Ich hatte die Hoffnung, die Videoüberwachung der Tankstelle könnte uns weiterhelfen, aber die zeigt nur, dass Sindre um zwanzig vor elf hereinkommt und zwei Minuten später wieder geht. Dieser angebliche Kumpel soll draußen gestanden haben. Aber egal, auf jeden Fall hat …«

»Sindre Sand in seinem Alibi ein Scheunentor.«

Annmari Skar strich sich die dunklen Haare hinter die Ohren. Silje bemerkte zum ersten Mal, dass die rundliche Polizeijuristin hübsch war. Sie hatte etwas Unnorwegisches an sich, große braune Augen und einen lateinischen Teint.

Silje legte den Kopf schräg und sagte zögernd: »Es kommt mir zwar sehr kaltblütig vor, erst Zigaretten zu kaufen, dann einen Mord zu begehen und danach zu Fernsehaufnahmen zurückzukehren, aber …«

»Der, der Brede Ziegler ermordet hat, kann durchaus kaltblütig gewesen sein«, sagte Annmari Skar trocken. »Aber du hast hier doch noch mehr!«

Ihre Augenbrauen hoben sich ein wenig, als sie im Vernehmungsprotokoll weiterblätterte. Silje fiel eine Narbe über Annmaris Auge auf; sie gab der Braue einen bekümmerten Knick und ließ sie eher besorgt als wirklich überrascht aussehen.

»Das ist sehr gut, Silje«, sagte sie ernst.

Silje Sørensen strahlte. Hanne Wilhelmsen hatte ihr ins Ohr geflüstert, dass ein sorgfältigerer Blick auf Sindre Sand sich lohnen könnte.

»Nicht, dass ich ihn wirklich für den Mörder halte«, hatte sie am Freitagabend mit einem Schulterzucken gesagt. »Aber ich habe das Protokoll seiner Vernehmung mehrere Male gelesen. Und das stinkt. Viel zu kess. Viel zu selbstsicher. Wenn du am Wochenende Zeit und nichts gegen Gratisarbeit hast, dann nimm dir den Typen mal vor. Während wir auf Tussi warten, gewissermaßen. Es ist gute Polizeiarbeit, alle Möglichkeiten offenzulassen. Vergiss das nicht, Silje.«

Silje hatte nichts gegen unbezahlte Arbeit. Nach einem halbherzigen Versuch am Samstagvormittag, Billy T. zu erwischen, hatte sie sich auch ohne dessen Erlaubnis ans Werk gemacht. Nach zwei Tagen einsamer Ermittlungen, die vor allem darin bestanden, Leute anzurufen, mit denen sie bereits gesprochen hatten, machte ihr Gewissen ihr schon um einiges weniger zu schaffen. Billy T. aber hätte sie auf jeden Fall gestoppt. Wenn aus keinem anderen Grund, dann allein schon aus Rücksicht auf das Überstundenbudget. Silje pfiff auf alle Budgets. Die Übelkeit war kein Problem mehr. Im Gegenteil, sie hatte sich ungeheuer wohlgefühlt, als sie am Sonntagabend einen fünfseitigen Bericht mit neun Anlagen verfasst, ordentlich ausgedruckt und zusammen mit einer übersichtlichen Inhaltsliste in einem grünen Umschlag verstaut hatte. Sie war behutsam mit der Hand über das grüne Papier gefahren und hatte laut gelacht. Silje Sørensen war gern bei der Polizei. Bester Laune war sie zu Hause neben einem zusehends besorgteren Ehemann ins Bett gefallen und sofort eingeschlafen. Zum Glück hatte er nicht gemerkt, dass sie sich den Wecker auf vier stellte.

Sindre Sand hatte nicht nur in Bezug auf seinen Aufenthaltsort am Abend des 5. Dezember gelogen. Der Mann von der Tankstelle konnte durchaus existieren. Gerade solche Dinge vergaßen Zeugen ja leider leicht. Egal. An sich.

Schlimmer für den jungen Mann war, dass er am Samstagabend in Gesellschaft von Brede Ziegler gesehen worden war.

»In mehreren Lokalen!« Annmari Skar schlug sich mit der flachen Hand vor die Stirn. »Wieso erfahren wir das erst jetzt? Wie zum Teufel haben wir das übersehen können?«

»Weißt du nicht mehr, was Hanne Wilhelmsen gesagt hat, als wir ...«

Annmari starrte Silje übellaunig an.

»Hanne sagt sehr viel«, sagte sie mürrisch. »Du solltest vorsichtig sein, was diese Frau betrifft, Silje. Die ist nicht unbedingt eine gute Karte.«

»Aber sie ist gut.«

Annmari gab keine Antwort.

»Sei doch mal ehrlich«, sagte Silje ungewöhnlich laut. »Siehst du nicht, dass Billy T. dich manipuliert? Was hat Hanne Wilhelmsen dir eigentlich getan?«

»Vergiss es.«

»Nein. Ich hab es *zum Kotzen satt*, dass alle Hanne behandeln, als ob sie ... AIDS hätte oder so. Ich hab ja inzwischen kapiert, dass sie und Billy T irgendwelche ungeklärten Dinge mit sich herumschleppen, aber das geht uns doch nichts an.«

»Alle fallen auf Hanne Wilhelmsen herein«, sagte Annmari Skar. »Alle sind ein wenig ...« Sie zögerte. Plötzlich öffnete ihr Gesicht sich zu einem fremden Lächeln. »Alle verlieben sich ein wenig in sie.«

»Verlieben!«

Silje wurde es abwechselnd heiß und kalt, und sie erhob sich halbwegs.

»Ja, verlieben«, sagte Annmari halsstarrig. »Hanne Wilhelmsen ist ungeheuer tüchtig. Rein polizeilich, meine ich. Vielleicht die Beste. Außerdem hat sie eine ganz eigene Fähigkeit, die Jüngeren hier im Haus zu beeindrucken. Die fühlen sich privilegiert, umworben. So, als hätte die Königin selbst ...«

»Ich will dir mal eins sagen, Polizeijuristin Skar!« Silje war jetzt ganz aufgestanden. Sie beugte sich über den Tisch und stützte sich auf ihre Handflächen. »Ich bin glücklich verheiratet und außerdem *schwanger*! Ich liebe meinen Mann, und ich empfinde nichts, und ich betone, *nichts* ...«

Sie schlug dröhnend auf den Tisch. Die Christbaumkugel mit dem Gesicht des Polizeipräsidenten zitterte erschrocken, und ein Kantinenangestellter, der gerade ein Tablett mit benutzten Kaffeetassen wegbringen wollte, zuckte zurück.

»Du bist ganz einfach ... du bist ...« Sie richtete sich auf. Plötzlich war sie müde. Wellen der Übelkeit jagten durch ihren Leib, und sie schluckte schwer. »... alt«, fügte sie hinzu. »Du bist ganz einfach zu alt, Annmari.«

»Ich bin noch keine vierzig.«

Beide drehten sich, wie auf ein geheimes Signal hin, zu dem Angestellten um. Der stand da, das Tablett in den Händen, und glotzte. Annmari musste lachen. Sie lachte laut und lauter und lange. Silje starrte sie verwirrt an und schien sich nicht entscheiden zu können, ob sie sich wieder setzen sollte. Ihr Rücken schmerzte, und schließlich ließ sie sich auf den Stuhl zurücksinken.

»Tut mir leid«, sagte Annmari schließlich. »Aber du kennst Billy T. nicht so gut wie ich. Er war fertig, als Hanne verschwunden ist. Am Boden zerstört. Hast du zum Beispiel gewusst, dass sie bei seiner Hochzeit Trauzeugin sein sollte, dass sie ihren Rückzug aber mit keinem Wort angekündigt hat? Er hat gewartet, so lange es überhaupt nur ging. Einen Tag vor der Hochzeit hat er dann seine Schwester gefragt.«

Silje schüttelte langsam den Kopf und hob die Handflächen, als wolle sie nichts mehr hören.

»Du hast recht«, sagte Annmari. »Das geht uns nichts an. Aber mir fällt das schwerer als dir. Okay? Gut. Und was hat sie nun eigentlich gesagt?«

»Gesagt? Wer denn?«

»Hanne. Du hast diesen Ball mit der Mitteilung eröffnet, dass sie ...«

»Ach ja. Sie hat gesagt, wir hätten uns am Sonntag, dem 5., die Augen verdorben. Und sollten uns lieber Samstag und Freitag und Donnerstag genauer ansehen ... die Woche und die Wochen vor dem Mord. Aber das haben wir nicht. Erst als Hanne zurückgekommen ist. Deshalb erfahren wir das alles erst jetzt.« Sie zeigte auf den geschlossenen Ordner. »Ich habe letzte Nacht mit dem Gedanken gespielt, einen Haftbefehl zu beantragen. Aber dann habe ich beschlossen, einen etwas originelleren Kniff zu versuchen.«

Sie schaute beschämt zur Seite, als habe sie sich ein grobes Dienstvergehen zuschulden kommen lassen.

»Ich habe ihn heute Morgen um fünf angerufen und zu einem Gespräch hergebeten.«

»Du hast *was* getan?«

»Ist das verboten?«

»Nein.«

Annmari Skar spielte an ihrer Kaffeetasse herum.

»Er ist gekommen«, sagte Silje erleichtert, »und da saßen wir dann. Er wollte erst zugeben, dass er Brede am Samstagabend gesehen hat, als ich auf die große Trommel geschlagen habe. Es ist noch unklar, wo und warum sie sich getroffen haben, aber ... er hat auch in Bezug auf Vilde gelogen, und deshalb ... «

»Hör mal«, sagte Annmari Skar und schaute auf ihre Armbanduhr. »Ich muss jetzt unbedingt gehen. Aber ich verspreche, ich werde ... wo ist er jetzt?«

»Sitzt im Hinterhaus. Ich dachte, du könntest einen Haftbefehl ausstellen und dann ... «

»Ich werde dir etwas erzählen«, sagte Annmari und beugte sich über den Tisch.

Der Kantinenhelfer war mitsamt dem Tablett verschwunden. Silje und Annmari saßen allein in der großen Kantine. Aus der Küche drangen die gedämpften Geräusche einer Spülmaschine und das Klirren von Geräten, die eingeräumt wurden.

»Dieses Hinterhaus kommt mir langsam vor wie ein beheiztes Wartezimmer für alle Zeugen im Fall Ziegler.«

»Wie meinst du das?«

Annmari fischte eine Liste aus ihrer Jackentasche und las vor: »Claudio Gagliostro. Paragraf 233 Strafgesetzbuch sowie Paragraf 49. Sowie 257, ersatzweise 317.« Sie schaute von ihrem Zettel hoch, förderte ihre Brille zutage und erklärte:

»Versuchter Mord und Diebstahl, ersatzweise Hehlerei. Vilde Veierland Ziegler: Paragraf 21 Straßenverkehrsordnung, vergleiche Paragraf 22, vergleiche Paragraf 31. Fahren in berauschtem Zustand, mit anderen Worten. Tussi Gruer Helmersen, Paragraf ...«

Sie knallte die Liste der jüngsten Verhaftungen auf den Tisch und verdrehte die Augen.

»Diese Frau ist jedenfalls knatschverrückt. Deine Freundin ... Verzeihung, Hanne ... sie schüttelt nur den Kopf und sagt, wir müssten sicherheitshalber die Wohnung durchsuchen, aber die alte Kuh wolle sich aller Wahrscheinlichkeit nach nur wichtigmachen. Vorläufig sitzt sie aufgrund einer ziemlich konstruierten Anklage im Hinterhaus, aber was zum Teufel soll werden, wenn ...«

»Sitzen die jetzt alle im Hinterhaus? Was in aller Welt ist denn passiert? Sindre Sand, Claudio, Vilde und ...«

»Und diese blöde Tussi. Ich krieg Kopfschmerzen, wenn ich nur an morgen denke. Wir können die doch nicht alle vor den Untersuchungsrichter schleifen. Das ...«

»Aber du setzt auf Sindre?«

»Ja. Ich setze auf Sindre. Bis auf Weiteres jedenfalls.«

»Du bist ein Schatz«, sagte Silje und riss die Unterlagen an sich. »Ich lege dir die Kopien auf den Schreibtisch. Bis dann!«

Sie stürzte zur Tür, ohne zu merken, dass ihre Haare voller

Tannennadeln waren. Es war fünf Uhr am Montagnachmittag, und sie musste Tom anrufen und sagen, dass sie zum Essen nicht nach Hause kommen würde. Schon wieder nicht.

54

»Scheiße, so nicht. Ich will meine Schuhe!«

Eine Kollegin von Harrymarry krümmte die Zehen auf dem Betonboden, wie um sich festzukrallen. Das Nerzcape von der Heilsarmee wies viele kahle Stellen auf. Die braune Tüte mit ihren Habseligkeiten war ihr schon ausgehändigt worden. Dabei handelte es sich um drei Packungen Kondome und ein kleines Fotoalbum. Ein Polizist versuchte sie aus dem Arrest zu schieben.

»Schuhe«, brüllte sie und stemmte sich dagegen. »Ich will meine Schuhe!«

Ein Mann stützte sich auf den roten Absperrbügel und kotzte.

»Verdammtes Schwein«, fauchte der leitende Beamte der Abteilung.

Es sah aus, als verlöre das Personal die Lage aus dem Griff. Hanne Wilhelmsen hielt sich die Hände wie Muscheln hinter die Ohren und beugte sich über den Tresen.

»Kann denn niemand der Frau ein Paar Schuhe geben? Sie wird doch erfrieren!«

Sie kannte den Arrestleiter als besonnenen Mann. Jetzt schleuderte er seinen Klemmblock auf den Boden und tobte: »Das hier ist keine Abteilung der Heilsarmee, Hauptkommissarin. Die da hatte keine Schuhe, als sie gekommen ist, und sie kriegt auch keine, wenn sie wieder geht. Kapiert?«

Dem Kollegen, der die Nutte im Pelz noch immer festhielt, schrie er zu: »Schaff dieses Drecksweib raus. Und du ...« Er holte Luft und richtete den Zeigefinger auf Hanne Wilhelmsen, wie um sie zu erschießen. »... misch dich bitte nicht in meine Angelegenheiten! Das ist hier doch verdammt noch mal kein Polizeigewahrsam mehr, sondern der Vorhof der Hölle am freien Tag des Teufels!«

Dieser Ausbruch erleichterte ihn. Er fuhr sich über den blanken Schädel und murmelte etwas Unhörbares, dann fügte er resigniert hinzu: »Hanne, kannst du deine Festnahme in Nummer fünf nicht ein wenig beruhigen? Die macht da drinnen den totalen Aufruhr!«

Hanne kam zu dem Schluss, dass es wichtiger war, den Arrestleiter bei Laune zu halten, als einer durchfrorenen Nutte Schuhe zu besorgen. Sowie die schwere Eisentür zwischen Vorraum und Zellenteil geöffnet wurde, brachen Lärm und Gestank über sie herein. Ein schweißnasser junger Beamter, der offenbar mit den Tränen kämpfte, schlüpfte an Hanne vorbei, als er endlich eine Fluchtmöglichkeit entdeckt hatte.

Fünf Stunden in der Kahlzelle waren an Tussi Gruer Helmersen durchaus nicht spurlos vorübergegangen. Der Lippenstift war in ihren Fältchen verschwunden und bildete um die schmalen Lippen ein sternförmiges rotes Muster. Der lila Turban war zum Taschentuch umfunktioniert worden und wies schwarze Schminkeflecken auf. Unter den Augen mischten sich Kajal, Wimperntusche und Schatten.

»Genossen«, schrie sie in Fistelstimme und presste ihr Gesicht gegen das Gitter in der Tür. »Schuldige und Unschuldige! Sammeln wir uns zu einer gemeinsamen ...«

Sie konnte ihr Publikum zwar nicht sehen, aber es meldete sich nachdrücklich zu Wort. Einige flehten um Ruhe. Andere stimmten mit aufmunternden Zurufen ein. Ein überaus betrunkener Mann machte sich in die Hose und fand es zum Totlachen, sein

Kunstwerk zu beschreiben. Ganz hinten am Gang skandierte ein tiefer Bass immer wieder: »Bullenschweine, Bullenschweine!«

Als Hanne Wilhelmsen die Tür zu Tussis Zelle aufschloss, verstummte der häftlingspolitische Appell.

»Sie müssen mich rauslassen«, flüsterte Tussi verzweifelt. »Ich ertrage das nicht. Bitte, Frau Polizei!«

Hanne erklärte, dass nur noch zwei Nachbarn vernommen werden müssten. »Das dauert nicht mehr lange, Frau Helmersen. Eine Stunde vielleicht, dann dürfen Sie sicher gehen.«

»Eine Stunde…«

»Unter der Voraussetzung, dass Sie sich brav dort auf die Pritsche setzen und erst mal ganz leise sind.«

Tussi stapfte über den Betonboden, setzte sich stocksteif hin und legte die Hände in den Schoß. Ihr Blick war hoffnungslos verwirrt, und Hanne zögerte kurz, als sie die Zellentür hinter sich abschloss. Es hätte verboten werden sollen, alte Menschen zu verhaften.

Und Kinder auch, dachte sie, als sie einen Blick in die nächste Zelle warf.

Der Insasse war, körperlich gesehen, zwar erwachsen. Doch das Gesicht, das sich zu ihr hob, ließ sie innehalten. Der Junge mochte um die zwanzig sein. Er weinte lautlos.

»Wie heißt du?«, fragte Hanne, ohne zu wissen, warum.

»Daniel Åsmundsen«, schluchzte er und wischte sich mit dem Ärmel den Rotz ab. »Können Sie mir helfen?«

»Was für Hilfe brauchst du?«

»Können Sie jemanden für mich anrufen?«

»Jemanden anrufen«, wiederholte Hanne und hielt Ausschau nach dem Arrestleiter. »Du hast das Recht, wenn du verhaftet wirst, deine Angehörigen zu informieren. Hat dir das niemand gesagt?«

»Nein.«

Schniefend und mit steifen Bewegungen erhob er sich von der Betonpritsche. Er schien nicht so recht zu wissen, ob er an die Zellentür treten durfte.

»Ich rufe deine Eltern an«, sagte Hanne kurz. »Wie heißen die? Und kannst du mir die Nummer sagen?«

»Nein!«

Jetzt stand der Junge an der Tür. Hanne sah, dass sie sich im Alter verschätzt hatte, er konnte durchaus schon auf die fünfundzwanzig zugehen. Er hatte große blaue Augen in einem runden Gesicht, aber an seinen Wangen wurden schon die abendlichen Schatten deutlich.

»Rufen Sie nicht meine Mutter an. Rufen Sie ... wenn Sie meine Tante anrufen könnten, Idun Franck. Ihre Nummer ist 22 ...«

»Idun Franck? Du kennst ... Idun Franck ist deine Tante?«

»Ja. Kennen Sie sie?«

Der Junge versuchte ein kleines Lächeln. Hanne schloss die Zellentür auf und zog Daniel Åsmundsen unter dem Gejohle und Geschrei der übrigen Festgenommenen mit sich. Plötzlich hatten alle eine Tante, die unbedingt angerufen werden musste.

»Ich nehme Nummer acht mit zur Vernehmung«, teilte sie dem Arrestleiter kurz mit.

»Von mir aus kannst du zehn mitnehmen«, sagte der und wandte sich einem Polizeianwärter zu. »Wo zum Teufel bleibt der psychiatrische Notdienst?«

Die schuhlose Nutte stand noch immer mitten im Raum und schrie nach Fußbekleidung. Sie hatte sich die Zehen am Boden blutig gescheuert. Jeder von den Beamten machte einen großen Bogen um sie. Sie war zu einem Teil des Inventars geworden, zu einer lästigen Säule mitten im Raum, die alle störte, die zu entfernen aber niemand sich berufen fühlte.

»Hier«, sagte Hanne. »Nimm meine.« Sie streifte ihre Stiefel ab, die texanischen mit Silbersporen und beschlagenen Absätzen.

»Danke«, murmelte die Pelzbekleidete überrascht. »Die sind ja toll, Mensch.«

Sie zog die Stiefel mit großer Mühe an und lächelte dem Arrestleiter hinter seinem Schreibtisch triumphierend zu. Er schaute nicht einmal in ihre Richtung. Dann seufzte sie zufrieden und trampelte mit ihrer braunen Papiertüte unter dem Arm und stolz erhobenem Haupt in den Adventsabend hinaus. Kaum jemand registrierte ihr Verschwinden.

55

Hanne Wilhelmsen hatte sich Idun Francks Wohnung nicht so vorgestellt, wie sie am späten Abend des 22. Dezember aussah. Bei ihrer Vernehmung fünf Tage vor diesem Montag hatten die Kleider der Lektorin farblich zueinander gepasst, waren ihre Haare sauber und glänzend gewesen; überhaupt hatte die Frau in mittleren Jahren elegant und anziehend gewirkt. Außerdem hatte sie, trotz der unangenehmen Fragen, eine seelische Stärke ausgestrahlt, die sie noch attraktiver gemacht hatte.

Der Weihnachtskaktus auf der Fensterbank hätte in der Wüste ein schöneres Leben gehabt. Er ließ missmutig seinen großen Kopf hängen und war umgeben von heruntergefallenen trockenen Blüten. Die Luft in der Wohnung war stickig, und überall lagen schmutzige Kleidungsstücke herum. Idun Franck hatte hektische rote Wangen, als Hanne und Silje Sørensen die Treppe zum zweiten Stock heraufkamen. Offenbar hatte sie die Sekunden seit dem Klingeln genutzt, um die allerärgste Unordnung zu beseitigen. Aber noch immer stand auf dem Couchtisch eine schmutzige Kaffeetasse. Der Aschenbecher stank und hätte schon zwei Tage zuvor geleert werden müssen.

»Setzen Sie sich«, sagte Idun Franck und schaute traurig ihre Sitzgruppe an, ohne jedoch die große Handtasche von dem einen und den Zeitungsstapel von dem anderen Sessel zu entfernen.

Hanne und Silje nahmen auf dem Sofa Platz.

»Kaffee«, sagte Idun Franck unvermittelt und verschwand in der Küche.

»Dauert das nicht viel zu lange?«, flüsterte Silje. »Kaffee, meine ich.« Sie kratzte sich am Bauch.

»Milch habe ich leider nicht«, sagte Idun Franck und stellte drei Tassen auf den Tisch. »Ich habe es nach der Arbeit nicht mehr geschafft einzukaufen. Jetzt sind es nur noch elf Tage.«

»Elf Tage?«

Hanne Wilhelmsen nahm Unni Lindells »Pass auf, was du träumst« von einem Beistelltischchen und blätterte ziellos darin herum.

»Bis zum Weltuntergang«, sagte Idun Franck mit kurzem Lachen. »Wenn wir diesen Weltuntergangspropheten glauben dürfen. Aber das dürfen wir vielleicht nicht. Haben Sie das gelesen?«

Hanne schüttelte den Kopf. »Nein. Ich komme kaum zu so was.«

»Ich habe mich oft gefragt, ob Polizisten wohl Kriminalromane lesen«, sagte Idun Franck; ihre Stimme hatte einen neuen Beiklang, eine Anspannung, die sie jünger wirken ließ. »Oder ob sie, was das angeht, Arbeit genug abbekommen. Was wollen Sie eigentlich von mir?«

Silje griff zu ihrer leeren Tasse und drehte sie zwischen ihren Händen hin und her. In der Küche gurgelte die Kaffeemaschine wie besessen, und aus der Wohnung unter ihnen war ganz leise »O, helga natt« zu hören. »Jussi Björling«, sagte sie leise.

»Sie wollen über Jussi Björling reden?«

Ohne auf Antwort zu warten, verschwand Idun wieder in der Küche.

»Hier herrscht ja nicht gerade Weihnachtsstimmung«, flüsterte Silje. »Bei uns ist es ja auch manchmal unordentlich, aber nicht so ...« Sie strich mit einem Finger über den Couchtisch. »... schmutzig!«

Drei Wände im Wohnzimmer waren von oben bis unten und von einer Seite zur anderen mit Bücherregalen bedeckt. Trotzdem hatten die Bücher nicht genug Platz; vor der Tür zu dem kleinen Balkon ragten drei hohe Stapel auf.

»Bücher machen Staub«, sagte Hanne und zuckte mit den Schultern; sie dachte mit Schrecken daran, wie ihre Wohnung ausgesehen hatte, als Nefis am Freitagabend gekommen war.

»Hier«, sagte Idun Franck und schenkte ein. »Milch habe ich leider nicht, wie gesagt. Zucker?«

Sie entfernte den Zeitungsstapel und setzte sich.

»Sie haben viele Bücher, wie ich sehe«, sagte Hanne und schaute sich lächelnd im Zimmer um. »Haben Sie auch wertvolle?«

»Sie meinen, rein literarisch? Ja, unbedingt.«

Idun lächelte schwach und machte mit der rechten Hand eine bedauernde Geste.

»Tut mir leid. Nein, ich habe vielleicht einige wenige Exemplare, die auf einer Auktion ein paar Tausender einbringen könnten, aber das ist auch alles.«

Hanne kam ein Stück vom Sofa hoch und zog einen gelben Zettel aus der Hosentasche.

»Gibt es in Ihrer Familie jemanden, der Bücher sammelt? Ich meine, wirklich wertvolle Bücher. Antiquarische.«

Idun Franck schien das alles nicht so recht zu begreifen. Ihre

Miene zeigte aufrichtige Verwunderung, etwas ganz anderes als den angestrengt wachsamen Blick, mit dem sie ihre Besucherinnen empfangen hatte.

»Mein Vater«, sagte sie vorsichtig. »Er hatte eine sehr wertvolle Sammlung. Wir wissen nicht ganz genau, wie wertvoll sie war, aber etliche Hunderttausend würde sie bestimmt einbringen. Wenn nicht noch mehr. Jetzt hat Daniel, mein Neffe ... «

Sie hielt den Rest dieses Satzes zurück, indem sie sich energisch in die Unterlippe biss. Über dem Ausschnitt ihres Pullovers breitete sich eine schwache Röte aus.

»Über Daniel wollen wir mit Ihnen reden«, sagte Hanne gelassen und lächelte.

»Über Daniel? *Daniel?*« Idun umklammerte ihre Tasse, hob sie aber nicht an den Mund. »Ist Daniel etwas passiert? Wo ist er? Ist er ... « Ihr standen Tränen in den Augen, und ihre Lippen zitterten.

»Ganz ruhig, bitte«, sagte Hanne und hielt diese Tante für eine ungeheure Glucke. »Daniel ist kerngesund.«

Silje zog zwei durchsichtige Plastiktüten mit der Aufschrift »Beschlagnahmung 1« und »Beschlagnahmung 2« aus ihrer riesigen Tasche.

»Haben die Ihrem Vater gehört?«, fragte Hanne, während Silje die beiden Bücher ordentlich nebeneinander auf den Tisch legte, wie um sie einer nicht gerade eifrigen Käuferin aufzuschwatzen.

Idun Franck warf einen kurzen Blick auf die Tüten. »Davon bin ich überzeugt. Darf ich die Tüten aufmachen?«

Hanne nickte, und Silje zog die Bücher aus den Tüten und hielt sie Idun hin.

»Der Hamsun-Band hat eine ganz besondere Vorgeschichte«,

sagte die. »Mein Vater war Anwalt beim Obersten Gericht. Bei den Prozessen gegen die Landesverräter hat er Justizminister Riisnæs verteidigt. Der Mann war total verrückt und wurde deshalb für strafunfähig befunden. Soviel ich weiß, hat er bis Ende der Siebzigerjahre in einer Anstalt gesessen. Dieses Buch hat er meinem Vater im Jahre 1946 gegeben. Wie er selbst in seinen Besitz gelangt war, haben wir nie erfahren. Dass es wertvoll ist, haben wir nie bezweifelt. Mein Vater war zunächst unsicher, ob er es behalten sollte. Es konnte immerhin gestohlen sein. Aber ...« Sie zuckte mit den Schultern. »Das ist alles so lange her. Das hier ...« Vorsichtig öffnete sie »Fahrt über das Polarmeer«, »... das hat mein Vater gekauft, als ich noch klein war. Auch das ist lange her. Inzwischen.«

Sie lächelte zaghaft, und ihre Schultern hatten sich ein wenig gesenkt. Sie wirkte erleichtert, wagte aber nicht, das offen zu zeigen.

»Dann ist doch alles in schönster Ordnung«, sagte Hanne und schlug sich auf die Oberschenkel. »Daniel ist heute festgenommen worden, als er versucht hat, diese Bücher zu verkaufen. Aber ...« Sie breitete die Arme aus und lächelte Idun Franck an. »Da Sie nun bestätigt haben, dass Daniel weder versucht hat, Diebesgut zu verkaufen, noch, sich als Fälscher zu betätigen, müssen wir uns bei ihm entschuldigen.«

»Ist Daniel ... haben Sie Daniel *verhaftet*?«

»Ganz ruhig. Das war nur ein Missverständnis. Ich fahre sofort zur Wache und setze Ihren Neffen auf freien Fuß.« Hanne und Silje standen schon vor der Wohnungstür, als Idun Franck die Sprache wiederfand.

»Kommt es häufiger vor«, hob sie an und unterbrach sich. »Wenn es vorkommt, dass Sie einen jungen Mann verhaften, wegen ...«

»Diebstahls, Hehlerei und/oder Betrug«, fügte Hanne hilfsbereit hinzu.

»Genau. Schicken Sie dann immer gleich zwei Leute los, um spätabends noch mit Zeuginnen zu sprechen? Normalerweise, meine ich?«

»Service«, sagte Hanne kurz. »Der Junge ist nicht vorbestraft. Es ist doch absurd, dass er mitten in der Weihnachtshektik bei uns festsitzt, wenn er gar nichts verbrochen hat.«

»Aber hätten Sie nicht ... «

Hanne versetzte Silje einen Rippenstoß, und die beiden waren bereits beim nächsten Treppenabsatz, als sie gerade noch das Ende der Frage hörten.

»... einfach anrufen können?«

Keine gab eine Antwort, doch als sie unten auf der Straße standen, boxte Hanne ärgerlich in die Luft.

»*Shit!* Ich habe etwas vergessen.«

Sie drückte auf die Klingel.

»Hat Daniel in letzter Zeit viel Geld ausgegeben?«, fragte sie, als Idun sich endlich über die Gegensprechanlage meldete.

»Nein ... Daniel ist sehr genau in Gelddingen. Aber vor ein paar Monaten hat er mich nach Paris eingeladen. Er sagte, er habe lange gespart, um mir ein schönes Geschenk zu machen, Wir waren allein dort, und es war so ... «

Idun Franck brach in Tränen aus. Durch die Gegensprechanlage klang es wie ein leises Schnarren, und Hanne murmelte eine halbherzige Entschuldigung, ehe sie Silje folgte.

»Die Frau flennt«, sagte sie düster und wickelte sich den Schal doppelt um den Hals.

»Kann ich gut verstehen«, erwiderte Silje. »Eigentlich bin ich ganz ihrer Meinung. Wieso überfallen wir sie eigentlich einfach so ... zu zweit! Du hättest sie wirklich einfach anrufen können, Hanne. Das ist doch alles Kleckerkram.« Sie schaute ihre Kollegin schräg von der Seite an. »Du hast versprochen, dir alles anzusehen, was ich über Sindre Sand habe«, sagte sie dann. »Das wolltest du heute Abend machen. Das Material ist fantastisch, er ...«

»Annmari sagt, dass er morgen dem Untersuchungsrichter vorgeführt wird.«

»Ja! Du wirst total ...«

»Wir warten«, sagte Hanne und legte der anderen den Arm um die Schultern. »Wenn er vorgeführt wird, hast du doch gute Arbeit geleistet. Dann brauchst du meine Meinung nicht mehr. Okay?«

Silje Sørensen schüttelte den Arm ab.

»Nein«, sagte sie verärgert. »Das ist überhaupt nicht okay. Wir hätten in dieser Stunde ... ich begreife einfach nicht, warum wir wertvolle Zeit vergeuden und ...«

»Irgendetwas stimmt nicht mit Idun Franck«, fiel Hanne ihr wieder ins Wort. »Oder vielleicht ...«

Sie blieb stehen. Sie hatten den Park erreicht, der westlich vom Gefängnis und südlich der Wache lag. Dichter Schnee bedeckte die Schlammflächen, die am Vortag noch bloß gelegen hatten. Hanne ließ ihren Blick über die Gefängnismauern schweifen und hielt erst inne, als sie die Hintertreppe sah, auf der Brede Ziegler vierzehn Tage zuvor tot aufgefunden worden war.

»Oder ...«

Silje war stehen geblieben. Sie zog die Schultern hoch, um sich gegen die Kälte zu schützen, schlug die Füße gegeneinander und gähnte ausgiebig.

»Vielleicht ist auch Daniel derjenige, mit dem etwas nicht stimmt«, sagte Hanne. »Irgendetwas. Ich hab nur noch keinen Schimmer, was das sein sollte. Wenn ... *I'll race you!*«

Sie liefen und lachten, stolperten, stießen sich gegenseitig an, bewarfen einander mit Schnee und stellten sich Beine, bis Silje endlich ihren Handschuh gegen die Metalltüren der Osloer Hauptwache knallte.

»Ich bin alt geworden«, klagte Hanne und rang um Atem. »Mach, dass du nach Hause kommst. Ich will dich nie wieder sehen.«

Daniel wurde noch vor Mitternacht freigelassen. Er rief weder seine Tante noch seine Mutter an. Vor dem Einschlafen fiel ihm ein, dass die Bücher von seinem Großvater noch auf der Wache lagen. Die konnte er am nächsten Tag abholen. Er würde sie ja doch nicht verkaufen.

Um fünf Uhr morgens wurde er von seinem eigenen Weinen geweckt.

56

Harrymarry kam nicht zurückgekrochen, sie kam gehumpelt. Dass Hanne sich wegen einer blöden Spritze dermaßen anstellen konnte, begriff sie nicht.

»Ich lass mir kein' Scheiß bieten«, murmelte sie und wackelte weiter in Richtung Lille Tøyen.

Vom Bankplass war es ein weiter Weg bis zu Hannes Wohnung. Harrymarry hatte kein Geld für ein Taxi. Ihre Rente verspätete sich, genauer gesagt, die Überweisung irrte zwischen Adressen, die sie längst hinter sich gelassen hatte, hin und her.

Es war am frühen Montagabend. Die beiden Nächte unter freiem Himmel waren schlimmer gewesen als alle, an die Harrymarry sich erinnern konnte. In der Nacht zum Sonntag hatte sie hinter dem Müll auf einer Tankstelle einen Wärmerost gefunden, so gegen fünf Uhr morgens. Sie hatte von sauberen Laken und warmem Essen fantasiert und zum ersten Mal in ihrem Leben wirkliche Todesangst gehabt. Der Schuss, den sie sich bei Hanne gesetzt hatte, war ein Fehlgriff gewesen. Beim nächsten Mal würde sie in den Keller gehen. Der Schlüssel hing hinter der Wohnungstür in einer Ecke, in einem Häuschen, auf das ein Hängeschloss gemalt war. Harrymarry hatte den Kellerraum schon inspiziert. Sie hatte von dort ein Paar Stiefel mitgenommen, aber nur leihweise. Die Stiefel waren zu groß, und nach fast drei Tagen unter freiem Himmel fühlte es sich an, als hätte sie ebenso gut Pumps tragen können. Es war noch nicht mal neun. Auf dem Bankplatz war erbärmlich wenig los gewesen. Die Familienväter waren noch mit Weib und Kind beim Weihnachtseinkauf, und für sturzbesoffene Teilnehmer von Weihnachtsfeiern, die das Fest mit einem billigen Fick abrunden wollten, war es noch zu früh. Einige kleine Mädels hatten sich in Harrymarrys Ecke breitgemacht. Für einen Streit hatte Harrymarry keine Kraft gehabt. Sie konnte kaum noch klar sehen, wusste nicht einmal genau, ob es drei Mädels gewesen waren oder vier.

»Verdammt, ich lass mir kein' Scheiß bieten«, wiederholte sie wütend und rang um Atem, während sie den Schlüssel aus dem BH fischte und die Wohnungstür aufschloss.

Sie humpelte in die Küche und fühlte sich ganz wie zu Hause. Angesichts einer Schale mit schwarzen Oliven im Kühlschrank schnitt sie eine Grimasse. Ihr Blick wanderte weiter zu einem Stück Lachs, und zwischen den traurigen Überresten eines Gebisses lief ihr das Wasser im Munde zusammen.

Nach fast fünfundvierzig Jahren auf der Rolle waren Harrymarrys Kindheitserinnerungen in einem grauen Nebel verschwunden. Das Einzige, woran sie sich wirklich erinnerte, war eine Familie, die sich zwei Jahre lang um sie gekümmert hatte; sie war mit sieben zu ihnen gekommen. Die hatten ein Räucherhäuschen gehabt. Mama Samuelsen war lieb und dick gewesen wie eine Tonne. Sie hatte ein Gebiss aus Tromsø und einen großzügigen Schoß, und weil sie keine eigenen hatte, hatte sie vier uneheliche Gören aufgenommen. Abends kam Papa Samuelsen ins Wohnzimmer, brachte den schweren Geruch von Räucherlachs mit herein und warf Lachshaut in eine Bratpfanne über dem offenen Feuer. Die Kinder aßen sich an knuspriger Fischhaut und fettem Lachs satt und tranken heißen Kakao dazu. Marry lernte lesen und schreiben. Papa Samuelsen lachte und klatschte in die Hände, wenn die Kleine mit Kopierstift seine Abrechnungen korrigierte; sie lächelte glücklich mit blauem Mäulchen und bekam zwei Bonbons für ihre Leistung. Dann war Mama Samuelsen gestorben, und die Kinder hatten weiterziehen müssen. Papa Samuelsen hatte geweint und gefleht, doch die Obrigkeit hatte sich nicht erweichen lassen. Marry hatte in ihrem Leben zwei gute Jahre gehabt; die Jahre begannen, als sie sieben war, und endeten zwei Tage vor ihrem neunten Geburtstag.

Harrymarry bugsierte den Lachs, vier Kartoffeln und eine halbe Tasse Sauerrahm auf den Küchentisch. Noch immer trug sie ihren Nylonpelz. Noch immer fror sie wie ein Hund.

»Petze«, murmelte sie, als sie in der Türöffnung Nefis entdeckte.

»*Hello. How are you?*«

Harrymarry schüttelte den Kopf. Wie gut, dass niemand zu Hause gewesen war, als sie ankam. Sie hatte gehofft, essen und sich vielleicht noch aufwärmen zu können, ehe sie wieder vor die Tür gesetzt wurde. Gute Dinge kamen und gingen in Harrymarrys Leben und waren nie von Dauer.

»Das Schicksal gibt, und das Schicksal nimmt«, sagte sie und beschloss, sich so zu verhalten, als sei überhaupt nichts gewesen.

Nefis setzte sich an den Küchentisch. Harrymarry kehrte ihr

den Rücken zu und lärmte mit Töpfen und Pfannen, ohne die Kanackenfrau damit vertreiben zu können. Die Fischhaut zischte in der heißen Butter. Harrymarry goss Milch in einen Topf und fand in einem der oberen Schränke Kakao. Dann gab sie zwei Eier über die Hautstreifen.

»*Smells good*«, sagte Nefis.

»Was wi'se eingtlich? Sie kriegt nix. Die Nasefiese.«

Harrymarry grinste die Eier an. Dann schaufelte sie einen Berg Kartoffelsalat und drei mit kross gebratener Haut bedeckte Fischstücke auf ihren Teller und krönte das Ganze mit zwei Spiegeleiern. Als sie sich zum Essen hinsetzte, verließ Nefis die Küche. Es schmeckte gut. Nichts hatte je so gut geschmeckt, seit Harrymarry neun Jahre minus zwei Tage gewesen war.

»Und das hab ich selber gemach«, seufzte sie zufrieden und schlief mit vollem Mund ein.

»Scheiße«, murmelte sie, als sie von Nefis' Rückkehr geweckt wurde.

Der Ärmel ihres Nylonpelzes lag im Kartoffelsalat. Nefis packte sie und führte sie ins Badezimmer. Dort fing sie an, ihr die Kleider vom Leibe zu reißen.

»Ich mach es nich mi' Lesben«, sagte Harrymarry und ließ sich in die Badewanne verfrachten.

Schaum bedeckte sie bis zum Hals. Sie verspürte eine unbekannte Wärme, ganz anders als die, die das Heroin ihr schenkte. Für einen Moment schloss sie die Augen, riss sie aber wieder auf, weil die nasenfiese Frau offenbar nicht gehen wollte. Die sortierte Kleidungsstücke. Plötzlich hielt sie ihr ein Paar weiche Jeans hin. Harrymarry nickte träge. Sie begriff nichts, aber die Frau sollte doch machen, was sie wollte, solange sie sie nur in Ruhe ließ. Jetzt wollte Nefis ihr eine Bluse zeigen. Harrymarry nickte und lächelte zaghaft. Dann machte sie die Augen wieder zu.

»What about this?«

Harrymarry hob ein Augenlid. Nefis zeigte ihr eine raffinierte Garnitur Unterwäsche. Der BH war mit Spitzen besetzt, die Hose war kreideweiß und hatte hohe Beinausschnitte.

»Yess«, sagte Harrymarry und begriff endlich, was die andere wollte.

Nefis zeigte auf Harrymarrys schmutzige Sachen, die auf dem Boden durcheinanderlagen, und ließ ihren Finger zur Waschmaschine weiterwandern.

»*Wash*«, sagte sie überdeutlich. »*Tomorrow: Shopping!*«

Shopping. Endlich ein Wort, das einen Sinn ergab. In diesem Jahr kam Weihnachten früh, und Harrymarry lächelte glücklich, während Nefis triumphierend die Kleidungsstücke hochhob, auf die sie sich geeinigt hatten; fesche Designerjeans, eine lila Bluse und einen grauen Pullover, und unter allem: die weißeste Unterwäsche der Welt. Nefis warf einen Blick auf den Nylonpelz. Aus dem Ärmel lugte ein Zipfel eines Seidenschals hervor.

»*Nice. Same colour as the blouse.*«

Der Schal war grün und lila und passte perfekt zur Bluse.

Harrymarry blickte Nefis hingerissen an. Im Badezimmer war es warm. Das Wasser war sauber und duftete nach Sommer. Sie hätte gern sofort die neuen Sachen angezogen, brachte es aber nicht über sich, aufzustehen. Sie hob den Blick zu Nefis' Gesicht. Es war das schönste Gesicht, das Harrymarry je gesehen hatte. Zumindest, seit sie neun Jahre minus zwei Tage alt gewesen und Papa Samuelsen weggenommen worden war. Das war so lange her. Es war in einem anderen Leben gewesen. Harrymarry bereute, Nefis nichts von ihrem Essen abgegeben zu haben.

»Ei laff ju«, schluchzte sie leise.

Es war Harrymarrys allererster Satz auf Englisch. Sie war ganz sicher, dass es die richtige Begrüßung für eine neue Freundin war.

57

Als Richter Bengt Lund am Dienstag, dem 21. Dezember, um 13.27 Uhr den kleinen Gerichtssaal im Osloer Gericht betrat, schienen die Presseleute die Welle machen zu wollen. Hinter der niedrigen Schranke, die die Publikumsbänke vom übrigen Teil des Saales trennten, saßen die schweißnassen Medienvertreter wie die Heringe in der Tonne. Deshalb mussten sie sich gemeinsam erheben, um dem Verwalter der Gerechtigkeit die Ehrerbietung zu erweisen, auf die er einen Anspruch hatte.

Richter Lund hob seinen Blick nicht. Er starrte auf einen Computerbildschirm, der in die Tischplatte eingelassen war, und las langsam vor: »Das Osloer Untersuchungsgericht hat über zwei Haftbefehle zu befinden. Ich lese nur den Schluss vor: Die Türen werden geschlossen. Bis dahin darf drei Minuten lang fotografiert werden. Ich gehe so lange nach draußen. Für drei Minuten.«

Als einer der beiden Verteidiger, Anwalt Osvald Becker, auf Annmari Skar zusteuerte, machte die Polizeijuristin sich eifrig an den dicken Ordnern mit Unterlagen zu schaffen, die zwischen ihr und Billy T. aufgestapelt waren.

»Frau Anklagevertreterin«, sagte Anwalt Becker laut und lächelte ins Blitzlichtgewitter hinein. »Wann ist diese Tussi Gruer Helmersen auf freien Fuß gesetzt worden?«

Die Stimme des Anwalts war auffällig hoch. Osvald Becker piepste; er war wegen seiner unangenehm schrillen Stimme geradezu berüchtigt. Sie bildete einen seltsamen Kontrast zur fülligen Erscheinung des Mannes.

Annmari Skar versuchte ihren Blick auf einen neutralen Punkt zu richten. Sie fand einen Fleck auf Beckers dunkler Jacke und antwortete mit ausdrucksloser Stimme: »Gestern. Um siebzehn Uhr dreißig. Gegen sie besteht kein Verdacht mehr.«

Anwalt Becker hob die Brauen und wandte sein Gesicht halbwegs den eifrig mitschreibenden Journalisten und den Fotografen zu, die aus Mangel an anwesenden Beschuldigten ihre gesamten Filmvorräte an dieses ziemlich uninteressante Motiv verschwendeten.

»Auf freien Fuß gesetzt? Sieh mal einer an. Ei der Daus.«

Sein Lachen war ebenso enervierend wie seine Stimme. Er legte vertraulich eine Hand auf die Schranke und fuhr sich mit der anderen über den Kopf.

»Gegen sie besteht also kein Verdacht mehr. Und ich hatte geglaubt, die Polizei amüsierte sich in diesem Fall damit, so viele Personen festzunehmen wie überhaupt nur möglich. Komisch, dass heute nur zwei vor Gericht stehen. Komisch.«

Annmari Skar hatte diesen Mann noch nie leiden können. Im Stillen wünschte sie Claudio Gagliostro einen Anwalt, dem es nicht ganz so wichtig war, für die Zeitungen zu posieren. Der Beschuldigte Nummer zwei hatte sehr viel mehr Glück gehabt. Anwalt Ola Johan Bøe fungierte schon seit Jahren beim Obersten Gericht als Verteidiger und behielt grundsätzlich einen sachlichen Tonfall bei. Der Mann war von sanftem Wesen, doch niemand konnte den hellwachen Ausdruck seiner kleinen, fast starrenden Augen übersehen.

Endlich befanden sich im Saal nur noch der Protokollführer, die beiden Verteidiger, Polizeijuristin Skar, Billy T. und ein Gerichtsdiener, der sich die Zeit damit vertrieb, neues Wasser in die Plastikbecher zu geben. Die Luft war stickig und verbraucht, obwohl die Sitzung erst eine knappe halbe Stunde gedauert hatte. Der Saal hatte keine Fenster. Annmari Skar verspürte einen ersten Anflug von Kopfschmerzen. Richter Lund kehrte zurück und bedeutete allen, sie sollten einfach sitzen bleiben, ehe er energisch hinter dem Richtertisch Platz nahm, seine Hemdsärmel aufkrempelte und die Formalitäten hinter sich brachte.

»In diesem Fall geht es«, begann Becker, der aufgestanden war, ohne um das Wort gebeten zu haben, »um eine Ermittlung, wie ich sie während meiner ganzen Karriere, und ich betone: *während meiner ganzen Karriere*, noch nicht erlebt habe.« Er hob dramatisch die Hand und legte sie auf sein Herz, wie um den Wahrheitsgehalt seiner Aussage zu beschwören. »Ich sehe allen Grund, das Gericht schon jetzt darauf aufmerksam zu machen, dass Anlass besteht, deutliche Kritik gegen die Polizei zu richten. *Deutliche* Kritik. Ich darf mir erlauben ...«

Richter Lund fiel ihm ins Wort.

»Anwalt Becker. Ich darf mir erlauben, Sie jetzt schon zu warnen ...« Er trommelte mit den Fingern der linken Hand auf dem Tisch. »Keine Festreden, bitte. Dieses Gericht ist über Ihre lange Karriere informiert. Sie haben bei fast jeder Verhandlung darauf verwiesen, die der Unterzeichnete miterleben durfte. Ich vermute indessen, dass auch Sie einmal jung waren ...«

Annmari tauschte einen Blick mit Anwalt Bøe. Sie hätte schwören können, dass der um einiges ältere Jurist lächelte.

»... weshalb meine Vorgänger sich vielleicht keine Auslassungen über die Dauer Ihrer Karriere als selbständiges – und wenn ich mir das erlauben darf: ziemlich irrelevantes – Argument zum Vorteil Ihrer Mandanten anhören mussten. Ich habe mir übrigens sagen lassen, dass Sie noch keine vierzig sind.«

Anwalt Bøes Lippen wurden noch immer von einem kaum sichtbaren Lächeln umspielt. Aus Loyalität seinem unseligen Kollegen gegenüber bat er dennoch um Verständnis für die Tatsache, dass die Verteidiger die Arbeit der Polizei kritisch beleuchten wollten. Richter Lund knurrte und schaute Annmari an.

»Wo schon davon die Rede ist, Polizeijuristin Skar ...« Er

kniff die Augen zusammen, und seine Miene bekam etwas Sarkastisches.

»Ich möchte nur sichergehen, dass ich die Unterlagen richtig verstanden habe. In diesem Fall gibt es also zwei Beschuldigte. Beiden wird vorgeworfen, denselben Mann ermordet zu haben, allerdings zu verschiedenen Zeitpunkten. Habe ich die Behauptungen der Polizei richtig verstanden?«

Annmari Skar errötete nie. Jetzt spürte sie, wie ihre Haut brannte. Sie erhob sich halbwegs, konnte sich aber nicht entscheiden und blieb in seltsam gekrümmter Haltung stehen.

»Dem Beschuldigten Nummer zwei wird nur ein Versuch vorgeworfen«, sagte sie halblaut und blies sich den Pony aus der Stirn. »Versuchter Mord, meine ich. Aber wenn der Verstorbene lange genug gelebt hätte, wäre er aufgrund dieses ersten Versuchs umgekommen – der nicht vollendet wurde, weil er später, danach, der Mann … der Verstorbene, meine ich … er wurde später …« Sie ließ sich auf ihren Stuhl fallen und teilte mit: »Ich werde darauf zurückkommen, wenn ich unser Haftersuchen erläutere.«

»Das möchte ich aber auch hoffen«, sagte Richter Lund. »Ich freue mich sogar schon darauf. Könnten wir nun den Beschuldigten Nummer eins, Claudio Gagliostro, aus dem Keller holen?«

Wenige Minuten später wurde Claudio von zwei Uniformierten in den Gerichtssaal geführt. Er stolperte zum Zeugenstand und blickte verwirrt in die Runde. Schweiß strömte ihm über die Stirn, und er keuchte wie kurz vor einem Asthmaanfall.

Richter Lund musterte ihn mit freundlichem Interesse.

»Ihnen wird vorgeworfen, verstoßen zu haben gegen …«, begann er und zählte in umwerfendem Tempo Paragrafen auf, ehe er aufblickte und seine Brille abnahm. »Das bedeutet, dass Ihnen vorgeworfen wird, in der Nacht vom 5. zum 6. Dezember dieses Jahres Brede Ziegler einen tödlichen Messerstich in die Herzregion beigebracht zu haben. Außerdem, dass Sie in der Nacht zu Montag, dem 20. Dezember, vorletzte Nacht also, versucht haben sollen, Sebastian Kvie zu Tode zu bringen, indem Sie ihn in der Biedenkaps gate zwei von einem Gerüst gestoßen oder geschoben haben. Außerdem wird ihnen Unterschlagung und/oder Hehlerei in Bezug auf eine unbekannte Menge Jahrgangsweine zur Last gelegt.«

Richter Lund biss in einen Brillenbügel und musterte Gagliostro aus zusammengekniffenen Augen.

»Erklären Sie sich für schuldig oder für nicht schuldig?«

»Mein Mandant erklärt sich nicht für schuldig, er ...« Anwalt Becker war schon aufgesprungen, ehe Claudio die Frage des Richters überhaupt erfasst hatte.

Richter Lund ließ ihn nicht ausreden, sondern schwenkte irritiert die linke Hand und bellte: »Ich gehe davon aus, dass Ihr Mandant sprechen kann. Anwalt Becker?«

»Unschuldig!«, rief Claudio. Seine Stimme klang belegt und ungelenk, so als sei er eben erst erwacht.

»Nicht schuldig«, korrigierte der Richter und nickte dem Protokollführer zu.

»Er sieht verdammt noch mal schuldig aus«, flüsterte Billy T. Annmari Skar ins Ohr. »Ich habe keine Ahnung, ob er schuldig ist, aber sieh ihn dir doch bloß an!«

»Lass den Quatsch«, fauchte sie zurück. »Halt die Fresse und gib mir die Unterlagen, die ich brauche, *ehe* ich sie brauche.«

Als die Formalitäten erledigt waren, wurde der Polizeijuristin die Gelegenheit gegeben, den Beschuldigten zu vernehmen. Der Richter hob leicht die Augenbrauen, als Annmari ablehnte. Sie ging davon aus, dass Claudios Anwalt ihr diese Arbeit abnehmen werde. Und das tat er. Selbst auf die leichtesten und wohlwollendsten Fragen von Anwalt Becker hin schaffte Claudio

Gagliostro es, sich in Widersprüche zu verwickeln. Er stammelte, stotterte und griff sich an die Stirn. Sein Norwegisch wurde immer schlechter, und gegen Ende der Befragung hätte man meinen können, er sei erst vor wenigen Monaten ins Land gekommen. Der ganze Mann schien in Auflösung begriffen. Körperflüssigkeiten troffen über seine Hemdbrust; Rotz, Tränen und Schweiß flossen zu einem zähen Brei zusammen, unter dem Claudios Gesicht glänzte und der den Richter veranlasste, auffällig oft verlegen in seine Unterlagen zu schauen.

»So was muss er doch schon häufiger gesehen haben«, murmelte Billy T. kaum hörbar.

Er selbst fühlte sich allerdings auch nicht wohl in seiner Haut. Nicht, weil er der Erniedrigung eines anderen Menschen beiwohnte, sondern weil er nicht an dessen Schuld glaubte. Jedenfalls nicht, was den Mord an Brede Ziegler betraf. Das ergab einfach keinen Sinn. Claudio Gagliostro war ein amoralischer Trickser. Er hätte sicher keine Schwierigkeiten gehabt, seinen eigenen Bruder zu betrügen, falls er denn einen hatte. Aber Mord? Zu feige, dachte Billy T. und trank einen Schluck Wasser. Zu schwach. Außerdem: Brede Ziegler war im *Entré* das eigentliche Zugpferd gewesen. Kaum jemand wusste, wer Claudio Gagliostro war. Selbst wenn der Italiener in dem Irrglauben gelebt hatte, er werde nach Bredes Tod die Restaurantanteile seines Partners erben, hätte dieser Gewinn ihm nicht viel gebracht. Das *Entré* war noch nicht einmal ein Jahr alt; das Lokal war in kurzer Zeit zu ungeheurem Ruhm gelangt, doch damit würde es ohne Brede Zieglers Namen und Anwesenheit schnell vorbei sein. Claudio war ein Schwindler. Da war Billy T. sich sicher. Aber ein Dummkopf war er auf keinen Fall. Und aller Wahrscheinlichkeit nach auch kein Mörder.

Annmari Skar war anderer Ansicht.

»Ich rede Wahrheit«, schluchzte Claudio und presste sich einen triefnassen Klumpen Zellstoff an die Nase. »Ich war gar nicht da in das Polizeihaus den Sonntag. Zu Hause war ich! Zu Hause! Und diese andere, mit Sebastian ... Unglück! *Accidente!*«

Die Wörter kamen stoßweise. Er rang keuchend um Atem, schloss die Augen, kehrte sein Gesicht der Decke zu. Sein Adamsapfel hüpfte auf und ab, und einen Moment lang fürchtete Billy T., der Mann könne ersticken.

»Aber, Gagliostro ...« Richter Lund blätterte weiter zu einem Papier, das er offenbar schon im Voraus gekennzeichnet hatte. Er setzte seine Brille auf und starrte den Italiener im Zeugenstand an. »Aus den Unterlagen geht hervor, dass in Ihrer Wohnung eine nicht unbedeutende Geldsumme beschlagnahmt worden ist. Vierzehntausendzweihundertfünfzig Kronen, um genau zu sein. Die vierzehn Tausender waren neu, ihre Seriennummern folgen aufeinander. Hier steht ...« Er ließ die Stelle von einem plumpen Zeigefinger suchen und las schließlich vor: »Die Seriennummern von vierzehn Tausendernoten, die am Montag, dem 20. Dezember, in der Wohnung des Beschuldigten beschlagnahmt worden sind, folgen auf die Nummern von sechzehn Tausendern, die in der Nacht zum Montag, dem 6. Dezember, bei dem toten Brede Ziegler gefunden worden sind.' Nicht gerade elegant formuliert, könnte man sagen, aber wir verstehen doch beide, was die Polizei meint. Haben Sie dafür eine Erklärung, Gagliostro?«

Der Verhaftete machte eine plötzliche Wandlung durch. Endlich schien er sich zusammenzureißen. Vielleicht hatte sein Körper alle Flüssigkeit abgesondert. Er hob die Schultern und beugte sich auf aggressive Weise vor. Sogar seine Stimme klang gefasster, sie wurde dunkler, seine Sprache wieder flüssiger.

»Sicher, Herr Richter. Ein kleiner Fall von Steuerschwindel. Manchmal heben wir Geld ab, Brede oder ich. Und dann schreiben wir eine falsche Rechnung für ›bar bezahlt‹.« Claudio fuchtelte in der Luft herum. »Und teilen das Geld. Das gebe ich gern zu. Aber ich habe nicht ... ich habe *nicht* ...«

Er schlug mit beiden Fäusten auf den Zeugenstand. Es knallte lauter, als er erwartet hatte, und er zuckte zusammen.

»... einen Mord begangen«, schloss er kleinlaut.

Die Sache mit dem Geld war am Vorabend Annmaris Trumpfass gewesen. Sie hatte in die Hände geklatscht, als Klaus Veierød aufgeregt die Seriennummern vorgetragen hatte. Billy T. hatte nur mit den Schultern gezuckt. Dass zwei so eng miteinander verbundene Geschäftspartner Geld hatten, das in einem Schwung bei derselben Bank abgehoben worden war, hatte sicher nicht viel zu bedeuten. Er hatte sich über die Theorie, dass Claudio Brede ermordet haben könnte, um sich dann weniger als die Hälfte des Geldes zu sichern, das dieser bei sich trug, lustig gemacht. Als er Claudio dann ein weiteres Mal als falsche Fährte bezeichnete, hatte Annmari ihn vor die Tür gesetzt und ihm befohlen, am nächsten Morgen frisch und guter Dinge um sieben Uhr zum Dienst zu erscheinen, ohne das Petruskreuz im Ohr, dafür aber mit Schlips um den Hals. Dann werde er bis zur Verhandlung noch sechs Stunden Zeit haben, um die Unterlagen auswendig zu lernen.

»Auswendig«, hatte sie gefaucht und die Tür hinter ihm zugeknallt.

Billy T. hatte seine eigene Theorie über dieses Geld. Je länger er darüber nachdachte, desto besser gefiel sie ihm. Polizeijuristin Skar sollte sehen, wie sie fertigwurde. Billy T. konnte problemlos im Osloer Stadtgericht ein paar Stunden den Nickaugust geben. Seine eigentliche Arbeit würde er dann nachts erledigen.

Annmari Skar erhob sich, um das Haftbegehren der Polizei zu erläutern. Vor Gericht klang ihre Stimme immer tiefer als sonst.

Sie sprach langsam, als berücksichtige sie, dass der Protokollführer jedes Wort notierte. Sie redete eine Dreiviertelstunde. Das, was sie sagte, wäre auch in fünf Minuten zusammenzufassen gewesen.

»Die Polizei bleibt bei ihrem Antrag«, schloss sie und rückte die Tischplatte wieder gerade, ehe sie sich setzte.

Anwalt Becker warf sich den Schlips über die Schulter, wie um den Eindruck von hohem Tempo zu vermitteln. Er sprach schnell und so laut, dass Richter Lund ihn nach wenigen Minuten unterbrach, um ihn darauf aufmerksam zu machen, dass er einen knappen Meter vor dem Richtertisch stand; ob der Herr Anwalt sich freundlicherweise ein wenig dämpfen könne? Das konnte er offenbar nicht, und sein Kollege Bøe rückte drei Plätze weiter. Selbst dort hielt er sich noch diskret die Hand vors rechte Ohr.

»Der Antrag der Polizei ist ein Schuss in den Nebel«, schrie Becker. »Es liegt doch auf der Hand, dass nach über zwei Wochen Ermittlungen ein dringendes Bedürfnis nach Ergebnissen besteht. Weihnachten rückt näher, verehrtes Gericht, und die Presse geifert. Geifert!«

Er machte eine vielsagende Geste in Richtung Ausgangstür. Billy T. fragte sich, ob der Anwalt wohl so laut redete, damit die Journalisten draußen ihn hören konnten.

»Haare«, sagte Becker und strahlte Richter Lund an. »Die Polizei hat an der Kleidung des Ermordeten Haare meines Mandanten gefunden. Sieh an! Ich bin ziemlich sicher, Herr Richter, wenn Sie die Polizei Ihren Mantel untersuchen lassen, dass sich daran Haare von fast allen finden werden, mit denen Sie Ihre Garderobe teilen. Garderobe teilen.«

Er schnippte mit den Fingern der rechten Hand und setzte eine verklärte Miene auf.

»Aha! So einfach!«

Dann hob er seinen Plastikbecher an die Lippen und hatte es nicht länger eilig. Als alles getrunken war, schenkte er sich aus seiner Glaskaraffe nach. Darauf lächelte er wieder, ein breites Lächeln, bei dem in seinem runden, fast kindlich weichen Gesicht ungewöhnlich weiße, gleichmäßige Zähne sichtbar wurden. Endlich dämpfte er auch seine Stimme ein wenig.

»Wir sehen also, verehrtes Gericht, wir sehen also, dass die Polizei ein höchst bemerkenswertes Manöver vollführt, um triftige Verdachtsgründe zu erhalten. Höchst merkwürdig. Mein Mandant soll also, abgesehen davon, dass er vor zwei Wochen Brede Ziegler erstochen haben soll, vorletzte Nacht versucht haben, Sebastian Kvie umzubringen ... « Wieder lächelte er und ließ diesem Lächeln ein glucksendes kleines Lachen folgen. »Unsinn und Humbug. Ich wiederhole ... «

»Sie brauchen Unsinn und Humbug nicht zu wiederholen, Anwalt Becker. Es wäre außerdem von Vorteil, wenn Sie einigermaßen die Ruhe bewahren könnten.«

Anwalt Becker, der angefangen hatte, auf und ab zu gehen, reagierte auf diesen Tadel und nahm eine Art straffe Habachtstellung ein. Langsam zog er sich den Schlips von der Schulter und betrachtete das Muster für einige Sekunden, ehe er ihn auf seiner Brust arrangierte.

»Notwehr«, schrie er dann so plötzlich, dass sogar die beiden Uniformierten, die mit halb geschlossenen Augen dagesessen hatten und offenbar nicht zuhören mochten, zusammenfuhren. »Ja, vermutlich handelt es sich bei dem Zwischenfall auf einem Gerüst in der Osloer Innenstadt um einen puren Unfall, und wenn es wirklich der Fall sein sollte, dass mein Mandant Sebastian Kvie gestoßen hat, dann handelt es sich um ein Bilderbuchbeispiel von Notwehr. Denn welche Behauptung hat die

Polizei aufgestellt? Die Behauptung, dass mein Mandant mitten in der Nacht hellwach dasitzt, gekleidet in seinen Schlafanzug aus gestreiftem Flanell, und darauf wartet, dass sein Opfer auf ein Gerüst steigt, um sich im vierten Stock vor sein Fenster zu stellen. Im vierten Stock! Ist das ein normales Verhalten für ein potenzielles Opfer? Sich als Fassadenkletterer zu betätigen, um sich passend zum Geschubstwerden aufzustellen? Was?«

Einer der Uniformierten versuchte, ein Lachen zu unterdrücken. Er beugte sich vor und stützte die Unterarme auf seine gespreizten Oberschenkel, während er den Kopf über seinen Schritt hängen ließ. Seine Schultern bewegten sich lautlos.

»Sehen Sie«, sagte Anwalt Becker und zeigte auf den jungen Mann. »Das ist so lächerlich, dass selbst die Polizei es nicht glauben kann! Ihre eigenen Leute!«

Anwalt Becker war vor Erregung rot angelaufen. Sein Mandant dagegen wirkte ruhiger. Er blickte bewundernd zu seinem Anwalt auf und schien auch nicht mehr zu schwitzen.

Anwalt Becker redete lange. Annmari staunte darüber, dass ihm das gestattet wurde. Er hatte zwar einiges zu sagen, aber vor lauter Freude über seine schönen Argumente büßte er die Fähigkeit, sich zu beschränken, vollständig ein. Als er zum dritten Mal auf die Garderobentheorie zu sprechen kam, um den Haarbeweis der Polizei ad absurdum zu führen, hatte Richter Lund die Nase voll.

»Ich glaube, das Gericht fühlt sich jetzt hinreichend informiert«, sagte er energisch.

Als nach einer Pause Sindre Sand in den Zeugenstand trat, fiel Annmari und Billy T. gleichermaßen auf, dass der Junge ungewöhnlich gelassen aussah dafür, dass er fast die ganze Nacht wach gelegen und anderthalb Tage in einer Kahlzelle verbracht hatte. Sein Hemd wirkte noch immer frisch gebügelt, und irgendwer musste ihm die Möglichkeit gegeben haben, sich zu rasieren.

»Nicht schuldig«, sagte er nach den einleitenden Formalitäten mit energischer Stimme. »Aber ich bin zur Aussage bereit.«

»Sie haben in den vergangenen Wochen der Polizei gegenüber mehrere Aussagen gemacht, begann Annmari Skar. »Unter anderem haben Sie gesagt, dass Sie ... Brede Ziegler nicht leiden konnten?«

Sie schaute Sand Bestätigung heischend an. Der zuckte gleichgültig mit den Schultern.

»Und aus diesem Grund, sagen Sie, hätten Sie so lange keinen Kontakt mehr mit ihm gehabt«, fuhr sie fort. »Weiter haben Sie ausgesagt, dass Sie früher mit Zieglers Witwe, Vilde Veierland, ein Verhältnis hatten und so gut wie verlobt waren. Auch mit ihr hätten Sie lange nicht mehr gesprochen, haben Sie bei den Vernehmungen gesagt.«

»Ich habe gesagt ... «

»Nur einen Moment noch. Das Gericht und ich wissen, was Sie gesagt haben, Sand. Sie haben die Protokolle selbst unterschrieben.«

Annmari flüsterte Billy T. etwas zu, und der reichte ihr ein Dokument. Sie fuhr sich mit Daumen und Zeigefinger über die Nase und blieb lange in dieser Haltung sitzen.

»Warum haben Sie gelogen?«, fragte sie dann plötzlich.

»Ich habe nicht gelogen. Ich habe Vilde ewig nicht mehr gesehen. Seit ... ich weiß es nicht mehr.«

»Warum?« Sie ließ sich auf ihren Stuhl zurücksinken und schlug die Arme übereinander. »Warum wollen Sie nicht zugeben, dass Sie Vilde in letzter Zeit mehrmals gesehen haben?«

»Ich habe sie *nicht gesehen*«, sagte Sindre Sand trotzig.

Annmari bat Billy T. um ein weiteres Dokument und zitierte

vier Zeilen aus einer Aussage von Egon Larsen, Vilde Veierland Zieglers Nachbar in Sinsen, der den Beschuldigten drei Mal in der Umgebung beobachtet hatte. Einmal sogar beim Betreten von Vildes Treppenhaus.

»Egon Larsen leitet die Mensa der Sogn-Gesamtschule, Sand. Er kannte Sie vom Sehen.«

»Er muss sich geirrt haben. Da oben gibt es Hunderte von Schülern. Und ich habe die Schule vor zwei Jahren verlassen. Er hat sich geirrt.«

Annmari beugte sich über die Schranke und versuchte, seinen Blick einzufangen. Er wirkte unverändert souverän, so als habe er den Ernst seiner Lage nicht begriffen oder als sei ihm alles egal. Annmari Skar hatte so etwas schon häufiger gesehen. Sie wusste, dass diese Gelassenheit nicht tief wurzelte. Möglicherweise gelang es dem Jungen, seine Fassade während der gesamten Verhandlung aufrechtzuerhalten. Er konnte aber auch binnen zwei Sekunden restlos zusammenbrechen.

»Und irren sich auch alle anderen Zeugen, Sand? Ich sehe mal nach ...«

Sie brauchte Zeit, um das Dokument zu finden, obwohl es schon aus dem Ordner genommen worden war und deutlich sichtbar vor ihr lag.

»Eins, zwei, drei, vier ... fünf. Fünf Zeugen sagen aus, dass Sie sich zu dem Zeitpunkt, zu dem Brede Ziegler ermordet wurde, nicht im Rundfunkgebäude in Marienlyst aufhielten. Einige behaupten sogar, Sie seien eine ganze Stunde weg gewesen. Kann es sein, dass ...«

Anwalt Bøe fiel der Gegenseite nur selten ins Wort. Seltsamerweise klang auch seine Stimme ungewöhnlich dünn.

»Einen Moment«, sagte er gebieterisch. »Vielleicht könnten Sie hier eine Pause machen und uns erzählen, worauf Sie eigentlich hinauswollen? Sie haben eben erst, und zwar mit großem Engagement, vorgetragen, dass der Beschuldigte Gagliostro aus triftigen Gründen des Mordes an Ziegler verdächtigt werden kann. Ich sehe nicht, wie es dann zu vertreten ist, die Zeit des Gerichts mit der Erörterung zu verschwenden, dass auch mein Mandant am Tatort gewesen sein kann. Sindre Sand wird doch wohl nicht des Mordes verdächtigt?«

Er sprach leise. Mit seinen leicht geweiteten Augen hinter der Goldrandbrille wirkte er immer etwas überrascht. Jetzt sah er erstaunter aus denn je.

Richter Lund schaute Annmari an.

»Da kann ich Anwalt Bøe durchaus zustimmen. Mir kommt das ebenfalls seltsam vor. Sie müssen entweder erklären, was Sie durch diese Fragen zu erreichen hoffen, oder sich auf das beschränken, worauf dieses Haftbegehren sich wirklich bezieht. Wenn Sie glauben, etwas Neues zu dem Fall beitragen zu können, dann muss die Polizei das außerhalb meines Saales untersuchen. Hier vor Gericht werden keine Ermittlungen angestellt.«

Er starrte resigniert auf seine Armbanduhr. Es war schon halb sieben.

Annmari war wütend. Es war ein Unding, mitten in der Befragung eines Beschuldigten unterbrochen zu werden, und sie hatte nicht damit gerechnet. Nicht bei Anwalt Bøe.

»Sicher. Ich werde alles erklären. Aber ich möchte doch betonen, dass dies ein sehr ernster Fall ist«, sagte sie wütend. »Wenn Gericht und Verteidigung nicht begreifen ...«

Das brachte ihr eine mahnende Geste vom Richtertisch her ein. Richter Lund mochte sich die Unterstellung, er könne etwas nicht begreifen, offenbar nicht gefallen lassen. Schon gar nicht von einer dreißig Jahre jüngeren Anklagevertreterin.

Annmari holte tief Luft und sagte: »Sindre Sand wird des

versuchten Mordes verdächtigt. Nach Ansicht der Polizei hat er Brede Ziegler erhebliche Mengen Gift in Form von Paracetamol zugeführt. Diese Vergiftung hätte mit großer Sicherheit den Tod des Opfers zur Folge gehabt. Wir befinden uns in der besonderen Situation, dass das Opfer erstochen wurde, ehe es …«

»Ja, das ist mir schon klar.« Richter Lund kratzte sich am Kopf. »Was mir dagegen nicht klar ist, ist, warum Sie auf Leben und Tod die Frage stellen wollen, wo *dieser* Beschuldigte …« Er zeigte auf Sindre Sand. »… sich aufgehalten hat, während Ziegler von einer anderen Person umgebracht wurde? Sie meinen doch wohl nicht im Ernst, dass ich Gagliostro in Untersuchungshaft stecken lasse, wenn Sie zugleich der Ansicht sind, dass Sand den Mann ermordet hat?«

»Die Theorie der Anklagebehörden«, hob Annmari an – jetzt redete sie so langsam, dass es einfach als Provokation aufgefasst werden musste – »baut auf einer Kette von Indizien auf. Ich möchte durch meine Befragung nachweisen, dass der Beschuldig-te Sand der Polizei konsequent unrichtige Mitteilungen gemacht hat. Bis auf Weiteres will ich also klarstellen, dass *dieser Mann lügt*!«

Sie schlug leicht mit der flachen Hand auf den Tisch und sah Richter Lund an wie ein widerspenstiges Kind, das einfach nicht begreifen will. Der Richter hob fast unmerklich die Hand zu einer weiteren Warnung.

»Was die Anklage des versuchten Mordes angeht«, fuhr sie fort, ohne den Richter anzusehen, »so gründet sie sich zunächst darauf, dass der Beschuldigte ein starkes Motiv gehabt hätte. Das hat er zugegeben. Vom Standpunkt des Beschuldigten sieht es so aus, dass Brede Ziegler ihm ein Vermögen, die Freundin und möglicherweise auch etliche Karrieremöglichkeiten genommen hat. Des Weiteren hat Sand gelogen, was seinen Kontakt zu Vilde

Veierland Ziegler angeht. Wir können beweisen, dass er Vilde während der letzten Wochen mehrere Male gesehen hat und dass er außerdem ...« Eifrig griff sie nach dem Papier, das Billy T. herausgesucht hatte. »... konsequent die einfache Tatsache leugnet, dass er große Teile des Abends und der Nacht vom 4. auf den 5. Dezember mit Brede Ziegler verbracht hat. Den Zeitraum also, in dem Brede Ziegler das Gift zugeführt wurde, an dem er später gestorben wäre.«

Richter Lund saß da und rührte sich nicht. Annmari hatte mehr geliefert als nur eine Darstellung. Sie hatte längst mit ihrem Plädoyer begonnen. Der Richter schien ihr das durchgehen zu lassen.

»Wenn wir all diese Umstände zusammenfassen«, fügte sie hinzu, jetzt viel schneller, »dann lassen sie sich nicht als Zufälle abtun. Sie bilden ein Muster, in dem es eine und nur eine Person gibt, die Motiv und Möglichkeit hatte, den Verstorbenen zu vergiften.« Sie reichte die Unterlagen an Billy T. weiter und lehnte sich zurück. Dann strich sie sich die Haare aus der Stirn und fragte: »Darf ich jetzt meine Fragen stellen?«

Anwalt Bøe erhob sich, ehe der Richter antworten konnte.

»Wenn es gestattet ist«, sagte er, »würde ich gern einige Kommentare zu den eben erfolgten Darlegungen der Anklage machen. Da das Gericht meiner verehrten Widersacherin so wohlwollend eine von den Regeln abweichende Vorgehensweise erlaubt hat, gehe ich davon aus, dass auch ich die Aufmerksamkeit des Gerichtes für einige Minuten beanspruchen kann.« Er lächelte kurz zum Richtertisch hinüber, hob dann ein Papier in Hüfthöhe und redete weiter. »Die Unterlagen der Ermittlungen zeigen deutlich, dass Brede Ziegler einen weiten Bekanntenkreis, aber wenige oder gar keine Freunde hatte. Er war ein ...« Der Anwalt fuhr sich behutsam über den Bart und schien nicht so recht zu wissen, wie er sich ausdrücken sollte. »... ein ungeliebter Mann«, sagte er endlich. »Zudem führte er eine gelinde gesagt seltsame Ehe. In meinen Augen lässt sich durchaus nicht ausschließen, dass das Mordopfer auch ein Selbstmordkandidat war. Er kann die Überdosis Paracetamol also ganz bewusst genommen haben.«

Annmari öffnete den Mund zu einem Widerspruch. Ein Blick des Richters sorgte dafür, dass sie ihn wieder schloss.

»Die Anklage misst der Tatsache, dass mein Mandant gelogen hat, sehr große Bedeutung bei«, fuhr Bøe fort. »Das ist verständlich, auch wenn die Vertreterinnen der Polizei inzwischen erkannt haben sollten, dass Leute, die lügen, deshalb noch längst keine Verbrecher sein müssen. Wir Menschen lügen nämlich oft. Was natürlich nicht gut ist, aber wir sind nun einmal so. Mein Mandant hat zugegeben, dass er in Bezug auf sein Treffen mit Brede Ziegler am fraglichen Samstagabend nicht die Wahrheit gesagt hat. Er hatte ganz einfach Angst. Was naiv und dumm war, da sind wir sicher alle einer Meinung. Aber um meine Ansicht zu verdeutlichen, möchte ich auf Dokument 324 verweisen.«

Das Rascheln von Papieren war im ganzen Saal zu hören.

»Es geht um diese Frau Helmersen. Bei ihrer Vernehmung am gestrigen Montag hat sie ausgesagt, dass sie sich zum Zeitpunkt des Mordes in der Nähe des Tatorts aufhielt. Genauere von der Polizei durchgeführte Untersuchungen haben ergeben, dass sie glatt gelogen hat. Eine Nachbarin ist an ebenjenem Abend mehrere Male mit dieser Dame aneinandergeraten, weil ihre Musik ...«

Er hob den obersten Bogen und ließ seinen Finger über die Seite wandern.

»›Im Weißen Rössl am Wolfgangsee‹. Da haben wir's. Die Zeugin hat im aktuellen Zeitraum vier Mal bei Frau Helmersen geklingelt, weil die Musik so laut war, dass die Zeugin in ihrer Wohnung jedes Wort verstehen konnte. Was natürlich eine Belastung ist. Frau Helmersen hat also gelogen. Aber niemand behauptet deshalb, sie habe Ziegler umgebracht.«

Anwalt Becker sprang auf, als sein Kollege sich setzte.

»Herr Richter, Herr Richter, ich bitte um das Wort!«

»Ich habe eigentlich keine Lust, es Ihnen zu erteilen, wenn ich ehrlich sein soll. Es geht hier nicht um Ihren Mandanten.«

»Aber es ist wichtig, Herr Richter. Hier zieht doch langsam ein Skandal herauf. Ein Skandal, von dem auch mein Mandant betroffen ist. Das muss einfach klar gesagt sein. Die Polizei schlägt doch ziellos um sich! Ich halte jetzt die Frage für angebracht, was eigentlich mit Vilde Veierland Ziegler ist. Der Beschuldigte hat in Bezug auf sie angeblich gelogen. Warum ist sie nicht hier? Die junge Dame erbt schließlich Zieglers gesamtes Vermögen und hat damit das beste Motiv von allen!«

»Da muss ich Anwalt Becker zustimmen«, sagte Richter Lund langsam. »Es wäre interessant, mehr über diese Witwe zu erfahren. Liegen Protokolle neuerer Vernehmungen vor? In denen sie eventuell die Behauptung des Beschuldigten entkräftet, er habe sie seit langer Zeit nicht mehr gesehen?«

Über Vilde Veierlands Zusammenbruch existierte noch kein Protokoll. Dieses Versäumnis aber ließ sich möglicherweise entschuldigen.

»Sie ist ... nicht vernehmungsfähig.«

Annmari räusperte sich und zuckte fast unmerklich mit den Schultern. Billy T. wusste nicht, ob es sich um eine Geste des Bedauerns handelte oder ob sie versuchte, die Sache herunterzuspielen.

»Vilde Veierland Ziegler ist zufällig bei einer Verkehrskontrolle festgenommen worden. Gestern Morgen. Sie war in stark berauschtem Zustand gefahren. Drogen. Sie wurde in Gewahrsam genommen, wo ein Arzt ihr eine Blutprobe abnehmen sollte.«

Billy T. fummelte an seinem Schlips herum und starrte die Tischplatte an. Er hatte am Vortag vier wertvolle Arbeitsstunden mit der Suche nach Vilde Ziegler vergeudet. Die derweil längst im Arrest saß. Er hatte eine wahnsinnige Wut angestaut, die das Haupt der erstbesten Person treffen sollte, die ihm nach Entdeckung dieses groben Patzers über den Weg lief. Als ihm dann bei genauerem Überlegen aufging, dass er selbst für die Koordinierung der Ermittlungsaufgaben zuständig war, hatte er den Mund gehalten.

»Während sie noch auf den Arzt wartete, erlitt sie einen psychotischen Zusammenbruch«, sagte Annmari leise. »Und jetzt liegt sie in der psychiatrischen Klinik. Der behandelnde Arzt teilt mit, dass sie derzeit keine Aussage machen kann. Derzeit nicht und wohl auch in absehbarer Zukunft nicht. Wir würden natürlich gern ...«

Anwalt Becker fiel ihr mit Fistelstimme ins Wort: »Genau! Hab ich's nicht die ganze Zeit gesagt! Skandal! Da verfügt die Polizei über eine aufsehenerregende neue Information, verschweigt sie aber bis ...« Er zog den Sakkoärmel hoch und starrte wütend auf seine Uhr. »... bis acht. Es ist Dienstagabend, acht Uhr, bald ist Weihnachten, und ich wiederhole: Die Polizei verschweigt wichtige Informationen. Wir haben also eine drogensüchtige Witwe als Alleinerbin, die von der Polizei restlos ignoriert wird. Während der Verdacht in seiner ganzen Härte auf meinen Mandanten gerichtet wird, von dem es nicht einmal einen Fingerabdruck gibt, der mit dem Mord in Verbindung gebracht werden könnte. Nicht einmal einen Fingerabdruck!«

Richter Lund musterte ihn kühl und bedeutete ihm, er solle sich setzen.

»Aber wir haben ein Haar«, sagte er trocken. »Und das ist mehr, als uns von der Witwe Ziegler zur Verfügung steht.«

»Bei allem Respekt, verehrtes Gericht, aber die Sache wird langsam …«

Ole Johann Bøe schüttelte leise den Kopf. Ein feines Netz aus roten Adern zeichnete sich oberhalb seines gepflegten Bartes ab.

»Damit haben Sie ja wohl angefangen«, entfuhr es Annmari Skar. »Ich wollte gerade …«

Ein dumpfer Knall ließ alle zu Sindre Sand hinüberschauen, der seit über einer Stunde im Zeugenstand ausharrte. Niemand war auf die Idee gekommen, ihm einen Stuhl anzubieten, obwohl zumindest der Protokollführer registriert hatte, dass der Mann zusehends bleicher wurde. Jetzt sank er langsam in sich zusammen und riss den Zeugenstand mit. Die beiden Polizisten waren mit einem Sprung bei ihm und konnten verhindern, dass das schwere Holzgestell auf ihn fiel. Einen Augenblick später hatte Sindre sich aufgesetzt und ließ den Kopf zwischen seine Knie hängen.

»Wasser«, rief einer der Uniformierten. »Und bleiben Sie erst mal sitzen.«

Sindre murmelte: »Ich scheiß auf alles. Lasst mich gehen. Ihr interessiert euch ja doch nicht für mich.«

Der Richter schaute Anwalt Bøe fragend an, und der zögerte einige Sekunden, um dann kurz zu nicken. Der Hammer des Richters knallte auf den Tisch. Alle erhoben sich.

Auf einige der Anwesenden hatte die Pause eine erfrischende Wirkung. Richter Lund hatte seine Ärmel heruntergekrempelt, als er zurückkam, und den Schlips unter seiner dunklen Jacke stramm gezogen. Erst gegen halb zehn konnte die Verhandlung endlich beendet werden.

Anwalt Bøes Ausführungen waren mörderisch gewesen. Er hatte nicht wie Anwalt Becker die Stimme erhoben und keine seiner Pointen wiederholt. Sie waren dafür zu gut gewesen, und Annmari fühlte sich erschöpft und leer, als Richter Lund endlich erklärte, er werde seine Entscheidung am nächsten Morgen kundtun.

Sie wandte sich an Billy T.

»Wenn die beiden freigelassen werden, dann ist das *deine* Schuld«, fauchte sie. »Du und deine verdammte Chaosermittlung! Ich hoffe, du hast heute irgendwas gelernt!«

Dann marschierte sie aus dem Saal, mit nichts als ihrer Handtasche über der Schulter. Sollte Billy T. doch die traurigen Reste der Ermittlung zur Wache zurückbringen. An die zweitausend Seiten Unterlagen.

Er wusste, dass sie recht hatte. Er überschaute nicht, was auf diesen Seiten stand. In dem Material gab es keinen roten Faden. Keine übergeordneten Theorien. Eine Masse Schüsse in den Nebel, wie Anwalt Becker so treffend geschrien hatte. Billy T. versuchte trotzdem, die herausgenommenen Dokumente an die jeweils richtige Stelle zu legen, als könne ein gewisser Ordnungssinn neues Licht auf die Sache werfen.

Sein weher Zahn brannte lichterloh.

58 Billy T. starrte die junge Frau an, die da im Bett lag. Ihr Gesicht verschwamm beinahe mit dem weißen Kissenbezug, und er konnte nicht sehen, ob sie überhaupt atmete. Im Zimmer herrschte Zwielicht. Nur ein schwacher bläulich weißer Schein fiel vom Flur her durch die halb offene Tür herein. Eine Wanduhr mit großen Ziffern auf weißem Grund erzählte ihm, dass die Nacht sich schon zwei Stunden in Mittwoch, den 22. Dezember, hineingeschleppt hatte.

Noch zwei Tage bis zum Heiligen Abend. Er hatte sich das Schlafen fast abgewöhnt.

Der Arzt hatte ein trockenes, irritierendes Lachen ausgestoßen. Vilde Veierland Ziegler würde keine Aussage machen können. Noch lange nicht. Wachen vor ihre Tür zu stellen, das komme überhaupt nicht infrage. Wenn der Arzt das richtig verstanden hatte, dann lag gegen Vilde kein Haftbefehl vor. Die Tatsache, dass sie unter Drogeneinfluss am Steuer erwischt worden war, rechtfertige weder eine solche Ressourcenverschwendung seitens der Polizei noch die beträchtliche Belastung, die es für die Patientin und das ganze Krankenhaus bedeuten würde, ständig Uniformierte durch die Gänge laufen zu sehen. Billy T.s Bitte, Vilde sehen zu dürfen, war rundweg abgeschlagen worden mit der Begründung, die Patientin brauche Ruhe. Billy T. hatte mit den Schultern gezuckt und den bewachten Ausgang der geschlossenen Abteilung angesteuert – aber kehrtgemacht, sowie der Arzt nicht mehr zu sehen war. Eine Krankenschwester hatte schroff nach seinem Begehr gefragt, ihn aber in Ruhe gelassen, nachdem er seinen Dienstausweis gezeigt und etwas von Dr. Frisaks Zustimmung gemurmelt hatte.

Billy T. wollte die Wachen nicht aufstellen, damit sie auf Vilde aufpassten. Sie sollten jedes Anzeichen von Besserung melden. Er brauchte eine Vernehmung. Und zwar sofort.

Vilde Veierland Ziegler war Bredes Tochter. Davon war Billy T. überzeugt. Der Arzt hatte sich geweigert, Fragen nach Vildes Krankengeschichte zu beantworten, zum Beispiel die, ob sie irgendwann einmal eine Organspende gebraucht habe. Zu solchen Auskünften sei er nicht befugt, hatte Dr. Frisak dramatisch erklärt. Billy T. schwor sich im Stillen, dass er in seiner Freizeit Jura studieren würde, wenn dieser Fall erst geklärt wäre. Alle anderen hatten das ja offenbar getan. Er saß auf einem Stuhl am

Krankenbett der Frau und hätte am liebsten ihren Körper auf Narben hin untersucht. Er streckte die Hand nach der dünnen Decke aus, ließ sie dann aber sinken.

Alle Stücke fügten sich zusammen. Die meisten zumindest.

Die Italienspur führte ins Leere. Die Wirtschaftskripo hatte mitteilen können, dass eine vorläufige Überprüfung von Brede Zieglers Engagement in Italien keinerlei Grundlage für weitere Ermittlungen von norwegischer Seite liefere. Natürlich waren ihnen bei ihren Untersuchungen zeitlich und juristisch klare Grenzen gesetzt gewesen, aber dennoch: Offenbar hatte alles seine Richtigkeit.

Keine Anmerkungen.

So stand es unter dem vier Seiten langen Bericht, den morgens die Hauspost gebracht hatte.

Also musste es Vilde sein.

Brede hatte in einer seltsamen Ehe gelebt. Als sie die kleine Wohnung im Silovei entdeckt hatten, war ihnen rasch klar geworden, dass Vilde so gut wie nie in der Niels Juels gate auftauchte. Das Ehepaar hatte überhaupt nur wenig Kontakt gehabt, obwohl die Hochzeit erst ein gutes halbes Jahr zurücklag. Außerdem hatte Brede sich sterilisieren lassen. Vilde war noch keine fünfundzwanzig und wohl kaum imstande, eine so grundlegende Entscheidung für ihre Zukunft zu treffen. Vermutlich war sie über den Eingriff nicht einmal informiert worden. Brede hatte in aller Heimlichkeit dafür gesorgt, dass er niemals der Vater seines eigenen Enkelkindes werden konnte.

Aber warum?

»Warum«, flüsterte Billy T. und versuchte, ein wenig Feuchtigkeit in seine trockenen Augen zu pressen. »Warum die eigene Tochter heiraten?«

Brede Ziegler war ein notorischer Junggeselle gewesen. Er hatte an jedem Finger eine Frau gehabt. Kinder hatte er sich nicht gewünscht. Offenbar hatte er auch keine Frau haben wollen. Und dann hatte er urplötzlich seine eigene Tochter geheiratet.

»Verdammt«, murmelte Billy T. und gähnte. Das half ein wenig gegen das Gefühl, Sandpapier in den Augen zu haben.

Claudio hatte das Geheimnis erraten. Billy T. wusste nicht, wie, und er hatte noch nicht gewagt, den Mann danach zu fragen. Gagliostro hatte es mit Erpressung versucht. So musste das alles zusammenhängen. Das Geld war nicht von Claudio an Brede gezahlt worden, wie der Italiener behauptete. Sondern es hatte die andere Richtung genommen. Brede hatte Claudio für dessen Schweigen bezahlt. Das erklärte die Sache mit den Seriennummern. Billy T. würde den Typen befragen, bis er zusammenbrach. Aber vorher musste er mit Vilde sprechen.

Die Frage war, ob sie es die ganze Zeit gewusst hatte. Ob sie gewusst hatte, dass es sich bei ihrem Ehemann um ihren eigenen Vater handelte. Vermutlich nicht. Da musste etwas geschehen sein. Irgendetwas war herausgekommen. Brede Ziegler war entlarvt worden.

Wie?

Hatte Vilde ihren Mann umgebracht? Während eines nächtlichen Spaziergangs, bei dem die ganze Sache geklärt werden sollte? Das Masahiromesser war leicht, der Stich war plötzlich erfolgt. Sie konnte es getan haben. Ihr Alibi konnte falsch sein. Ihre Freundin konnte lügen. Alle konnten lügen. Vilde konnte jemand anderen zu der Tat überredet haben. Sindre Sand konnte es gewesen sein. Jeder und jede konnte es gewesen sein. Annmari war ein Arsch. Hanne war eine Verräterin. Jenny weinte, und alles war rot; er musste sich beeilen, damit er den Zug zu den Bahamas nicht verpasste. Er war nackt. Er versuchte, den Zug zu erreichen, in dem er Jenny weinen hörte, aber seine Beine wollten sich nicht bewegen, und alles war rot, und hinter einem Fenster sah er Hanne und Annmari, die über ihn lachten. Suzanne stand vor dem Zug. Sie hatte Jenny eingefangen und ließ das Kind auf die Gleise fallen, dann sprang sie hinterher.

»Das ist nun wirklich eine ernste Angelegenheit, Hauptkommissar.«

Billy T. fuhr hoch und rieb sich das Gesicht.

»Umpfff.« Er räusperte sich. »Tut mir leid.«

»Ich habe doch klar zum Ausdruck gebracht, dass die Patientin nicht gestört werden darf«, sagte Dr. Frisak. »Offenbar nicht klar genug. Ich sehe mich gezwungen, das weiterzuleiten. Wären Sie jetzt wohl so freundlich, das Krankenhausgelände zu verlassen? Dies ist eine geschlossene Abteilung, und Sie halten sich unerlaubt bei uns auf.«

Billy T. erhob sich mit steifen Bewegungen, ließ den Arzt ohne ein Wort stehen und verschwand. Er konnte auch gleich zurück zur Wache fahren.

59

In der Regel brachte Annmari Skar ihren Zorn durch eine übertriebene, vorgetäuschte Beherrschung zum Ausdruck. Dann sprach sie womöglich noch langsamer als vor Gericht; die Worte schienen in riesigen, leicht lesbaren Buchstaben aus ihrem Mund zu kommen. Jetzt sprach sie zwar langsam, doch mit ihrer Beherrschung sah es nicht so gut aus.

»Du warst ohne Erlaubnis in Vildes Wohnung in Sinsen? Hast du denn restlos ... den ... Verstand ... verloren?«

Sie durchbohrte Billy T. mit Blicken und holte tief Luft. Dann ließ sie sich in ihrem Sessel zurücksinken und starrte den Polizeidirektor an. Als der schwieg, beugte sie sich wieder vor und hob den blauen Zettel an. Sie hielt ihn mit spitzen Fingern wie einen übel riechenden Putzlappen.

»Ich weigere mich, das zu unterschreiben. Mit solchem Pfusch will ich nichts zu tun haben.«

Dann knallte sie den Zettel vor den Polizeidirektor auf den Tisch.

»Und *als ob das nicht längst reichte*«, fuhr sie fort, »schneit mir heute Morgen auch noch eine ausführliche und überaus förmliche Klage von einem gewissen Dr. Friese oder Friedrich ins Haus ...«

»Frisak«, sagte Billy T.

»Ist mir doch *schnurz*, wie der heißt. Es geht darum, dass du dich mitten in der Nacht ins Zimmer einer Patientin geschlichen hast, obwohl das Krankenhaus dir das untersagt hatte – und das Ganze ohne auch nur den Schatten einer Genehmigung unsererseits. Was sagst du dazu?«

Sie ließ sich zurücksinken und verschränkte die Arme. Ihr Blick ruhte auf dem fertig ausgefüllten blauen Zettel; es war ein Antrag auf Genehmigung einer Hausdurchsuchung. Fehlte nur noch die Unterschrift der zuständigen Juristin. Annmari atmete schwer, dann zerriss sie noch einmal das drückende Schweigen im Büro des Polizeidirektors.

»Und erst jetzt«, sagte sie – ihre Stimme zitterte, und Hanne hätte schwören können, dass ihr die Tränen in den Augen standen –, »erst heute erzählst du mir, dass Brede Ziegler möglicherweise ein Kind hat. Mal sehen ...« Sie zählte mit großer Geste an ihren Fingern ab. »Samstag, Sonntag, Montag, Dienstag, Mittwoch. Fünf Tage und eine absolut *grauenhafte* Gerichtsverhandlung sind vergangen, seit du Informationen erhalten hast, die für diesen Fall gelinde gesagt wichtig sind, und erst jetzt lässt du dich dazu herab, mich einzuweihen. Uns alle hier.«

»Ich habe mit Karl gesprochen«, sagte Billy T. mürrisch.

»Mit Karl! *Karl!* Ha! Ich bin hier die zuständige Juristin. Und *c'est moi* ...« Sie schlug mit der Faust gegen die Brust. »... die den Kopf hinhalten muss für deine ... deine ...«

»Also echt!« Billy T. hob die Stimme und zwinkerte ein paarmal energisch mit rot geränderten Augen. »Ich bin bestimmt nicht der erste Ermittler, der darum bittet, einen blauen Zettel vordatiert zu bekommen. Das kann ja wohl kein Grund sein, sich dermaßen aufzuregen.«

Annmari schlug die Hände vors Gesicht und wiegte sich langsam hin und her. Die anderen starrten sie an, unsicher, ob sie nachdachte oder weinte. Hanne glaubte, ein leises Schnaufen zu hören, so als lache die Juristin eigentlich über alles. Eigentlich hätte jetzt der Polizeidirektor etwas sagen müssen. Hans Christian Mykland blieb stumm. Er ließ Annmari nicht aus den Augen.

Endlich schaute sie auf und holte Atem. »Herr Polizeidirektor. Ich möchte über die gestrige Verhandlung vor dem Untersuchungsgericht Bericht erstatten. Es war ein Albtraum.«

Mykland kniff die Augen zusammen. »Aber es ist doch gut gelaufen ... vier Wochen U-Haft mit Post- und Besuchsverbot für beide, genau darum hatten wir gebeten.«

»Das ist aber nur mit knapper Not geglückt, und im Grunde auch nur, weil der eine Beschuldigte nachweislich gelogen hatte und der andere schwitzte, als ob ein ganzer Stausee aus schlechtem Gewissen aus ihm herausflösse. Außerdem haben die Verteidiger Einspruch erhoben. Die Götter mögen wissen, wie die nächste Instanz entscheiden wird. Aber es war ...« Sie schnappte nach Luft und schluckte schwer. »... *peinlich!* Es hat einfach wehgetan, so miese Ermittlungsarbeit und eine dermaßen mangelhafte Beweiskette vorstellen zu müssen. Die Verteidiger haben sofort erkannt, dass wir Verhaftungen vorgenommen haben wie die Schwachsinnigen. Und jetzt bleibt uns nur noch eins. Wir dürfen einfach nicht noch weitere Fehler begehen. Wenn du ...« Wieder richtete sie einen zitternden Zeigefinger auf Billy T. »... im Nebel herumtappst, um zu beweisen, dass Vilde hinter dem Mord an ihrem Ehemann steckt, der in Wirklichkeit ihr Vater ist, während du gleichzeitig zusammen mit mir zwei andere Personen wegen dieses Mordes in U-Haft schicken willst, dann verliere ich den letzten Rest von Vertrauen zu ...« Sie schnappte nach Luft. »... dir.«

Allmählich ging Hanne Wilhelmsen auf, warum Annmari sie angerufen hatte. Ihr wurde abwechselnd kalt und heiß, und sie schlug die Beine übereinander, um nicht aufzustehen und den Raum zu verlassen.

»Wir sind hier nicht beim Kaffeeklatsch«, sagte Annmari, und zum ersten Mal schwang in ihrer Stimme leises Bedauern mit. »Wir müssen professionell vorgehen. Und im Moment bist du nicht professionell genug, Billy T. Ich beantrage deshalb, dass du die Leitung der Ermittlung an Hanne Wilhelmsen abgibst.«

Hanne war an der Nase herumgeführt worden. Sie starrte Billy T. durchdringend an, um ihm zu verstehen zu geben, dass sie davon nichts gewusst hatte. Er hatte die Augen geschlossen und war kaum wiederzuerkennen. Der Schnurrbart hing traurig und ungepflegt unter seiner Nase, und er hatte schon seit Wochen nicht mehr die Zeit gefunden, sich den Schädel zu rasieren. Der grau gesprenkelte Haarkranz um seinen Kopf ließ ihn zehn Jahre älter aussehen.

»Das kommt nicht infrage«, sagte Hanne ruhig. »Indiskutabel. Ganz und gar ausgeschlossen.«

Der Polizeidirektor sah aus, als sei ihm gerade erst aufgefallen, dass er diese Besprechung leitete und dass sie in seinem Büro saßen. Er hielt sich die Hand vor den Mund und räusperte sich.

»Polizeijuristin Skar und ich haben über die Lage gesprochen«, sagte er leise. »Und ich stimme darin mit ihr überein, dass es wünschenswert wäre, wenn du deine alte Position wieder einnehmen könntest. Nach Neujahr wäre das ohnehin geschehen. Und bis dahin ist es nur noch eine gute Woche. Im Grunde ist das doch ganz undramatisch. Und es ist eine Bitte, Hanne. Kein Befehl.«

»Also gut«, sagte Hanne und erhob sich. »Die Bitte wird nicht erfüllt.«

Noch ehe sie bei der Tür war, fuhr sie herum.

»Wisst ihr, was euer Problem ist?« Sie starrte abwechselnd Annmari und den Polizeidirektor an. »Wenn die Lage so schwierig wird, dass euch der Boden unter den Füßen brennt, dann sucht ihr nach einem Sündenbock. Ich habe das schon früher beobachtet und werde es wohl auch wieder erleben. Besser wär's, ihr würdet Billy T. bei dieser schwierigen Aufgabe unterstützen. Und außerdem ...« Sie bohrte drei Löcher in die Luft über dem blauen Zettel, der mitten auf dem ovalen Tisch lag. »... sollte jemand den Blauen unterschreiben. Sofort.«

Dann ging sie ohne einen Blick für Billy T.

60 »Ist bei der Koordinierungsbesprechung heute Morgen etwas Neues herausgekommen?«

Silje Sørensen schob sich durch die Rauchwolken in Hannes Büro, setzte sich dennoch und legte gelassen die Beine auf den Tisch.

»Nicht sonderlich viel. Sindre Sand, wie geht es dem?«

»Verweigert die Aussage. Das ist ja der neue Trend.« Silje griff zur Tabakpackung und las vor: »Rauchen gefährdet Ihre Gesundheit.«

»*Tell me something I don't know*«, sagte Hanne leicht genervt und riss die Packung an sich. »Wie sieht's mit der Paracetamolforschung aus?«

»Die Technik nimmt seine Wohnung auseinander, und eine ganze Gruppe von Polizeianwärtern klappert sämtliche Apotheken in der ganzen Stadt ab, in der Hoffnung, dass jemand sich erinnert. Was sicher nicht der Fall sein wird. Der Verkauf von Paracetamol wird nicht registriert. Wie gesagt, es ist rezeptfrei.« Sie gähnte hinter einer schmalen Hand mit dunkelroten Nägeln. »Das dauert seine Zeit. Aber früher oder später kriegen wir ihn. Wir werden sehen, wie er darauf reagiert, vier Wochen eingesperrt zu sein und keinen Besuch zu bekommen.«

»Ich würde das ziemlich genau eine halbe Stunde aushalten«, sagte Hanne und bot Silje aus einer zerquetschten Packung eine Pastille an. »Die arme Tussi Helmersen wird nach ihren sechs Stunden im Hinterhaus nie wieder die Alte sein.«

»Darüber sollten wir uns alle freuen«, sagte Silje, »zumindest gilt das für den kleinen Thomas. Seine Mutter hat mich heute Morgen angerufen, um sich zu bedanken. Frau Helmersen hat sich an einen Immobilienmakler gewandt. Sie möchte aufs Land ziehen, sagt sie. Also hat das Ganze doch etwas Gutes. Übrigens stammen die Drohbriefe wirklich von ihr. Fingerabdrücke überall, wie sich herausgestellt hat. Sie hatte eine hübsche kleine Hasswand in ihrer Wohnung, mit Bildern von allen öffentlichen Personen, die jemals ein gutes Wort über etwas verloren haben, das sich außerhalb der norwegischen Grenzen abspielt. Thorbjørn Jagland zum Beispiel hatte sie Hörner auf der Stirn verpasst. Sie kommt mit einem Bußgeld davon. Vielleicht wird auch gar nicht erst Anklage erhoben, meint Annmari. Es hat doch gar keinen Zweck, die Alte wegen eines Katzenmordes und einiger alberner Drohbriefe vor Gericht zu stellen. Was ich aus der ganzen Sache gelernt habe, ist, dass die Blindspuren, in denen wir uns verlaufen, unser größtes Problem darstellen. Ist das bei jeder Ermittlung so?«

»Bei jeder. Alle haben etwas zu verbergen. Alle lügen, jedenfalls in dem Sinne, dass sie uns nie die ganze Wahrheit erzählen. Wenn abgesehen von den Schuldigen alle in jeder Hinsicht die Wahrheit sagen würden, hätten wir den leichtesten Job auf der Welt. Und dann würde er vielleicht keinen Spaß mehr machen.«

Silje lachte kurz und kratzte sich diskret am Bauch.

»Jetzt zieht Tussi also um. Schön für Thomas. Unglaublich, was so ein Aufenthalt in der Kahlzelle alles bewirken kann. Dein kleiner Daniel ist danach auch auf Stelzen unterm Teppich gegangen.«

Hanne gab keine Antwort. Sie tippte mit einer nicht angezündeten Zigarette auf die Tischplatte, als habe sie beschlossen, sie doch nicht zu rauchen.

»Aber irgendwas stimmt mit dieser Idun Franck nicht«, fuhr Silje fort und schnappte sich die Streichholzschachtel. »Sie schien irgendwie ...«

Hanne war sich nicht sicher, ob das Silje Sørensen bewusst war. Aber wenn sie den Kopf schräg legte und zur Decke schaute, sah sie aus wie ein nachdenkliches kleines Kind.

»... ein Geheimnis zu haben.«

»Ein Geheimnis«, wiederholte Hanne und streckte die Hand aus. »Her mit den Streichhölzern. Alle haben Geheimnisse.«

»Nicht rauchen.«

»Na los. Her damit. Hast du keine Geheimnisse?«

»Rauchen ist gefährlich. Und hier ist es verboten.«

»Das ist jedenfalls kein Geheimnis. Jetzt komm schon. Gib mir die Streichhölzer.«

Hanne erhob sich halbwegs und versuchte, Siljes Handgelenk zu erreichen. Die junge Kollegin hob die Hand über ihren Kopf, lachte und schüttelte die Schachtel.

»Ich habe zwei«, sagte sie. »Zum einen bin ich reich.«

Hanne setzte sich wieder, öffnete eine Schublade, zog ein Feuerzeug hervor und zündete sich die Zigarette an.

»Reich? Ach was.«

»Schwerreich«, flüsterte Silje und kicherte. »Ich meine, ich habe wirklich sehr viel Geld. Aber das verrate ich niemandem. Hier im Hause, meine ich.«

»Das nicht«, sagte Hanne trocken. »Du läufst nur in Kostümen zu zehntausend Kronen rum, in Schuhen zu ungefähr dem halben Preis und mit Schmuck, den wir verkaufen könnten, um von dem Erlös ein neues Gefängnis zu bauen. Was ist das andere Geheimnis? Bekommst du ein Kind?«

Silje Sørensen war eine hübsche Frau, sie war klein, fast zart. Hanne hatte sich schon gefragt, ob die Kollegin sich wohl in Stöckelschuhen hatte messen lassen, um die für die Aufnahme in die Polizeischule vorgeschriebene Mindestgröße zu erreichen. Ihre Gesichtszüge waren regelmäßig, der Nasenrücken leicht geschwungen, und das betonte den neugierigen Ausdruck in ihren Augen.

»Jetzt siehst du schwachsinnig aus«, sagte Hanne Wilhelmsen.

»Aber …«, sagte Silje und machte den Mund wieder zu.

»Dein Bauch juckt. Kauf dir eine gute Creme und reib dich oft damit ein. Außerdem hat es gestern Morgen nach Erbrochenem gerochen, nachdem du auf dem Klo warst. Magersucht? Mnjein … Schwanger? Vermutlich. Elementar, meine liebe Silje. Aber …«

Siljes Schwangerschaft erschien ihr plötzlich wie eine Katastrophe. Sie erstarrte, ihre Hand hielt auf halbem Wege zum Mund inne, die Zigarette wippte noch zwischen ihren Lippen. Am Ende musste sie die Augen schließen, um sie vor dem Rauch zu schützen, und sie rief: »Hast du Daniel Åsmundsen gesehen, Silje?«

»Gesehen? Ist der denn nicht gestern entlassen worden?«

»Ich meine, *gesehen*.«

Hanne drückte ihre Zigarette in dem stinkenden Aschenbecher auf ihrem Schreibtisch aus. Dann rannte sie zur Tür. Als sie nach drei Minuten zurückkam, hielt sie hinter ihrem Rücken etwas versteckt. Sie beugte sich über Silje. Ihre Gesichter waren kaum zehn Zentimeter voneinander entfernt, als sie mit verbissener Stimme noch einmal fragte: »Hast du Daniel Åsmundsen je in deinem Leben gesehen?«

Silje zog unwillkürlich den Kopf zurück.

»Ich glaube nicht«, sagte sie langsam. »Warum fragst du?«

»Gott sei Dank waren sie klug genug, den Knaben zu fotografieren. Keine Ahnung, ob sie auch Fingerabdrücke genommen haben, aber das Bild lag im Ordner. Schau her!« Sie ließ sich in ihren Sessel fallen und knallte das Foto eines jungen Mannes vor Silje hin. »Sieh dir diesen Jungen an. Kommt er dir irgendwie bekannt vor?«

Silje starrte das Bild lange an. Daniel Åsmundsen sah jung aus. Sie wusste, dass er über zwanzig war, aber dem Bild nach zu urteilen hätte er auch als Teenie durchgehen können. Vielleicht lag das an seinen vollen Wangen, vielleicht an den Augen, die weit aufgerissen in die Kamera starrten.

»Das Gesicht hat etwas Bekanntes«, sagte sie vorsichtig. »Ich bin mir ziemlich sicher, dass ich den Jungen noch nie gesehen habe, aber trotzdem ...« Sie schob sich den Zeigefinger in den Mund und lutschte geräuschvoll darauf herum.

»Schau mal«, sagte Hanne und drehte sich zum Computer um, der nach langem Hin und Her endlich von einem trägen IT-Spezialisten angeschlossen worden war. »Wenn ich recht habe, dann wird das Einwohnermeldeamt mitteilen ... Jawoll!«

»Was denn?«

»Daniel Åsmundsens Mutter heißt Thale Åsmundsen. Ist das nicht diese Schauspielerin? Die vom Nationaltheater? Egal ... sieh mal: Vater unbekannt.«

Sie ballte die Fäuste und schlug begeistert damit auf die Tastatur. Die Informationen verschwanden in einem Chaos aus unbegreiflichen Zeichen.

»Bei der Besprechung heute Morgen hat sich herausgestellt, dass Brede offenbar irgendwo ein Kind hat. Billy T. hat mit ... scheiß drauf. Und wenn du dir dieses Bild hier ansiehst ...«

»Also ehrlich. Du hast gesagt, bei der Besprechung hätte sich nichts Neues ergeben, und jetzt erzählst du mir ...«

»Jetzt! Schau dir das Bild noch einmal an!«

Silje nahm das Bild erneut zur Hand. Dann schnalzte sie leise mit der Zunge.

»Brede Ziegler«, sagte sie. »Daniel Åsmundsen hat Ähnlichkeit mit Brede Ziegler. Aber ...« Noch immer starrte sie das Bild an. Das gleiche runde Gesicht wie der Vater, die gleiche Nase, ein wenig zu breit, ein wenig zu groß, mit weiten, ovalen Nasenlöchern. »... was hilft uns das?«, fragte sie schließlich kleinlaut und schaute auf. »Vielleicht ist Daniel Brede Zieglers Sohn, aber was hat das mit dem Mord zu tun?«

»Keine Ahnung«, sagte Hanne und grinste breit. »Aber hol deinen Millionärinnenpelz. Wir haben zu tun.«

61

Billy T.s Knie stießen von unten gegen die Tischplatte, und er fürchtete, dass der Stuhl seine hundertsieben Kilo nicht tragen werde. Der Versuch, sich leicht zu machen, brachte ihm einen Krampf in den Oberschenkeln ein. Außerdem hatte er keinen Hunger.

»Warum heißt ein norwegisches Lokal überhaupt *Frankie's*?«, fragte er sauer und nippte am Bier; der Schaum zog in seinen Schnurrbart ein und zwang ihn, sich den Mund zu lecken, ob er wollte oder nicht. »Können die sich nichts Norwegisches ausdenken? Wie *Sult*, also *Hunger*, zum Beispiel? Das ist doch ein guter Name.«

»Dort hätten wir keinen Tisch gekriegt. Die versuchen, mit ihrer Warteliste hip zu sein. Urban und jung und demokratisch und all der Müll. Tatsache ist, sie verdienen sich eine goldene Nase daran, dass die Gäste sich kaum die Fresse abgewischt haben, wenn die nächsten ihnen auch schon auf die Schulter tippen. Hier dagegen ...«

Severin Heger lächelte der Wirtin, einer adretten Frau aus Bergen, die zwischen den Tischen hin und her lief, freundlich zu.

»Carpaccio und Spaghetti con Cozze für beide«, bestellte er und gab die Speisekarte zurück.

»Ich will verdammt noch mal keine Kotze essen«, sagte Billy T.

»Kriegst du aber. Und einen weißen Italiener.«

Die Wirtin empfahl einen Wein, und Severin stimmt ohne lange Diskussion zu. Billy T. gähnte. Er versuchte, die Besprechung zu vergessen. Aber das schaffte er nicht. Er war den ganzen Tag wie benommen gewesen. Hätte Hanne anders reagiert, dann hätte er gekündigt. Sofort. Da sollten die Kinder lieber verhungern. Was Tone-Marit gesagt hätte, konnte er sich nicht einmal vorstellen. Er hatte seit Wochen kaum ein Wort mit ihr gewechselt. Er kam spät nach Hause, grunzte sie und das Kind an und war in aller Herrgottsfrühe schon wieder verschwunden.

»Ich kann mir das nicht leisten«, klagte er, als die Wirtin gegangen war.

»*My treat*«, sagte Severin und prostete ihm zu. »Scheißtag? Möchtest du darüber reden?«

»*White Christmas*«, erwiderte Billy T. und nickte träge zu den großen Fenstern hinüber, hinter denen die Schneeflocken vorübertrieben.

Wenn diese Kälte sich hielt, würde die Innenstadt innerhalb weniger Stunden eingeschneit sein. Billy T. gähnte und bereute, dass er für die Jungen Werkzeugkästen gekauft hatte. Sie würden enttäuscht sein. Und für Jenny brauchte er auch noch ein Geschenk. Dieser blöde Kindersitz war einfach nicht genug.

»Du irrst dich«, sagte Severin Heger unvermittelt, als habe er an einem maikalten Fjord gestanden und endlich beschlossen, sich hineinfallen zu lassen. »Vilde kann nicht Bredes Tochter sein.«

Billy T. leerte sein Glas. Er stellte es hin und schüttelte langsam den Kopf. »Und das hast du überprüft«, sagte er kurz.

»Ja.«

»Wie denn?«

Severin nahm sich einen Parmesanspan und legte ihn sich auf die Zunge.

»Vildes Vater heißt Victor Veierland. Ingenieur. Er ist immer noch mit Vildes Mutter verheiratet. Und die heißt Vivian Veierland.«

»Haben diese Leute einen V-Komplex, oder was? Na und? Eine Ehe hindert die Leute doch nicht am Kinderkriegen. Mit anderen, meine ich.«

Der Kellner schenkte Wein ein und räumte die Biergläser ab.

»Aber hör doch zu«, sagte Severin. »Vilde ist '76 geboren. In Osaka in Japan. Der Vater hat von '74 bis '77 dort gearbeitet. Während dieser Jahre waren sie kein einziges Mal in Norwegen. Sie wollten sparen, hat er erklärt. Sie sind überhaupt nur nach Japan gegangen, um das Geld für ein Haus in Norwegen zu verdienen. Der Mann war übrigens ziemlich genervt von meinen Fragen. Sie waren in der Zeit nie in Norwegen. Billy T. du verstehst, was das bedeutet. Sicherheitshalber und *dir* zuliebe habe ich auch noch überprüft, ob irgendetwas darauf hindeutet, dass Ziegler damals in Japan gewesen sein könnte. Aber nix. Der war in seinem ganzen Leben nicht in Asien.«

Die Spaghetti wurden serviert.

»Okay, okay.« Billy T. hob die Handflächen und verdrehte die Augen. »Du brauchst das nicht so breitzutreten. Meine Theorie ist zusammengebrochen wie ... «

Er bohrte die Gabel ins Essen und wedelte genervt die Stoffserviette zu Boden.

Severins Mobiltelefon ließ ein digitales Volkslied hören.

»Hallo?«

Billy T. war zum Umfallen müde. Seine Augen schlossen sich ganz einfach. Der Raum schien sich um ihn zu drehen. Der Schnee vor dem Fenster verfärbte sich, jetzt waren die wirbelnden Flocken im grellen Laternenlicht violett. Er schnappte nach Luft. Geld, dachte er träge. Warum läuft ein Kerl mitten in der Nacht mit sechzehntausend Kronen in der Tasche durch Oslo? Warum war er überhaupt in der Stadt unterwegs? Er hatte Schmerzen, es war Sonntagabend. Brede Ziegler hätte ins Krankenhaus gehört. Oder nach Hause. Hanne hatte recht. Ziegler musste jemanden getroffen haben. Auf eine Verabredung hin. Billy T. versuchte zu essen, aber die Nudeln rutschten immer wieder von seiner Gabel. Er wollte den Löffel nehmen, aber es war, als gehörten ihm seine

Hände nicht mehr. Er blieb sitzen und starrte seinen praktisch unberührten Teller an.

»Das war Karianne«, sagte Severin resigniert und verstaute das Telefon wieder in seiner braunen Schultertasche. »Sebastian Kvie ist vor einer Dreiviertelstunde gestorben. Armer Teufel.«

Es waren noch genau zwei Tage bis zum Heiligen Abend. Billy T. konnte nur noch denken, dass die Werkzeugkästen für die Jungen ein großer, großer Fehlgriff waren.

62.

Als die Frau die Tür öffnete, sah sie aus, als habe sie schon gewartet. Genauer gesagt, als habe sie auf sie gewartet. Die Wohnungseinrichtung wirkte zwar wie 1974 unter Denkmalschutz gestellt, aber alles war sauber und aufgeräumt. Eine Vertiefung in einem der Sessel verriet, dass hier eben noch jemand gesessen hatte, doch der Fernseher lief nicht. Es war ganz still in der Wohnung, und es lagen weder Bücher noch Zeitschriften herum. Sie schien begriffen zu haben, dass sie unterwegs waren, und schlicht auf sie gewartet haben. Als Hanne Wilhelmsen ihren Dienstausweis zeigte, nickte sie kurz und wischte sich Staub von der Hose.

»Ich wollte das Richtige tun, aber es war das Falsche.«

Das war das Erste, was sie sagte. Sie sagte nicht Hallo. Sie bat sie auch nicht herein. Sie ging ins Wohnzimmer und schien es für selbstverständlich zu halten, dass sie ihr folgen würden. Das Sofa war selbst gezimmert und mit geblümtem Marimekko-Stoff überzogen. Die Blütenblätter, einst lila, waren zu einem hellen Fliederton verschossen, und an mehreren Stellen quoll das Polster hervor. Eine riesige Yuccapalme in der Ecke zur Straße diente als Weihnachtsbaum, geschmückt mit selbst geflochtenen

Zierkörbchen, zwei blauen Glaskugeln mit Schneegestöber und einer Kette von Lichtern, die nicht brannten. Angrenzend ans Wohnzimmer konnte Silje Sørensen eine Küche mit orangefarbenen Wänden und grünen Geschirrtüchern ahnen.

»Wenn Sie nicht zu mir gekommen wären, hätte ich Sie aufgesucht«, sagte die Frau ruhig. »Daniel gegenüber ist es nicht fair, wie sich die Dinge entwickelt haben.«

Hannes Blick sorgte dafür, dass Silje ihre Frage für sich behielt. Sie ließ sich auf dem Sofa zurücksinken und spielte an ihrem Diamantring herum.

Thale Åsmundsen wirkte unberührt von der Stille, die jetzt eintrat. Ihr Gesicht war leer. Sie schien ihre Züge im Theater gelassen zu haben und für den Privatgebrauch über mehrere Mienen zu verfügen. Zusammengekrümmt und mit angezogenen Beinen saß sie in ihrem Sessel. Ihre Haare waren glatt und halblang, von einer Frisur konnte jedoch keine Rede sein. Sie nippte an ihrem Tee. Erst nach langer Zeit stellte sie die Tasse wieder auf den Tisch.

»Es fing damit an, dass ich Freddy kennenlernte«, sagte sie ruhig. »Sie wissen natürlich, dass Brede Ziegler eigentlich so hieß. Freddy Johansen. Im Grunde mochte ich ihn nicht.«

Zum ersten Mal war in dem leeren Gesicht eine Art Ausdruck zu erkennen, etwas, das Hanne als Selbstironie deutete.

»Aber ich war erst achtzehn. Das Ganze war eine Art Protest. Gegen meinen Vater und auch gegen Idun. Sie ist älter als ich und hatte schon ihr Staatsexamen hinter sich. Mein Vater wollte, dass ich Jura studiere. Aber ich habe mich an der Theaterschule beworben. Und mich mit einem … Nichtakademiker zusammengetan. Das hat zu Hause in Heggeli zu einem netten kleinen Skandal geführt. Was mir ja nur recht war.«

Die Ironie war verschwunden. Trotzdem stutzte Hanne. Die

Frau in der grünen Cordhose schien einer alten Trauer nachzuhängen. Dann aber zuckte sie kurz mit den Schultern und sagte: »So war das. Eigentlich war, als ich schwanger wurde, schon längst wieder Schluss zwischen uns. Ich hatte das nur nicht begriffen. Freddy war gelinde gesagt ...« Ein kurzes Lächeln huschte über ihren Mund, und für einen Moment verbarg sie ihr Gesicht in ihrer Tasse. »... gleichgültig, könnten wir sagen. Egal. Mir war das schnurz. Ich wollte das Kind. Das letzte Mal bin ich Brede '77 begegnet, auf der Straße. Ich war hochschwanger. Er sagte Hallo und ging weiter. Ohne zu fragen. Er hat mich nie angerufen. Wollte nicht wissen, ob er Vater eines Sohnes oder einer Tochter sei. Ich habe ihm geschrieben, der Ordnung halber. Und von der Geburt des Jungen erzählt. Und dass ich ihn Daniel genannt hatte. Er hat nie geantwortet. Mir war das recht. Freddy interessierte sich nicht für das, was er war. Ihm ging es um das, was er werden konnte. Das hatte ich längst begriffen. Möchten Sie ... möchten Sie einen Tee?«

Sie hielt ihre eigene Tasse fragend hoch. Silje nickte, doch Hanne machte eine abwehrende Handbewegung und log: »Wir haben eben erst einen Eimer Kaffee getrunken. Nein, danke.«

»Als ich mit Freddy Schluss gemacht habe, machte er im Grunde auch mit sich selbst Schluss.«

Thale Åsmundsen lachte kurz und freudlos. Hanne war nicht einmal sicher, ob sie wirklich lachen wollte. Vielleicht war es auch eine Art Schnauben.

»Er hat eine Ausbildung zum Koch gemacht, um danach zur See zu fahren. Aber dann hat er das mondäne Restaurantleben entdeckt. Wollte hoch hinaus. Er erfand sich sozusagen neu. Und wurde zu Brede Ziegler.« Jetzt klang ihr Lachen schon echter. »Stellen Sie sich das vor! Aus Freddy Johansen wurde

Brede Ziegler. Man könnte meinen, er sei das schauspielerische Talent gewesen, nicht ich. Ich habe es ja mit eigenen Augen gesehen ...«

Sie streckte sich und schnitt eine Grimasse, als seien ihre Beine eingeschlafen.

»Ich habe gesehen, wie er vor dem Spiegel stand und verschiedene Rollen übte. Kennen Sie diesen Woody-Allen-Film? *Zelig?*«

Hanne nickte. Silje schüttelte den Kopf.

»So war Brede. An einem Abend bei den jungen Konservativen, feiner Pinkel mit Lodenmantel und feschem Pullover. Am nächsten im Jazzclub, und schwupp ... schon war er der sensible Freak. Seine beste Rolle war die des Mannes von Welt mit künstlerischen Ambitionen. Darin ist er nach und nach richtig gut geworden. Mieser Schmierenkomödiant!«

Der Kraftausdruck kam überraschend. Er passte nicht in den monotonen, gleichgültigen Redefluss.

Hanne Wilhelmsen fragte vorsichtig: »Hat es Ihnen denn nichts ausgemacht, dass er sich gar nicht um den Jungen kümmerte?«

Jetzt sah Thale Åsmundsen ehrlich überrascht aus.

»Ausgemacht? Mir? Wieso hätte mir das etwas ausmachen sollen? Mit Freddy Johansen war ich fertig, und Brede Ziegler hätte ich nicht mit der Zange angefasst. Freddy war wie ... kennen Sie den Narziss-Mythos?«

Sie schaute Hanne an, als habe sie Silje Sørensen aufgegeben. Hanne zuckte mit den Schultern.

»Nur vage. Das war doch der, der sich in sein eigenes Spiegelbild verliebt hat, oder?«

»Genau. Genau so war er. Und ich wollte nicht Freddys Echo spielen. Außerdem hatte ich Idun. Sie war die Einzige, die sich ehrlich über Daniels Geburt zu freuen schien. Er nannte sie Taffa – fast, noch ehe er Mama sagen konnte.«

Plötzlich sprang sie auf.

»Ich habe Hunger«, sagte sie. »Ich esse immer um diese Zeit. Nach der Vorstellung. Ja ... ob ich spiele oder nicht. Heute Abend habe ich frei, aber der Hunger ...«

Sie lächelte knapp und stapfte barfuß in die Küche. Silje packte Hanne am Handgelenk.

»Sie müsste einen Anwalt haben, wir müssten ...«

»Pst. Wir essen.«

Der Küchentisch war ebenso orange wie die Wände. Thale Åsmundsen stellte eine Teekanne und drei grobe Keramiktassen hin.

»Ich will meine Zeit nicht damit verschwenden, mir Neuerungen auszudenken. Ich schätze Routine. Habe die Dinge gern so, wie sie immer schon waren.«

Silje starrte sie fasziniert an. Nicht nur die Wohnung, sondern die ganze Person wirkte wie ein Relikt aus der späten Hippiezeit. Obwohl Thale Åsmundsen ein hübsches Gesicht hatte, war sie ungeschminkt und unelegant – mit ausgebeulter Cordhose, bloßen Zehen und einem weiten indischen Batikhemd. Silje hatte sie in einer schwedischen Fernsehfassung als Fräulein Julie gesehen und konnte kaum glauben, dass sie denselben Menschen vor sich hatte.

»Wir können gut sagen, dass Idun und ich uns die Aufgabe einer Mutter geteilt haben«, erklärte Thale Åsmundsen und schlug drei Eier in eine Pfanne. »Daniel und ich essen immer Spiegeleier und trinken Kakao dazu. Das ist eine Art ... na ja. Auch als Daniel noch hier gewohnt hat, war er fast ebenso viel bei ihr. Sowie ich es wagte, ihn allein aus dem Haus zu lassen, fuhr er mit der Straßenbahn in die Altstadt. Und als er krank wurde ...« Sie strich sich mit dem Handrücken die Haare aus der Stirn; ihre Finger waren fettig. »... hat sie sich freigenommen, wenn ich nicht konnte. Und das war im Grunde ziemlich ... praktisch?«

Sie schaute die beiden mit leicht gehobenen Augenbrauen an, als frage sie sich, ob dieses Wort gefühllos wirke.

»Aber Freddy ... oder Brede Ziegler, wie er inzwischen ja hieß ... an den habe ich erst gedacht, als es nicht mehr anders ging. Daniel brauchte eine Niere. Meine kam nicht infrage.«

Die Eier zischten in der Pfanne. Sie zog Zigaretten aus ihrer Brusttasche und steckte sich eine an, ohne ihre Gäste um Erlaubnis zu fragen. Hanne holte ihren Tabak hervor und tat es ihr nach.

»Eigentlich«, sagte Thale und dachte nach, »eigentlich war das das einzige Mal, dass ich ihm echte Gefühle entgegengebracht habe. Ich habe ihn gehasst. Zwei Wochen lang. Wir haben uns über das Krankenhaus und seinen Hausarzt erkundigt, ob er sich im Hinblick auf eine mögliche Organspende untersuchen lassen würde. Er hat abgelehnt. Sofort. Hat sich nicht einmal bei uns gemeldet. Aber ...«

Sie verteilte die Eier auf drei Brote. Der Kakao war kurz vor dem Überkochen.

»... aber am Ende ist doch alles gut gegangen«, sagte sie und rettete die braune Milchmischung. »Iduns Niere hat gepasst. Daniel bekam Taffas Niere, und heute ist er gesund. Daniel weiß das alles. Als er achtzehn wurde, habe ich ihm erzählt, wer sein Vater ist. Und wie er sich verhalten hat. Dass er kein Sammlerstück war. Bitte sehr.«

Sie setzten sich an den Tisch. Thale goss Ketchup über ihr Spiegelei, und Silje musste schlucken, um sich nicht zu erbrechen. Sie murmelte eine Entschuldigung und schob den Teller zurück.

»Um ehrlich zu sein, es ist mir schnurz, ob Sie Freddys Mörder erwischen«, erklärte Thale Åsmundsen. »Aber Daniel soll Geld bekommen. Die Erbschaft. Darauf kann er Anspruch erheben, finden Sie nicht?« Wieder sah sie Hanne an.

Silje begriff gar nichts mehr. Sie räusperte sich und legte die Serviette über ihren Teller. Ihr fiel auf, dass Hanne Thale nicht aus den Augen ließ. Die Stille war ihr unangenehm, und sie schlug wie in einem Reflex mit dem Messer gegen die Tischkante. Thale nahm sich noch eine Zigarette, machte einen Lungenzug und ließ einen Rauchring zur Decke hochsteigen.

»Finden Sie mich gefühllos?«

»Sie begreifen, dass ich das fragen muss«, sagte Hanne Wilhelmsen: »Wo waren Sie am Sonntag, dem 5. Dezember dieses Jahres, abends?«

Thale lächelte vage, als sei diese Frage bedeutungslos.

»Ich war Gast auf einem fünfzigsten Geburtstag«, antwortete sie ruhig. »Sonntags haben wir spielfrei, und meine Kollegin Lotte Schweigler hat bei sich zu Hause mit über zwanzig Gästen gefeiert. Das Fest fing um sieben an, und ich bin erst gegen fünf Uhr morgens nach Hause gekommen. Sie wohnt in Tanum bei Bærum. Das ist ein ziemlich weiter Weg. Von dort bis zur Wache, meine ich.«

Silje, die einen Notizblock hervorgezogen hatte, versuchte, diskret zu sein. Das war allerdings schwierig, in der Stille war das Kratzen des angetrockneten Filzstiftes auf dem Papier nicht zu überhören. Hanne schaute verstohlen auf die Uhr. Fast halb elf. Sie erhob sich, wie um klarzustellen, dass jetzt ihre letzte Frage kam.

»Das mit der Erbschaft verstehe ich nicht ganz«, sagte sie. »Geld hat Sie doch bisher offenbar nicht interessiert. Brede Ziegler hat wohl kaum Alimente gezahlt, denn Sie haben ihn als Vater nicht genannt. Warum ist Ihnen das jetzt so wichtig? So wichtig, dass Sie zu uns kommen wollten, um uns von diesem ... diesem Geheimnis zu erzählen?«

»Es quält Daniel, dass er kein Geld hat. Ich sehe es ihm an. Idun hat mir erzählt, dass er vor Kurzem verhaftet worden ist.«

In ihrem Ton lag keine Anklage, sie stellte einfach eine Tatsache fest; es schien ihr nichts auszumachen, dass ihr Sohn ohne Grund viele Stunden in einer Kahlzelle verbracht hatte.

»Daniel hätte nie versucht, Bücher von seinem Großvater zu verkaufen, wenn er nicht wirklich Geld brauchte. Außerdem ... « Sie ging auf die Wohnungstür zu und schien den Besuch für beendet zu halten. » ... ist es wohl an der Zeit, dass Freddy seine Schulden bezahlt. Finden Sie nicht?«

Diesmal starrte sie Silje Sørensen an. Die junge Polizistin murmelte etwas Unverständliches und stopfte den Notizblock in ihre Tasche. Um ein Haar hätte sie dabei eine kleine Bronzefigur umgestoßen, die einen Säugling in Embryostellung darstellte, die Figur stand auf einer abgebeizten Kommode im Flur.

»Schön«, sagte Hanne und fuhr vorsichtig über den runden Kinderpo. »Reizende Plastik.«

Thale Åsmundsen bedachte sie mit einem seltenen warmen Lächeln.

»Ja, nicht wahr? Ich habe sie von Idun bekommen, als ich Daniel erwartete.«

Hanne fiel ein Bild auf, das neben dem Spiegel über der Kommode hing. Ein älterer Mann saß in einem Sessel, umkränzt von zwei Frauen und einem jungen Mann. Thale, Idun und Daniel lächelten in die Kamera, der Blick des alten Mannes war gewichtig und ernst.

»Familienbild?« Sie tippte kurz gegen das Glas.

»Ja. Das letzte von uns allen. Es ist im vergangenen Winter

aufgenommen worden, am achtzigsten Geburtstag meines Vaters. Kurz vor seinem Tod.«

Hanne beugte sich vor und betrachtete das Bild. Silje hatte schon die Wohnungstür geöffnet; ungeduldig trat sie von einem Fuß auf den anderen, wandte sich ab und knöpfte sich die Jacke zu.

»Das ist also weniger als ein Jahr her«, sagte Hanne leise, ohne den Blick vom Bild zu wenden.

»Ja.«

Hanne Wilhelmsen spürte keine Erleichterung. Eine leise Wärme brannte unter ihrer Gesichtshaut. Sie wollte sich aufrichten, blieb aber gekrümmt stehen und starrte weiter auf das Bild. Daniel lächelte breit, so als könne nichts ihm etwas anhaben. Er war jung und stark und umgeben von Menschen, die er liebte. Hanne ließ ihren Finger über den Rahmen wandern, eine schwarze, schmale Leiste rund um ein in einer Ecke gesprungenes Glas. Vielleicht war das Bild einmal zu Boden gefallen. Es hing ein wenig schief, und sie rückte es vorsichtig zurecht. Schließlich gab sie sich einen Ruck und drehte sich zu Thale um. Sie hätte erleichtert sein müssen. Stattdessen empfand sie eine überwältigende, unerklärliche Enttäuschung.

Obwohl der Fall gelöst war.

63 Es war zwei Uhr nachts am 23. Dezember 1999. Die Straßen waren jetzt schneebedeckt. Noch immer wirbelten verirrte Flocken durch die Luft, doch während der letzten Stunde war der Himmel klarer geworden. Der Markvei diente jetzt schon seit zwei Monaten als Weihnachtsstraße, zwischen den Straßenlaternen hingen lange, mit

Lichtern versehene Girlanden. Aber Sterne und Plastikmonde konnten die echte Ware nicht überstrahlen: Hanne Wilhelmsen schaute hoch und entdeckte den Großen Wagen, der langsam über Torshov dahinrollte. Aus alter Gewohnheit suchte sie den Polarstern, der am Nordhimmel gerade noch zu sehen war. Die Läden sparten durchaus nicht am Strom. Im Schein der Laternen hatte der Schnee einen warmen Gelbton. Am nächsten Morgen würde er sich in grauen Matsch verwandelt haben.

Billy T. war nicht mehr gereizt. Er wirkte apathisch. Sie hatte angerufen und um ein Gespräch gebeten, und er hatte sie nicht abgewiesen. Er war nur gleichgültig gewesen. Dass sie zu ihm kam, wollte er nicht. Tone-Marit und Jenny schliefen. Er selbst habe sich solche Tätigkeiten abgewöhnt. Auf der Wache hatte er sie auch nicht treffen wollen. Als sie einen Spaziergang durch Løkka vorschlug, war ein kaum hörbares Ja gekommen, dann hatte er schon wieder aufgelegt.

Er grüßte nicht. Eine kurze Kopfbewegung, als er aus seinem Haus kam, zeigte, dass er sie gesehen hatte – auf der anderen Straßenseite, unter einer Laterne. Er kam nicht zu ihr herüber, sondern ging einfach auf seiner Straßenseite weiter. Sie musste laufen, um ihn einzuholen. Es war mitten in der Nacht, aber er fragte nicht einmal, was eigentlich los sei. Er war warm angezogen. Der Kragen seiner Lotsenjacke war hochgeschlagen, die Mütze hing ihm in die Augen. Um das Ganze hatte er einen langen roten Schal gewickelt. Er bohrte die Hände in die Taschen und schwieg.

»Du kannst nicht aufhören als Polizist«, sagte Hanne.

Ein anderthalb Meter hoher Porzellanwindhund starrte sie aus einem heftig dekorierten Fenster an, ein rot gekleideter Heiliger Drei König saß rittlings auf einem Rentier mit Elchgeweih. Hanne versuchte, das Tempo zu drosseln.

»Du kannst gern wütend auf mich sein. Das kann ich dir nicht verbieten. Aber du solltest nicht meinetwegen alles andere aufgeben.«

Er blieb stehen. »*Deinetwegen?*« Er schnaubte und musste sich mit dem Jackenärmel den Rotz abwischen. »Sehr komisch. Als ob du in diesem Zusammenhang irgendeine Bedeutung hättest!«

Sofort setzte er sich wieder in Bewegung. Lief auf den Zebrastreifen in der Sofienberggate, ohne sich vorher umzusehen. Ein Taxi hupte und geriet ins Schlingern. Billy T. ließ sich davon nicht beeindrucken. Er überquerte den Olaf Ryes plass.

»Können wir uns nicht setzen?«

Hanne packte ihn bei der Jacke. Sie standen an dem runden Becken mitten auf dem Platz, es war halb voll von Schnee und Müll. Ein streunender Hund kam auf sie zugelaufen. Der Boxer zitterte vor Kälte, wedelte aber optimistisch mit dem Schwanz und steckte seine stumpfe Schnauze zwischen Hannes Beine.

»He«, sagte sie und schob ihn weg. »Hier. Die habe ich mitgebracht.«

Sie legte zwei dicke Zeitungen auf die Bank.

»Allzeit bereit«, sagte Billy T. und streichelte den Hund. »Unser Pfadfindermädel!«

Aber er setzte sich. Erst schob er die Zeitungen beiseite. Dann wandte er sich von Hanne ab. Er starrte zum *Entré* hinüber. Winterkahle Bäume versperrten Teile der Aussicht, aber er konnte doch erkennen, dass irgendwer nach einem langen Abend die Lichter löschte. Das Restaurant war also weiterhin geöffnet. Obwohl einer der Inhaber ermordet worden war und der andere unter Mordanklage in Untersuchungshaft saß. Billy T. schnaubte noch einmal und schaute dem Boxer zu, der jämmerlich winselnd von Busch zu Busch lief und bis in die Schwanzspitze hinein fror. Schließlich nahm er irgendeine Witterung auf, galoppierte zur

Thorvald Meyers gate, bog um die Ecke und jagte durch die Grüners gate zum Sofienbergpark.

»Können wir denn nie wieder befreundet sein?«

Hanne ließ ihn ganz außen auf der Bank sitzen. Sie wäre gern näher gerückt, riss sich aber zusammen. Sie sah ihn nicht einmal an, sondern ließ ihre Frage in die Luft aufsteigen, begleitet von einer grauweißen Wolke, die bald verschwunden war. Vielleicht zuckte er mit den Schultern. Das war schwer zu sagen.

»Ich kann natürlich noch einmal um Entschuldigung bitten«, fuhr sie fort. »Aber das bringt wohl nichts. Alles, was ich zu meiner Verteidigung anführen kann, ist, dass ich einsehe, dass ich dich schlecht behandelt habe. Aber ich wollte dich nicht verletzen. Ich konnte nur nicht anders. Ich war einfach unfähig ...«

Sie verstummte. Billy T. hatte nicht zugehört. Seine Augen waren geschlossen, seine Lippen bewegten sich lautlos und fast unmerklich, so als sei er ins Gebet vertieft.

»Hast du *nie* etwas getan, das du später bereut hast, Billy T.? Hast du nie jemanden im Stich gelassen? Ich meine, wirklich im Stich gelassen?«

Ihre Stimme brach. Alle Lichtquellen in ihrer Umgebung verschmolzen zu einem Sternennebel, und sie kniff die Augen zusammen. Die Tränen brannten auf ihren Wangen wie Eis.

Er gab noch immer keine Antwort. Aber seine Lippen bewegten sich nicht mehr.

»Ich *bereue*, Billy T. Ich bereue wirklich. Bereue so vieles. Aber ich kann die Vergangenheit nicht einfach aus meinem Leben herausschneiden und verbrennen. Sie ist vorhanden. Mit allen Dummheiten. Mit allen Gelegenheiten, wo ich Menschen verletzt habe, die mir wichtig sind. Mit allem ... aller Angst. Ich habe immer solche Angst, Billy T. Ich habe solche Angst, jemand könnte ...« Sie durchwühlte ihre Taschen und fand eine Packung

Taschentücher. »Ich habe immer solche Angst, jemand könnte mich sehen. Alle glauben, es sei mir peinlich, Lesbe zu sein. Sie glauben, dass ich ... *das* verstecken will. Ihr begreift nicht, dass ich immer nur Kraft brauche, um mich ganz und gar zu verstecken. Ich traue mich einfach nicht. Für mich ist es ebenso gefährlich, wenn jemand erfährt, dass ich ... mir gern den Rücken kratzen lasse. Oder dass ich am allerliebsten Pfannkuchen mit Sirup und Speck esse. Das bin ich, das alles, das ist mein Leben. Meins. Meins.«

Jetzt weinte sie. Sie versuchte, sich zusammenzureißen, holte tief Luft und bohrte den Daumenfingernagel in die Handfläche ihres Handschuhs. Die Tränen strömten trotzdem.

»Scheiß drauf«, sagte sie schließlich mit harter Stimme und erhob sich. »Der Fall Ziegler ist immerhin gelöst. Deshalb wollte ich mit dir sprechen.«

Endlich sah er sie an. Langsam hob er sein Gesicht und zog sich den Schal vom Kinn. Sie fuhr zusammen, als sie seine Augen sah. Die schienen nicht in das vertraute Gesicht zu gehören, bleich und blau starrten sie sie an, als hätten sie sie nie zuvor gesehen.

»Was«, sagte er heiser, »was meinst du mit ›gelöst‹?«

Sie brauchte nur fünf Minuten, um ihm alles zu erklären. Das Ganze lag auf der Hand. Die Lösung an sich war eine zum Himmel schreiende Anklage gegen Billy T., gegen seine Ermittlungsleitung, gegen seine Versäumnisse. Hanne konnte ihm nicht mehr in die Augen schauen. Sie merkte, dass sie versuchte, die Sache zu verharmlosen, dass sie ihm Punkte zuschob, die ihm einfach nicht zustanden.

»So ist das«, sagte sie am Ende und rieb die Beine gegeneinander, vor allem aus Verlegenheit. »Wir schreiten morgen früh zur Festnahme. Oder was meinst du?«

Sie presste sich ein Lächeln ab. Er erhob sich unsicher. Seine

Bewegungen wirkten steif. Offenbar wollte er nach Hause. Nach zwei Schritten drehte er sich um.

»Du hast gefragt, ob ich schon mal jemanden im Stich gelassen habe. Das habe ich.«

Er hätte ihr gern von Suzanne erzählt. Er hätte gern ihre Hand genommen und sich noch einmal auf die kalte Bank gesetzt, um aus Hannes Körper, ihren Augen und Händen Wärme zu saugen und ihr zu gestehen, dass sämtliche Ermittlungen aus dem Gleis gelaufen waren, als ihm weniger als vierundzwanzig Stunden nach dem Mord in der Tür des *Entré* eine Frau begegnet war.

Suzanne war erst fünfzehn gewesen, als er sie kennenlernte. Ein frühreifes und schönes Mädchen aus guter Familie. Er selbst war ein schlaksiger Polizeischüler gewesen und schon zweiundzwanzig, als er sich kopfüber in eine Verliebtheit stürzte, mit der er einfach nicht umgehen konnte. Dass die Beziehung zwischen ihnen strafbar war, war das eine. Das an sich machte ihm schon eine Höllenangst, sowie die erste Begeisterung sich gelegt hatte. Die Angst drängte ihn schließlich zurück, weg von ihr. Er war Polizeianwärter, und sie rauchte Hasch. Er lief davon. Änderte seine Telefonnummer. Zog um und zog ein weiteres Mal um, während Suzanne immer kränker wurde. Zwischen ihren psychotischen Zusammenbrüchen fand sie ihn. Er hatte nie begriffen, wie. Sie rief an, am liebsten mitten in der Nacht. Sie schrieb Briefe. Anklagende, liebevolle Briefe, in denen sie um Hilfe flehte. Sie kam zu ihm; lief aus dem Krankenhaus davon und kratzte sich an seiner Zimmertür die Nägel blutig. Billy T. zog ein weiteres Mal um. Endlich, nach zwei Jahren der Angst vor Entlarvung, Bestrafung, schmählicher Entlassung aus dem Polizeidienst, kehrte Stille ein.

Er hatte Suzanne vergessen, weil ihm nichts anderes übrig geblieben war. Um seiner selbst willen und weil er keine Wahl hatte. So hatte er es damals gesehen.

»Ich habe …«

Es ging nicht. Er keuchte zweimal auf und hätte so gern gesprochen. Hannes Gesicht schien vor ihm zu leuchten; am Ende sah er nur noch ihre Augen. Die kalte Luft schnitt in seine Lunge, als er um Atem rang, aber er brachte kein Wort heraus. Er würde niemals von Suzanne erzählen können. Die Geschichte des Verrates an Suzanne war seine, daran konnte er niemanden teilhaben lassen. Statt etwas zu sagen, zog er Hanne an sich.

»Danke« war alles, was er herausbrachte, und dabei drückte er die Lippen gegen Hannes eiskaltes linkes Ohr.

64

Sie hatte aufgeräumt in ihrem Büro. Die unzähligen Bücherstapel waren verschwunden. Der Muminvater saß oben in einem Regal und lehnte sich an eine üppige Topfblume an. Ihr Schreibtisch war, abgesehen von einer abgesägten Coladose voller Kugelschreiber, leer. Die Pinnwand war abgeerntet worden. An einem Haken neben der Tür hing ein Wintermantel aus dunkelblauer Wolle. Sie griff danach, als sie sie entdeckte. Sie sah besser aus als letztes Mal. Ihre Wangen hatten Farbe bekommen, und ihre Haare glänzten leicht im Licht von drei dicken Stummelkerzen, die in dem schmalen Gang auf einem Beistelltischchen standen.

»Gehen wir«, sagte sie und zog ihren Mantel an.

Billy T. und Hanne Wilhelmsen nickten.

Sie entfernte noch den Namenszug aus der Metallschiene, die an der gläsernen Bürowand angebracht war. Für einen Moment blieb sie stehen und betrachtete ihren Namen. Dann ließ sie die Buchstaben in ihrer Hand auseinanderfallen und steckte sie in die Tasche.

VERNEHMUNG DER UNTER VERDACHT
STEHENDEN IDUN FRANCK (I. F.)

Vernehmung durchgeführt von Hauptkommissarin Hanne Wilhelmsen (H. W.) und stellvertretendem Hauptkommissar Billy T (B. T.)
Abgeschrieben von Sekretärin Rita Lyngåsen. Von dieser Vernehmung existieren insgesamt drei Bänder. Die Vernehmung wurde am Donnerstag, dem 23. Dezember 1999, um 11.30 auf der Osloer Hauptwache aufgezeichnet.
Beschuldigte: Franck, Idun, Personenkennnummer 060545 32033
Wohnhaft: Myklegardgate 12, 0656 Oslo
Arbeitsplatz: Verlag, Mariboes gate 13, Oslo
Telefon: 22 36 50 00
Die Beschuldigte ist damit einverstanden, dass die Vernehmung auf Band aufgenommen und später ins Protokoll überführt werden wird. Anklage wird erhoben aufgrund Verstoßes gegen § 233,2. 2. Abschnitt,
Strafgesetzbuch

H. W.:

Als Beschuldigte in einem Strafverfahren haben Sie gewisse Rechte. Ich möchte gern auf dem Band haben, dass Sie darüber informiert worden sind. Sie können die Aussage verweigern. Sie haben ein Recht auf Anwesenheit Ihres Verteidigers während der Vernehmungen. Ihre Verteidigerin, Bodil Bang-Andersen, ist zugegen. Sie sind außerdem darüber informiert worden, dass die Anklage *(Pause, Papierrascheln)* ... Sie liegt hier vor Ihnen. Ihnen wird der vorsätzliche Mord an Brede Ziegler vorgeworfen, begangen am Sonntag, dem 5. Dezember 1999. Möchten Sie aussagen?

I. F.:

(hustet) Ja, ich möchte aussagen *(hustet)*. Ich möchte als Erstes sagen, dass ich im Grunde keine Anwältin brauche. Ich werde meine Aussage machen, und ich weiß, was ich tue.

ANWÄLTIN:

Ich glaube, Sie begreifen nicht so recht, was das bedeutet. Sie werden des vorsätzlichen Mordes angeklagt werden. Sagen Sie, was Sie sagen möchten, und um die Fragen von Schuld und Verantwortung kümmern wir uns später. Ich bitte das zu respektieren, Wilhelmsen. Keine Fragen nach Schuld und Verantwortung. Fragen Sie nur nach den Tatsachen.

I. F.:

Aber das ist doch ganz einfach ... ich habe schließlich ...

ANWÄLTIN:

Ich glaube, es bleibt dabei.

H. W.:

In Ordnung. Wir halten uns an die Wünsche Ihrer Anwältin. Aber jetzt geht es los. Ich würde diese Vernehmung gern ohne Unterbrechungen durchführen. *(Rascheln, undeutlich)* Der Beschuldigten wird Beschlagnahmung 64 vorgelegt. Können Sie mir sagen, was das ist?

I. F.:

Das ist ... kann ich einen Schluck Wasser haben? *(Klirren)* Danke. Das ist ein Schal. Mein Schal.

H. W.:

Sind Sie ganz sicher? Woran erkennen Sie, dass es Ihr Schal ist?

I. F.:

Am Muster. Indisches Muster, grün und lila. Den habe ich vor langer Zeit in London gekauft. Ich habe nicht sofort bemerkt, dass ich ihn verloren hatte. *(Kaum hörbar, flüstert)* Sie haben ihn dort gefunden, nicht wahr?

H. W.:

Es ist wirklich nicht unsere Aufgabe, Fragen zu beantworten, Frau Franck. Wo, glauben Sie, ist der Schal gefunden worden?

I. F.:

Hinter der Wache, nicht wahr? *(Schwelgen, längere Pause)* Aber ich begreife … *(undeutlich, Scharren)* … nichts. Warum haben Sie mich nicht längst festgenommen, wenn Sie doch den Schal hatten? Ich habe schon lange auf Sie gewartet. Neulich, als Sie und die andere bei mir zu Hause waren, dachte ich … Es waren grauenhafte Wochen. Zuerst wollte ich nur weg. In der Nacht zum Montag, nachdem es passiert war, konnte ich nicht schlafen und beschloss, zur Polizei zu gehen. Mich stellen. Aber dann … es war irgendwie so … ungerecht. Dass ich für etwas bestraft werden sollte, das … Also bin ich zur Arbeit gegangen und habe gedacht, die Sache mit der Schweigepflicht könnte mir helfen, mich nicht in zu viele Lügen zu verwickeln. Danach … *(Nicht mehr zu hören, Pause)* Aber gestern habe ich es begriffen.

H. W.:

Was haben Sie gestern begriffen?

I. F.:

Dass ich verhaftet werden würde. Thale hat mich angerufen.

Sie hat erzählt, dass Sie über Daniel und Brede gesprochen haben. Früher oder später mussten Sie dieser Geschichte ja auf den Grund kommen. Damit hatte ich gerechnet. Thale war seltsam verstört über Ihren Besuch. Sie ist sonst immer ganz ... Na ja, sie hat kaum ... Sie war so ... detailliert. Hat das gesamte Gespräch wiedergegeben. Wort für Wort, so kam es mir vor. Samt Eiern und Kakao und sogar ... dass Sie so lange das Familienbild angestarrt haben. Das vom achtzigsten Geburtstag meines Vaters, meine ich. Und da wusste ich, dass Sie kommen würden. Plötzlich wusste ich, was ich an dem Tag anhatte. Das graue Seidenkleid. Und den Schal.

H. W.:

Na gut. Fangen wir von vorn an. Haben Sie Brede Ziegler am Abend des 5. Dezember dieses Jahres getroffen?

I. F.:

Ja. Wir hatten uns für elf Uhr abends vor der Moschee im Åkebergvei verabredet.

H. W.:

Warum das? Draußen? So spät an einem Winterabend?

I. F.:

Es war wirklich eine ziemlich törichte Verabredung. Ich wollte mich herausreden, aber Brede bestand darauf. Er war ganz versessen darauf, mir das neue Mosaik in der Fassade der Moschee zu zeigen. Angeblich bringt es sein ... seine »Vorstellung von Schönheit« zum Ausdruck, wie er das nannte. Ich habe gesagt, ich hätte keine Zeit. Ich hätte an diesem Abend schon etwas vor. Ein Kirchenkonzert *(lacht kurz)*. Ein Zufall kann sich plötzlich als Joker erweisen, nicht wahr? Ich war überhaupt nicht im Kino. Ein Arbeitskollege glaubte, mich dort gesehen zu haben. Aber er hat sich geirrt. Er muss mich verwechselt haben. Als Billy T. mich später fragte, wo ich an diesem Abend gewesen sei, konnte ich einfach Samir Zetas Bemerkung nutzen ... und damit war mein Alibi gerettet. Das ergab sich aus purem Zufall so. Ich hatte den Film eine Woche zuvor gesehen. Ich wusste, wovon er handelt, wie lange er dauert, dass ich nach der Vorstellung meine Schwester nicht mehr besuchen konnte und ... auf jeden Fall ... *(Pause, Geräusche von Wasser, das in ein Glas gegossen wird?)* Brede ließ keine Entschuldigung gelten. Er musste noch aus der einfachsten Sache eine ganze Inszenierung machen. »Das Nachtlicht gibt dem Gebäude mehr Charakter.« *(leicht verstellte Stimme)* So hat er sich ausgedrückt. Er hatte eine umständliche und überaus seltsame Theorie über die Lage der Moschee im Verhältnis zu Wache und Gefängnis und fand es schrecklich wichtig, dass die Moschee rund um die Uhr von den Gefängnisscheinwerfern angestrahlt wird. Außerdem habe er noch eine Überraschung für mich, sagte er. Ja ... und damit war die Sache abgemacht. Wir wollten uns also im Åkebergvei treffen, um elf, genau gegenüber der Wache.

H. W.:

Was ist passiert?

I. F.:

Ich habe ihn nicht gleich entdeckt. Ich wollte schon wieder nach Hause gehen, als er mich von der Wache her rief. Von der Treppe aus, auf der er später gefunden wurde. Er hatte dort Schutz vor dem Wind gesucht. Außerdem hatte er die seltsame Theorie, dass man sich dem Mosaik von unten nähern müsse, um ... egal. Ich ging also zu ihm, und wir redeten ein Weilchen über das Mosaik. Allerdings kam er mir ziemlich erschöpft vor. Fast schon krank. Ab und zu verzog er das Gesicht, als habe er Schmerzen. Und er brachte durchaus nicht den ekstatischen Vortrag, den ich erwartet hatte. Wir hatten vorher schon ein paarmal über das Mosaik diskutiert und uns nicht einigen können. Er wollte es im Buch als durchgehendes Thema verwenden. Als Symbol sozusagen. Für seine Offenheit gegenüber Welt, Vergangenheit, Zukunft, Spiritualität. Das klingt idiotisch, finden Sie nicht? Ich habe versucht, ihm das klarzumachen, schonend natürlich. Aus irgendeinem blödsinnigen Grund glaubte er, mich überzeugen zu können, wenn er mir das ganze Gebäude zeigte. Es ist ja auch eine Pracht, aber ...

H. W.:

Hier gibt es etwas, das ich nicht ganz verstehe. Wir haben Grund zu der Annahme, dass Brede Ziegler ... gesundheitliche Gründe gehabt hätte, dieses Treffen abzusagen. Sie sagen ja selbst, dass er einen elenden Eindruck machte. Warum war es ihm so wichtig, sich mit Ihnen zu treffen? Gerade an dem Abend?

I. F.:

Ich glaube ... ich weiß nicht, ob Sie wirklich begriffen haben, was Brede Ziegler für ein Mensch war. Er hatte ein extremes Bedürfnis danach ... wie soll ich sagen? ... zu inszenieren. Sein eigenes Leben zu inszenieren. Brachte jemand Einwände gegen seine Ansichten vor, dann konnte er sich nicht verhalten wie wir anderen. Nachgeben, meine ich. Oder vielleicht sogar zugeben, dass auch jemand anders recht haben könnte. Das muss eine Art Sport für ihn gewesen sein ... nein, mehr noch. Es war *(hebt hörbar die Stimme)* zwingend notwendig für ihn, dass er immer recht hatte. Wir waren mit den Bildern für das Buch so weit gediehen, dass es eigentlich zu spät war, um das Mosaik noch als durchgehendes Thema aufzunehmen. Das hat er eingesehen. Brede Ziegler war ja nicht dumm. Er war nur ... er wollte mich überzeugen, und das hatte sofort zu geschehen. Genau an dem Sonntag. Am Montag wollten wir unsere weitere Arbeit so weit planen, dass für größere Veränderungen kein Spielraum mehr gewesen wäre. Ich glaube, nichts hätte ihn an diesem Treffen hindern können.

H. W.:

Kommen wir auf das zurück, was an diesem Abend passiert ist. Sie sagten, er habe eine Überraschung für Sie gehabt?

I. F.:

Eine Überraschung? *(leise)* Die sollte sich als ziemlich fatal herausstellen. Es war das Messer. Das Messer, mit dem er ermordet wurde. *(Schweigt, längere Pause, undeutliche Geräusche. Unverständlich.)* Darf ich rauchen?

H. W.:

Die Beschuldigte bekommt Zigaretten. Billy T., kannst du einen Aschenbecher holen? Okay, stell ihn hierhin. Dann geht es weiter. Das Messer?

I. F.:

Das Messer war die Überraschung. Ein Geschenk für mich. Er hatte es bei sich, eingewickelt in Geschenkpapier. Ich weiß nicht, was er sich eingebildet hat. Das grenzte ja schon an Bestechung. Er muss geglaubt haben, dass ich auf dieses lächerliche Mosaikthema eingehen würde, wenn er mich nur genügend umschmeichelte. Das Ganze ... *(Lange Pause)*

H. W.:

Das Ganze?

I. F.:

Das Ganze ging zurück auf eine Episode, die sich ein paar Tage zuvor zugetragen hatte. Suzanne Klavenæs hatte ein

Foto von einigen Rohwaren auf einem flachen Stein am Strand gemacht. Fisch, Fenchel und ... egal. Rohwaren. Das Bild ist sehr gut geworden, vor allem, was das Licht angeht. Wir haben sogar daran gedacht, es als Vorsatzbild zu nehmen. Also innen ... auch egal. Brede drehte jedenfalls vollständig durch. Am Rand des Bildes ist nämlich ein Messergriff zu erkennen. Und zwar der vom falschen Messer. Kaum zu sehen, aber Brede hat einen Höllenlärm gemacht und gedroht, das ganze Projekt platzen zu lassen, wenn wir auf das Bild nicht verzichten würden. Ich war ziemlich ungeduldig, um es schonend auszudrücken. Ich meine, ab und zu ist der Umgang mit Autoren wirklich anstrengend ... auf jeden Fall: Er hielt mir einen langen Vortrag über Küchengeräte.

B. T.:

Aber das war einige Tage vorher, haben Sie gesagt. Was ist am Sonntagabend passiert?

I. F.:

Er hat das Paket hervorgezogen. Es geöffnet und dazu so was gesagt wie, dass Künstler immer das beste Werkzeug brauchen, wenn Kunst zu Geist werden soll. Es war einfach unerträgliches Gefasel, und dabei ging es doch nur um ein Messer! Er hat es sogar damit verglichen, dass ein erstklassiger Geiger eine Stradivari braucht, um seine Ziele erreichen zu können. Das Schlimmste war ja, dass ich das alles schon häufiger gehört hatte. Aber ich habe den Mund gehalten. Ich wollte die Sache hinter mich bringen, damit ich bald nach Hause konnte. Er hat immer weitergefaselt, während er das Papier abwickelte. Darunter kam eine goldene Schachtel mit großen japanischen Schriftzeichen zum Vorschein. Als er den Deckel abgenommen hatte, hielt er mir die Schachtel hin. Ich sollte das Messer herausnehmen. Es anfassen. Spüren, wie leicht es ist. Und das habe ich getan.

H. W.:

Sie hielten also das Messer in der Hand. Hatten Sie Handschuhe an?

I. F.:

Ja. Ich wollte doch so schnell wie möglich weiter. Dieses Messer hat mich überhaupt nicht interessiert. Aber Brede hatte seinen einen Handschuh ausgezogen, sicher, um die Schleife aufzubinden. Der Handschuh war ihm auf den Boden gefallen, genauer gesagt, auf die Treppe. Ich wollte mich schon danach bücken, aber dann habe ich das Messer genommen, als er es mir hinhielt.

ANWÄLTIN:

Überleg dir genau, was du jetzt sagst, Idun. Das ist wichtig...

B. T.:

Bitte, Verteidigerin, nicht die Aussage unterbrechen. Sie können...

I. F.:

(Redet laut dazwischen) Das ist nicht nötig. Ich werde sagen, was passiert ist. Ich habe ihn erstochen. Okay? Ist das klar? Ich habe ihn erstochen. Himmel, ohne dieses verdammte Messer hätte ich mich mit einer Ohrfeige begnügt! Ich... wir standen auf der Treppe, ich stach zu, er gurgelte kurz und sackte in sich zusammen. Es ging unglaublich schnell. Ich muss ein lebenswichtiges Organ getroffen haben. Aus irgendeinem Grund habe ich den Messergriff mit einem Taschentuch abgewischt. Idiotisch, ich hatte schließlich Handschuhe an, und ich... Das Seltsame war, dass so wenig Blut kam. Zu Hause habe ich auf meinen Handschuhen

Blutflecken entdeckt, aber nur dort. Diese Handschuhe habe ich weggeworfen. Zusammen mit der Schachtel, die ich aus irgendeinem Grund mitgenommen hatte. Als er zusammenbrach ... ich habe ihn geschüttelt. Aber es war zu spät. Er war tot. Er war fast sofort tot. *(Pause, Räuspern, Weinen?)* Da habe ich wohl den Schal verloren. Als ich ihn geschüttelt habe. Ich habe es nicht gemerkt.

B. T.:

Aber ich begreife das nicht so ganz ... Sie sagen, dass Sie sich mit Brede Ziegler unterhalten haben. Sie waren genervt von ihm. Er wollte Ihnen etwas schenken. Sie nehmen das Messer in die Hand und erstechen ihn. Aber warum? Warum haben Sie das getan? Weil Sie keine Lust hatten, sich von dem Mann eine Moschee zeigen zu lassen?

I. F.:

Ich kann das nicht erklären. Es hat sich einfach so ergeben.

B. T.:

Sie waren doch sicher schon häufiger in Ihrem Leben mit Menschen zusammen, die Sie nicht gerade lieben, und trotzdem haben Sie sie nicht gleich erstochen. Sie haben bisher ja noch nicht einmal ein Bußgeld wegen Geschwindigkeitsüberschreitung zahlen müssen.

I. F.:

Nein, aber mir sind in meinem Leben auch nicht viele Menschen begegnet, die ich so verabscheut hätte wie Brede Ziegler. Sie haben doch mit Thale gesprochen. Sie wissen, was er unserer Familie angetan hat.

B. T.:

Sicher. Und wir verstehen, dass Sie wütend auf ihn waren. Aber Sie haben ihn über zwanzig Jahre in Ruhe gelassen – warum haben Sie ihn gerade jetzt umgebracht?

I. F.:

(Sehr laut) Es hat sich so ergeben, wie gesagt. Er stand da, vor mir ... er hatte mir ein Messer gegeben, er schien mich geradezu dazu aufzufordern ... (weint)

ANWÄLTIN:

Ich schlage vor, dass wir eine Pause einlegen. Meine Mandantin ist restlos erschöpft. Sie muss ein wenig zur Ruhe kommen.

H. W.:

In Ordnung, wir machen eine Pause. Die Vernehmung wird um ... 12.47 Uhr unterbrochen.

Das Tonband wird ausgeschaltet.

H. W.:

Es ist jetzt 13.23 Uhr, die Vernehmung mit der Beschuldigten Idun Franck wird fortgesetzt. Die Beschuldigte war auf der Toilette. Ihr wurde eine Mahlzeit angeboten, aber sie möchte nichts essen. Es ist Kaffee serviert worden. Können wir jetzt weitermachen?

I. F.:

Ja, ich bin bereit.

B. T.:

Kommen wir zurück auf Ihre Bekanntschaft mit Brede Ziegler. Wann haben Sie ihn kennengelernt?

I. F.:

Wann ich ihn kennengelernt habe? (lacht) Kommt drauf an, wen Sie meinen. Freddy Johansen habe ich vor fast vierundzwanzig Jahren kennengelernt. Damals bin ich ihm ein Mal begegnet. Das hat gereicht. Brede Ziegler habe ich im August dieses Jahres kennengelernt. Im Verlag. Er hat mich nicht erkannt. Vierundzwanzig Jahre hinterlassen ihre Spuren, und ich hieß damals ja noch nicht Franck. Ich war einige Jahre verheiratet. Von dem Buch habe ich Ihnen schon erzählt. Es war meine Idee, dass ich ihm beim Schreiben helfen könnte. Der Verlag war von dieser Idee begeistert, Brede aber hatte seine Zweifel. Er wünschte sich einen bekannteren Namen. Und jemanden, der Italien kennt. Er hat dann tatsächlich Erik Fosnes Hansen vorgeschlagen. Als ob der für so was Zeit hätte. Den Ghostwriter zu machen für einen … egal. Ich habe zwei andere gefragt. Publizisten. Und zwar so, dass ich einer Absage sicher sein konnte. Also musste er sich mit mir zufriedengeben. Brede hatte keine Ahnung, dass ich Thales Schwester bin, und ich habe es auch nicht erwähnt.

B. T.:

Aber Sie wussten, dass Brede Daniels Vater war?

I. F.:

Ich habe immer gewusst, dass Freddy Johansen Daniels Vater war. Aber der war ja verschwunden, und wir haben ihn auch nie vermisst. Als er als Brede Ziegler wiederauferstand, hatte er mit uns erst recht nichts mehr zu tun. Das hat sich erst geändert, als Daniel krank wurde.

B. T.:

Was war das für eine Krankheit?

I. F.:

Mit vierzehn wurde Daniel sehr krank. Er brauchte eine Nierentransplantation, um zu überleben. Thale wurde untersucht, aber sie kam als Spenderin nicht infrage. *(Pause, hebt die Stimme)* Aber das hat Thale Ihnen doch schon gesagt.

H. W.:

Erzählen Sie es uns trotzdem noch einmal.

I. F.:

Wir waren verzweifelt. Ich habe die Ärzte im Krankenhaus

gebeten, eine Anfrage an Brede Ziegler zu richten. Gleichzeitig habe ich mich untersuchen lassen, aber die Hoffnung war ja gering, wo schon Thale nicht infrage kam. Und dann war es doch möglich. Sie konnten Daniel eine Niere von mir geben. Er wurde gesund. Brede aber ... *(Stimme versagt, weint)* Er hat nicht einmal geantwortet. Er hat nicht einmal geantwortet! Ich hatte nie eine hohe Meinung von Brede Ziegler oder Freddy Johansen, aber dass er bereit war, seinen Sohn einfach so sterben zu lassen ... *(weint lange, murmelt, undeutlich)* ... das kann ich ihm nicht verzeihen.

H. W.:

Erzählen Sie von Daniel.

I. F.:

Ich bin seine Tante. Er ist mein Neffe. Ich liebe ihn. Sie haben mit Thale gesprochen und wissen, dass wir ihn gewissermaßen geteilt haben. Wir haben ihn zusammen großgezogen, könnte man sagen.

H. W.:

Ja, das wissen wir. Aber erzählen Sie von ihm. Ausführlicher. Haben Sie gestern mit ihm gesprochen?

I. F.:

Woher wissen Sie das? Das war das Schlimmste. Mit Daniel zu sprechen *(weint heftig)* ... Ich werde ihn verlieren, und er braucht mich doch immer noch ...

ANWÄLTIN:

Idun, bedeutet das, dass du letzte Nacht nicht geschlafen hast? Ich möchte das ins Protokoll aufnehmen lassen. Dass meine Mandantin unter erheblichem Schlafmangel leidet. Wir können eine Pause machen, wenn du willst.

I. F.:

Nein, ich möchte das gern erzählen ... *(Putzt sich die Nase?)*

Ich werde oft gefragt, ob ich Kinder habe. Und dann sage ich Nein, denn eigentlich habe ich ja keine. Irgendwie gehört es sich für eine Tante nicht, dermaßen an ihrem Neffen zu hängen. Aber ich habe mir oft überlegt, dass Daniel gewissermaßen zweimal geboren worden ist. Zuerst von Thale und dann von mir. Als er meine Niere bekommen hat. Als es so aussah, als würden wir ihn verlieren, ist mir aufgegangen, dass Daniel der einzige Mensch ist, dem ich jemals wirklich nahegestanden habe. Immer. Sein ganzes Leben lang. Ich habe mir im Grunde kein anderes Kind gewünscht. *(leise)* Ich brauche noch etwas Wasser, bitte. Aber das ist nicht alles ... dass er meine Niere bekommen hat, dass ich auf ihn aufgepasst habe, als er klein war. Es ist ... es ist so ... es heißt doch, dass ein Kind Mutter und Vater braucht. Zwei Elternteile, nicht wahr? Daniel hat keinen Vater, er hat Thale, aber die ist ... wie soll ich sagen? Sehr nüchtern. Daniel hat mich gebraucht, weil ich die Welt nicht nur aus einem praktischen Blickwinkel sehe. Thale legt alles, was sie an Seele besitzt, in ihre Rollen. Ansonsten ist sie ungeheuer vernünftig. Bei mir konnte Daniel seinen Gefühlen freien Lauf lassen. Seinem Staunen. Er ist ein empfindsamer Junge, und ... ich habe versucht, ihm zu zeigen, dass es auf der Welt noch mehr gibt als praktische Aktivitäten und Theaterkunst. *(Kurzes Lachen, längere Pause)* Ich kann Ihnen ein Beispiel geben. Daniel weiß, dass Brede sein Vater war. Thale hat es ihm an seinem achtzehnten Geburtstag erzählt. Ganz nüchtern. Sie fand, er habe das Recht, das zu erfahren, darüber hinaus sei es allerdings nicht der Rede wert. Ich habe gesehen, dass Daniel seit Bredes Tod verwirrt und unglücklich ist. Aus naheliegenden Gründen *(kurzes Lachen, Schluchzen?)* habe ich mit Daniel nicht über den Tod seines

Vaters reden mögen. Aber ich habe gesehen, wie schwer er die Sache nimmt. Er wirkt ziemlich verzweifelt, und er ist zu jung, um allein damit fertigzuwerden. Thale will sich ja erst damit befassen, wenn die Erbschaft aktuell wird *(lacht kurz)*. Aber ich war immer schon zu sehr Glucke, wenn es um Daniel ging. Was Daniel am meisten zu schaffen macht, ist nicht der Tod seines Vaters. Den bedauert er natürlich, denn er hat ihm die letzte Hoffnung genommen, jemals einen Vater zu haben. Aber als ich letzte Nacht mit ihm sprach, habe ich endlich in Erfahrung bringen können, warum er die Bücher von meinem Vater verkaufen wollte. Gleich nach dessen Beerdigung hat Daniel mich nach Paris eingeladen. Er meinte, jetzt sei es an ihm, mir eine Freude zu machen. Ich habe deutlich gespürt, wie wichtig es für ihn war, dass ich sein Geschenk annahm, und ich habe im Grunde nicht weiter darüber nachgedacht, woher er das Geld hatte. Er sagte, er habe lange gespart. Aber in Wirklichkeit hat er das Geld von einem Freund geliehen. Dieser Freund hatte gerade sein Studiendarlehen ausbezahlt bekommen, und Daniel hat ihn angepumpt. In dem sicheren Gefühl, dass er bald seinen Großvater beerben würde. *(Pause)* Daniel hat viel geweint letzte Nacht. Es ist ihm peinlich, dass er gleich bei seinem ersten Versuch, erwachsen zu sein und etwas für mich zu tun, Schulden machen musste. Niemals hätte er mich um Geld gebeten, um das Geschenk für mich bezahlen zu können – obwohl er seinem Freund um ein Haar das Studium ruiniert hätte. Aber ich habe das heute Morgen noch in Ordnung gebracht. Ich habe das Geld an Eskild überwiesen, ehe Sie gekommen sind.

B. T.:

Weiß Daniel, dass Sie seinen Vater umgebracht haben?

I. F.:

Nein. Das konnte ich ihm einfach nicht sagen. Daniel muss mit der Tatsache leben, dass er Eltern hat, die ihm das Leben schwer gemacht haben, und ich hoffe nur, dass er ... *(weint heftig)* ... weiterkommt.

B. T.:

Aber ich begreife das noch immer nicht. Sie hatten allen Grund, Brede zu hassen, als er vor über zwanzig Jahren Thale und das Kind im Stich gelassen hat, Sie hatten allen Grund, ihn zu hassen, als er Daniel während dessen Krankheit nicht helfen wollte. Warum haben Sie ihn gerade jetzt umgebracht?

I. F.:

Ich hatte ihn kennengelernt. Er war schlimmer, als ich erwartet hatte. Das war schließlich meine Aufgabe, nicht wahr? Ich musste ihn kennenlernen, um dieses Buch machen zu können. Ich sollte sozusagen dicht an ihn herankommen. Den Mann porträtieren. Natürlich hätte ich diese Aufgabe nie übernehmen dürfen, aber ich war neugierig. Seltsamerweise wollte ich ihm aber auch eine Chance geben. Ich habe wohl einfach nicht glauben können, dass er wirklich so zynisch war, wie es während all der Jahre schien. Ich hatte die idiotische Vorstellung ... wenn ich nur seinen Standpunkt kennenlernte, dann würde ich ihn vielleicht verstehen können. Das war entsetzlich naiv, aber eigentlich ... *(weint)* Das Ganze war eine Art ... *(Pause)* ... Geschenk? An Daniel? Ich wollte Brede kennenlernen, um Daniel Verständnis für das Verhalten seines Vater zu ermöglichen. Es wollte mir nicht in den Kopf, dass Daniels Vater gar keine guten Eigenschaften haben sollte. Aber als ich dann an der Oberfläche kratzte, war darunter nichts vorhanden. Für

Brede Ziegler existierte eine einzige Triebkraft: das, was ihm nützte.

B. T.:

Er hatte doch auch einiges erreicht.

I. F.:

Was der Mann geleistet hatte, fand ich im Grunde ja auch beeindruckend. Er hatte ein ungeheures Verlangen nach Erfolg. Er hatte es in jeder Hinsicht geschafft, aber er machte alles so ... pompös. Dass er unbedingt als Künstler gelten wollte, dass sein Kochbuch Geist, Schönheit und was weiß ich nicht alles zum Ausdruck bringen sollte. Ihm war einfach kein Lob groß genug. Eins muss ich ihm allerdings lassen: In einer Hinsicht hat er durchaus echte Gefühle gezeigt. Jedenfalls einen Anflug von echten Gefühlen. Wenn er über Italien sprach, dann mit einer gewissen Wärme. Aber das war wohl auch das Einzige, was ihm etwas bedeutete, wenn es nicht um ihn selbst ging. Stellen Sie sich das vor! *(lacht)* Ein Land zu lieben, während der *eigene* Sohn einem egal ist!

B. T.:

Wissen Sie mehr über Italien? Über das, was er dort gemacht hat?

I. F.:

Nein, eigentlich nicht. Er wirkte nur ganz anders, wenn er über Italien sprach. Begeistert irgendwie, nicht mehr so abgedreht. Ich habe mir ausgerechnet, dass er ungefähr zu Daniels Geburt dorthin gegangen sein muss. Es wäre das Beste gewesen, wenn er in Italien geblieben wäre. Aber dann kam er als Brede Ziegler zurück. Er hatte einige Jahre als Koch in einem Mailänder Restaurant gearbeitet und sich später zusammen mit seinem jetzigen Partner vom *Entré* ein Lokal gekauft. Er sprach von Investitionen und davon, dass er sich in der Nähe von Verona niederlassen wollte. Wenn das *Entré* Erfolg hätte und er es mit Profit verkaufen könnte. Ich habe mir überlegt, dass Italien ihm wohl so wichtig war, weil er dort ungestört Brede Ziegler sein konnte – ohne die Angst, von Freddy Johansen eingeholt zu werden. Ich werde in Italien mehr zu einem ganzen Menschen – das war eine typische Brede-Aussage. Als ob er sich unter einem ganzen Menschen etwas hätte vorstellen können.

H. W.:

Warum haben Sie gelogen, was Ihren Besuch in der Niels Juels gate anging? Sie haben behauptet, nie bei ihm zu Hause gewesen zu sein. Das stimmt nicht. Warum …

I. F.: *(UNTERBRICHT)*:

Das war nicht gelogen! Ich hatte es wirklich vergessen! Ich hatte solche Angst, so schreckliche … Es war mir einfach entfallen. Ich habe die Wahrheit gesagt, aber Sie wollten mir nicht glauben.

B. T.:

Zurück zu dem Abend hinter der Wache. Sie sagen, Sie hätten Brede nicht umbringen wollen. Sie haben auch klargestellt, dass Sie sich Sorgen um Daniel machen. *(Pause)* Ich glaube, dass Ziegler etwas gesagt … etwas getan hat … Ich glaube … warum haben Sie ihn da und dort umgebracht? Er muss doch …

I. F.: *(UNTERBRICHT)*:

Um Daniels willen bereue ich wirklich, was ich getan habe. *(weint)* Ich weiß nicht … *(Schluchzen, Schniefen, Murmeln / undeutlich)* … wie er das aufnehmen wird. Ich habe immerhin seinen Vater umgebracht!

H. W.:

Hier haben Sie ein Taschentuch. *(Pause)* Können Sie Billy T.s Frage beantworten? Sie haben nur erzählt, dass Sie mit Brede gesprochen und ihn dann erstochen haben. Wir müssen aber wissen, warum Sie das getan haben. Und was Sie dabei gedacht haben.

I. F.:

Begreifen Sie denn nicht? Ich habe doch nun Ewigkeiten damit zugebracht, den unerträglichsten Menschen zu beschreiben, der mir je begegnet ist.

H. W.:

Wir verstehen sehr gut, dass Sie ihn nicht leiden konnten, aber deshalb wissen wir noch nicht, warum Sie ihn umgebracht haben. Hat er etwas gesagt? Etwas, das zu hören Sie nicht ertragen konnten?

I. F.:

Ja! Er hat etwas gesagt. Er hat etwas gesagt, das so zynisch war, dass mir fast schwarz vor Augen geworden wäre. Das klingt wie ein Klischee, nicht wahr? Aber so war es. Plötzlich bin ich in einer tiefen Finsternis versunken. Ich hätte nie gedacht, dass ich dazu überhaupt imstande bin, ich hätte nicht einmal mit diesem Gedanken gespielt. Und ohne das *(hebt die Stimme)* verdammte Messer hätte ich ihn nur geschlagen, in den Bauch oder ins Gesicht, und nichts wäre ... *(Lange Pause)*

H. W.:

(leise) Was hat Brede Ziegler gesagt, ehe Sie ihn erstochen haben?

I. F.: *(PUTZT SICH ENERGISCH DIE NASE, SPRICHT LEISE WEITER)*
Ich weiß es noch ganz genau. In den vergangenen beiden Wochen, immer wenn ich glaubte, den Verstand zu verlieren, habe ich daran gedacht. Und dann weiß ich, wie und warum ich einen anderen Menschen umbringen konnte.

Es passierte, als er mir das Messer gab. Ich fand die ganze Zeremonie kindisch und wollte nach Hause. Mir war schon einige Male aufgefallen, dass er geizig war, im Kleinen, meine ich. Als er also das Messer aus dem eleganten Geschenkpapier wickelte, habe ich ihn gefragt, ob es bei IKEA gerade ein Sonderangebot gebe. Ich wollte nur klarstellen, dass ich sein kleines Schauspiel nicht überzeugend fand. Aber ich habe ja erklärt, wie pompös er war, er bekam es einfach nicht eine Nummer kleiner hin. Nicht einmal dann, wenn sein Publikum sich langweilte. Und da hat er es gesagt. Den Anfang dieses Entsetzlichen. *(stark verstellte Stimme, tiefer, langsamer)* So, wie Sie mich kennen, Frau Franck, wissen Sie, dass ich nicht pfusche. Dieses Geschenk ist kein IKEA-Trödel. Sondern das beste Messer der Welt. – Ich habe gesagt: Ich kenne dich besser, als du ahnst, Brede. Ich weiß, dass du pfuschst. Du hast dich einmal aus einer Vaterschaft herausgepfuscht. – Er sah mich an mit einem ... *(laut)* ... aasigen Lächeln und sagte: Vaterschaft? Reden wir hier nicht über Messer? Ich war außer mir vor Wut. So etwas hatte ich noch nie empfunden. Ich habe gesagt: Hast du vergessen, dass du Vater bist? Du bist damals informiert worden, als du einen Sohn bekommen hast. Dein Sohn ist heute ein junger Mann von zweiundzwanzig Jahren und heißt Daniel! Und da ist es passiert.

H. W.:

Was ist passiert? Haben Sie ihn in dem Moment umgebracht?

I. F.:

Nein. Da hat er gesagt *(verstellt wieder die Stimme)*: Zweiundzwanzig? Dann ist er ja kein Kind mehr. Fertig die Kiste. *(Lange Pause)*

H. W.:

Ich glaube, ich versteh nicht ...

I. F.: *(UNTERBRICHT, WIRD SEHR LAUT)*:

Das verstehen Sie nicht? Er hat gelächelt! Dasselbe Lächeln. Dasselbe aasige, abstoßende, egoistische Lächeln! Als spiele die Tatsache, dass er seinen Sohn, meinen Daniel, sein Leben lang verleugnet hat, keine Rolle mehr, jetzt, da Daniel erwachsen ist. Dann ist er ja kein Kind mehr. Fertig die Kiste. Daniels ganze Kindheit, seine Krankheit, seine ganze ... Daniels ganze *(ruft)* Existenz! ... Die glaubte er einfach wegwischen zu können wie ... *(schluchzt laut)* Da bin ich durchgedreht. Da habe ich begriffen, dass ich es mit einem schlechten Menschen zu tun hatte. Ich kann das nicht anders ausdrücken. Bis dahin hatte ich ihn für seicht, oberflächlich, unsympathisch gehalten. Aber in dem Moment, bevor ich zustach, habe ich gespürt, dass Brede Ziegler ganz einfach schlecht war. *(Sehr lange Pause)* Ich ... *(leise, unsichere Stimme)* ... ich glaube, Eli Wiesel hat das gesagt. Dass das Gegenteil von Liebe nicht Hass ist, sondern Gleichgültigkeit. So war er, Brede Ziegler. Durch und durch gleichgültig. Auch Daniel gegenüber, seinem eigenen Sohn. Meinem Daniel.

(eine Minute lang nichts zu hören)

H. W.:

Ich habe für heute noch eine Frage. Welche Schuhgröße haben Sie?

I. F.:

(kaum hörbar) 38. In der Regel.

H. W.:

Danke, Idun. Die Vernehmung endet um 17.32 Uhr.

65

Es war der seltsamste Weihnachtsbaum, den Hanne je gesehen hatte. Er war kugelrund und viel zu groß für die Wohnung. Die Spitze krümmte sich unter der Decke, und der Stern ragte zur Seite. Er zeigte auf eine exklusive Weihnachtskrippe, die auf dem Fernseher aufgestellt worden war. Der Baum war mit Obst und Gemüse geschmückt, mit Apfelsinen, Gurken und, ganz dicht am Stamm, einer schönen Weintraube. Teure Glasfiguren hingen an Seidenschlingen neben missratenen Zierkörbchen. Am beeindruckendsten waren die Kerzen. Der Baum strahlte. Nefis und Harrymarry hatten offenbar Lichter für fünf Bäume gekauft; die grünen Leitungen waren um fast jeden Zweig gewickelt und ließen den Baum aussehen wie ein glitzerndes Geschenkpaket. Zu seinen Füßen lagen sieben Geschenke. Es war schon Mitternacht, und beide Baumschmückerinnen schliefen.

Auf dem Wohnzimmertisch lag ein Zettel von Harrymarry:

»Lihbe Hanne. Wir ham den Baum geschmöckt und wie doof eingekauft. Im Kühlschrank steet Essen, das ham wir gekocht.

Wir ham auch für morgen essen gekauft. Cabiliau und Schweinebraten und gute Sachen. Nefis ist toll. Die ist Muslimistin und
hat keine Aanunk von Weihnachten. Aber ist trotzdem toll. Auf
die müssen wir gut aufpassen. Schlaff gut.

Marry.

Das mit dem Schaal tut mir leit. Hätt ich vorher sagen sollen.
Aber der war so warm und schön wos so kalt war.

Marry noch mal.«

Hanne lächelte und legte den Zettel in eine Schublade. Sie zog
sich aus und schlüpfte nackt ins Bett. Als sie Nefis' warmen Rücken an ihrem Bauch spürte, musste sie weinen, leise, um Nefis
nicht zu wecken. Sie wusste nicht, wann sie sich zuletzt auf den
Heiligen Abend gefreut hatte.

Vermutlich passierte ihr das überhaupt zum ersten Mal.

 »H. W.

Wenn du mal wieder auf entscheidenden Beweisen hockst, würdest du dann freundlicherweise
auf der Wache Bescheid sagen? Das würde die Ermittlungen um
einiges erleichtern. Es wäre außerdem klüger, wichtige Zeuginnen nicht bei dir wohnen zu lassen. Zumindest nicht, ohne die
Ermittlungsleitung zu informieren.

Billy T.«

Hanne Wilhelmsen riss den gelben Zettel von der Tür. Sie
wurde nicht einmal wütend, obwohl die Mitteilung sicher schon
so lange hier hing, dass praktisch alle sie gesehen haben mussten.

Sie hätte Harrymarry nicht zu sich nach Hause holen dürfen.
Auf jeden Fall hätte sie Bescheid sagen müssen. Sie hätte Harrymarry auf die Wache schleifen müssen, sowie sie sie gefunden

hatte, sofort und ohne Weiteres. Aber sie hatte sie zu sich nach Hause gelockt, mit Essen und Gerede, wie eine herrenlose Hündin, zu der sie plötzlich eine unerklärliche Zuneigung gefasst hatte. Die Frau hätte ausgiebig befragt werden müssen. Dann wäre ihnen der Schal vielleicht aufgefallen. Sie hätten sie gefragt, woher er stammte. Ein grün-lila Seidenschal, der durchaus nicht zu Harrymarrys Laméjacke und ihren zerrissenen Strümpfen passte. Irgendwer hätte sie danach gefragt. Ziemlich sicher, sagte Hanne und biss sich in die Lippe.

Als sie den Schal bei Thale auf einem Bild von Idun Franck entdeckt hatte, war ihr Harrymarrys einziges akzeptables Kleidungsstück eingefallen. Und in dem Moment war ihr aufgegangen, was sie angerichtet hatte. Es war nicht allein Billy T.s Schuld, dass die Ermittlungen stecken geblieben waren. Aber Hanne Wilhelmsen hatte das wiedergutmachen können. Die Aufklärung war ihr Verdienst. Das wussten alle. Und alle beglückwünschten sie dazu.

Billy T. begnügte sich mit dem Verfassen von hämischen Zetteln.

»Getan ist getan, und gegessen ist gegessen«, murmelte sie und steckte den Zettel in die Tasche.

»Hallo, Hanne. Das war nicht nötig.« Silje Sørensen nickte zu Hannes Hosentasche hinüber, aus der noch eine Ecke des Zettels hervorragte. »Der hängt schon den ganzen Tag da. Alle haben ihn gesehen.«

Hanne schnitt eine undefinierbare, flüchtige Grimasse. »Scheiß drauf. Was macht Sindre?«

»Hat gestanden. Endlich.«

»Erzähl.«

Es war der Heilige Abend 1999, und es ging auf Mittag zu. In der Wache herrschte eine ungewöhnliche Stimmung, das ganze

Gebäude schien erleichtert aufzuatmen, weil auch in diesem Jahr Weihnachten gekommen war. Der Duft von Glühwein und Pfeffernüssen schien allen anzuhaften, die in den Gängen unterwegs waren, jeder zog eine wunderschöne, feierliche Duftschleppe hinter sich her. Sie hatten mehr Zeit. Manche lächelten, andere grüßten. Hanne hatte von Erik Henriksen ein rotes Paket bekommen. Sie hatte ihn seit jenem ersten Tag, an dem sie im Erdgeschoss vor dem Fahrstuhl am liebsten kehrtgemacht hätte, kaum gesehen. Er hatte gegrinst, gratuliert und sein Geschenk auf den Tisch geworfen. Wo es noch immer ungeöffnet lag. Solange es auf ihrem Schreibtisch lag, in knallrotem Glanzpapier mit Schleife, Gold und Glitzer, erinnerte es sie daran, dass vor langer Zeit einmal alles ganz anders gewesen war als jetzt.

Silje und Hanne gingen die Treppen zur Kantine hinauf. Unten im Foyer spielte die Polizeikapelle *Zu Bethlehem geboren*; schief und schön, mit einem viel zu dominanten Kornett.

Als Hanne erfuhr, dass Brede Ziegler Sindre Sand am Samstag, dem 4. Dezember, zu einem Zug durch die Gemeinde eingeladen hatte, ging ihr auf, dass sie den berühmten Restaurantbesitzer noch immer nicht zu fassen bekam. Vielleicht hatte Idun Franck ja recht.

Brede Ziegler konnte durchaus ein schlechter Mensch gewesen sein.

Hanne waren nur selten schlechte Menschen begegnet. Mörder, Vergewaltiger und Schwindler – mit denen hatte sie seit über fünfzehn Jahren fast täglich zu tun. Dennoch fiel ihr auch bei genauerem Nachdenken unter denen kein einziger wirklich schlechter Mensch ein.

Brede Ziegler hatte Sindre angerufen. Leicht und unbeschwert. Er hatte einen Zug durch die Gemeinde vorgeschlagen. Keinen Restaurantbesuch, es war nicht wirklich eine Einladung gewesen; offenbar hatte Brede nur bezahlen wollen, was er selbst trank. Sindre hatte zugesagt. Vor allem, weil eine Art Neugier stärker war als seine Wut; die Wut, weil Ziegler ihn so ganz lässig und alltäglich anrief, nachdem er ihn um sein Vermögen gebracht und ihm die Verlobte ausgespannt hatte.

Natürlich hatte Ziegler seine Absichten gehabt. Nach zwei Gläsern hatte er Sindre einen Job angeboten. Erbärmlich bezahlt zwar, aber mit Option auf Aktien einer neu gegründeten Gesellschaft. Es ging um irgendein Projekt in Italien. Falls Sindre den Laden auf die Beine brachte, wobei ihm finanzielle Unterstützung und eine ganze Heerschar von Angestellten zugesagt wurden, würde er später ein kleines Vermögen aus der Sache herausholen können. Und dann wären sie sozusagen quitt.

»Sindre fand das typisch für Brede Ziegler«, sagte Silje. »Für ein Butterbrot und ein Ei wollte er einen tüchtigen jungen Norweger eine Arbeit machen lassen, die vor allem seinen – Bredes – Interessen dienen würde.« Sie schnaubte kurz. »Der Kerl hatte das Ganze genau geplant«, fügte sie hinzu.

Im sechsten Stock angekommen, beugten sie sich vor, stützten die Unterarme auf das Geländer und schauten nach unten. Die Polizeikapelle spielte inzwischen ein fröhliches Nikolauslied. Hanne entdeckte den Polizeipräsidenten, in voller Uniform. Er verteilte Mandarinen an die Angestellten. Ein Fotograf hüpfte um ihn herum und knipste wie besessen. Der Präsident sah gereizt aus und wandte sich mit verärgerter Miene ab, um einem kleinen Mädchen, das mit einem erwachsenen Mann gekommen war, eine Tafel Schokolade zu reichen. Als er in die Hocke ging, verlor er das Gleichgewicht und riss die Fünfjährige mit zu Boden. Der Fotograf ließ sein Blitzlicht Amok laufen.

»Lustig, lustig, trallerallera«, sagte Hanne.

»Sindre hatte am Vortag drei Packungen Paracet gekauft«,

erklärte Silje weiter. »Er wusste, dass er dafür in mehrere Apotheken gehen musste. Aus einem Artikel in *Illustrierte Wissenschaft* wusste er, dass …«

Aus einem Artikel in *Illustrierte Wissenschaft*, dachte Hanne erschöpft und starrte in das Gewühl tief dort unten. Zwei uniformierte Männer hatten den Polizeipräsidenten wieder auf die Beine gestellt. Das Kind heulte wie besessen.

»Da versucht jemand, auf der Grundlage eines grob vereinfachenden Artikels in einer populärwissenschaftlichen Zeitschrift einen anderen umzubringen«, murmelte sie. »Die überraschen doch immer wieder von Neuem, was?«

Sindre hatte mit zwei Pillen in einem Gin Tonic angefangen, im *Smuget*, noch vor Mitternacht. Zerstoßen hatte er die Tabletten schon vorher. Brede hatte nichts gemerkt. Sindre hatte weitergemacht. Als der Sonntag anbrach, der 5. Dezember 1999, hatte Brede Ziegler fast dreißig Paracets im Leib gehabt.

»Das Schlimmste ist«, sagte Silje und zitterte leicht, »dass er die fünfletzten Tabletten freiwillig genommen hat. Da saßen sie schon bei Sindre zu Hause und waren beide sternhagelvoll. Brede hatte Schmerzen. Gerade hatte er Vilde als argen Fehltritt oder so ähnlich bezeichnet. Sie verwelkt so schnell … nein: Die Blütenblätter fallen ab. Genau so. So hat er es gesagt. Er hatte die Frau restlos satt, hielt sie für unintelligent. Beklagte sich, dass sie zu viele Drogen einwerfe und nichts tue.«

»Ich werde nie verstehen, warum er die Kleine geheiratet hat«, sagte Hanne.

»Ihm selbst ist es wahrscheinlich ähnlich gegangen. Eine Art Krise vielleicht? Er ging auf die fünfzig zu, und Vilde war jung und schön. Keine Ahnung.« Silje seufzte und biss sich leicht in den Zeigefinger. »Sindre dagegen hat sich mit ihrem Verlust einfach nicht abfinden können. Und dann hatte er den Verdacht, dass sie hinter dem Mord steckte. Deshalb hat er so starrköpfig darauf bestanden, sie ewig nicht mehr gesehen zu haben, obwohl wir doch problemlos das Gegenteil beweisen konnten. Er wollte sie für uns nicht noch interessanter machen. Naiv.«

»Gelinde gesagt.«

»Als Brede anfing, über Vilde herzuziehen, ist Sindre übermütig geworden. Brede jammerte über Magenschmerzen und Kopfweh, und Sindre hat ihm fünf Paracet verpasst. Die der Knabe widerspruchslos hinunterspülte. Mit Whisky. Das muss so ziemlich das erste Mal gewesen sein, dass der Mann eine Tablette genommen hat.«

Wieder schauderte sie.

»Sindre war sich nicht einmal sicher, ob Brede sterben würde. Er habe ihn nur quälen wollen, sagt er. Das Schlimmste ist, dass er recht hat. Jeder reagiert anders auf Paracet. Obwohl Brede Ziegler sich am Sonntag sicher ziemlich mies gefühlt hat, muss er nicht unbedingt schlimme Schmerzen gehabt haben. Immerhin waren sie ja wohl so arg, dass er versucht hat, sich an seinen Arzt zu wenden. Er kann das natürlich alles auf die Sauftour vom Vorabend zurückgeführt haben. Als der Montag kam und Sindre in der Zeitung las, dass Brede am Vorabend erstochen worden war, konnte er sein Glück kaum fassen. Und wurde wieder übermütig. Fühlte sich ganz obenauf. Das hast du ja bei der ersten Vernehmung gesehen. Und ... er hat die Wahrheit gesagt, was das Loch in seinem Alibi angeht. Sindre, meine ich. Er hat sich Zigaretten gekauft und ist vor der Tankstelle einem alten Schulkameraden begegnet. Den haben wir am Ende doch noch ausfindig machen können.«

Die Kleine unten im Foyer hatte sich mit einer riesigen Tüte mit irgendeinem spannenden Inhalt trösten lassen. Die Kapelle legte eine Pause ein. Der Duft von Weihnachtsplätzchen und

Glühwein hatte den üblichen Mief von Bohnerwachs und Polizeiuniformen endgültig verdrängt. Eine Ordensfrau in schwarzer Tracht wartete unten auf einen neuen Pass, und Hanne musste ein wenig lächeln.

»Hast du gewusst, dass viele Nonnen Grau tragen?«, fragte sie.

»Was?«

»Nichts. Wo in Italien ist Sindre dieser Job angeboten worden?«

Silje runzelte die Stirn. »In Vilana ... nein, jetzt rede ich Unsinn. Ach ... wie hieß das Kaff denn noch?« Sie schlug sich mit der flachen Hand an die Stirn. »Verona, natürlich. Romeo und Julia. In der Nähe von Verona. Es ging um irgendein Kloster.«

Hanne Wilhelmsen war wohlig warm. Doch jetzt lief ihr etwas Eiskaltes über den Rücken, und sie dachte an das Wasserplätschern in einem Teich voller fetter Karpfen.

»Wie heißt dieses Kloster?«, fragte sie leise.

»Weiß ich nicht mehr.«

»Villa Monasteria, vielleicht?« Hanne richtete sich auf und massierte sich mit beiden Händen den Hintern.

»Ja«, rief Silje begeistert. »Villa Monster... ja. Wie du gesagt hast. Brede hat es vor zwei Monaten gekauft und sich ungeheuer viel davon versprochen. Wollte Millionen in die Renovierung stecken und ein exklusives Hotel daraus machen.«

Sie drehte den Diamanten zu ihrer Handfläche hin und verstummte.

Als Hanne die Augen schloss, spürte sie den ängstlichen Blick der Ordensfrauen auf ihrem Gesicht. Sie hörte die energischen Schritte, mit denen *il direttore* sich entfernt hatte, wenn sie ein Zimmer betrat. Ihr fiel ein, dass alle aufgehört hatten, mit ihr zu reden.

Jetzt wusste sie, dass alle geglaubt hatten, sie habe etwas ganz anderes im Sinn.

67 Eigentlich hatte sie nicht hingehen wollen. Aber Silje hatte darauf bestanden. Dass Billy T. seine Mucken pflegte und ausblieb, war noch lange kein Grund für Hanne, seinem Beispiel zu folgen. Eine Mitteilung aus dem Vorzimmer hatte sie jedoch vorher noch in ihr Büro getrieben.

Håkon Sand hatte angerufen.

Sie rief zurück; sofort, um nicht den Mut zu verlieren. Er hatte aus keinem besonderen Grund angerufen. Weder wollte er sich mit ihr treffen, noch wollte er sie zu dem großen Weihnachtsessen einladen, an dem Cecilie und sie immer teilgenommen hatten; am ersten Weihnachtstag von zwölf bis zwölf. Er wollte sich nur nach ihrem Befinden erkundigen. Und danach, wo sie die ganze Zeit gesteckt hatte. Als er auflegte, konnte sie sich nicht daran erinnern, worüber sie gesprochen hatten. Aber *gesprochen* hatten sie. Er *hatte* angerufen.

Wenn alles auf dieser Welt ein Ende hat, dachte Hanne, dann gibt es vielleicht auch neue Anfänge.

Dieses eine Mal verstummte das Stimmengewirr nicht, als sie den Raum betrat. Alle Gesichter wandten sich ihr freundlich zu, und Severin Heger zog einen Stuhl heran.

»Setz dich«, sagte er. »Annmari! Gib mal ein Glas Glühwein rüber.«

Mehrere unerschütterliche Wohltäter der Polizei hatten Kartons mit belegten Broten, Weihnachtsplätzchen und zwei große Schachteln mit grüner Walnusstorte geschickt. Karianne

Holbeck hatte Creme am Kinn und lachte über einen Witz, den zu erzählen Karl Sommarøy offenbar sehr lange gebraucht hatte. Irgendwer hatte einen CD-Spieler besorgt. Anita Skorgans Stimme schnarrte aus den überforderten Lautsprechern, und Hanne beugte sich hinüber zu Severins Ohr.

»Mach die Musik aus. Dieses Gerät ruiniert sie doch nur.«

»Nichts da«, erwiderte er gelassen und hob seinen Becher. »Prost. Und meinen Glückwunsch!«

»Warum zum Henker hast du Gagliostro laufen lassen?«

Klaus Veierød war in die Türöffnung getreten. Er hatte sich fein gemacht, mit einem dunklen, an den Knien speckigen Anzug. Der Schlips hing ihm lose um den Hals, seine Haare waren ungepflegt. Er schwenkte einen Autoschlüssel, aber niemand begriff, was er damit sagen wollte. Er starrte Annmari Skar an. Die Polizeijuristin ließ die Gabel sinken und schluckte sorgfältig, ehe sie ihn anlächelte.

»Die Gefahr der Beweisvernichtung besteht nicht mehr«, sagte sie ruhig. »Er hat Brede Ziegler definitiv nicht umgebracht, und was Sebastian Kvie angeht, fürchte ich, wird es auf eine Einstellung des Verfahrens hinauslaufen. Der Anwalt hat recht. Sebastian ist mitten in der Nacht auf ein Gerüst geklettert. Gagliostro hat wohl kaum im Schlafanzug auf der Lauer gelegen. Zweifelhafte Geschichte, wenn du mich fragst.«

Sie hob den Becher zum Mund.

»Eins musst du dir aber klarmachen«, fauchte Klaus und zog eine kleine Plastiktüte aus seiner weiten Hosentasche. »Hier ist das Band von Brede Zieglers Anrufbeantworter. Billy T. hat es schon am dritten Tag beschlagnahmt, als er und unser Freund hier ... « Er starrte Severin höhnisch an, doch der zuckte mit den Schultern und lächelte breit. »... in Zieglers Wohnung waren. Unser überaus *hervorragender* Hauptkommissar Billy T. ...«

Wütend schaute er sich um. Als er Billy T. nicht entdeckte, fuhr er sich durch die Haare und schnaubte wie ein Pferd. »... hatte *vergessen*, dass er es aus dem Apparat gefischt hatte. Ebenso wie er *vergessen* hat, drei Filme entwickeln zu lassen, die er im Kühlschrank des Verstorbenen ... beschlagnahmt hat. Aber um mit dem Anfang anzufangen ...«

»Den kennen wir schon«, fiel Annmari ihm ruhig ins Wort. »Auf dem Band war eine Nachricht von Gagliostro. Der davon ausging, dass sie sich wie abgemacht um acht treffen würden. Darüber haben wir mit ihm gesprochen. Inzwischen gibt er das zu. Brede hatte den Weinschwindel entdeckt. Gagliostro leidet offenbar unter etwas, das wir als Weinkleptomanie bezeichnen können. Die beiden haben am Sonntag miteinander gesprochen, Brede hat gedroht, Claudio anzuzeigen und ihn aus dem Laden zu werfen. Am Ende haben sie sich geeinigt. Claudio sollte die Flaschen zurückbringen, bevor der Laden am nächsten Tag öffnete, und Brede Geld geben. Eine Art Schadenersatz. Bei der ersten Runde hat er sechzehntausend Kronen bekommen. Claudio hat ihm einreden können, dass er nicht mehr habe. Gegen halb elf ist Brede gegangen. Du hast natürlich recht, wir hätten uns das Band viel früher anhören müssen. Aber für die Lösung des Falls hätte es keine Bedeutung gehabt. Eher im Gegenteil. Es hätte den Verdacht gegen Claudio verstärkt. Um einiges. Und ...« Wieder lächelte sie in die Runde, fast herausfordernd diesmal. »... er hat seinen Kollegen nun mal nicht ermordet. Er hat ihn nur belogen und beschwindelt.«

»Und diesen Kerl hast du *laufen lassen*!«

Klaus schwenkte noch immer wütend die Autoschlüssel, und noch immer begriff niemand, was er eigentlich sagen wollte.

»Ja. Er bekommt sicher eine Anzeige wegen Betrugs und allerlei anderer Kleinigkeiten. Falschaussage unter anderem. Er stand ja noch nicht unter Anklage, als er das erste Mal vernommen worden ist. Aber alle Beweise sind sichergestellt. Wir haben seine Wohnung durchsucht. Also konnten wir ihn doch auf freien Fuß setzen. Es ist Weihnachten, Klaus. Setz dich jetzt und iss ein Stück Kuchen!«

»Ich muss zu meiner Schwiegermutter«, fauchte er. »Die Karre hat ihren Geist aufgegeben, und meine Schwiegermutter wartet in Strømmen. Ich hab verdammt noch mal kein Geschenk für meine Frau gefunden und außerdem vergessen, dass ich den Truthahn für morgen besorgen sollte.«

Wütend starrte er die Schlüssel an, als seien sie die Ursache seiner vielen Probleme. Dann zog er drei Briefumschläge aus der Tasche und warf sie auf den Tisch.

»Hier sind die Bilder, die ihr beschlagnahmt habt«, fauchte er Severin an. »Einfach nur ein Scheißgebäude. Ein graues Haus, umgeben von kleinen Gnomen. Und trockenes gelbes Gras.«

Damit machte er auf dem Absatz kehrt und ging. Autoschlüssel und Fotos ließ er liegen. Als die Tür hinter ihm ins Schloss fiel, brach das Stimmengewirr erneut los. Wenige Minuten später war die gute Stimmung wiederhergestellt. Karianne lachte lange, und Silje musste sich mit aller Macht gegen Severins Versuch wehren, ihr Glühwein mit Rosinen und Mandeln einzuflößen. Anita Skorgan war bei *Stille Nacht* angekommen, und drei Polizeianwärter hinten am Tisch stimmten ein.

Hanne schnappte sich die Briefumschläge. Ihre Finger zitterten, als sie den ersten öffnete. Niemand achtete auf sie. Sie breitete die Bilder vor sich aus, wagte aber kaum, sie anzusehen.

Die Fotos mussten im Herbst gemacht worden sein. Das Gras war verwelkt, aber noch immer leuchtete in den braungelben Flächen hier und dort eine halsstarrige rote Blume. Der Himmel hing tief und war grau. Die Bilder waren vermutlich allesamt am selben Tag gemacht worden. Hanne ahnte Regen in der Luft über dem mit Kies bestreuten Innenhof. Der gesichtslose Gnom, der von Süden her zur Kapelle schaute und den sie jedes Mal auf dem Weg dahin gestreichelt hatte, trug einen feuchtdunklen Hut.

Die Villa Monasteria war fotografiert worden, während sie sich dort aufhielt. Ihr aber war nicht das Geringste aufgefallen. Allmählich wurden ihre Hände ruhiger.

Daniel würde das Kloster erben. Es war nur noch ein DNA-Test nötig, dann würde ein Viertel von Bredes Hinterlassenschaft ihm zufallen, wie Annmari ihr am Morgen erklärt hatte. Hanne hatte darin eine Art Trost gesehen, auch wenn alles Geld der Welt die Tatsache, dass Taffa ins Gefängnis musste, nicht ausgleichen konnte. Der Junge war untröstlich. Er hatte über zwei Stunden in ihrem Büro gesessen. Er hatte nicht viel gesagt, aber auch nicht gehen wollen. Am Ende hatte er sich mit steifen Bewegungen erhoben und ihr die Hand gereicht. Als er ihr Fröhliche Weihnachten wünschte, hatte sie keine Antwort herausgebracht.

Daniel Åsmundsen würde bei der Villa Monasteria kein Schwimmbad bauen. Er würde den Teich mit dem glasklaren Wasser lieben. Vielleicht hatte auch er noch nie von Frischwasserkrabben gehört. Er würde durch das Bambuswäldchen schlendern; grüne Stämme auf der einen Seite, schwarze auf der anderen. Und dann würde er sich auf die Mauer vor dem ovalen Teich setzen und die Karpfen beobachten, diese trägen Faulenzer, die plötzlich und blitzschnell Ausfälle auf etwas machten, das er kaum sehen konnte.

»Ich wünsche dir wunderschöne Weihnachten, Hanne.«

Silje küsste sie leicht auf die Haare. Hanne drehte sich halbwegs um, und als Silje ihre Hand nahm, mochte sie sie kaum loslassen.

»Ich dir auch«, sagte sie leise. »Ich wünsche dir ein schönes Fest.«

»Bist du heute Abend allein?«

Hanne zögerte, es war, als wollte ihr die Antwort im Hals stecken bleiben. Dann schluckte sie schwer und zwang sich zum Sprechen.

»Nein. Wir sind zu dritt. Meine Liebste, eine gute Freundin und ich. Das wird sicher nett.«

»Sicher«, sagte Silje. »Da kommt übrigens Billy T.« Damit ließ sie Hannes Hand los und ging.

Die anderen hatten sich, einige recht unsicher, ebenfalls erhoben. Zwei leere Wodkaflaschen standen neben dem Glühweinkessel. Die Kuchenschachteln waren leer, die Kerzen heruntergebrannt. Billy T. schaute sie über Severins Schulter hinweg und zwischen den Köpfen von zwei betrunkenen Polizeianwärtern hindurch an. Sie beachtete ihn nicht. Er zwängte sich an ihnen vorbei und streckte ihr die Hand hin.

»Ich dachte, du würdest das hier vielleicht haben wollen«, sagte er mit tonloser Stimme. »Es ist doch Heiligabend.«

Dann drehte er sich um und war so schnell verschwunden, wie er gekommen war.

Hanne Wilhelmsen wartete, bis sie allein war. Das CD-Gerät war verstummt. Die Polizeikapelle hatte ihre Instrumente längst zusammengepackt. Auch im Hinterhaus herrschte Ruhe; die allermeisten, die sonst in dem riesigen Gebäude zu tun hatten, waren nach Hause gefahren, um Oslo für ein oder zwei Tage seinem Schicksal zu überlassen.

Sie faltete das Papier auseinander, das er ihr gegeben hatte.

Es war eine detaillierte Karte des Osloer Ostfriedhofes. Oben in die Ecke, ein Stück von der Kapelle entfernt, neben einem mit einem roten Kreuz und einem winzigen Herzen markierten Grabstein, hatte er geschrieben:

»Cecilies Grab. Ich habe heute Vormittag Blumen und eine Kerze hingebracht. Cecilies Eltern kamen dazu, und sie haben sich darüber gefreut. Ich hoffe, du freust dich auch. Wenn nicht, kannst du den ganzen Scheiß ja wegwerfen. Billy T.«

Langsam faltete sie die Karte wieder zusammen.

Es war mittlerweile fünf Uhr nachmittags am Heiligen Abend. Die Kirchenglocken fingen an zu läuten, voll und rhythmisch, überall in Oslo.

Sie würde auf einem Umweg nach Hause gehen.

Und so geht es weiter ...

DIE WAHRHEIT DAHINTER

Der siebte Fall für Hanne Wilhelmsen

Hanne Wilhelmsen muss ihren wohlverdienten Weihnachtsurlaub abbrechen – ein grausamer Mord an der Reedereifamilie Stahlberg hält die norwegische Öffentlichkeit in Atem. Neben dem Ehepaar zählt der älteste Sohn der Familie zu den Opfern; außerdem gibt es einen vierten Toten: den Lektor Knut Sidevans. Seine Verbindung zu der Familie scheint unklar. Obgleich für den Mord an den Stahlbergs viele Motive infrage kommen, bleibt die Tat rätselhaft. Und in welcher Verbindung steht der unbekannte Tote zu der ermordeten Familie? Immer mehr rückt die Verwandtschaft ins Fadenkreuz der Ermittler – der jüngere Sohn der Familie lag im Rechtsstreit mit seinem Vater, um die Nachfolge der Reederei zu klären, und seine Frau Mabelle hat offenbar etwas zu verbergen, genau wie die Tochter der Familie. Bald glaubt die Kriminalpolizei, auf der richtigen Spur zu sein. Doch Hanne lehnt bei ihren Ermittlungen die klassischen Denkmuster ihrer Kollegen ab und kommt schließlich auf eine völlig überraschende Lösung ...

ATRIUM